शब्द-संधान

लेखक की अन्य पुस्तक

शब्द-संधान

कमलेश कमल

प्रकाशक

प्रभात प्रकाशन प्रा. लि.

4/19 आसफ अली रोड, नई दिल्ली–110002

फोन : 011–23289777 • हेल्पलाइन नं. : 7827007777

इ–मेल : prabhatbooks@gmail.com ❖ वेब ठिकाना : www.prabhatbooks.com

संस्करण

प्रथम, 2025

पेपरबैक मूल्य

पाँच सौ रुपए

मुद्रक

आर–टेक ऑफसेट प्रिंटर्स, दिल्ली

★

SHABDA-SANDHAAN
by Shri Kamlesh Kamal

Published by **PRABHAT PRAKASHAN PVT. LTD.**
4/19 Asaf Ali Road, New Delhi-110002

ISBN 978-93-5562-347-8

₹ 500.00 (PB)

भूमिका

भाषा को व्यक्ति की परिभाषा कहा जाता है। इससे प्रयोक्ता के बारे में संक्षेप में बहुत कुछ पता चल जाता है। व्यापक अर्थों में भी यह न केवल विचार-विनिमय का माध्यम है, अपितु राष्ट्रीय सामासिक संस्कृति का अनन्य पोषक तत्त्व भी है। पर क्या है भाषा और किसे कहेंगे भाषा? राष्ट्रभाषा हिंदी के संदर्भ में ही विचार करें तो जहाँ यह राष्ट्रीय एकत्व की सूचक है; वहीं स्वयं इसमें पर्याप्त भाषिक वैविध्य है, जो विभिन्न बोलियों तथा अन्यान्य बाह्य एवं आभ्यंतरिक प्रभावों से उद्‌भूत होता है। ऐसे में समय-समय पर भाषा के सही प्रयोग संबंधी अनुशासन और एकरूपता लाने के प्रयासों की भी सतत आवश्यकता बनी रहती है।

पतंजलि ने इसी भाषिक एकरूपता को आध्यात्मिक सरोकारों से जोड़कर लिखा— "एक: शब्द: सम्यक् ज्ञात: सम्यक् प्रयुक्त स्वर्गेलोके च कामधुक् भवति।" अर्थात् एक शब्द ही यदि सम्यक् ज्ञात हो तथा सुप्रयुक्त हो तो वह इस लोक में व स्वर्ग में भी कामधुक् (कामधेनु) होता है। संभवत: इसी वैलक्षण्य को, इसी सुख को ध्यान में रखते हुए कोई भाषा-वैयाकरण भाषा के शुद्ध प्रयोग का आग्रह करता है। यह आग्रह भाषा के वहनकर्ता से इसलिए अधिक होता है, क्योंकि भाषा रूपी संपदा पीढ़ी-दर-पीढ़ी हस्तांतरित होती है। यह हस्तांतरण विशुद्ध हो, भाषा के प्रयोक्ता को बस यही ध्यान रखना है। यह पुस्तक इन्हीं चिंताओं पर बात करती है, वैज्ञानिक तरीके से तर्कपूर्ण समाधान भी करती है और हिंदी के ज्ञान में अभिवृद्धि भी करती है।

विदित है कि भाषिक संस्कृति की निर्मिति साधना द्वारा होती है, उसका विकास महज नारेबाजी से नहीं हो सकता। इसके लिए उच्चारण-विज्ञान, शब्द-विज्ञान, व्याकरणिक प्रयोग और शब्दों के अर्थपरक-विभेद जैसे बिंदुओं को समझना आवश्यक है। यह पुस्तक व्यावहारिक निकष पर ऐसी सभी चिंताओं पर समाधानपरक दृष्टिकोण प्रस्तुत करती है। लेखक का अनुसंधित्सु, परिश्रमी और अध्येता भाव निस्संदेह श्लाघनीय

है। पुस्तक को पढ़कर ऐसा प्रतीत होता है कि भाषिक जटिलताओं को सरल और सुबोध शैली में पाठक के समक्ष रखने हेतु लेखक प्रतिबद्ध है। यह प्रतिबद्धता पुस्तक के हर खंड में स्पष्ट परिलक्षित होती है। प्रतियोगी परीक्षाओं के विद्यार्थी ही नहीं, अपितु सभी हिंदी-प्रेमी इस पुस्तक से लाभान्वित होंगे, ऐसा मेरा अभिमत है।

शुभकामनाएँ!

—प्रो. विश्वनाथ प्रसाद तिवारी

पूर्व अध्यक्ष,

केंद्रीय साहित्य अकादेमी, नई दिल्ली

शब्द-संधान की आवश्यकता क्यों ?

मनुष्य एक भाषिक प्राणी है। अपने भाव और ज्ञान का अर्जन, सर्जन और अभिव्यंजन वह भाषा के माध्यम से करता है। हाँ, वह एक सामाजिक प्राणी भी है; पर भाषा के बिना समाज कैसा ? समाज की निर्मिति में मूल-तत्त्व 'संवाद और सहकार' है, जो भाषा के बिना संभव ही नहीं। वस्तुतः, न केवल समाज की निर्मिति में, अपितु उसके परिचालन में भी सर्वप्रमुख तत्त्व है 'भाषा'। यही कारण है कि सभ्यता के आरंभ से अधुनातनपर्यंत भाषा की उत्पत्ति, व्युत्पत्ति, महत्ता, अभिव्यंजना और उपादेयता एक महत्त्वपूर्ण विषय रहा है। शब्द और भाषा के कितने रूप-रूपांतर हैं और कितने ही विलक्षण प्रयोग!

शब्द नित्य हैं, शब्द ब्रह्म हैं। एक ही वाणी कभी दीर्घायित-विलंबित होती है, कभी प्रकंपित तो कभी जपित। कितनी रोचक हो जाती है यह शब्द-यात्रा, जब हम जानते हैं कि फुसफुसाना, बड़बड़ाना, भुनभुनाना, मरमराना, हकलाना, गलगलाना, खरखराना, घरघराना, गिड़गिड़ाना सबमें आवाज़ धीमी या मद्धम होती है; परंतु इन सबमें अंतर है। भाषा के अध्येता को इनके और इन जैसे अन्य शब्दों के अंतर को समझने का यथाशक्य प्रयास करना चाहिए।

यह जानना कितना रोचक है कि कब हवा है, कब वायु, कब पवन या कब कुछ और इसका भी भाषा-शास्त्रीय विधान है। उदाहरण—धीरे चले तो समीर, तेज चले तो मरुत, श्वास दे तो अनिल, प्राण का संचार करे तो जगत्प्राण, सब जगह चले या पहुँचे तो सदागति, अनाज को भूसी से अलग करे तो पवमान या पवन, गंध ढोए तो गंधवाह, समुद्र की ओर से आए तो समुद्री, नदी की ओर से आए तो वीचीवात, बर्फ़ीले शिखरों से आए तो हिमवात, पूर्व से आए तो पुरवाई या पुरवैया, पश्चिम से आए तो पछुवा, उत्तर से आए तो उत्तरैया, दक्षिण से आए तो दखिनैया इत्यादि।

जानना चाहिए कि जब धूप की प्रवृत्ति और प्रभाव में ऋतुओं, यथा—ग्रीष्म, शिशिर, हेमंत आदि या दिन के समय, यथा—सुबह, दुपहर या शाम के कारण अंतर आ

जाता है तो इसका अभिधान भी बदल जाता है। जो धूप ग्रीष्मर्तु (ग्रीष्म+ऋतु= ग्रीष्मर्तु) में चिलचिली, झलमल या चुंध मारती होती है, वही शीतर्तु (शीत+ऋतु = शीतर्तु) में कभी खिलती है, कभी निखरती है, कभी मलिन होती है तो कभी रोती भी है। प्रकृति और प्रभाव के अनुसार शब्द-संधान सही हो, इस हेतु नियमित अध्ययन और शब्द-चिंतन आवश्यक है।

स्वयं के संदर्भ में ही चर्चा करूँ तो बचपन से ही शब्दों के प्रति मेरा उत्कट आकर्षण रहा। अच्छे शब्दों को नोट करने के लिए हिंदी, संस्कृत और अँगरेज़ी की अभ्यास पुस्तिकाओं को बनाने एवं उन्हें सुरुचिपूर्ण ढंग से सजाने का कार्य छठी कक्षा तक आरंभ हो चुका था। जिन शब्दों के अर्थ के बारे में संशय रहता, उनके प्रति सतत चिंतनशील रहता। स्मरण आता है कि कक्षा-छह में जब नवोदय विद्यालय में दाख़िला हुआ, तब मोबाइल आया नहीं था और फोन की सुविधा थी नहीं। ऐसे में, घर से किसी भी प्रकार का संवाद पत्रों के माध्यम से ही संभव था। उस समय विद्यार्थिगण **[विद्यार्थिन् में गण (ग+न= गण) की संधि]** पत्र के ऊपर जहाँ भेजने वाले का नाम लिखा जाता है, वहाँ 'प्रेषक' लिख देते और जहाँ पत्र पाने वाले का नाम लिखा जाता है, वहाँ 'पाने वाला' लिख देते। मुझे यह बात सही नहीं लगती। अगर 'भेजने वाला' (From) के बदले 'प्रेषक' लिख रहे हैं तो पाने वाला (To) की जगह भी कोई समुपयुक्त शब्द व्यवहृत होना चाहिए। हिंदी के अध्यापक के पास गया तो उन्होंने एक शब्द बताया, प्रेषिति' (प्र+ इषिति)। तभी व्युत्पत्ति तो समझ नहीं आई होगी परंतु सुनते ही लगा—"हाँ, यही होना चाहिए। प्रेषक का विलोम 'प्रेषिति' ही होना चाहिए।"

इसी प्रकार, व्याकरण की सामान्य पुस्तकों में 'प्राचीन' का विलोम 'अर्वाचीन' लिखा देखकर कारण जानने की महदिच्छा (महत् +इच्छा= महदिच्छा) होती। सोचता कि प्राचीन को पुराना कहते हैं या इसका कुछ और अर्थ भी है ? इसी प्रकार, 'अर्वाचीन' को नया कहते हैं या इसका कुछ और अर्थ भी है ? कालांतर में, स्वाध्याय और चिंतन से यह ज्ञात हुआ कि कोई वस्तु किस दिशा में रखी है, इसका भी शाब्दिक-अभिधान है; यथा—पूर्व दिशा में रखी हुई या होने वाली वस्तु को 'प्राचीन', पश्चिमी दिशा में होने वाली वस्तु 'प्रतिचीन', उत्तर दिशा में होने वाली वस्तु 'उदीचीन' तथा दक्षिण दिशा में रखी हुई अथवा होने वाली वस्तु को 'अर्वाचीन' कहा जाता है। यह जानते ही स्पष्ट हो गया कि 'प्राचीन' का विलोम 'अर्वाचीन' नहीं; अपितु 'प्रतिचीन' होना चाहिए और 'उदीचीन' का विलोम 'अर्वाचीन' होना चाहिए।

हिंदी का शब्द-संसार अत्यंत विपुल है। यह अध्येता पर निर्भर करता है कि वह ज्ञान के कितने मोती चुगकर संतुष्ट हो जाता है। उदाहरण के लिए, यहाँ 'नीरज' का

अर्थ कभी 'कमल' होता है तो कभी 'मिट्टी से रहित' होता है। जब 'निर्+रज्' से 'नीरज' शब्द की निर्मिति होती है, तब उसका अर्थ होता है—'मिट्टी रहित'। ध्यातव्य है कि यहाँ 'नीरज' का अर्थ 'कमल' नहीं हो सकता। 'नीर+ज' से जब 'नीरज' बनेगा, तब उसका अर्थ 'कमल' होगा। इतना ही नहीं, कमल के ही सभी पर्यायवाची शब्दों में से किसका प्रयोग कब होना चाहिए, उसका विधान है, यथा—कमल कीचड़ में खिला है तो 'पंकज' है, जल में खिला है तो 'जलज' है, तालाब में खिला है तो 'सरोज' आदि। जल की ही बात करें तो कब यह 'पानी' है, कब जल और कब 'नीर' (नी+रक्), इसका परिज्ञान तभी हो सकता है, जब हम इसकी व्युत्पत्ति को समझें; इनके अर्थपरक-विभेद को समझें।

उपर्युक्त चर्चा को ही विस्तार दें तो 'जल' का ही एक पर्याय 'सलिल' है, जो एक रूढ (रूढ़ नहीं) शब्द है। अब कोई एक मात्रा बदलकर इसे 'सलील' कर दें तो वह सामासिक पद है, जो 'स+ लीला' से बनता है; जिसका अर्थ है—'लीला सहित'। यह भी स्वाध्याय से पता चलेगा कि पंकिल, स्वप्निल और स्नेहिल की ही तरह दिखने वाले 'सलिल' में 'इल' प्रत्यय नहीं है, जबकि पहले के तीन शब्दों में 'इल' प्रत्यय है।

विचार करने पर प्रतीत होता है कि यह आधुनिक भाषा-दृष्टि का कुफल ही है, जिसके कारण युवा-पीढ़ी हिंदी की इतनी महनीय शब्द-संपदा का समादर करना नहीं जानती। अँगरेज़ी के व्यामोह में फँसे हिंदी माध्यम के छात्र हिंदी-भाषा को हस्तामलक समझ लेते हैं और अत्यंत निकृष्ट तथा भविष्यघातिनी अशुद्धियाँ करते हैं। उदाहरण के लिए, वे दूध का पयार्यवाची 'स्तन्य' याद कर लेते हैं; लेकिन यह समझने का उद्यम नहीं करते कि डिब्बाबंद दूध को 'स्तन्य' नहीं कहा जा सकता; क्योंकि स्तन्य का अर्थ है, ऐसा दूध जो स्तन (तद्भव-थन) से निकले। कृत्रिम दूध भी होता है तथा कुछ पौधों से भी दूध-स्राव होता है, जिनके लिए 'स्तन्य' शब्द का प्रयोग करना कितनी भद्दी भूल है, इसे समझा जा सकता है। इसी प्रकार, यह भी सहज ही समझा जा सकता है कि किस प्रकार 'स्तन्यपान' लोकप्रयोग में घिसकर 'स्तनपान' हो गया होगा। अस्तु, अपनी ही भाषा के प्रति बरते गए इस औदासीन्य के परिणामस्वरूप आज का युववर्ग भाषिक-संस्कारों से वंचित होता दिखाई दे रहा है।

चूँकि आज के सुशिक्षितजन भी भाषा-प्रयोग में सब चलता है, 'संक्षिप्त मार्ग' (शॉर्ट-कट्) आदि के अनुकरण और अनुसरण में लिप्त हैं; इसलिए उनकी शब्द-सजगता भी शोचनीय (शुच्+अनीय=शोचनीय) हो गई है। इन

सबके परिणामस्वरूप, आज सामान्य प्रयोग में भाषा का स्तर निकृष्ट और नकारात्मक दिख रहा है।

प्रस्तुत पुस्तक को लिखने का ध्येय इसी का समाधान प्रस्तुत करना है। रोचक शैली में व्याकरण की सम्यक् जानकारी प्रस्तुत करने के लिए लेखक को स्वयं व्याकरणिक अंगों-उपांगों की विधिवत् जानकारी होनी चाहिए। साथ ही, इस अत्यंत श्रमसाध्य प्रक्रिया एवं **शुद्धाशुद्ध शब्द-विचार** हेतु आवश्यक धैर्य भी होना चाहिए। उदाहरण के लिए, 'प्रमाण' [प्र+ मान = प्रमाण] से बनने वाले दो शब्दों, 'प्रमाणित' और 'प्रामाणिक' को लिया जा सकता है। यदि वैयाकरण को स्वयं यह ज्ञात नहीं हो कि किस प्रत्यय के जुड़ने पर आदिवृद्धि होती है और किसमें नहीं तो वह तर्कसम्मत-रीति से नहीं समझा सकेगा कि अगर 'प्रामाणिक' शुद्ध है; 'प्रमाणिक' अशुद्ध तो फिर 'प्रमाणित' शुद्ध और 'प्रामाणित' अशुद्ध क्यों है। इसी प्रकार, जिनमें धैर्य नहीं है, वे कहाँ समझ सकेंगे कि रमणीय, माननीय और स्थानीय, तीनों शब्दों की निर्मिति एक-जैसी नहीं है। रम् और मान् में 'अनीय' प्रत्यय लगने से क्रमशः 'रमणीय' (यह भी जानना चाहिए कि 'रमनीय' क्यों नहीं बनता।) और 'माननीय' शब्द की निर्मिति होती है; जबकि स्थानीय में 'अनीय' नहीं, 'ईय' प्रत्यय है।

आज जहाँ अधिसंख्य लेखक कॉपी-पेस्ट ज्ञान के आधार पर ही पुस्तकों का प्रणयन कर रहे हैं; अनुसंधित्सु-भाव से लिखे इस पुस्तक के प्रथम ड्राफ्ट को लिखने के लगभग 7 वर्ष पश्चात् इसका प्रकाशन हो रहा है। पाठकों को बताते हुए मुझे आत्मिक परितोष है कि पुस्तक का पुरोवाक् भी आज से लगभग 5 वर्ष पूर्व आदरणीय विश्वनाथ तिवारी द्वारा लिखा जा चुका था। अस्तु, जब लगा कि मैंने अपना सर्वोत्तम निवेश कर दिया है, तब उन्हें पांडुलिपि सौंप दी। सुखद है कि उसके बाद अत्यल्प समय में पुस्तक प्रकाशित होकर आ गई है।

और अंत में, 'भाषा संशय-शोधन' को जो अभूतपूर्व पाठकीय प्रतिसाद मिला, उससे निश्चित ही लेखकीय दायित्व बढ़ गया है। यदि पढ़ने के पश्चात् सुधी पाठकों को लगे कि इस पुस्तक की प्रस्तुति में भी उसी स्तर का शोध और श्रम है और कदाचित् वही मेधा भी है तो समझूँगा कि साधना सफल हुई।

"अनादिनिधनं ब्रह्म शब्दतत्त्वं यदक्षरम्।
विवर्त्ततोर्थभावेन प्रक्रिया जगतो यतः॥"

—भर्तृहरि (वाक्यपदीयम्)

अनुक्रम

खंड (क)
शब्द-संधान

खंड (क)

शब्द-संधान

शब्द-संधान-01

साधारण, सामान्य, सहज, सरल और आसान

★ **साधारण का अर्थ है**—सब जगह पाया जाने वाला, औसत आदि। साधारण के अँगरेज़ी समानांतर शब्द हैं—simple, ordinary, banal इत्यादि।

★ साधारण में 'धा' धातु है, जो धारण करने के अर्थ का द्योतक है। सामान्यतः, जो हम धारण करते हैं, वह साधारण है; जैसे—साधारण वस्त्र, साधारण शरीर, साधारण प्रतिभा आदि। 'धा' का अर्थ 'धारण करना' और इसी से 'धर्म' की व्युत्पत्ति सिद्ध होती है—"धारयति इति धर्मः"।

★ 'धा' धातु से बनने वाले शब्दों में उपसर्ग और प्रत्यय से अर्थ या तो बदल जाते हैं या पूर्ण गत्यात्मकता को प्राप्त करते हैं। धा से बने विधान का अर्थ व्यवस्था है, विशेष रूप से कुछ धारण करने की व्यवस्था; अर्थात् क़ानून।

★ **सामान्य**—यह 'समान' से व्युत्पन्न [समानस्य भावः ष्यञ्] विशेषण शब्द है। स-मान होना समान होना है। समान होने के योग्य, सामान्य है। सामान्य का अर्थ है—समान, सदृश, तुल्य, मामूली, औसत दर्जे का, तुच्छ, समानता, अनुरूपता, समता इत्यादि। common, general, valid, recognized इत्यादि इसके अँगरेज़ी पर्याय हैं।

★ सामान्य-ज्ञान, सामान्य-परिचय, सामान्य-जानकारी, सामान्य-लक्षण, सामान्य-पक्ष, सामान्य-शास्त्र इत्यादिक में सामान्य के अर्थ स्वतः स्पष्ट हैं।

★ जो सामान्य नहीं है, वह असामान्य अथवा abnormal है; जबकि जो साधारण नहीं है, वह असाधारण है, extraordinary है; अर्थात् विशिष्ट है। हम सामान्य-ज्ञान प्राप्त करते हैं; साधारण ज्ञान नहीं। साधारण 'सामान्य' से कुछ कम का भी द्योतक होता है।

★ सामान्य ज्ञान का अर्थ ऐसे ज्ञान से है, जो आपको आना ही चाहिए। जब आपका सामान्य ज्ञान बहुत अधिक हो जाए तो इसे असाधारण ज्ञान अथवा

extraordinary knowledge कहते हैं; पर इसे असामान्य ज्ञान या abnormal knowledge नहीं कहेंगे।

★ असाधारण का अर्थ है, साधारण से गुण आदि में श्रेष्ठ।

★ **अस्वाभाविक**—जो स्वभाव के विपरीत हो अथवा जो नहीं होना चाहिए, वह हो।

★ **अलौकिक**—जो इस लोक अथवा संसार से ऊपर की चीज़ हो; अर्थात् लोकोत्तर।

★ **सरल**—सरल शब्द के मूल में 'सृ' है। [सृ+ अलच्= सरल] 'सृ' धातु सीधे चलने, सरकने आदिक अर्थ में प्रयुक्त होता है। सरल शब्द के निम्नलिखित अर्थ हैं—

1. सीधा, अवक्र, ऋजु, जो टेढ़ा न हो
2. ईमानदार, खरा, निष्कपट, निश्छल
3. सीधा-सादा, भोला-भाला, स्वाभाविक
4. सहज, आसान

★ सरल का विलोम 'कठिन' है। किसी कठिन विषय को सरल बनाने की प्रक्रिया 'सरलीकरण'(संज्ञा) है। जिसे सहजीकृत किया गया हो या आसान बनाया गया हो, उसके लिए विशेषण के रूप में 'सरलीकृत' शब्द का प्रयोग किया जाता है।

★ **आसान**—यह फ़ारसी-भाषा का शब्द है, जो विशेषण के रूप में सरल, सहज, सुगम, सुकर आदि गुणों को अभिव्यंजित करता है। हिंदी में 'सरल' शब्द का भी लगभग यही अर्थ है। प्रश्न अगर सरल है तो आसान भी है; अर्थात् सहजता से हल किया जा सकता है। हाँ, कोई व्यक्ति सरल तो हो सकता है, 'आसान' नहीं। सरल होना 'आसान' होना से बड़ी बात है। सरल के लिए भाववाचक संज्ञा 'सरलता' है; जबकि आसान के लिए भाववाचक संज्ञा 'आसानी' है। 'आसानी' का अर्थ है—सुविधा, सुगमता, सरलता, सुकरता, सुहूलत इत्यादि। जो हर काम में सुविधा चाहता हो, परिश्रम या झंझट से घबराता हो; उसके लिए विशेषण शब्द है—'आसान-पसंद'।

★ **सहज**—सहज का शाब्दिक अर्थ है—'जो किसी के साथ उत्पन्न हुआ हो।' 'सहज-गुण' का अर्थ है, जन्मजात-गुण। प्रयोग में यह स्वाभाविक के अर्थ में व्यवहृत होता है। सहजबोध, सहजबुद्धि, सहजधर्मी, सहजध्यान इत्यादिक शब्दों में यह अर्थ स्वतः स्पष्ट है।

□

शब्द-संधान-02

अच्छा, भला, बढ़िया, सुंदर, उत्तम और श्रेष्ठ

★ **अच्छा, भला, बढ़िया और सुंदर**—ये सभी अच्छे, अर्थात् अँगरेज़ी के गुड (good) के अर्थ में प्रयुक्त होते हैं; लेकिन इनमें अर्थपरक विभेद है। वस्तुतः, अच्छा शब्द अँगरेज़ी के 'Good' का ठीक-ठीक पर्याय है; जबकि बढ़िया 'Nice' का समार्थक है।

★ अच्छा शब्द 'अच्छ' से निर्मित है। 'अच्छ' प्राप्ति के भाव को व्यक्त करने वाला अव्यय शब्द है; जबकि अच्छा का अर्थ है—स्पष्ट, निर्मल (मल अथवा गंदगी रहित), स्वच्छ (सु+अच्छा=स्वच्छ; अर्थात् साफ़ हो) पारदर्शी (जिसमें एक ओर से दूसरी ओर दिखे) इत्यादि। उदाहरण—अच्छा-स्वास्थ्य, अच्छी-सेहत, अच्छा-दिन, अच्छी-चित्रकारी इत्यादि। अच्छा का विलोम 'बुरा' है।

★ भला शब्द संस्कृत की 'भल्' धातु से व्युत्पन्न है; जिसका अर्थ है—अच्छी तरह देखना, अवलोकन करना। देख-भाल करना और भला-चंगा में यही 'भल्' है। भला-आदमी वह है, जो भद्र हो; जिसमें ठीक से देखने पर कोई विकार न मिले; कालुष्य न मिले।

★ बढ़िया शब्द बना है 'बढ़' से। मूलार्थ की दृष्टि से जो 'बढ़कर' है, वह बढ़िया। बढ़िया कहने का अर्थ है कि पहले की तुलना में वृद्धि हुई है; कुछ बढ़ा है अथवा आगे बढ़ा है। उदाहरण—किसी ने पूछा : "कैसे हो?" उत्तर मिला : "बढ़िया हूँ।" यहाँ बढ़िया का अर्थ है—पहले से आगे बढ़ा हूँ या बेहतर हुआ हूँ। एक और उदाहरण देखते हैं—"अब कैसी तबीअत (तबियत अशुद्ध शब्द है।) है?" "बढ़िया हूँ।" यहाँ भी बढ़िया का अर्थ वही है—पहले से बढ़ा हूँ अथवा बेहतर हुआ हूँ।

★ **बढ़िया का विलोम है**—घटिया। 'घटिया' में देखें कि 'घट्' है। घट् से

क्रिया बनी 'घटना' अर्थात् कम होना। अगर कुछ पहले से घटा है, ख़राब अथवा बदतर हुआ है तो कहेंगे कि 'घटिया' हुआ है। जैसे बढ़िया का विलोम हुआ 'घटिया'; वैसे ही बेहतर का विपरीतार्थक शब्द हुआ—बदतर।

★ ध्यातव्य है कि 'घट्' मूल से संस्कृत और हिंदी के बहुत से शब्द बनते हैं; जैसे घट (घट्+अच) अर्थात् घड़ा, घटिका (छोटा घड़ा), घटा (टोली, जमाव—इसी अर्थ में बादल को 'घटा' कहते हैं।), विघट, विघटन, संघटन आदि। जानना चाहिए कि 'घट्' मूल किसी काम में लगने, प्रयत्न करने, घटित होने के अर्थ में प्रयुक्त होता है; क्योंकि 'घट्' का मूल अर्थ प्रयास करना है, इसलिए प्रयास करने वाले को 'घटक' (घट्+णिच्+ण्वुल्) कहते हैं। इसी अर्थ में, विवाह कराने के लिए प्रयत्न करने वाले को 'घटक' कहते हैं। उदाहरण—"मेरे लड़के के विवाह के लिए एक घटक आया है।" जानना चाहिए कि घटक 'अवयव' को भी कहते हैं। किसी गठबंधन-सरकार के 'घटक-दल' का अर्थ है, वे सभी दल, जो उस गठबंधन के हिस्से हैं अथवा वे सभी दल, जो प्रयास करके गठबंधन बनाते हैं।

★ सुंदर शब्द 'सुन्द्' से बना विशेषण है, जो चाक्षुष (देखने से संबंधित) अनुभव से संबद्ध है। जो देखने में, आकार-प्रकार में औरों से बेहतर हो, जिसे देख-सुनकर सुखद अनुभूति हो, मनोरंजन हो, प्रसन्नता हो, वह सुंदर। मनोहर, आकर्षक आदि इसके पर्याय हैं। जो सुंदर नहीं है, वह असुंदर है; जबकि सुंदर का विलोम 'कुरूप' है। सुंदर से भाववाचक शब्द बना—सौंदर्य (सुंदर+य) या सुंदरता (सुंदर+ता)।

★ **विशेष**—कुछ लोग 'सौंदर्यता' लिख देते हैं, जो एकदम ग़लत प्रयोग है। इसी प्रकार सौम्यता, औदार्यता आदि शब्द ग़लत हैं; सौम्य और औदार्य सही। औदार्य का अर्थ ही है—उदारता; जैसे सौंदर्य का अर्थ ही है—सुंदरता। जानना चाहिए कि औदार्य के पहले परम हो तो दीर्घ संधि होकर 'परमौदार्य' शब्द बनता है; जिसे अज्ञानवश 'परमोदार्य' लिख दिया जाता है। यह भी जानना चाहिए कि कुछ लोग परम को 'परम्' लिखते हैं, जो अनुचित है।

□

शब्द-संधान-03

दिवस, दिन, तिथि, वार और वासर

★ **सबसे पहले एक प्रश्न**—आप अपना जन्मदिन मनाते हैं या जन्मतिथि? जन्मवासर या जन्मवार को तो लोग ठीक समझते हैं; लेकिन कई बार जन्मदिन और जन्मतिथि में अंतर नहीं समझ पाते। इधर एक तथाकथित आचार्य ने तो उद्घोषणा कर दी कि वर्ष में एक बार किसी का जन्मदिन नहीं आता; जन्मतिथि आती है अथवा जन्मदिनांक आता है। अगर तथाकथित आचार्य दिन, तिथि और वार के अंतर को ठीक से समझ पाते तो ऐसी घोषणा कभी न करते। आइए! समझते हैं—

★ **दिवस**—'दिव्' धातु चमकने के अर्थ में व्यवहृत होता है। 'दिव्' धातु से बनने वाले कुछ अन्य शब्दों पर दृष्टि निक्षेपित करते हैं—

- दिव्य—चमक के योग्य, अलौकिक
- दिवा—दिन में, दिन के समय
- दिवास्वप्न—दिन के समय सोना
- दिवावसु—सूर्य
- दिवाकर—सूर्य, प्रकाश करने के कारण
- दिवाभू—प्रकाश का निकलना; अर्थात् सुबह
- दिवामुखम्सु—बह
- दिवाविगम—सायंकाल

★ **दिन (Date)**—यह 24 घंटे का समय होता है। सौर-वर्ष में 365 दिन होते हैं। 24 घंटे के बाद रात के 12 बजे कैलेंडर में दिन बदल जाता है। स्मरण रहे कि यह दिवस का पर्याय भी है और उस अर्थ में सूरज के उदय से अस्त होने तक की अवधि को भी 'दिन' कहा जाता है। इसी अर्थ में दिन का विलोम रात है। यहाँ दिन से बनने वाले कुछ अन्य शब्दों

को देख लेते हैं—

- दिनकर—सूर्य
- दिनमणि—सूर्य
- दिनाधीश—सूर्य
- दिनेश—सूर्य
- दिनारंभ—प्रभात, सुबह
- दिनयौवन—मध्याह्न
- दिनांत—संध्या समय
- दिनावसान—संध्याकाल या सायंकाल
- दिनक्षय—संध्याकाल
- दिनचर्या—प्रतिदिन का कार्यक्रम

★ **तिथि**—चांद्र-दिवस को तिथि कहते हैं। यह दो सूर्योदयों के बीच का समय होता है। ध्यान दें कि रात के 12 बजे अथवा रेलवे आदि की घड़ी में 24 बजे दिन बदल जाता है; तिथि नहीं बदलती। तिथियाँ मात्र चौदह होती हैं; जबकि एक महीने में 28, 29, 30 अथवा 31 दिन होते हैं। दिन कैलेंडर के अनुसार बदलता है; जबकि 'तिथि' पञ्चाङ्ग अथवा 'पत्री' के अनुसार परिवर्तित होती है। कोई दिन एक महीने में 1 ही बार आता है; जबकि कोई तिथि 28 दिन के चांद्र-मास में 2 बार आती है। उदाहरण—एक महीने में एकादशी से चतुर्दशी तक प्रत्येक तिथि दो-दो बार आती है।

★ ध्यातव्य है कि तिथि को 'चन्द्र दिवस', 'चंद्र दिवस', 'चंद्र-दिवस' आदि भी लिख दिया जाता है; लेकिन चांद्र-दिवस अथवा चान्द्र-दिवस सबसे शुद्ध है। जब यह चंद्र/चन्द्र अथवा चंद्रमा का दिवस होता, तब चन्द्र-दिवस प्रयोग सही होता। यह चन्द्रमा का दिवस नहीं; अपितु चन्द्रमा से संबंधित दिवस है; इसलिए चांद्र/चान्द्र-दिवस है। जिस प्रकार हम 'सूर्य-दिवस' नहीं लिखते, 'सौर-दिवस' लिखते हैं; ठीक उसी प्रकार 'चन्द्र-दिवस' नहीं, 'चांद्र-दिवस' लिखना चाहिए।

★ **वार**—सप्ताह के एक दिन को 'वार' अथवा 'वासर' कहते हैं। वार शब्द 'वृ' धातु में 'घञ्' प्रत्यय जुड़ने से व्युत्पन्न हुआ है। 'वृ' धातु बार-बार अथवा आवृत्ति को अभिव्यक्त करता है। देखें कि आवृत्ति में भी 'वृ' है, वर्ष और वर्षा में भी 'वृ' है। सोमवार, मंगलवार आदिक वार हैं, दिन नहीं। ये तिथि भी नहीं हैं। किसी सोमवार को एकादशी तो किसी अन्य सोमवार को

त्रयोदशी, चतुर्दशी कोई भी तिथि हो सकती है। स्मरण रहे कि वासर अथवा 'वार' केवल 7 होते हैं।

★ **वासर**—सप्ताह का एक दिन 'वासर' कहलाता है, जिसे 'वार' भी कहा जाता है। रविवासरीय, सोमवासरीय आदिक के अर्थ स्वतः स्पष्ट हैं। ध्यातव्य है कि रविवासरीय को 'रविवारीय' तो लिखा जा सकता है; परंतु 'रविवासीय' नहीं।

★ **जन्मदिन सौर**—वर्ष के अनुसार मनाते हैं। अगर किसी का जन्म 25 जुलाई को हुआ है तो अगले वर्ष भी 25 जुलाई को ही मनाया जाएगा। श्राद्धकर्म, बरसी आदि तिथि अथवा चांद्र-दिवस के अनुसार संपन्न किया जाता है। परीक्षाओं के आवेदन-प्रपत्र में जन्मतिथि नहीं जन्मदिन भरना अपेक्षित होता है। कई बार परीक्षा आयोजित करने वाली संस्थाओं से भी ग़लती हो जाती है, जब वे जन्मदिन के बदले 'जन्मतिथि' पूछ लेते हैं।

□

शब्द-संधान-04

अलंकरण, सम्मान, पुरस्कार और पारितोषिक

★ **पुरस्कार**—पुरस्कार शब्द 'पुरस्+कार' से बना है। 'पुरस्' उपसर्ग का अर्थ समक्ष, पहले, सामने, आगे करना इत्यादिक है। 'कार' का अर्थ है, करना। इस तरह पुरस्कार का अर्थ हुआ—सामने करना, आगे करना या सम्मान देना। 'पुरस्' उपसर्ग से बनने वाले कुछ अन्य शब्द हैं—पुरस्सर (पुरस्+सर=पुरस्सर; अर्थात् अग्रगामी), पुरस्करण (पुरस्+करण=पुरस्करण; अर्थात् पुरस्कृत करने की क्रिया), पुरस्क्रिया (पुरस्+क्रिया=पुरस्क्रिया; अर्थात् आरंभिक कृत्य) इत्यादि।

★ पुरस्कार किसी कार्य के सामने आने या किसी उपलब्धि के लिए दिया जाता है। यह औपचारिक होता है तथा इसमें प्रशस्तिपत्र, प्रमाणपत्र, नकद-राशि, प्रतीक-चिह्न इत्यादि दिया जाता है। अँगरेज़ी शब्द अवार्ड (award) इसको व्यंजित करता है; जैसे नोबेल पुरस्कार, फिल्मफेयर पुरस्कार आदि। आप 'नोबल पुरस्कार' को 'नोबेल पारितोषिक' नहीं कह सकते हैं।

★ **पारितोषिक**—पारितोषिक शब्द 'परितोष+इक प्रत्यय' से बना है। परितोष का अर्थ 'संतोष' है तथा 'इक' प्रत्यय का अर्थ संबंधित है। इस तरह पारितोषिक का अर्थ हुआ—किसी स्पर्द्धा, प्रतियोगिता आदि में अच्छे प्रदर्शन की संतुष्टि से संबंधित इनाम। इसके लिए अँगरेज़ी शब्द रिवार्ड (reward) है। reward या पारितोषिक, award या पुरस्कार से लघु और कम औपचारिक होता है।

★ कार्यालयों में अच्छे कार्य के लिए पारितोषिक या reward दिया जाता है। जब यही छोटे-छोटे कार्य आपकी उपलब्धि बनते हैं तो कभी इसके लिए ही आपको महानिदेशक, राष्ट्रपति आदि के द्वारा पुरस्कार दिया जाता है। राष्ट्रपति से आप पारितोषिक नहीं ले सकते।

★ सेवापुरस्कार भी मुख्यतः किसी कर्मचारी को सेवानिवृत्त होने के समय मिलने वाले पुरस्कार को ही कहते हैं। यह भी एक दिन की मेहनत से नहीं मिलता। अभीष्ट है कि पुरस्कार और पारितोषिक शब्दों के प्रयोग में स्पष्टता हो।

★ **अलंकरण**—अलंकरण अलंकारों से युक्त करने की क्रिया का भाव है। अलंकार का शाब्दिक अर्थ है—गहना। "अलंकरोति इति अलंकारः" अर्थात् जो शोभा बढ़ाए, वह अलंकार है। इस तरह अलंकरण का अर्थ हुआ—गहनों से लादना, सजाना, सजावट करना आदि। इसके लिए अँगरेज़ी शब्द है—ornamentation, adornment, embellishment, decoration इत्यादि।

★ साहित्य में काव्य की शोभा बढ़ाने वाले शब्दों को अलंकार कहते हैं; हालाँकि; अलंकारवादी विद्वान् इसे उचित नहीं मानते। उनका मानना है कि अलंकारों का काम काव्य की शोभा बढ़ाना मात्र नहीं है; यह तो रसवादी विद्वानों द्वारा अलंकार शास्त्र के महत्त्व को कम करना है। यहाँ, अलंकारशास्त्र की गहराई में न जाते हुए सिर्फ़ यह दिखाने का प्रयास है कि अलंकार भले सिर्फ़ काव्य की शोभा न बढ़ाएँ, वरन् काव्य के अनिवार्य अंग हों; लेकिन इतना तो है कि काव्य की शोभा बढ़ाने वाले तत्त्व अलंकार हैं।

★ इसी तरह अलंकार से सजाने या अलंकृति का बोध कराने के लिए अलंकरण समारोह किए जाते हैं। नागरिक अलंकरण समारोह, सैन्य अलंकरण समारोह, पुलिस अलंकरण समारोह इत्यादि जितने भी समारोह होते हैं, उन सब में जिनका अलंकरण होता है; उन सभी को कुछ ऐसे मैडल या चिह्नों से सजाया जाता है जो या तो उनकी वर्दी या फिर उनके नाम के साथ जुड़कर उनकी शोभा बढ़ाते हैं; जैसे—पद्मश्री.........., पद्मविभूषण.........., परमवीर चक्र.......... या इस तरह का कोई भी अलंकरण।

★ यह पुरस्कारों से कैसे भिन्न है, इसे उदाहरण से समझें—राष्ट्रपति द्वारा 'नागरिक अलंकरण समारोह' में पद्म पुरस्कार दिए जाते हैं, जिसमें प्रशस्तिपत्र आदि के साथ अलंकरण भी सौंपा जाता है—जो उस व्यक्ति की शोभा बढ़ाते हैं। इसका अर्थ यह नहीं है कि किसी को अलंकरण मिला तो सम्मान या पुरस्कार नहीं मिला।

★ किसी पुलिस अधिकारी को जब महानिदेशक-पदक अथवा प्रतीक-चिह्न दिया जाता है तो यह उसकी वर्दी पर टंग जाता है और इस तरह वह हमेशा

ही उसकी शोभा बढ़ाता है; इसलिए इसे अलंकरण कहते हैं।

★ अगर किसी अधिकारी को बहुत से अलंकरण प्राप्त हो जाते हैं तो कहा जाता है—"उस अधिकारी को अनेक अलंकरण प्राप्त हो चुके हैं।" या "He is a highly decorated officer."

★ हर सम्मान में अलंकरण हो, यह आवश्यक नहीं। अलंकरण वही कहे जाते हैं, जो हमेशा के लिए किसी की शोभा को बढ़ा दे। सम्मान का अर्थ है, किसी को बराबर मान या इज़्ज़त देना। [सम्+मान=सम्मान।] अर्थात् किसी को मान या प्रतिष्ठा [प्रति+स्था=प्रतिष्ठा] से युक्त करना ही सम्मान करना है। एक जैसे सम्मान प्राप्त लोग आपस में एक समान माने जाते हैं; जैसे सारे पद्‌म-भूषण आपस में एक समान होंगे; लेकिन इससे उच्च सम्मान 'पद्‌म-विभूषण' प्राप्त करने वालों से ये कम होंगे। अलंकरण तो चिह्न या गहना है, जो सम्मान के साथ दिया जाता है।

□

शब्द-संधान-05

आपदा, विपदा, संकट, विपत्ति और ख़तरा

- ★ आपदा : यह बना है, 'आपद्' से। आपद [आ+पद् +क्विप् = आपद] शब्द का प्रयोग दुर्भाग्य अथवा संकट के लिए होता है। 'आपदा' [आपद्+ टाप् = आपदा] शब्द का प्रयोग प्राकृतिक संकट के लिए होता है। उदाहरण के लिए, बाढ़, भूकंप, हिमस्खलन आदिक के लिए 'आपदा' का प्रयोग किया जाता है। पीडित (पीड़ित संस्कृत के अनुसार अशुद्ध है; पर हिंदी में लिखा जाता है।) अथवा कठिनाई में फँसे हुए के लिए 'आपन्न' शब्द है। आपदा-प्रबंधन; अर्थात् Disaster-management के अंतर्गत ऐसे किसी प्राकृतिक संकट के समय जन-धन की क्षति को रोकने का उद्यम किया जाता है। प्राकृतिक आपदा की जगह सिर्फ 'आपदा' का प्रयोग करना चाहिए; क्योंकि 'आपदा' का प्रयोग प्राकृतिक संकट के लिए ही होता है।
- ★ **संकट**—शब्दार्थ की दृष्टि से, संकरे अथवा संकीर्ण मार्ग को संकट कहा जाता है। इसका मूल अर्थ अब गौण हो गया है और लाक्षणिक अर्थ ही प्रचलित अर्थ हो गया है। व्यवहार में संकट की स्थिति वह मानी जाती है, जिसमें चारों ओर से विपत्ति या ख़तरा हो और बचकर निकलने का मार्ग अत्यंत संकरा हो।
- ★ **विपत्ति**—प्रतिकूल स्थिति में जाना अथवा गिरना ही विपत्ति है। अँगरेज़ी में 'Distress' इसका समार्थक शब्द है। मृत्यु, विनाश, अनर्थ, अनिष्ट इत्यादि के लिए विपत्ति का प्रयोग होता है। [वि+पद् +क्तिन् = विपत्ति]
- ★ **विपद्**—दुर्भाग्य और दुःख का वाचक शब्द है। अब यहाँ 'विपद्' से बनने वाले हिंदी के कुछ महत्त्वपूर्ण शब्दों को देख लेते हैं, जिनका प्रयोग हिंदी के अध्येता भूल रहे हैं—

1. **विपत्काल**—विपत्काल [विपद्+काल = विपत्काल] कहते हैं—संकट अथवा मुसीबत की घड़ी को।
2. **विपत्युक्त**—विपत्युक्त [विपद्+युक्त] भी एक विशेषण शब्द है; जिसका अर्थ है—अभागा अथवा दुःखार्त (दुःख+ ऋत= दुःखार्त; अर्थात् दुःखी)।
3. **विपल्लीन**—'विपद्-ग्रस्त' के लिए एक अन्य शब्द है—'विपल्लीन' (विपद्+लीन)
4. **विपज्जाल**—विपज्जाल [विपद्+जाल= विपज्जाल] का अर्थ है, दुःख अथवा विपदा का जाल अथवा बंधन।

★ **विपदा**—विपदा व्यक्ति विशेष के लिए आई मुसीबत है। बाढ़ की आपदा किसी के लिए विपदा हो सकती है। ऐसे, सामान्यतः यह मानवजनित होती है। विपदा जिसपर आती है, वह भले ही 'विलाप' करे; शेषजन उससे अनभिज्ञ रह सकते हैं। 'आपदा' जब आती है तो बहुसंख्य लोगों को पता चल ही जाता है।

★ **ख़तरा**—ख़तर से बना शब्द है। 'ख़तर' का अरबी भाषा में अर्थ है—भय, त्रास, डर, शंका, शुब्हा (इसे हिंदी में शुबहा भी लिख दिया जाता है।) इत्यादि। ख़तर से विशेषण 'ख़तरनाक' बनता है। जहाँ ख़तरा हो, वहाँ 'ख़तरनाकी' स्थिति होती है। ध्यातव्य है कि अरबी-भाषा में यह विशेषण (ख़तरनाकी) बनता है; हिंदी में केवल ख़तरनाक ही प्रचलन में है।

★ **विशेष**—व्याकुलता सहित भय को 'त्रास' कहा जाता है।

□

शब्द-संधान-06

संशय, शंका, आशंका, भ्रम, संदेह, दुविधा और असमंजस

★ **संशय**—इसमें संकोच और अनिश्चय का भाव सन्निहित है। अँगरेज़ी में संशय का समानार्थी शब्द 'Doubt' है। कोई अनिश्चितता में पड़ जाए तो उसे 'संशयस्थ' अथवा 'संशयगत' कहा जाता है। संशययुक्त अथवा 'संशयापन्न' व्यक्ति का एक विशेषण 'संशयालु' भी है। स्मरण रहे कि संशय [सम्+शी+अच् = संशय] का शोधन होता है।

★ **भ्रम**—भ्रम में हम कुछ-का-कुछ समझ लेते हैं। इसमें यह पक्का है कि ग़लत ही समझेंगे। परिभाषा : वह विश्वास या विचार, जिसमें किसी ग़लत तथ्य को सत्य मान लिया जाता है, भ्रम है। भ्रम का शीघ्र ही 'निवारण' हो जाता है। भ्रम का एक उदाहरण : रस्सी को अँधेरे में देखकर उसे साँप समझ लेना। ध्यातव्य है कि जिस समय रस्सी को साँप समझा जाता है, उस समय उस रस्सी से उतना ही डर लगेगा, जितना एक साँप को वास्तव में देखने पर। जैसे ही प्रकाश होता है, भ्रम का निवारण भी हो जाता है कि यह रस्सी है, कोई साँप नहीं।

★ भ्रम एक मानसिक विकार भी हो सकता है; क्योंकि सिजोफ्रेनिया, द्विध्रुवी विकार (bipolar disorder), अल्जाइमर जैसे रोगों में भी भ्रम की स्थिति बढ़ जाती है। अँगरेज़ी शब्द illusion, delusion आदि भ्रम के क़रीब है। भ्रम का निवारण होता है। ऊपर हमने देखा कि संशय का शोधन होता है।

★ **संदेह**—यह 'दिह्' धातु से व्युत्पन्न है। [सम्+दिह्+घञ् = संदेह]

★ अर्थ की दृष्टि से यह भी अँगरेज़ी भाषा के doubt, suspicion आदि

शब्दों के क़रीब है। संदेह में यह तय नहीं है कि आप ग़लत ही समझेंगे। वस्तुत:, इसमें यह निश्चय नहीं रहता कि जिस चीज़ या तथ्य को लेकर संदेह है; वह सही है या ग़लत। इसमें निश्चय का अभाव रहता है।

उदाहरण : "मुझे संदेह है कि भारतीय टीम वर्ल्ड कप जीतेगी।" यहाँ यह तय नहीं है कि नहीं ही जीतेगी; जीत भी सकती है और हार भी सकती है। भ्रम का निवारण होता है; संदेह को दूर किया जाता है।

★ दुविधा शब्द बना है 'द्वि' और 'विधा' से। 'द्वि' तद्भवीकरण से 'दु' हो गया। विधा का अर्थ है—ढंग, रीति, प्रकार। [वि+धा+क्विप्= विधा]

उदाहरण : दुविधा में हूँ कि पढ़ाई करूँ कि फ़िल्म देखने जाऊँ। इस प्रकार दुविधा अपनी अर्थवत्ता में असमंजस की भाँति ही है। दुविधा में व्यक्ति पसोपेश (पेशोपस भी शुद्ध है; 'पशोपेस' अशुद्ध) में रहता है कि क्या करूँ; क्या न करूँ। अँगरेज़ी शब्द 'dilemma' इसके क़रीब है।

★ दुविधा से मिलता-जुलता एक शब्द है, असमंजस (अ+समञ्जस)। समंजस का अर्थ—उचित, स्पष्ट, तर्कसंगत आदि है। 'अञ्ज्' धातु है; जिसका अर्थ है, लेपना, स्पष्ट करना, प्रकट करना आदि। अंजन लगाने से आँखों की रौशनी (इसे हिंदी में कभी-कभी रोशनी भी लिख दिया जाता है।) बढ़ती है, ऐसा माना जाता था। 'सम्' का अर्थ है, बराबर या सम्यक्। इसलिए 'समञ्जन करने' का अर्थ होता है, सही तालमेल बिठाना, coordinate करना।

★ असमञ्जस (असमंजस भी शुद्ध है।) में मन में तालमेल का अभाव रहता है; आदमी सोच ही नहीं पाता है कि क्या करूँ। उदाहरण : दो-तीन प्रमुख नेताओं में मुख्यमंत्री कौन बनेगा—इस संदर्भ में असमंजस की स्थिति बनी हुई है।

★ **शंका**—इसकी व्युत्पत्ति 'शंक्' धातु से है; जिसमें खींचने, डरने, सोचने आदि का भाव है। कृषि में प्रयुक्त बैल को भी 'शंक' कहा गया, क्योंकि वह खींचता है। ध्यातव्य है कि स्वयं कृषि में जो 'कृष्' धातु है, उसका अर्थ भी 'खींचना' है। व्यवहार में 'शंका' शब्द का प्रयोग किसी प्रतिकूल स्थिति, हानि अथवा अनिष्ट की संभावना के लिए होता है। इसमें भी संदेह की भाँति निश्चय का अभाव रहता है। यहाँ प्रश्न उत्पन्न होता है कि व्युत्पत्तिगत अर्थ इसके प्रायोगिक अर्थ से कुछ साम्य रखता है अथवा नहीं? ध्यान दें कि जिस चीज़ के प्रति शंका रहती है, मन उधर ही खिंचा रहता है, उसको

लेकर डर का भाव रहता है। मन जिसके प्रति 'शंकित' अथवा 'सशंकित' रहता है, वह वर्तमान में मन में चुभता रहता है। शंकु का अर्थ खंभा, स्तंभ आदिक के साथ-साथ कटार या बर्छी भी होता है; जिसमें चुभने का भाव है। 'शोकशंकु' का अर्थ होता है—'शोकरूपी कटार'। 'शंकुला' कहते हैं, सरौता अथवा दुधारी नश्तर को। शंका का समाधान किया जाता है।

★ **आशंका**—यह आगत अथवा भविष्य की शंका है। वर्तमान में कुछ ग़लत होने का डर 'शंका' है। आशंका है कि आगे कुछ बुरा होने वाला है। इसमें यह लगता है कि बुरा ही होगा अथवा अनिष्ट ही होगा। आगत का यह डर अथवा विशिष्ट शंका 'आशंका' है। अँगरेज़ी का Apprehension इसका समार्थक शब्द है।

★ **विशेष**—तथ्य शब्द की व्युत्पत्ति 'तथा' से है। तथा का अर्थ 'और' होता है। विशेषण के रूप में तथ्य का अर्थ है—विवरण अथवा वास्तविकता। तथ्य के सार अथवा 'सत्' को 'सत्य' कहा जाता है। तथ्य में विवरण है, जबकि सत्य में सार है।

□

शब्द-संधान-07

उदाहरण, दृष्टांत, आहरण और प्रत्याहार

★ **उदाहरण और दृष्टांत**—इन दोनों का प्रयोजन एक है—कुछ प्रमाणित या पुष्ट करना। दोनों के सामान्य प्रतीक भी एक-से हैं—'जैसे', 'यथा' आदि। अस्तु, दोनों के निहितार्थ और प्रयोग में अंतर है। आइए, देखते हैं—

★ उदाहरण शब्द 'उद् (उत्)+आहरण' से व्युत्पन्न है। उद् (उत्) का अर्थ 'ऊपर' और 'आहरण' शब्द का अर्थ है—खींचकर लाना, छीन लेना, चुराकर ले जाना इत्यादि। इस प्रकार, उदाहरण शब्द का अर्थ हुआ—कुछ प्रमाणित करने के लिए कुछ और खींचकर लाना। इसको ऐसे समझें कि आप जब 'उदाहरण' देते हैं तो अपनी बात के पक्ष में कहीं और से तथ्य लाकर देते हैं। अँगरेज़ी का 'example' इसका समार्थक शब्द है।

★ बौद्धिक और व्यावहारिक तथ्यों, पदार्थों, विचारों आदि के संबंध में कुछ प्रमाणित करने के निमित्त कुछ प्रस्तुत करना 'उदाहरण' कहलाता है। 'उदाहरण' शब्द के दो प्रयोग देखें—

1. ठोस पदार्थ के 'उदाहरण' हैं : लोहा, लकड़ी, बर्फ़ आदि।
2. भारत लोकतंत्र का एक 'उदाहरण' है।

★ **दृष्टांत**—किसी बात के समर्थन में दिया जाने वाला उदाहरण 'दृष्टांत' कहलाता है। हम कह सकते हैं कि 'दृष्टांत' आचरण और कृतियों के संबंध में आदर्श और प्रमाण के रूप में प्रस्तुत किया जाता है; जैसे—प्राचीन काल में मल्ल-युद्ध का एक 'दृष्टांत' महाभारत काल में भीम-जरासंध युद्ध में मिलता है। अँगरेज़ी शब्द illustration, parable, exemplification आदि इसके क़रीब हैं।

★ स्मरण रहे कि 'दृष्टांत' शब्द का प्रयोग किसी नई बात को सिद्ध करने के लिए कुछ मिसाल या कहीं से कुछ तथ्य, साम्य या नज़ीर प्रस्तुत करने के

लिए किया जाता है। आइए, इस शब्द की व्युत्पत्ति को देख लेते हैं—

★ दृष्टांत शब्द 'दृष्ट+अंत' से बना है। दृष्ट शब्द 'दृश्' धातु में 'क्त' प्रत्यय लगकर बना है। 'दृश्' धातु देखने के लिए प्रयुक्त होती है। दृष्ट (seen) का अर्थ है, दिखाई पड़ने वाला, प्रत्यक्ष, अवलोकन किया हुआ। दृष्ट का विलोम शब्द है—अदृष्ट (unseen)। अदृष्ट का अर्थ हुआ—जो नहीं दिखा; जिसका अवलोकन नहीं किया जा सका।

★ दृष्टांत की एक व्याख्या यह हो सकती है कि जो कुछ कहीं देखा जा चुका है, उससे अंत या समाप्त करना। इसका आशय है—कथन की पुष्टि के लिए अंत में कुछ ऐसा प्रस्तुत करना, जो पूर्व में कहीं देखा गया है; इसलिए प्रामाणिक है।

★ **आहरण**—आहरण शब्द 'आ+ हरण' से बना है। हरण शब्द 'हृ' से बना है और इसका अर्थ है—'छीन लेना'। इस तरह आहरण का प्रयोग भले ही निकासी करना, निकालना आदि के लिए होता है, अपने मूल अर्थ में यह 'विवर्तन', 'प्रत्याहार' आदि से संबंधित है।

★ ध्यानाकर्षण—DDO (drawing and disbursing officer) का हिंदी अनुवाद : 'आहरण और वितरण अधिकारी' नहीं होना चाहिए। 'निकासी और वितरण अधिकारी' इसके लिए उचित शब्द है। 'आहरण' छीनने के लिए उचित शब्द है। अँगरेज़ी राज में जिसने भी यह शब्द दिया होगा, बड़ा राष्ट्रवादी होगा। अब इसको बदल देना चाहिए।

★ **प्रत्याहार**—यह शब्द 'प्रति+आहार' से बना है। प्रति का अर्थ है—'विपरीत' और आहार का अर्थ है—'भोजन'। इस तरह प्रत्याहार का शाब्दिक अर्थ हुआ—'विपरीत भोजन'। भोजन इंद्रियों को सशक्त करता है और बहिर्मुखी बनाता है। मूलार्थ के आधार पर 'प्रत्याहार' है—
'इंद्रियों के विषयों को जो पुष्ट न करे'। यहीं से प्रत्याहार शब्द का अर्थ हुआ—इंद्रियों को बहिर्मुखी से अंतर्मुखी बनाना।

★ **विशेष**—'दृश्' धातु में 'तव्य' प्रत्यय जुड़ने से 'द्रष्टव्य' शब्द बनता है; जिसका अर्थ है—'देखने योग्य'। भ्रमवशात्, लोग इसे 'दृष्टव्य' लिख देते हैं, जो नितांत अनुचित है।

□

शब्द-संधान-08

सिंहावलोकन और विहंगावलोकन

★ **सिंहावलोकन शब्द बना है**—'सिंह+अवलोकन' से। 'अव' उपसर्ग का अर्थ नीचे, हीन आदि है; जबकि अवलोकन का अर्थ है—देखना। अँगरेज़ी शब्द 'overview' इसके क़रीब है। सिंह जब चलता है तो थोड़ी-थोड़ी देर बाद वह गरदन घुमाकर पीछे देखता है कि सब ठीक तो है। गर्वित वनराज का पलटकर देखना आत्मविश्वास से पूर्ण होता है; लेकिन उसमें सावधानी भी होती है।

★ **विहंगावलोकन का अर्थ है**—विहंग या पक्षी की निगाह से देखना; अर्थात् सरसरी निगाह से देखना। अँगरेज़ी के 'Bird's eye view' का ठीक यही अर्थ है। कहते हैं कि आसमान की ऊँचाई में उड़ रहा एक छोटा पक्षी भी ज़मीन पर गिरे अनाज के एक दाने को देख लेता है। इसी से शब्द बना 'विहंगम-दृष्टि'। यद्यपि सिंहावलोकन में आपको पता होता है कि सब ठीक ही है; तथापि पीछे मुड़कर एक बार देख लेते हैं। विहंगावलोकन में पैनी दृष्टि अपेक्षित होती है।

★ **विशेष**—यहाँ 'दृष्टि' शब्द पर भी दृष्टिपात कर ही लेते हैं—दृष्टि शब्द की व्युत्पत्ति 'दृश्' धातु से है। 'दृश्' धातु का अर्थ है—देखना, अवलोकन करना, नज़र डालना, निरीक्षण करना, निहारना, दृष्टिगोचर करना, खोज करना, दर्शन करना इत्यादि। आँख को 'दृशा' और 'दृशी' भी कहा जाता है; क्योंकि यह देखने के काम आती है। जो देखने में मदद करे, ऐसे गुरु को 'दृशान' कहा जाता है। जो 'दृश्'; अर्थात् देखने के योग्य हो, वह 'दृश्य' कहलाता है। जो देख लिया गया, वह 'दृष्ट'। दृष्टि से देखने की शक्ति, समीक्षण आदिक का अर्थ मिलता है। यही दृष्टि प्राकृत (दिट्ठी) से पालि (दिट्ठ) के रास्ते हिंदी में आकर 'दीठ' बन गया।

□

शब्द-संधान-09

उद्देश्य, लक्ष्य, ध्येय और प्रयोजन

★ एक जैसे प्रतीत होने वाले इन शब्दों में पर्याप्त अर्थपरक-विभेद है। सामान्यतः उद्देश्य (objective) व्यावहारिक, निश्चित और सीमित प्रयोजन के लिए प्रयुक्त होता है; जबकि आदर्शवादयुक्त वृहद्, पर सामान्य प्रयोजन के लिए लक्ष्य (aim) का प्रयोग किया जाता है। भाषा-विज्ञान की दृष्टि से देखें तो इन शब्दों के मूल में ही अर्थ छुपे हुए हैं। ऐसा नहीं है कि किसी ने तय कर दिया है कि 'उद्देश्य' और 'लक्ष्य' के क्या-क्या अर्थ होंगे। हिंदी एक बहुत ही वैज्ञानिक भाषा है। यह बताती है कि ऐसा है तो ऐसा क्यों है।

★ **उद्देश्य**—उद्देश्य शब्द को देखें तो यह 'उत्+देश्य' से व्युत्पन्न है। 'उत्' का अर्थ 'ऊपर' है। देश्य का अर्थ है—देश या दिशा के योग्य। देश, देशना आदि शब्द 'दिश्' धातु से बने हैं। इस तरह उद्देश्य शब्द का अर्थ हुआ—'जिसकी दिशा ऊपर की ओर हो। ध्यातव्य है कि उद्देश्य एक निश्चयात्मक शब्द है; क्योंकि यह किसी विशेष दिशा में (ऊपर की ओर) जो हमें करना है, उसे इंगित करता है। इसमें स्पष्टता है कि अभी यह करना है।

★ **लक्ष्य**—इस शब्द का मूल अर्थ है—'लक्ष के योग्य'। लक्ष शब्द का अर्थ है—देखना। ऐसे, 'लक्ष' का एक अर्थ 'एक लाख की संख्या' भी है। लक्षपति से ही हिंदी का 'लखपति' शब्द बना है। अस्तु, देखने के अर्थ में 'लक्ष्य' का अर्थ हुआ—'देखे जाने योग्य'। जिस प्रकार, 'पठ्य' का अर्थ है—'पढ़े जाने योग्य' और 'श्रव्य' का अर्थ है—'सुने जाने योग्य'; ठीक उसी प्रकार, 'लक्ष्य' का अर्थ है—'देखे जाने योग्य'; अर्थात् जो सामान्यतः हमें दिख रहा हो या जो करना हो। यह कोई ज़रूरी नहीं कि अभी ही करना है, पर करना है।

★ द्रष्टव्य है कि लक्ष्य में दिशा निश्चयात्मक नहीं है। यह एक सामान्य सा कथन है—जो देखे जाने योग्य है या जो किए जाने योग्य है। इस अर्थ में, लक्ष्य में एक आदर्शवादिता है। ऐसा कह सकते हैं कि लक्ष्य करने वाला (लक्षक) छोटे-छोटे उद्देश्यों की प्राप्ति करते हुए बड़े लक्ष्य की ओर बढ़ता है। विश्व कप जीतना किसी क्रिकेट टीम का लक्ष्य हो सकता है; जबकि एक-एक मैच जीतना उद्देश्य हो सकता है।

★ **ध्येय—** ध्येय का व्युत्पत्तिगत अर्थ है, 'ध्यान किए जाने योग्य'। ध्यान की व्युत्पत्ति 'ध्यै' धातु में 'ल्युट्' प्रत्यय के लगने से हुई है। 'ध्यै' का अर्थ सोचना, मनन करना, विचार करना, ध्यान लगाना आदि है। जो सोचने, मनन करने अथवा ध्यान लगाने के योग्य हो, वह 'ध्येय'। प्रयोग में, यह उद्देश्य की भाँति ही है; परंतु इसमें नैतिकता और सैद्धांतिकी के तत्त्व अंतर्निहित होते हैं। उद्देश्य अच्छा या बुरा कुछ भी हो सकता है; परंतु ध्येय सदा अच्छा अथवा सद् ही होना अपेक्षित होता है।

★ **प्रयोजन**—प्रयोजन शब्द की व्युत्पत्ति 'युज्' धातु से हुई है [प्र+ युज्+ ल्युट्= प्रयोजन]। 'युज्' धातु से ही 'योग' की भी व्युत्पत्ति है। प्रयोज्य [प्र+ युज्+ ण्यत्] कहते हैं, 'उपयोग अथवा इस्तेमाल करने योग्य' को। प्रयोजन का शाब्दिक अर्थ है—उपयोग, आवश्यकता, नियुक्ति, काम में लगना इत्यादि। प्रयोजन अधिक स्पष्ट और वस्तुनिष्ठ होता है। जब किसी उद्देश्य, ध्येय अथवा लक्ष्य के प्रति सुस्पष्टता रहती है और उसकी संप्राप्ति अथवा संसिद्धि हेतु कार्ययोजना बना ली जाती है, तब उसे 'प्रयोजन' कहा जाता है।

□

शब्द-संधान-10

आशीर्वाद, वर, कृपा, दया और महिमा

★ जब कोई आपसे पूछता है, "आप कैसे हैं?" तो क्या आप भी कहते हैं, "आपकी कृपा है।" आशीर्वाद की जगह 'कृपा' न कहें; न लिखें! आशीर्वाद और कृपा दो ऐसे शब्द हैं, जिनमें एक की जगह दूसरे का प्रयोग कर लिया जाता है; जबकि दोनों में पर्याप्त अर्थपरक-विभेद है।

★ **कृपा**—कृपा (grace) शब्द 'कृप्' धातु से बना है; जिसका अर्थ है—दया, स्वीकार करना, अंगीकार करना आदि। 'कृप्' धातु से ही कृपया, कृपालु, कृपण, कृपाण इत्यादि शब्द बने हैं। कृपा ईश्वर की, महापुरुषों की या गुरु की होती है। इस तरह देखा जाए तो दया ही 'कृपा' का संचारी भाव है।

★ जिनसे हमें कृपा की अपेक्षा है, उनसे सीधे-सीधे संपर्क में हों, यह आवश्यक नहीं। हम किसी विभाग के निदेशक या फिर प्रधानमंत्री को भी पत्र लिखकर 'कृपा' अथवा 'कृपया' शब्द लिखते हैं। कृपा में स्नेह या अपनत्व हो, यह भी आवश्यक नहीं। कृपा के पात्र हैं तो कृपा मिलेगी।

★ **आशीर्वाद**—आशीर्वाद या आशीर्वचन बड़ों के द्वारा छोटों को दिया जाता है। अपने हैं तो 'आशीर्वाद' मिलेगा। आशीर्वचन का अर्थ है—अच्छी बात, शीश पर मंगलकारी या शुभकारी वचन बोलना अथवा आशीष देना। आशीर्वचन [आशी:+वचन] अथवा आशीर्वाद [आशी:+वाद] के लिए अँगरेज़ी शब्द 'Blessings' है।

★ 'अश्' धातु से बने 'आशी:' और वाद ('वद्' मूल) से बने आशीर्वाद में स्नेह का एक सूत्र रहता है; अर्थात् सीधा-सीधा संपर्क अपेक्षित होता है, जो कृपा में नहीं। आशीर्वाद में निहित 'आशी' का अर्थ 'सर्प-विष' भी होता है और 'दवाई' भी। जब कोई बात (वाद), चीज दवाई की तरह असर करे

तो वह आशीर्वाद है। ज्ञातव्य है कि इसी 'अश्' धातु से 'आशा' शब्द की भी व्युत्पत्ति है—[आ+ अश्+अच्]। स्पष्ट है कि प्रत्याशा [प्रति+ आशा= प्रत्याशा; अर्थात् आशा के बदले आशा] और अप्रत्याशित [अ+ प्रति+ आशा+ इत] में भी यही 'अश्' धातु है।

★ **वर**—'वृ' धातु से व्युत्पन्न 'वर' शब्द का अर्थ है—

1. श्रेष्ठ, उत्तम, सुंदरतम
2. छाँटना, चुनना
3. वरदान, आशीर्वाद, अनुग्रह

★ आशीर्वाद में केवल मंगलकामना और सद्भावना की अभिव्यक्ति निहित होती है; वह चाहे पूरी हो, न हो। इसके विपरीत 'वर' शब्द की भावना स्थायी एवं निश्चित फलदायिनी होती है। तप पूर्ण होने पर ईश्वर प्रसन्न होकर वर देते हैं, आशीर्वाद नहीं।

★ संक्षेप में, 'कृपा' हम पर ऐसे भी बरस सकती है, उनकी भी जिनसे हम मिले नहीं हैं। कृपा का संचारी भाव 'दया' है; आशीर्वाद का 'स्नेह'। कृपा में गुरुता-लघुता का द्वैत है; जबकि आशीर्वाद में स्नेह और अपनत्व, बड़े और छोटे का द्वैत रहता है।

★ **दया**—यह स्थितिजन्य करुणा, सहानुभूति, अनुकंपा आदि के लिए प्रयुक्त होने वाला शब्द है। दया अपने से कमज़ोर पर आती है। जिसके प्रति दया की भावना उमड़ती है, उसके प्रति कोमल अथवा मृदु व्यवहार अपने आप होता है। दयापूर्वक, दयादृष्टि, दयामय, दयानिधि, दयापात्र, दयालु, दयार्द्र इत्यादि शब्दों के अर्थ स्वतः स्पष्ट हैं।

★ **महिमा**—'मह्' धातु से व्युत्पन्न 'महिमा' का मूल अर्थ है—महान् अथवा महत्त्वपूर्ण होने की अवस्था, महत्ता आदि। जब कुछ किसी की महिमा से हो रहा है तो वह उसके महान् होने के कारण स्वयमेव ही हो रहा है। जिसकी महिमा से कुछ होता है, वह स्वयं भी उसके लिए उसके लिए सायासचेतन नहीं रहता।

★ **विशेष**—अरबी भाषा में 'दयानत' शब्द मिलता है; जिसका अर्थ है—सत्यनिष्ठा, ईमानदारी, सच्चाई आदि। इसी 'दयानत' में फ़ारसी के 'दार' प्रत्यय जुड़ने से विशेषण शब्द 'दयानतदार' बनता है; जिसका अर्थ है—ईमानदार, सत्यनिष्ठ, सच्चा इत्यादि। दया के लिए अरबी भाषा में 'रहम' और 'रह्मत' (हिंदी में रहमत) का प्रयोग होता है। रहम वहाँ करुणा और

तरस के अर्थ में प्रयुक्त होता है। रह्मदिल (रहमदिल) व्यक्ति का दिल दया और करुणा से भरा होता है। ईश्वर को अरबी भाषा में 'रहीम' तथा 'रह्मान' भी कहा जाता है; क्योंकि वे परम दयालु हैं।

□

शब्द-संधान-11

मोह, व्यामोह, मोहन और पुंडरीकाक्ष

★ सामान्य अर्थों में जिसे अज्ञान, नासमझी, अविद्या, मूर्च्छा (मूर्छा अशुद्ध है।) इत्यादि का पर्याय माना जाता है, उस मोह की समाज-शास्त्रीय, भाषा-विज्ञानी और दार्शनिक मीमांसा अलग-अलग है।

★ भाषा-विज्ञान के नज़रिए से देखें तो मोह शब्द 'मुह्' धातु से बना है। [मुह्+घञ् = मोह]

★ 'मुह्' धातु ग़लती करने, घबराने, जड़ होने, अविद्या में होने या मुग्ध होने की अवस्था को अभिव्यंजित करता है। समाज-शास्त्रीय दृष्टिकोण से 'मोह' एक ऐसी अवस्था के रूप में चिह्नित किया जाता है, जिसमें ममत्व या भ्रम के प्राबल्य से समझ धुँधली हो जाती है और तार्किकता शून्य हो जाती है। यह प्रेमासक्त या अनुरक्त होने के कारण हो सकता है, जिसे अँगरेज़ी में 'fascination' या 'endearment' कहा जाता है।

★ ध्यातव्य है कि यह 'मोह' (enchantment) व्यक्ति, वस्तु, स्थिति-परिस्थिति या स्वयं का भी हो सकता है। अपने लिए मोह 'आत्ममोह' कहलाता है; जबकि सांसारिक वस्तुओं का मोह 'जागतीय मोह' कहलाता है।

★ मोह में फँसा व्यक्ति कुछ इस तरह होता है, जैसे अँधेरे में भ्रमवश रस्सी को साँप समझकर डरने वाला व्यक्ति। दार्शनिक और धार्मिक दृष्टिकोण से देखें तो साधना, ज्ञान, सत्संग आदि मिथ्या का बोध कराकर पथ आलोकित करते हैं—जिससे मोह के तम का नाश होता है।

★ विचारणीय है कि मनुष्य अविद्या के कारण मोह-पाश में आबद्ध हो ही जाता है; मोहकारी (captivating) वस्तुएँ उसे मोहित (fascinated) कर ही देती हैं। ऐसे में, मन में जो मोह उत्पन्न करे, वह 'मोहक' और जो मोह ही ले, वह 'मोहन'। मोह जब सामान्य नहीं रहे, विशेष हो जाए तो 'व्यामोह'

(वि+आ+मोह) कहलाता है।

★ विशेष : मनमोहन 'मन' को मोहते हैं। भगवान् कृष्ण का एक नाम 'मनमोहन' भी है, जैसे माखन चुराकर खाने के कारण उनका एक नाम 'माखनचोर' है। ऐसे, कृष्ण 'मटकीफोड़' भी थे। छोटे मटके को मटकी कहते हैं। मटका बना है, 'मृत्तिका' से। वृष्णि कुल से संबंधित होने के कारण कृष्ण 'वार्ष्णेय' भी कहे गए। ऐसे, कृष्ण का एक नाम 'पुंडरीकाक्ष' भी है; क्योंकि उनकी आँखें कमल के समान हैं। [पुंडरीक+अक्षि = पुंडरीकाक्ष। वे जिनकी अक्षि पुंडरीक; अर्थात् कमल के सदृश हैं—विष्णु।] यहाँ यह भी जानना चाहिए कि जिसकी आँखें सुंदर हों, उसे चक्षुष्मान् (चक्षुः+मान्) कहा जाता है। केवल आँखें होने से किसी का विशेषण चक्षुष्मान् नहीं हो जाता।

□

शब्द-संधान-12

पुरुष और परुष; कठिन और कठोर

★ ऋग्वेद के पुरुष-सूक्त में पहली बार 'पुरुष' शब्द की चर्चा से लेकर वेदों, पुराणों में इसकी चर्चा अलग-अलग रीति से की गई है। कालांतर में पुरुष-सत्तात्मक समाज ने मज़बूत, कठोर, कार्यकारी जैसे शब्दों को अपने नाम से जोड़ा भी।

★ भाषा-विज्ञान की दृष्टि से देखें तो वेदों में पुरुष को 'पु+वृष = पुरुष' कहा गया। वृष का अर्थ, किसी भी वर्ग का मुख्य या कामातुर प्राणी, संपुष्ट, मज़बूत, साँड़, नंदी इत्यादि है। पुरुष से पौरुष (पुरुष+अण्= पुरुष), पौरुषेय (पुरुष+ ढञ्) आदि शब्द बने। वेदों को अपौरुषेय कहा गया।

★ ध्यातव्य है कि 'पृ-उषन्' से बनने वाले परुष का मूल अर्थ कठोर, सख़्त, hard, rough, rugged, stiff इत्यादि है। यह कठोरता का भाव 'पुरुष' में भी है; जबकि पुरुष शब्द मूलतः प्रौढ-पुरुष के अर्थ में लिया जाता है, जो नारी का उपयोग करता है एवं सामाजिक सत्ता का उपभोग करता है। इसी अर्थ में 'पुरुष' शब्द को विद्वानों ने 'पुर+ कुषन्' से जोड़कर इसे नर का पर्याय, मनुष्य, man, अधिकारी, कार्यकर्ता इत्यादि का द्योतक माना।

★ इस प्रकार, 'पुरुष' तो 'नर-मानव' का पर्याय हुआ, 'परुष' कठोर बना रहा। पुरुष का गुण उसका 'पौरुष' अथवा 'पुरुषत्व' कहलाया; जबकि परुष (कठोर) का गुण 'परुषता' अथवा 'परुषत्व' हुआ। एक वाक्य देखें—"स्वभाव की परुषता (roughness) व्यक्तित्व की स्वीकार्यता को क्षीण कर देती है।"

★ 'पुरुष' का लैंगिक विपरीतार्थक शब्द 'महिला' है; जबकि 'परुष' का विलोम 'अपरुष' (not harsh) या 'निष्परुष' (निष्-परुष) है। ध्यान दें कि 'निष्पुरुष' का अर्थ होगा—'निष्+पुरुष'; अर्थात् जो नहीं है 'पुरुष';

अर्थात् महिला या नपुंसिक लिंग।

★ 'अपरुष' (अ+पुरुष) का अर्थ है, जो परुष; अर्थात् कठोर नहीं है। यह सौम्य एवं 'क्रोधशून्य' के लिए प्रयुक्त विशेषण शब्द है। 'अपरुष' का विलोम शब्द है, सपरुष। [स (साथ)+परुष; अर्थात् कठोरता के साथ]।

★ सपरुष अथवा 'रूखापन' के लिए अँगरेज़ी में 'a little harsh' का प्रयोग किया जाता है।

★ 'परुष-वचन' कठोर वचन को कहा जाता है। एक वाक्य देखें : "उसके परुष-वचन सुनकर मेरी आँखों में आँसू आ गए।" 'परुषा स्त्री' स्वभाव से कठोर होती है; अर्थात् उसमें ममता आदि सत्र्युचित (स्त्री+ उचित= सत्र्युचित; इसे 'स्त्रियोचित' लिखना नितांत अशुद्ध है।) गुणों का अभाव रहता है। परुष का स्त्रीलिंग 'परुषा' है। अब यहाँ कठोर और कठिन का अंतर भी देख लेना समीचीन होगा।

★ कठिन और कठोर—

⊙ कठिन शब्द बना है—'कठ्+इनच्' से। 'कठ' का अर्थ कड़ा, सख़्त आदि है। काष्ठ अथवा 'काठ' कहते हैं—लकड़ी को, जिसमें कड़ापन का भाव अंतर्निहित है। कठिन (विशेषण) के कई अर्थ हैं, यथा—क्लिष्ट, ऊबड़-खाबड़, मुश्किल, असुविधाजनक, अप्रिय, मूर्तिमत्, घन आदि। Hard, solid और difficult आदि इसके अँगरेज़ी समानांतर हैं। 'कठ्' से बनने वाले विशेषण शब्द 'कठर' का भी यही अर्थ है—कड़ा अथवा सख़्त। 'कठिका' कहते हैं, खड़िया को, जो चूने के कड़े या सख़्त रूप का वाचक है।

⊙ ध्यातव्य है कि 'कठ्' से ही कठिन और कठोर दोनों शब्द बने हैं। कठिन के हिंदी प्रत्यय 'इन' (संस्कृत में इनच्) पर ध्यान दें! यही 'इन' प्रत्यय धोबी से 'धोबिन', माली से 'मालिन' बना देता है।

⊙ जो आसान नहीं है, वह 'कठिन' है। कठिन एक आंतरिक गुण होता है; अर्थात् स्वभाव में होता है, कहीं बाहर से नहीं आता। उदाहरण—कठिन काम, कठिन प्रश्न, कठिन परीक्षा, कठिन चढ़ाई आदि।

⊙ कठोर का अर्थ—कड़ा, रूखा, क्रूर, निर्दय या निष्ठुर है। [कठ्+ओरन्= कठोर]। कठोरचित्त, कठोरहृदय आदि शब्दों के अर्थ स्वत: स्पष्ट हैं। harsh, rigid, cruel, severe, gruff, stringent आदि इसके अँगरेज़ी समानांतर हैं।

- ध्यातव्य है कि 'कठोर' आरोपित होता है; अर्थात् बाह्य होता है, तात्कालिक होता है। उदाहरण के लिए, किसी का कठोर व्यवहार बदलकर मृदु अथवा नर्म हो सकता है। जब सूरदास "कहियो नंद कठोर भये" लिखते हैं तो यह बताना चाहते हैं नंद मृदु भी होते होंगे और पुनः मृदु हो सकते हैं।
- बर्फ़ की सतह 'कठोर' हो सकती है, 'कठिन' नहीं। किसी कठोर दिल इनसान का दिल काठ या लकड़ी की तरह 'कठोर' होता है, जिसमें दूसरों के लिए घुसना 'कठिन' होता है। कोई चढ़ाई कठिन या दुर्गम हो सकती है, कठोर नहीं। किसी का व्यवहार कठोर हो सकता है, जटिल (जिसे समझना मुश्किल हो) हो सकता है; परंतु कठिन नहीं हो सकता।

□

शब्द-संधान-13

स्वागत, स्वागतम, स्वागतम् और सुस्वागतम्

★ भारतीय समाज में अतिथि को देवता का दर्ज़ा दिया गया है। यही कारण है कि उनके सम्मान में हम कोई कमी या कस्र (कसर) नहीं छोड़ना चाहते; लेकिन इसका मतलब यह नहीं कि भाषा और व्याकरण को भूल जाएँ। यहाँ यह जान लेना उचित होगा कि अरबी भाषा के शब्द 'कस्र' को हिंदी में 'कसर' भी लिखा जाता है। इसका अर्थ न्यूनता, कमी, त्रुटि, ख़ामी इत्यादि है। पुनः मूल प्रश्न पर लौटते हैं—स्वागत लिखें कि 'स्वागतम'? जानना चाहिए कि शुद्ध शब्द है—स्वागतम् या 'स्वागत'। 'स्वागतम' भी अशुद्ध है। हिंदी में 'स्वागत' लिखना पर्याप्त है; स्वागतम लिखने पर संस्कृत का नियम लगेगा और तदनुसार इसे हलंत किया जाना अनिवार्य है।

★ स्वागतम् शब्द बना है—'सु+ आगतम्' से। 'सु' का अर्थ है, अच्छा। आगत शब्द 'आ' उपसर्ग, गम् धातु और क्त प्रत्यय के योग से बना है; जिसका अर्थ है, आगमन को शुभ या अच्छा करना। अँगरेज़ी का 'welcome' शब्द इसका ठीक-ठीक पर्याय है; जिसमें 'wel' का अर्थ है, 'अच्छा' या 'सु' और come का अर्थ है, 'आना'। [सु+आ+गम्+क्त = स्वागतम्]।

★ सुस्वागतम् शब्द को देखते हैं : सु+सु+आगतम्। निश्चित ही, यह बेढंगा लग रहा है; क्योंकि पुनरावृत्ति-दोष स्पष्टतः परिलक्षित हो रहा है। इसका शाब्दिक अर्थ है—'अच्छा किया कि अच्छा आए'। अतः, सुस्वागतम् शब्द व्याकरणिक रूप से ग़लत है। हमें इसका प्रयोग नहीं करना चाहिए। आपको अगर कोई 'सुस्वागतम्' कह रहा है तो यह समझें कि भाव तो बहुत अच्छे हैं; लेकिन भाषा दूषण-सहित है। भाव के बारे में भी यह जानना चाहिए कि 'भू' धातु में 'घञ्' प्रत्यय जोड़कर भाव शब्द की निर्मिति है।

□

शब्द-संधान-14

भूत-चर्चा

★ भूत एक बहुलार्थी शब्द है, जिसे सुनते ही भारतीय जनमानस का बहुलांश सबसे पहले भूतपिशाच; अर्थात् 'प्रेतयोनि' के बारे में सोचने लगता है। चूँकि, शीर्षक 'भूत-चर्चा' है; इसलिए यह आवश्यक है कि पहले विचार कर लें कि 'चर्चा' क्या है। विचारणीय है कि क्या इस व्याकरणिक अध्याय का शीर्षक 'भूत-चर्चा' के बदले 'भूत-विचार', 'भूत-विमर्श', 'भूत-किस्सा', 'भूत-व्याख्या' इत्यादि रखा जा सकता था? नहीं! तत्त्वतः चर्चा में विचार, विमर्श, व्याख्या, दुहराव आदि का भाव भले ही हो; चर्चा इनमें से कोई एक नहीं है। जैसे भूत एक विशिष्ट शब्द है; वैसे ही चर्चा भी एक विशिष्ट शब्द है। आइए, चर्चा शब्द को देखते हैं—

★ **चर्चा**—'चर्च्' से व्युत्पन्न 'चर्चा' अथवा 'चर्चिका' का अर्थ है—

1. आवृत्ति, बार-बार पाठ, अध्ययन
2. बहस, पूछताछ, अनुसंधान
3. विचार-विमर्श

★ जब किसी व्यक्ति, वस्तु या घटना के बारे में बार-बार बात की जाए, उसके बारे में पता किया जाए अथवा राय-शुमारी हो तो कहा जाता है कि वह चर्चा में है; अर्थात् 'चर्चित' है। ध्यान करने योग्य है कि चर्चा स्वयमेव नहीं होती, की जाती है। जब कोई चर्चा करता है, तब कोई चर्चित होता है। पुनश्च, चर्चा होती नहीं, अपितु की जाती है और तब कोई चर्चित होता/होती है। अब आइए! 'भूत' शब्द को देखते हैं—

★ भूत शब्द की व्युत्पत्ति 'भू' धातु में 'क्त' प्रत्यय जुड़ने से सिद्ध होती है। यह एक बहुलार्थी शब्द है, जिसके निम्नलिखित अर्थ हैं—

1. जो हो चुका हो, अतीत, गया हुआ

2. उत्पन्न, निर्मित, जीव
3. वस्तुतः होने वाला, यथार्थ
4. ठीक, उचित, सही
5. मिश्रित, सदृश आदि

★ भूत से भौतिक, भौतिकी, महाभूत, भूतविद्या, भूतकाल, भूतपूर्व, भूतेश्वर इत्यादि शब्दों की निर्मिति है, जिनके अर्थ सर्वविदित हैं। अब, ऐसे ही कुछ अन्य शब्दों को भी देख लेते हैं—

★ भूतमय—सब प्राणियों समेत
★ भूतसंसार—मर्त्यलोक; अर्थात् संसार
★ भूतहत्या—प्राणियों की हत्या
★ भूतात्मा—जीवात्मा को कहते हैं; जिसका विलोम परमात्मा है।
★ भूतानुकंपा—सब प्राणियों के लिए करुणा अथवा अनुकंपा।
★ भूतावेश—भूत अथवा प्रेत का किसी पर सवार होना।
★ शिव अगर भूत हैं तो शक्ति; अर्थात् दुर्गा भूतनायिका हैं।
★ भूतयज्ञ—सब प्राणियों की बलि अथवा आहुति देने का यज्ञ। (भूतबलि)
★ 'भूति' का अर्थ होना, जन्म या उत्पत्ति है।

□

शब्द-संधान-15

आरोप, आरोपी, आरोपित, आक्षेप और अभिक्षेप

★ **आरोप**—आरोप शब्द का मूल अर्थ है, ऊपर रखना, बोझा लादना, एक वस्तु के गुण को दूसरी वस्तु पर मढ़ना इत्यादि। व्यवहार में, 'आरोप' शब्द का अर्थ किसी के बारे में ऐसे शब्द कहना (लादना अर्थ में), जिससे उसकी छवि दूसरी हो जाएगी। दोषारोपण या इल्जाम लगाने के अर्थ में आरोप शब्द का प्रयोग होता है। व्युत्पत्ति की दृष्टि से इसकी धातु 'रुह्' है—[आ+रुह्+ णिच्+घञ्, पुकागमः=आरोप]

★ **आरोपी**—जो आरोप लगता है, वह 'आरोपी' है; जिसका अँगरेज़ी पर्याय 'accuser' है।

★ **आरोपित**—जिसपर आरोप लगाया जाता है, वह 'आरोपित' है; जिसे अँगरेज़ी में 'accused' कहा जाता है। स्मरण रहे कि अज्ञानवश लोग 'आरोपित' की जगह 'आरोपी' शब्द का प्रयोग कर देते हैं। पुलिस का काम आरोपित को पकड़ना है; जबकि मीडियाकर्मी कई बार प्रयोग करते हैं—"आरोपी गिरिफ़्तार"। यह भी ध्यान रहे कि 'गिरिफ़्तार' शुद्ध शब्द है; गिरफ़्तार नहीं।

★ **आक्षेप**—यह बना है, 'आ+क्षेप' से। यहाँ, पहले 'क्षेप' शब्द को समझते हैं—क्षेप बना है, 'क्षिप्' धातु से [क्षिप्+घञ् = क्षेप]। क्षेप का अर्थ है—फेंकना, उछालना, डालना इत्यादि। क्षिप्त का अर्थ है—फेंका हुआ अथवा मिलाया हुआ। प्रक्षिप्त का अर्थ है—विशेष रूप से फेंका अथवा मिलाया हुआ। किसी प्राचीन ग्रंथ में कुछ 'प्रक्षिप्त' है तो इसका आशय है कि यह मूल कृति में नहीं था; बाद में कभी जोड़ दिया गया अथवा मिला दिया गया। किसी ग्रंथ का वह अंश, जो बाद में मिलाया गया हो, 'प्रक्षिप्तांश' कहलाता है।

★ **क्षेपण [क्षिप्+ल्युट्=क्षेपण] का अर्थ है**—फेंकना, भेजना, गाली देना इत्यादि। 'क्षिप्' धातु से ही बने क्षेपक [क्षिप्+ण्वुल्=क्षेपक] का अर्थ है—फेंकने वाला, बीच में मिलाने वाला, भेजने वाला इत्यादि।

★ **आक्षेप**—इसका शाब्दिक अर्थ है, कुछ फेंकना, गिराना आदि; परंतु प्रयोग में इसका अभिप्राय किसी को निंदनीय अथवा दोषी सिद्ध करने के लिए प्रयुक्त शब्दों से होता है। दूसरे शब्दों में, किसी को ग़लत अथवा बुरा सिद्ध करने के लिए फेंके गए (प्रयुक्त) शब्दों को आक्षेप कहते हैं। अँगरेज़ी का 'Aspersion' इसका समार्थक शब्द है। आक्षेप लगने से प्रतिष्ठा धूमिल होती है।

★ **अभिक्षेप**—यह 'आक्षेप' से प्रभाव में कम अथवा हलका होता है। अभि उपसर्ग का अर्थ—'की ओर', 'की दिशा में', सामने आदिक है। जैसे 'अभिगम' का अर्थ 'की ओर गमन करना या जाना' है; वैसे 'अभिक्षेप' का मूलार्थ है—किसी की ओर या किसी के प्रति कुछ फेंकना (शब्द)। यह साधारण दोषारोपण के लिए प्रयुक्त होने वाला शब्द है। अभिक्षेप लगने से भी किसी की प्रतिष्ठा पर प्रतिकूल प्रभाव पड़ता ही है। अँगरेज़ी का 'Reflection' इसका समार्थक शब्द है।

★ **भर्त्सना**—संस्कृत के 'भर्त्स्' से बने इस शब्द में धमकाने, झिड़कने और कड़ी निंदा करने का भाव है। 'भर्त्स्' का अर्थ है—धमकाना अथवा अपशब्द कहना। भर्त्सना शब्द का प्रयोग खूब (ख़ूब अशुद्ध है।) बुरा-भला कहने, शाप देने आदि के लिए होता है। इसमें कटुता का भाव भी उपस्थित रहता है। अँगरेज़ी का 'stricture' इसका समार्थक शब्द है।

□

शब्द-संधान-16

कथा, विकथा, कथन, मितकथन अभिकथन और कथक

★ कथन एक ऐसा शब्द है; जिसका प्रयोग हम बहुधा करते हैं—कभी सही तो कभी ग़लत। 'कथन कहा' अथवा 'कथन किया'? इस संदर्भ में स्थापित लेखकों के मन में भी संशय की स्थिति रहती है। आइए! सबसे पहले 'कथन' शब्द को समझते हैं—

★ कथन शब्द 'कथ्' धातु से बना है। कथ् (कथयति, कथित) में कहने, समाचार देने, संकेत देने, वर्णन करने, घोषणा करने आदि का भाव है। 'कथ्' से 'कथनम्' (कथ्+ल्युट्) शब्द बना; जिसका वही अर्थ है—कहानी कहना, वर्णन करना। इसी 'कथनम्' का तद्भव रूप 'कथन' है। कथन का अर्थ 'कहना या बोलना' (क्रिया) भी हुआ और 'कहने का भाव' भी हुआ। ज्ञातव्य है कि 'कथन' अँगरेज़ी के 'statement' या 'utterance' के समानांतर है।

★ कथ शब्द को बोलकर देखें तो अंत में 'ह्' सुनाई देगा। यह 'थ' ध्वनि भाषा-विज्ञान की दृष्टि से 'त' और 'ह' के मेल से बना है। प्रयत्नलाघव (सामान्य अर्थ में उच्चारण-सुविधा) से 'थ' शब्द का 'त' गायब हो गया और 'ह' बच गया। इस प्रकार 'कथ' कह हुआ। धीरे-धीरे 'कह' का परिवार बढ़ा और कहना, कह, कहा, कहानी इत्यादि शब्द आए। ऐसे, जो बात 'कथ' दी गई; वह कथा (वृत्तांत) हो गई।

★ **कथा**—सर्वविदित है कि यह कहानी, कल्पित बातें, वृत्तांत, दास्तान इत्यादिक के लिए प्रयुक्त होनेवाला शब्द है। इसी कथा [कथ्+अङ्+टाप्=कथा] से बने 'कथानकम्' का मूल अर्थ है—'छोटी कहानी'। कथा कहने

वाले अथवा वर्णन करने वाले के लिए शब्द है—'कथक'। ध्यान दें कि 'कथक' एक शास्त्रीय नृत्य की शैली भी है, जिसमें नृत्य के माध्यम से किसी 'कथा' की अभिव्यंजना होती है। कथा में 'वि' उपसर्ग जुड़ने से 'विकथा' शब्द बनता है; जिसका अर्थ है—'असंगत बातें'।

★ **ध्यानाकर्षण**—चूँकि कथन का अर्थ कोई बात, कहने की क्रिया का भाव, कहना, बोलना, उक्ति, सूक्ति आदि ही है; इसीलिए कथन के साथ 'कहना' नहीं प्रयुक्त होगा। यह पुनरुक्ति-दोष माना जाता है। पुनश्च, "उसने यह कथन कहा"—ऐसे प्रयोग नहीं होने चाहिए। 'कथन किया' ठीक है; परंतु भाषा के अच्छे जानकार और शब्दों के खिलाड़ी 'कथन कहा' और 'कथन किया' दोनों से बचते हैं। वे इस तरह का प्रयोग करेंगे—"उसके कथन का अभिप्रेत था कि", "उसके कथन सुनकर" आदि।

★ कथन से 'कथनी' शब्द बना, जो कोई बात, कथा, उक्ति, कथन इत्यादि के लिए प्रयुक्त होता है। ऐसे ही, जो कहा जाने योग्य हो—वह 'कथनीय' हुआ। जो कह दिया गया, वह् 'कथित' (कथ्+क्त) हुआ। आगे चलकर 'कथ' से अकथ, अकथ्य, और अकथनीय आदि विपरीतार्थक शब्द बने, जिनके अर्थ स्वत: स्पष्ट हैं।

★ बढ़ा-चढ़ाकर कहना, अतिरंजना अथवा अत्युक्ति के लिए शब्द बना—'अतिकथन'। 'अल्पकथन' कम कहना है। 'मितकथन' अल्पकथन का समार्थक है; परंतु यह उससे अधिक अर्थगांभीर्य वाला शब्द है। मितकथन में सोच-समझकर शब्दों को ख़र्च करने का भाव भी अंतर्निहित है।

★ ज्ञातव्य है कि अगर एक कथन के बाद दूसरा कथन आए तो वह 'अनुकथन' कहलाता है। आरोप अथवा अभियोग लगाने के लिए 'अभिकथन' शब्द है। 'कथन के बदले (उप) कथन' के लिए एक शब्द बना—'कथोपकथन'। 'हितकथन' का अभिप्राय ऐसे कथन से है, जिससे किसी का भला हो सकता है। हितकथन के लिए एक अन्य शब्द है—'हितवचन'।

★ **कथक**—कथक का अर्थ है—कहानी कहने वाला, वर्णन करनेवाला। [कथ्+ण्वुल्=कथक]

★ विशेष : संस्कृत में 'कथ्' से बनने वाला 'कथम्' एक अव्यय शब्द है; जिसका अर्थ है—कैसे, किस प्रकार, किस रीति से। इसी प्रकार, वहाँ 'कथन्ता' आदि शब्द हैं; परंतु देखा जाए तो सब 'कथ्' की ही महिमा है।

□

शब्द-संधान-17

अनभिज्ञ, अभिज्ञ, अज्ञ, विज्ञ और ज्ञ

★ 'ज्ञ' का अर्थ है—जाननेवाला।

★ ज्ञ की महिमा—सर्वज्ञ सब कुछ जानता है, तत्त्वज्ञ 'तत्त्व' अथवा सार को जानता है, मर्मज्ञ मर्म को जानता है, अल्पज्ञ अल्प अथवा थोड़ा जानता है, बहुज्ञ बहुत जानता है, विशेषज्ञ विशेष (किसी विषय के बारे में) जानता है, शास्त्रज्ञ शास्त्रों के बारे में जानता है, रसज्ञ रस के बारे में जानता है और देवज्ञ देवताओं के बारे में जानता है। विज्ञ का अर्थ है—विशेष रूप से जानने वाला; क्योंकि 'वि' उपसर्ग 'विशेष' का अर्थ देता है। चूँकि 'अ' उपसर्ग का अर्थ है—नहीं; इसलिए 'अज्ञ' का अर्थ हुआ—जो नहीं जानता है।

★ हम जानते हैं कि वर्णमाला में यह 'ज्ञ' एक संयुक्ताक्षर है, जो बनता है—ज् और ञ के मेल से। महत्त्वपूर्ण यह है कि विशेषण के रूप में यह जानने वाला, परिचित आदि का अर्थ देता है। इस स्थिति में इसकी निर्मिति है—[ज्ञा+क=ज्ञ]। ध्यान दें कि विज्ञ, अज्ञ आदि सभी सामासिक पदों में यह शब्द के अंत में जुड़ा है। संस्कृत में 'ज्ञा' का अर्थ है—जानना, सीखना, समझना, पहचानना अथवा परिचित होना। ज्ञा से ही बने ज्ञात (ज्ञा+क्त) का अर्थ होता है—जाना हुआ, सीखा हुआ। इसी 'ज्ञा' से बने 'अभिज्ञा' का अर्थ होता है—जानना, पहचानना आदि; जबकि 'अनुज्ञा' का अर्थ होता है—अनुमति अथवा स्वीकृति देना।

★ अब हम दो शब्द 'अभिज्ञ' और 'अनभिज्ञ' को देखते हैं—कुछ लोग अभिज्ञ और अनभिज्ञ को 'भिज्ञ' से बना समझते हैं; जबकि 'भिज्ञ' कोई शब्द नहीं है। अभिज्ञ 'अनभिज्ञ' का विलोम है। अभिज्ञ शब्द में 'ज्ञ' से पूर्व 'अभि' उपसर्ग है। 'अभि' का अर्थ है—की ओर, की दिशा में, के लिए, अधिकता से, रखने वाला आदि। इस प्रकार 'अभिज्ञ' का अर्थ है—ज्ञान रखने वाला,

ज्ञान की ओर मुड़ा हुआ, ज्ञान की प्रधानता वाला। अँगरेज़ी में Aware, acquainted, conversant, proficient, knowledgeable इत्यादि इसके पर्याय हैं।

★ अभिज्ञता का अर्थ है, किसी विषय को साधारण रूप में जानना। विज्ञता है—किसी विषय की पूर्ण जानकारी होना। बहुदर्शिता है—किसी विषय को कई दृष्टिकोण से देखना अथवा जानना।

★ अब अनभिज्ञ शब्द को देखें—[अन्+अभिज्ञ=अनभिज्ञ]। 'अन्' उपसर्ग का अर्थ होता है—नहीं। इस प्रकार, अनभिज्ञ शब्द का अर्थ हुआ—'जो अभिज्ञ नहीं है'। अँगरेज़ी में unaware, ignorant आदि इसके पर्याय हैं। अस्तु, जिसे ज्ञात नहीं है या किसी विशेष संदर्भ में जानकारी नहीं है, वह 'अनभिज्ञ'। उदाहरण—"मैं कहीं बाहर था; इसलिए इस बीच क्या घटित हुआ, उससे अनभिज्ञ हूँ।" ध्यातव्य है कि कोई एक विषय का 'विज्ञ' और किसी अन्य विषय में 'अज्ञ' हो सकता है अथवा उससे सर्वथा 'अनभिज्ञ' भी हो सकता है।

□

शब्द-संधान-18

रंग, विरंग, रंगबाज़ी, राधा, कृष्ण और होली

★ भाषा-विज्ञान की दृष्टि से देखें तो रंग शब्द की व्युत्पत्ति संस्कृत धातु 'रंज्' से हुई है; जिसका अर्थ है, 'लाल-रंग' या 'रँगे जाने योग्य'। लाल चेहरे की लालिमा है, आभा है, सूर्य का रंग है तो वैराग्य (वि+राग+य = वैराग्य) का भी रंग है। मनोरंजन में यह रंज या 'रंग' मन को 'रंगता' है, वहीं 'अनुरंजन' में भक्ति के रंग में रंग जाने का बोध है। होली के अवसर पर प्रियतम या प्रियतमा के चेहरे को रंगीन-मिजाज होकर रंगें या शरारत में किसी और के चेहरे को रंगें; यह होगी 'रंगबाज़ी' या 'रंगदारी' ही।

★ **यहाँ एक प्रश्न**—होली 'रंग-बिरंगी' होती है या 'रंग-विरंगी'? बाज़ार में 'रंग-विरंगे' गुब्बारे मिलते हैं या 'रंग-बिरंगे'? विचारणीय है कि 'वि' एक उपसर्ग है; जबकि 'बि' कोई उपसर्ग नहीं है। रंग में 'वि' उपसर्ग के योग से 'विरंग' शब्द बनेगा; जिसका अर्थ है—विशेष रंग। आजकल 'विरंग' को ही अज्ञानवश 'बिरंग' लिख दिया जाता है।

★ ध्यातव्य है कि रंगबाज़ी एक संकर शब्द है, जिसमें 'रंग' संस्कृत का है और 'बाज़ी' फ़ारसी-भाषा का। 'बाज़ी' को बाजी नहीं लिखा जा सकता; क्योंकि 'बाज़ी' का अर्थ है, खेल, तमाशा, कौतुक, कुतूहल, शर्त इत्यादि, जबकि बिना नुक़्ते के 'बाजी' का अर्थ है, बड़ी बहन या आपा।

★ रंज् कुल का ही एक शब्द है 'राग'। यह 'राग' आया संस्कृत के 'रागः' से। देखिए कि राग अधिक तो रंग भी अधिक, राग ख़त्म हुआ कि विरागी, बैरागी, बीतरागी हुए। हाँ, तब भी एक रंग रहेगा, जिसकी कुछ छटाएँ हैं—डूबते सूर्य का बैरागी या जोगिया रंग, अग्नि का रंग, परिपाक का रंग, गेरुई रंग या नारंगी रंग।

★ रंग की बात हो तो एक ही रंग की कितनी छटाएँ हैं, यह जानना रोचक

है। उदाहरण के लिए, स्वयं बसंत का रंग 'बसंती' है, जो पीले रंग की एक छटा है। बसंती से कुछ गाढ़ा पीला हो तो 'सरसई'(सरसों-पीला), उससे अधिक गाढ़ा हो तो 'कनेरी' और उससे भी अधिक गाढ़ा हो जाए तो 'हल्दी' रंग कहलाता है। इससे इतर पियराह, कनेरी, चंपई, कुंदन इत्यादिक भी पीले रंग या पीत-वर्ण की विविध छटाएँ हैं। इसी प्रकार, सावन का अपना रंग भले ही 'हरा' माना जाता है, पर इसमें भी सबसे हलके को 'अँगूरी', उससे गाढ़े को 'धानी', चटकीले को 'सुगापंखी' कहा जाता है। इतना ही नहीं, यह हरा जब स्याहपन के साथ रहे तो 'मूँगिया' और नीलेपन के साथ 'फ़ीरोज़ी' (इसी को फिरोजी भी लिख दिया जाता है।) कहा जाता है। इसी प्रकार अन्य सभी रंगों के साथ भी उनके आनुषंगिक रंगों का एक विविधवर्णी संसार है।

★ विचारणीय है कि होली की कोई भी चर्चा ब्रज के बिना अधूरी है। 'ब्रज' भगवान् श्रीकृष्ण के राग-रंग और रास की भूमि है; आध्यात्मिकता के रसधार की भूमि है। भाषिक रूप से देखें तो 'रस' से ही तो रास बना है। जहाँ रस का प्राचुर्य है, वहाँ 'रास' है। श्रीमद्भागवत महापुराण में रसों के समूह के रूप में 'रास' का वर्णन है। कृष्ण के आकर्षण में जब गोपियाँ ब्रज में आती हैं तो रस-धार बहती है, जो 'रास' है। रास में 'रस' की धारा बहती है।

★ राधा क्या है? राधा शब्द की व्युत्पत्ति 'राध्' धातु से है, जिसमें मनाने और प्रसन्न करने का भाव है। राधा कृष्ण को प्रसन्न कर सकीं और हम 'राधे-राधे' कहकर कृष्ण को प्रसन्न करने का प्रयास करते हैं। 'राध्' धातु से ही 'आराधन' शब्द बना है। [आ+राध्+ल्युट् = आराधन]

★ हमने भाषा-वैज्ञानिक दृष्टि से देखा कि 'राध्' से राधा शब्द की व्युत्पत्ति है, जिससे आराधना आदि शब्द बने हैं; परंतु विचारणीय है कि साहित्यिक अर्थ में राधा 'धारा' का विलोम है; विपर्यय है। राधा-धारा-राधा। जो धारा के विपरीत बहे, वह राधा है। 'राधा' अति-विशिष्ट है। उसका प्रेम विशिष्ट है। राधा 'कृष्ण' के कर्षण में कर्षित होती है, खिंचती है; लेकिन बाँधना या माँगना नहीं जानती। राधा केवल कृष्ण की हुई; जबकि कृष्ण सबके हुए। कृष्ण का अर्थ ही है, जो सबको अपनी ओर खींचे। अस्तु, राधा के हृदय का विस्तार अपार है; क्योंकि उसका प्रेम ससीम नहीं, असीम है। वह कृष्ण को नहीं बाँधती। वह प्रेम को नहीं बाँधती, उसे मुक्त कर देती है। राधा की कोई माँग नहीं, कोई बंधन नहीं; इसलिए विराट् हो गई। प्रेम में विराट्

(विराट अशुद्ध है।) होने का प्रतिदान यह हुआ कि प्रेमी 64 कलाओं से पूर्ण योगिराज (योगीराज अशुद्ध है।) कृष्ण हुए; 'राधा' उनसे भी पहले स्मरण में आती है—'राधे-कृष्ण'। होली के संदर्भ में ही देखें तो राधा के कारण ही बरसाने वाली होली का अन्य होलियों से श्रेष्ठ स्थान है।

★ 'होली' शब्द की चर्चा करें तो यह 'होलिका' से व्युत्पन्न हुआ है। 'होलिका' के अर्थ की कई व्याख्याओं में एक के अनुसार यह विनाशिका शक्ति है। होलिका या विनाशिका शक्ति जब 'प्रह्लाद' या 'विशिष्ट आह्लाद' को अपने आग़ोश में लेती है तो उसे समाप्त नहीं कर सकती; अपितु स्वयं समाप्त हो जाती है। मान्यता है कि हिरण्यकशिपु अपने पुत्र भक्त प्रह्लाद को मारना चाहता था। उसकी बहन होलिका 'प्रह्लाद' को लेकर अग्नि में प्रविष्ट हुई। होलिका जल गई, प्रह्लाद सुरक्षित रहे। ज्ञातव्य है कि प्रह्लाद 'आह्लाद' की विशेष अवस्था है, जो ज्ञान की अग्नि में तपकर प्राप्त होती है। वस्तुतः होलिका का इस तरह होम हो जाना और प्रह्लाद का अक्षुण्ण रह जाना ही होली का संदेश है। इस अर्थ में होली 'बुराई पर अच्छाई की जीत' का त्योहार है। मन के मैल को, कालुष्य को दूर कर सबका स्वागत करने एवं नव-आरंभ करने का त्योहार है—होली।

★ वेद और पुराण में होलिका शब्द का अर्थ इससे भिन्न अग्नि की 'रक्षिका' शक्ति से है। पुराण में वर्णन मिलता है—

सर्वदुष्टापहो होमः सर्वरोगोपशान्तये।
क्रियतेऽस्यां द्विजैः पार्थ तेन सा होलिका स्मृता॥

इससे पता चलता है कि 'होम' से संबंधित होने के कारण 'होलिका' अस्तित्व में आया। कालांतर में इस 'होलिका' से संबद्ध होने के कारण अग्नि में सेंके गए चने, गेहूँ, यव आदि अन्नों का नाम भी 'होला' हो गया।

★ इस व्याख्या के अनुसार 'ढुंढा' राक्षसी के भय से बाल-बंधुओं का परित्राण करने के लिये ही 'होलिका-महोत्सव' का आरंभ हुआ। भाषा-वैज्ञानिक दृष्टि से देखें तो यह 'ढुंढा' 'धुंध' का ही रूप है। ऐसे में मानना होगा कि 'अज्ञानता का धुंध' ही 'ढुंढा राक्षस' है। बालकों के अज्ञान को मिटाने वाला और उन्हें 'प्रह्लाद' बनाने वाली अग्नि ही 'होलिका' है।

□

शब्द-संधान-19

नियत, नीयत, नियति, नीयती, निसर्ग और निसृष्ट

★ **नियत**—नियत के मूल में 'यम्' है, जो नियम के मूल में भी है। नियत के निम्नलिखित अर्थ हैं—

1. निश्चित, अवश्यंभावी, अचूक
2. नियंत्रित, दमन
3. सावधान, स्थायी, स्थिर

★ नियत [नि+यम्+क्त] समय पर कोई कार्य करना; अर्थात् निश्चित समय पर करना।

★ **नियति**—नियति में भी 'यम्' है और यह भाग्य, प्रारब्ध, प्रकृति इत्यादिक अर्थों में प्रयुक्त होने वाला शब्द है। नियति [नि+यम्+क्तिन्] के निम्नलिखित अर्थ हैं—

1. भाग्य, प्रारब्ध, भवितव्यता, क़िस्मत
2. नियंत्रण, प्रतिबंध
3. आत्मनियंत्रण, आत्मसंयम
4. प्रकृति

★ **नीयत**—यह अरबी-भाषा का स्त्रीलिंग शब्द है; जिसका अर्थ है—संकल्प, इरादा, आशय, ध्यान, मक़्सद (शुद्ध शब्द मक़्सद है; परंतु इसे हिंदी में 'मक़सद' भी लिख दिया जाता है), ख़याल (यहाँ ख़्याल अशुद्ध है।) इत्यादि।

★ नियति और 'नीयती' में अंतर—

नियति का अर्थ प्रकृति, प्रारब्ध आदि है; जबकि 'नीयत' अरबी-भाषा का शब्द है। नेक भी फ़ारसी का विशेषण है; जिसका अर्थ है—उत्तम, श्रेष्ठ, अच्छा, शुभ इत्यादि। नेकनीयती सही वर्तनी है, जो पाकदिली या नीयत के

अच्छे होने का वाचक शब्द है। इसे नेकनियति या नेकनियती नहीं लिखा जाना चाहिए। ध्यातव्य है कि नियति यदि प्रकृति के अर्थ में प्रयुक्त होने वाला शब्द है तो 'निसर्ग' भी उसी अर्थ में प्रयुक्त होता है।

★ **निसर्ग**—[नि+सृज्+घञ्]

सृष्टि, प्रकृति, मूल अवस्था, स्थिति। निसर्गविनीत व्यक्ति निसर्ग से; अर्थात् प्रकृति से; अर्थात् स्वभाव से विवेकी और विनम्र होता है।

1. प्रदान करना, अनुदान देना, पुरस्कार देना
2. त्याग, तिलांजलि
3. शून्यीकरण, मलोत्सर्ग
4. अदला-बदली, विनिमय आदि।

★ **निसार**—[नि+सृ+घञ्]

अर्थ—यह समुच्चय अथवा समूह के लिए प्रयुक्त होने वाला शब्द है। हाँ, कुछ लोग अज्ञानवश 'निस्सार' की वर्तनी 'निसार' लिख देते हैं। निस्सार का अर्थ है, 'सार-रहित'।

★ ध्यातव्य है कि 'निसार' अरबी-भाषा में भी एक शब्द है, जो बलि अथवा कुर्बान के अर्थ में प्रयुक्त होता है। 'जां निसार करना' का अर्थ है—प्राणों की आहुति देना।

★ **निसृष्ट**—अर्पित, सौंपा गया, दिया गया, छोड़ा गया, त्यक्त इत्यादि।

★ **विशेष**—अरबी भाषा का एक शब्द है, हैवानीयत, जिसे अज्ञानवश 'हैवानियत' लिख दिया जाता है। यह पशुता, अमानवता, निर्दयता, कठोरता इत्यादि का समार्थक शब्द है।

□

शब्द-संधान-20

ऋषि, बुद्ध, बोध और समझ

★ बुद्ध शब्द संज्ञा नहीं, विशेषण है। राजकुमार गौतम (गोतम+अण्=गौतम) का विशेषण हुआ 'बुद्ध'। मूल धातु है 'बुध्'। बुध् धातु में 'घञ्' प्रत्यय जुड़ने से शब्द बनता है—बोध। बुद्ध भी इसी से बना है। द्रष्टव्य है कि बोध को 'बुद्धत्व' का प्रथम सोपान कहा गया है। जिसे बोध ही नहीं हुआ, उसे 'बुद्ध' नहीं कहा जा सकता।

★ यहाँ प्रश्न उठता है कि बोध कहते किसे हैं? बोध जानना भर नहीं है; अवगत भर होना नहीं है। जानने की सभी अवस्थाओं में सबसे गहरा है—बोध। बोध में जानना के साथ पहचानना भी है। जब द्रष्टा को 'दृश्य' साफ़-साफ़ दिख गया और उसने पहचानकर तारतम्य भी बिठा लिया, समझने के लिए कुछ बाक़ी नहीं रहा तो कहते हैं कि 'बोध' हो गया। अब दूसरा प्रश्न है—किसका बोध? इसका उत्तर है—सत्य का बोध, आत्मबोध अथवा परमात्मा का बोध।

★ आध्यात्मिक आश्वस्ति है कि मनुष्य 'अंश' है और परमात्मा 'अंशी'। ऐसे में, जब आत्मा ही परमात्मा है वा उसका कोई लघुरूप तो यह बोध 'स्मरण' का पर्याय है। इस परिप्रेक्ष्य में यह देखा जा सकता है कि जो अपना है; जिसे पाया ही हुआ है, अगर उसका ही स्मरण (बोध) हो जाए तो बुद्धत्व घटित हो जाए।

★ बुद्धत्व एक अवस्था है—किसी में बोध के तत्त्व और सत्त्व को समा जाने की अवस्था; सम्यक्-बोध हो जाने की अवस्था। कोई बिरला शाक्य मुनि ही बुद्ध हो सकता है। हर मुनि 'बुद्ध' नहीं हो सकता। मुनि वह जो 'मनन' करता है; तथ्यों का आत्मावलोकन करता है; नाम-स्मरण करता है; लेकिन अभी पा नहीं लिया है। पाना तो अभी शेष है। वीतरागता है; पर परम-तत्त्व

की प्राप्ति घटित नहीं हुई है, कुछ सीढ़ियाँ और चढ़नी हैं। उन सीढ़ियों को चढ़कर ही बुद्धत्व के गौरीशंकर तक पहुँचा जा सकेगा।

★ बुद्ध शब्द की इतनी ही महिमा है कि इसमें विशेषण सूचक 'प्र' लगने से भी महत्ता बढ़ी नहीं। भाषा-विज्ञान के अनुसार तो 'प्रबुद्ध' व्यक्ति को विशेष बुद्ध होना चाहिए; लेकिन यहाँ यह अर्थ रहा कि परम या अनंत में कुछ लगाकर उसको सीमित ही किया जा सकता है, बढ़ाया नहीं जा सकता। इसीलिए संबुद्ध (सम+बुद्ध) भी बुद्ध के 'सम' या बराबर नहीं हो सका और समझ (संबुद्ध से समुझ और समुझ से समझ) भी बोध की बराबरी नहीं कर सका।

★ विचारणीय है कि बुद्ध का माहात्म्य (महात्मा+य = माहात्म्य; महातम्य अशुद्ध है।) इतना है कि सबसे अधिक प्रतिमाएँ बुद्ध की बनीं; इतनी कि फ़ारसी में प्रतिमा या मूर्ति को 'बुत' कहा जाने लगा, जो बुद्ध के उच्चारण से ही निर्मित हुआ।

★ ध्यातव्य है कि बुद्ध से एक नकारात्मक शब्द भी बना है। लोकजीवन में, ख़ासकर समाज के अशिक्षित संस्तर में जो व्यक्ति चुपचाप बैठा रहे, उसे 'बुद्धू' कहा जाने लगा, जो कालांतर में मूर्ख अथवा गोबरणेश का पर्याय बन गया।

★ ऋषि शब्द की विविध व्याख्या—

★ **वस्तुतः**—भाषा-विज्ञान में जिन कुछ शब्दों की निष्पत्ति को लेकर अनेक मत मिलते हैं, उनमें एक शब्द 'ऋषि' भी है। अलग-अलग ग्रंथों की अवगाहना से इसकी अलग-अलग निष्पत्ति परिलक्षित होती है। सामान्यतः ऋष्, दृश् और रिश्—इन तीन मूल धातुओं से 'ऋषि' शब्द तक पहुँचा जाता है। हालाँकि लगभग सभी व्याख्याएँ एक ही जगह पहुँचा देती हैं; बशर्ते हम थोड़ा मानसिक श्रम करें।

★ **पहली व्याख्या**—'ऋष्' धातु से। ऋषि शब्द गत्यर्थक 'ऋष्' धातु से निष्पन्न हुआ है। 'ऋष्' धातु का अर्थ जाना, पहुँचाना, गमन करना, चोट पहुँचाना इत्यादि है। इसका एक अर्थ होता है—सही राह पर पहुँचाने वाला या ले जाने वाला। अतः, ऋषि सत्य तक पहुँचाने वाले हुए। इससे बने ऋषभ का अर्थ है—श्रेष्ठ। पुरुषर्षभ (पुरुषों में श्रेष्ठ) और भरतषर्भ (भरतवंश में श्रेष्ठ) में यही अर्थ है।

ज्ञातव्य है कि 'ऋष्' धातु में अगर एक अर्थ चोट पहुँचाने का है तो इससे बने एक शब्द 'ऋष्टि' का अर्थ तलवार है, जिसमें चोट पहुँचाने का भाव

स्पष्ट निहित है। इसको ऐसे भी देख सकते हैं कि तपस्या में रत जिन साधकों (साधने वालों) के पास मंत्र गए और उन्हें प्राप्त हुए, वे ऋषि कहलाए। माना जाता है कि इसी ऋषि से फ़ारसी का 'रशीद' शब्द बना है; जिसका अर्थ है, राह दिखाने वाला। मुर्शीद शब्द का मूल भी यही है; जिसका अर्थ गुरु होता है। ग़ौर से देखें तो इनमें बहुत साम्य है।

★ **दूसरी व्याख्या**—'दृश्' धातु से। कुछ आचार्य 'ऋषि दर्शनात्' में ऋषि शब्द की निष्पत्ति देखते हैं। आचार्य दुर्ग ने भी 'ऋष्' (दर्शने) धातु को ही मूल माना है। इस मत से जिन साधकों को ऋत (सत्य, पावन आदिक) के दर्शन हुए, वे ऋषि कहलाए। स्पष्ट है कि यहाँ दर्शन से अभिप्राय सत्य के दर्शन से है। अस्तु, सत्य का दर्शन यों ही नहीं होता। इसके लिए गहन ध्यान, गहन साधना और गहन तपस्या करनी पड़ती है। ऋषि; अर्थात् जिसने सत्य का दर्शन किया; इसे खोजा। यह खोज अँगरेज़ी के 'research' के बराबर है; जिसका अर्थ है—Re-search; अर्थात् दुबारा खोजना। इस अर्थ में, जो भूला जा चुका है, उसे दुबारा खोजना 'दर्शन' है।

★ तीसरी व्याख्या—'रिष्' धातु से। शतपथ ब्राह्मण के अनुसार ऋषि शब्द 'रिष्' धातु से निष्पन्न हुआ जान पड़ता है; जिसका अर्थ है, तप करना। "श्रमेण तपसा अरिषन्त, तस्माद् ऋषयः।" यह भी जानना चाहिए कि रिष् से लिख की भी व्युत्पत्ति का विधान है—ऋष्-रिष्-रिख-लिख।

★ थोड़ा ग़ौर करें तो ऋषि का 'ऋ' ही कृषि में है। क् (पृथ्वी), ऋ (चलना, भेदना)। ऐसे देखें तो ऋषि आदि-कृषक थे या कह सकते हैं कि सत्य की कृषि करते थे। ऋषि से विशेषण 'आर्ष' बनता है। यह भी ध्यान दें कि इंद्र को कृषकों का मित्र कहा गया है और इंद्र को इंद्रियों के विजेता के रूप में देखा जाना चाहिए। भाषाशास्त्रीय नज़रिया विशेष ज्ञान (विज्ञान) से साम्य रखे तो ही अच्छा रहता है। एक प्रदीर्घ विषय की आरंभिक अवगाहना के रूप में इस निर्वचन को देखना चाहिए।

□

शब्द-संधान-21

साधु और संत

★ साधु और संत को समानार्थी मान लिया जाता है; लेकिन दोनों शब्दों में अंतर है। साधु शब्द 'साध्' धातु से बना है—[साध्+उण्=साधु]। साधना, साधन आदि शब्द भी इसी 'साध्' धातु से बने हैं। सामान्य अर्थों में, यह माना जाता है कि जिसकी साधना सिद्ध हो गई, वह 'साधु' हो गया। जो साध रहा है, वह 'साधक'; जैसे लिखने वाला लेखक; जैसे 'पठ्' से पाठक।

★ जो साधना के योग्य है; अर्थात् जिसको साधा जा रहा है, वह 'साध्य' कहलाता है। जिसकी आराधना की जा रही है, उसके लिए शब्द है—'आराध्य'। साधने वाला अपने इष्ट, अभीष्ट या साध्य को साधने अथवा पाने के लिए जिस प्रक्रिया को अपनाता है, वह 'साधना' है। साधना यहाँ वाचक भी है और लक्षक भी। ध्यातव्य है कि साधक के लिए 'ज्ञानी' होना अपरिहार्य नहीं होता; वह ज्ञानी भी हो सकता है और अज्ञानी भी।

★ व्युत्पत्तिगत अर्थ से आगे बढ़कर देखें तो साधु शब्द को कुछ और उद्भासित-परिभाषित किया जा सकता है। कहा जाता है—"साधनोति परकार्यमिति साधुः।" इसका सीधा-सीधा अर्थ है—जो दूसरों के कार्य या पर कार्य या परोपकार के लिए साधना करे; सच्चा साधु वही है। दूसरों का कार्य साधित करना साधु का अभिलक्षण है; जैसे अपना कार्य साधना सांसारिक लोगों का अभिलक्षण है। लोकजीवन में यह सुना जाता है कि अमुक व्यक्ति हरदम अपना ही काम बनाने में या निकालने में लगा रहता है। ऐसे में, यदि कोई दूसरों के काम को साधने में लग जाए तो वह 'साधु' है। साधु ने साध लिया है; साधुता आ चुकी है; स्थितिप्रज्ञता आ चुकी है; अंतश्चक्षु जाग्रत् हैं।

★ यह भी स्मरण रहे कि साधुता अंतःस्थित होती है; ओढ़ी हुई नहीं होती। ओढ़ी हुई साधुता या साधुता के स्वांग से छद्म-साधु बनते हैं, जो सलाखों

के पीछे जाने से पहले खूब (ख़ूब अशुद्ध है।) शोहरत बटोर लेते हैं। जैसे नक़्ली मुद्रा अस्ली मुद्रा को बाहर कर देती है, वैसे ही नक़्ली साधु, अस्ली साधु को प्रसिद्धि में पीछे छोड़ देते हैं और नक़्ली लेखक अस्ली लेखक से अधिक प्रसिद्धि पा लेते हैं।

★ संत शब्द की चर्चा करें तो व्युत्पत्तिगत रूप में यह 'शांत' शब्द के अपभ्रंशीकरण या विरूपण से बना प्रतीत होता है। शान्त या शांत से पंजाब आदि क्षेत्र में सान्त और इसके अनंतर संत हो गया होगा। वैसे, जिसे शांति मिल गई, वह शांत हो गया—यह संत होने की आरंभिक शर्त है; इसका प्रथम सोपान है।

★ गहराई में उतरें तो जिसके अंदर की हलचल मिट गई, जिसने 'सत्' को पा लिया, वह संत हो गया। ज्ञातव्य है कि 'सत्' शब्द 'अस्+शतृ' से बना है; जिसका शाब्दिक अर्थ है—अस्तित्वमान होना, नित्य आदि।

★ संत के बारे में द्रष्टव्य है कि वे मौन-नीरव-चित्तस्थिति को प्राप्त हो जाते हैं। संत होने के लिए विद्वत्ता आवश्यक नहीं; न ही गृह-त्याग या ब्रह्मचर्य आवश्यक है। गृहस्थ-आश्रम में रहकर भी कोई संत हो सकता है; जैसे संत कवि तुलसीदास, तिरुवल्लुवर आदि। संतत्व तो घटित या फलित होता है। यह अर्हता का मामला है और अर्हता है, 'चित्त की शांति'। अपने दैनिक कार्यों को या सांसारिक कार्यों को शांत, अप्रमत्त, स्थितप्रज्ञ, निर्भार और निर्लिप्त होकर जो संपादित करे, वह संत (saint) ही है। इस दृष्टि से कोई कलाकर या कोई खिलाड़ी भी संतत्व की अवस्था में रह सकता है। वस्तुत: 'संतत्व' तो वह सहज अवस्था है, जिसे उपलब्ध भर होना है; जबकि साधु के लिए 'साधना करना' तथा उसे संपन्न करना आवश्यक है।

□

शब्द-संधान-22

आख्या, व्याख्या, विश्लेषण और संश्लेषण

★ **सबसे पहले एक प्रश्न**—पुलिस द्वारा रिपोर्ट में किसी घटना की आख्या लिखी जाती है या व्याख्या लिखी जाती है ? आइए, दोनों शब्दों को समझते हैं—

★ आख्या बना है, 'ख्या' से; जिसका अर्थ है—कहना। हम किसी को सर्वप्रथम जो कहकर पुकारते हैं, वह उसका 'नाम' अथवा 'अभिधान' होता है और आख्या का मूल अर्थ यही है। आख्या का दूसरा अर्थ 'विवरण' है। जैसा हुआ, वैसा कह (लिख) देना ही 'आख्या' है। चूँकि 'ख्या' का अर्थ कहना है; इसलिए 'ख्यात' शब्द का अर्थ हुआ, जो कहा गया है या जिसके बारे में कहा गया है; अर्थात् चर्चित। किसी 'सुख्यात' (सु-अच्छा), 'विख्यात (वि-विशेष)' अथवा 'प्रख्यात' (प्र-विशिष्ट) के बारे में अच्छा बोला जाता है; जबकि किसी 'कुख्यात' (कु-बुरा) व्यक्ति के बारे में अच्छा नहीं बोला जाता है। हम जानते हैं कि किसी ख्यात व्यक्ति की 'ख्याति' (कीर्ति) जिस तेज़ी से फैलती है; उससे अधिक तेज़ी से किसी कुख्यात व्यक्ति की 'कुख्याति' (अपकीर्ति) फैलती है। सब 'ख्या' की महिमा है।

★ आख्यात का अर्थ है—कहा हुआ या बताया हुआ; जबकि आख्यान [आ+ ख्या+ ल्युट्] का अर्थ है—बोलना, कहना अथवा घोषणा करना। आख्यान देने, कहने अथवा बतानेवाला 'आख्यायक' कहलाता है; जबकि आख्या के योग्य को 'आख्येय' कहा जाता है। कुछ कहने योग्य है तो वह 'आख्येय' है। आख्या से ही बने 'आख्यायिका' का अर्थ है—सुसंगत ढंग से कहा हुआ, सुसंगत-कथा अथवा कहानी।

★ व्याख्या शब्द बना है, आख्या शब्द में 'वि' उपसर्ग के जुड़ने से। 'वि' का

अर्थ विशिष्ट है। अतः, व्याख्या का अर्थ हुआ—'विशिष्ट आख्या' अथवा विशेष रूप से कहा गया। ध्यान दें कि जब किसी चीज़ की व्याख्या की जाती है तो उसके बारे में विशेष रूप से बताया जाता है या विशेष विवरण दिया जाता है।

★ विश्लेषण और संश्लेषण दोनों शब्द बने हैं, 'श्लिष्' धातु से। 'श्लिष्' में चिपकने का भाव है। श्लिष् से ही बने श्लिषा का अर्थ है--जुड़ जाना, चिपकना, आलिंगन आदि। श्लिष्ट का अर्थ है, चिपका हुआ; जबकि संश्लिष्ट का अर्थ है, साथ में जुड़ा या चिपका हुआ। हम जानते हैं कि श्लेष-अलंकार में एक ही शब्द में कई अर्थ चिपके रहते हैं।

★ **विश्लेषण**—आपस में श्लिष्ट अथवा चिपके हुए को वियुत करना, दूर-दूर करना अथवा पृथक्करण (पृथकीकरण और पृथक्किकरण अशुद्ध हैं) ही विश्लेषण है। विश्लेषण में गहराई से अवलोकन भी है, खोजबीन है और व्याख्या भी। किसी सूत्र अथवा नियम आदि के विश्लेषण से वह सहज ही समझ आ जाता है; क्योंकि सारे राज़ खुल जाते हैं। विश्लेषण को बुद्धि का गुण माना गया है।

★ **संश्लेषण**—यह विश्लेषण का विलोम शब्द है। जो दूर-दूर है, उसे निकट लाना, चिपकाना अथवा एकत्रीकरण ही संश्लेषण [सम्+श्लेषण] है। उदाहरण : प्रकाश-संश्लेषण में सूर्य के प्रकाश को लेकर अथवा संचित कर पत्तियों द्वारा अपना भोजन तैयार किया जाता है।

□

शब्द-संधान-23

आज्ञा, आदेश, अध्यादेश, व्यादेश, समादेश, अनुदेश, निदेश और निर्देश

★ सामान्यत:, इन शब्दों को समार्थक समझा जाता है; परंतु इनमें अर्थपरक विभेद है। आदेश न्याय एवं शासन-प्रशासन का शब्द है, जिसे मानने की विवशता रहती है। यह जानना रोचक है कि जिस 'दिश्' धातु से 'दिशा' शब्द की निर्मिति है, उसी से बनने वाले 'देश' शब्द में 'आ' उपसर्ग जुड़कर आदेश (पुं.) शब्द बनता है। इससे पता चलता है कि 'आदेश' मूलत: किसी कार्य को करने अथवा दिशा देने के लिए प्रयुक्त होता है।

★ ध्यान दें कि जब इसी आदेश के साथ 'अधि' उपसर्ग जुड़ जाता है तो 'अध्यादेश' शब्द बनता है, जो शासन के प्रमुख (देश के राष्ट्रपति एवं राज्यों के राज्यपाल) द्वारा किसी जटिल स्थिति में शासन-व्यवस्था को उचित रीति से चलाने के लिए पारित किया जाता है। यहाँ यह भी जान लेना चाहिए कि वैधानिक सूचना, जो सरकार द्वारा राजपत्र में प्रकाशित हो, 'अधिसूचना' कहलाती है। अस्तु, किसी आदेश के पारित होने के बाद यदि उस विषय से संबंधित कुछ और आदेश दिया जाए तो उसे अनुदेश (अनु+दिश्+ घञ्=अनुदेश) कहेंगे। अनुदेश (अनु का अर्थ है पीछे) किसी आदेश के बाद ही जारी हो सकता है।

★ आज्ञा (आ+ज्ञा+अङ्+टाप्=आज्ञा) में निहित 'ज्ञा' का अर्थ ज्ञान, जानकारी देने, बताने आदि से है। इस कारण आज्ञा 'आदेश' से लघुतर शब्द है। इसे मानने में; अर्थात् आज्ञानुपालन (आज्ञा+अनुपालन) में उतनी बाध्यता नहीं होती; परंतु श्रद्धा, कर्तव्य, नैतिक ज़िम्मेदारी का भाव होता है। आज्ञा (स्त्री.) मानने वाले को आज्ञाकारी अथवा आज्ञानुवर्ती कहा जाता है;

जबकि अगर यह विशेषण किसी लड़की अथवा महिला के लिए प्रयुक्त हो तो आज्ञाकारिणी अथवा आज्ञानुवर्तिनी लिखना चाहिए। यह भी स्मरण रहे कि कुछ लोग 'आपकी आज्ञानुसार' लिखते हैं, जो ग़लत प्रयोग है। जब 'अनुसार' जुड़ गया तो यह पद 'अनुसार' के कारण पुंलिंग हो गया और तब सही प्रयोग होगा—'आपके आज्ञानुसार'।

★ माता-पिता या गुरु की आज्ञा आप मानें अथवा न मानें; वे आपका अहित नहीं करेंगे। अस्तु, अगर आपने अपने कार्यालय-अध्यक्ष के किसी आदेश का अनुपालन नहीं किया तो कार्यालय-ज्ञापन से लेकर दंड तक कुछ भी मिल सकता है। इसी प्रकार, न्यायालय के आदेश का अथवा किसी राज्यादेश का पालन करना बाध्यकारी होता है। ध्यातव्य है कि आज्ञा मानने से मानसिक परितोष होता है; लेकिन आदेश तो मानना ही पड़ता है; आपको वह पसंद हो अथवा न हो। आज्ञा के लिए अनुज्ञा और आज्ञप्ति शब्द का भी प्रयोग होता है; लेकिन स्मरण रहे कि 'अनुज्ञा' शब्द मूल रूप से अनुमति, सहमति अथवा स्वीकृति आदेश के लिए प्रयुक्त होता है। अनुज्ञापन शब्द का प्रयोग आज्ञा अथवा आदेश द्वारा किसी को अधिकृत करने के लिए प्रयुक्त होता है। जो ऐसी कोई 'अनुज्ञा' जारी करता है, उसे अनुज्ञापक कहते हैं।

★ **व्यादेश**—व्यादेश का अर्थ है, विशिष्ट आदेश। [वि+आदेश=व्यादेश] व्यादेश कोई औपचारिक आदेश नहीं होता; परंतु किसी विशिष्ट व्यक्ति अथवा संस्था का आदेश किसी के लिए विशेष आदेश हो सकता है। उदाहरण—किसी के लिए उसके गुरु की सामान्य इच्छा भी व्यादेश हो सकता है।

★ **समादेश**—यह 'सम्+आदेश' से व्युत्पन्न है। इसका मूल अर्थ है—उचित, सम्यक् अथवा समान आदेश; परंतु व्यवहार में इसका अर्थ है—किसी उच्च प्राधिकरण अथवा संस्था से प्राप्त कोई ऐसा आदेश, जो किसी संस्था के लिए उससे ठीक ऊपर स्थित किसी संस्था के द्वारा पारित किसी आदेश की भाँति बाध्यकारी हो। समादेश अप्रत्यक्ष भी हो सकता है; जिसका उदाहरण दिया जा सकता है। अगर कोई ऐसा आदेश है, जो उच्च संस्था अथवा प्राधिकरण से कभी निर्गत हुआ है तो उसका हवाला दिया जा सकता है और वह आदेश समादेश कहलाएगा।

★ **परादेश**—यह 'परा+आदेश' से व्युत्पन्न है; जिसमें परा उपसर्ग श्रेष्ठतासूचक है। किसी श्रेष्ठ अथवा अत्यंत उच्च प्राधिकार प्राप्त संस्था

से प्राप्त आदेश समादेश कहलाता है। किसी उच्च न्यायालय द्वारा किसी अधीनस्थ न्यायालय को दिया गया आदेश परादेश कहलाता है। अँगरेज़ी का mandate इसका समार्थक शब्द है।

★ अब यहाँ 'निदेश' शब्द को समझ लेते हैं। 'निदेश' शब्द संस्कृत के 'दिश्' धातु से बना है—नि+दिश्+घञ् = निदेश। इसमें 'नि' उपसर्ग है; जिसका अर्थ है : 'अच्छी तरह'। 'दिश्' धातु से ही दिशा, देश, प्रदेश, अनुदेश आदि शब्दों की व्युत्पत्ति है। दिशा को 'दिग्बिंदु' भी कहते हैं। ऐसे तो दिशाएँ दस होती हैं; लेकिन मुख्य दिशाएँ चार ही हैं। सामान्यत:, मार्ग बताने के लिए अगर कहीं खड़े होकर पृथ्वी के दिखाई देने वाले हिस्से को चार भागों में विभक्त कर दें तो हर चौथाई हिस्से को 'दिशा' (दिश्+अङ्+टाप्=दिशा) कहते हैं।

★ इसी दिश् से बने 'देश' (दिश्+अच्=देश) शब्द का मूल अर्थ है—स्थान। स्वदेश अपना देश होता है। इसी देश से बननेवाले परदेश, विदेश, प्रदेश आदि शब्दों के अर्थ स्वत: स्पष्ट हैं। देशक कहते हैं—शासक, राज्यपाल अथवा शिक्षक को। ध्यान दें कि कोई भूभाग जब देश बनता है तो वहाँ भी एक ऐसी शासन व्यवस्था रहती है, जिसमें सभी नागरिकों को कुछ नियमों अथवा आदेशों का पालन करना होता है। देशक में उप उपसर्ग जुड़कर शब्द बनता है—'उपदेशक', जो कहते हैं—उपदेश अथवा नैतिक शिक्षा देने वाले को। अगर कुछ निदेशात्मक है तो यह आदेशात्मक है; अर्थात् इसकी अनुपालना आवश्यक है।

★ ध्यान रहे कि इसी देश से 'देशना' (शिक्षा, उपदेश), संदेश, आदेश आदि शब्द बने हैं। बुद्ध और महावीर की देशनाओं अर्थात् उनके बताए मार्ग; अर्थात् उनकी सच्छिक्षाओं (सत्+शिक्षाओं) को हम सबने पढ़ा है। वे आध्यात्मिक निदेशक थे, जो दिशा बताते थे और आज्ञा भी देते थे। उनके अनुयायियों के लिए उनके आदेशों की अनुपालना आध्यात्मिक दृष्टि से अनिवार्य मानी जाती है।

★ प्रचलित अर्थों में, निदेश (नि+दिश्+घञ्=निदेश) 'आदेश' का ही कार्यालयीय रूप है। सरकारी कामकाज में जब दिशा बताने के साथ-साथ कुछ निश्चित आदेश पारित किए जाते हैं तो उसे 'निदेश' कहा जाता है। निर्देश (निर्+दिश्+घञ्=निर्देश) में कुछ समझाया-बुझाया जाता है अथवा दिशा दी जाती है; लेकिन यह बाध्यकारी नहीं होता। निर्देश का पालन नहीं करने से यह संभव है कि स्वत: कुछ नुक़्सान (अरबी-भाषा के इस शब्द

को हिंदी में नुक़सान भी लिखा जाता है।) हो जाए; पर इसकी अवहेलना निदेश की भाँति दंडात्मक नहीं है।

★ निदेशक और निर्देशक में अंतर—

★ हर निदेशक एक निर्देशक भी होता है; लेकिन हर निर्देशक 'निदेशक' नहीं होता। ऐसा क्यों? आइए! देखते हैं—

★ **निदेशक**—निदेशक शब्द का अर्थ है—निदेश देने वाला। हम जानते हैं कि 'दिश्' धातु से बने देश शब्द में 'नि' उपसर्ग जुड़कर शब्द बनता है—'निदेश'। 'निदेश' का अर्थ है—दिशा दिखलाना, आज्ञा या आदेश देना, अनुदेश देना आदि। आज्ञा देने वाले को 'निदेशक' के अलावा 'निदेशी' भी कहते हैं; लेकिन निदेशक पारिभाषिक शब्दावली है। निदेशकों के समूह को 'निदेशकमंडल' कहा जाता है। निदेश अथवा आज्ञा देने की क्रिया को 'निदेशन' कहते हैं। कुछ आदेश अथवा निदेश हुआ तो कहेंगे कि ऐसा निदेशित हुआ है।

★ अब 'निर्देशक' शब्द को देखते हैं—इसमें 'निर्' उपसर्ग है, जो बिना, से मुक्त, से रहित अथवा दूर का अर्थ देता है। इस प्रकार, निर्देश में दिशा तो दिखाई जाती है; लेकिन 'बिना' आदेश के। निर्देशक सही शब्द है, अगर वह सिर्फ़ दिशा या राह बताता हो कि क्या होना चाहिए या क्या करना चाहिए। हाँ, अगर कोई अधिकार के साथ आदेश भी देता हो तो वह निदेशक है। कुछ निर्देश मिला है तो कहेंगे कि ऐसा निर्देशित हुआ है।

★ ध्यातव्य है कि संस्थाओं के निदेशक होते हैं, निर्देशक नहीं; जिनका काम अपनी संस्था को सही दिशा दिखाना और आवश्यक आदेश पारित करना आदि होता है। किसी फ़िल्म का निर्देशक होता है, निदेशक नहीं; जिसका मुख्य काम आदेश देना नहीं; अपितु दिशा दिखलाना है। किसी कलाकार को यह नहीं बताया जा सकता कि वह किस प्रकार अभिनय अथवा नृत्य करे; क्योंकि यह तो उसे पता ही होता है। निर्देशक उसे बस इतना बता देता है कि फ़िल्म अथवा किसी दृश्य की माँग क्या है, जिससे उसे अभिनय करने की एक दिशा मिल जाती है। केंद्रीय हिंदी निदेशालय (निदेश देने वाला आलय अर्थात् घर) है, निर्देशालय नहीं; क्योंकि यह मानक हिंदी के संदर्भ में केवल दिशा भर नहीं दिखलाता; अपितु उचित आदेश भी देता है।

□

शब्द-संधान-24

संसद् और परिषद्; अध्यक्ष और सभापति

★ **संसद् (parliament) शब्द का अर्थ है**—जहाँ सभी साथ-साथ बैठते हैं। [सम्+सद्=संसद्]

★ 'सम्' का अर्थ है, बराबर और 'सद्' का अर्थ है, बैठना, आसीन होना या वास करना। संसद् वह स्थान है, जहाँ हमारे सभी नीति-निर्धारक साथ-साथ बैठते हैं और देशहित में निर्णय (निर्+नय=निर्णय) लेते हैं। जो संसद् में बैठते हैं, वे सांसद, सदस्य, संसद्-सदस्य अथवा 'संसत्सदस्य' कहलाते हैं। ध्यातव्य है कि संसद सदस्य, संसद-सदस्य आदि शब्दानुशासन की दृष्टि से अशुद्ध हैं।

★ ज्ञातव्य है कि 'सद्' भारोपीय-मूल के 'sedos' या 'sed' के बिलकुल क़रीब है; जिसका अर्थ भी 'बैठना' है। जानना चाहिए कि 'sed' से ही sedentary, preside, president, subside, super side, subsidy इत्यादि शब्द बने हैं।

★ **परिषद् (council) शब्द का अर्थ है**— विशेष रूप से बैठना। 'परि' उपसर्ग का एक अर्थ 'विशेष' होता है और 'सद्' का अर्थ—बैठना। इस आधार पर 'परिषद्' का अर्थ 'विशेष लोगों के बैठने की जगह' है। 'विधानपरिषद्' का अर्थ है—विधान बनाने के लिए परिषद्। भारत के कई प्रदेशों में विधान बनाने के लिए 'विधानपरिषद्' होता है। यह ऊपरी सदन होता है और इसमें विभिन्न क्षेत्रों के चुने हुए लोग जाते हैं और 'पार्षद' कहलाते हैं।

★ संसद् की बैठक नहीं होती; संसद् का 'अधिवेशन' होता है। अधिवेशन कई दिनों तक चलता है; जबकि बैठक कुछ घंटों का जमावड़ा होता है।

★ अध्यक्ष और सभापति—

★ सामान्यत:, ऐसा देखा जाता है कि लोग प्रखंड-अध्यक्ष, जिला-अध्यक्ष,

प्रदेश-अध्यक्ष, पार्टी-अध्यक्ष इत्यादि तो होते हैं; लेकिन उनसे इनका अर्थ पूछने पर बगलें झाँकने लगते हैं। तत्त्वत:, हिंदी का हर शब्द विशिष्ट है और स्वयं अपने अर्थ को उद्घाटित करता है। इसलिए कहा जाता है कि हिंदी शब्दों की महिमा अपरंपार है। आइए! इन दोनों शब्दों को देखते हैं—

★ **अध्यक्ष का अर्थ है**—वह व्यक्ति, जिसकी आँखों के नीचे सब कुछ होता हो। उदाहरण के लिए, अगर कोई किसी राजनीतिक दल अथवा पार्टी का अध्यक्ष है तो इसका मतलब है कि उस दल अथवा पार्टी में सब कुछ उसकी देखरेख में या उसकी आँखों के नीचे होता है।

★ व्याकरणिक दृष्टि से यह चर्चा भी समीचीन होगी कि जिला 'जनपद' अथवा 'मंडल' के लिए प्रयुक्त होने वाला अरबी-भाषा का शब्द है। जिला को 'ज़िला' लिखना अशुद्ध है; क्योंकि 'ज़िला' का अर्थ चमक होता है। जिला-अध्यक्ष शब्द भी अनुचित है; जनपद-अध्यक्ष अथवा मंडल-अध्यक्ष लिखना चाहिए। साथ ही, जिला के साथ संस्कृत के कार्यालय शब्द का युग्म नहीं बनाया जाना चाहिए। इसके साथ अरबी-भाषा के दफ़्तर (दफ्तर अशुद्ध है।) शब्द का प्रयोग करना चाहिए। आशय यह है कि जनपद एवं मंडल के साथ कार्यालय शब्द का प्रयोग हो तथा जिला के साथ दफ़्तर का प्रयोग हो। पुनश्च, ज़िला-दफ़्तर, जिला दफ़्तर, जिला-दफ्तर, जिला दफ्तर और जिला दफ़्तर सभी अशुद्ध हैं। जिला-दफ़्तर शुद्ध है, जिसमें जिला में नुक़्ता नहीं है, दफ़्तर में नुक़्ता है और इन दोनों शब्दों के मध्य योजक-चिह्न लगा है। इसी प्रकार, 'जनपद-दफ़्तर' या 'जनपद-दफ्तर' या 'जनपद दफ्तर' असाधु प्रयोग हैं। जनपद-कार्यालय अथवा मंडल-कार्यालय लिखना चाहिए।

★ अध्यक्ष में 'अधि' उपसर्ग है, जो 'अक्षि' से जुड़ा है। 'अधि' का अर्थ है, नीचे और अक्षि (जो समास आदि में 'अक्ष' हो जाता है।) का मतलब है—'आँख'। इस प्रकार, अध्यक्ष [अधि+अक्षि=अध्यक्ष] का शाब्दिक अर्थ है—वह जिसकी आँखों के नीचे; अर्थात् जिसकी निगहबानी या निगरानी में सब कुछ हो रहा हो।

★ 'अधि' शब्द लगा है; क्योंकि जो आँखों के आगे हो रहा हो, उस पर नियंत्रण हो, यह ज़रूरी नहीं। 'अधि' लगाकर यह बोधन करवाया जा रहा है कि न सिर्फ़ वह सब कुछ होते देखता है; अपितु नियंत्रण भी रखता है। इसलिए

अँगरेज़ी में chief, head, president इत्यादि इसके समानांतर हैं।

★ सभापति शब्द 'सभा' और 'पति' के संयोग से (संधि से नहीं) बना है। पति का मूल अर्थ है—'स्वामी'। इस प्रकार, सभापति का अर्थ—'सभा का मालिक' हुआ। जब तक सभा चलेगी, तभी तक सभापति (chairman) रहेंगे। उदाहरण : उपराष्ट्रपति महोदय तब राज्यसभा के सभापति होते हैं, जब सभा (यहाँ सदन) चल रही हो।

★ **ध्यानाकर्षण**—पति का अर्थ 'स्वामी' अथवा 'मालिक' (मालिक़ अशुद्ध है।) होने के कारण राष्ट्रपति शब्द की जगह राष्ट्राध्यक्ष (अगर महिला हों तो राष्ट्राध्यक्षा) शब्द का प्रयोग होना चाहिए; क्योंकि लोकतंत्र में किसी को राष्ट्र का पति अर्थात् 'स्वामी' या आक़ा (आका अशुद्ध है।) कहना उचित नहीं है।

★ अध्यक्ष सभापति भी हो सकता है और नहीं भी। कोई राजनेता अगर किसी पार्टी के अथवा किसी समिति के अध्यक्ष हैं तो एक निश्चित अवधि के लिए हैं। इस बीच, वे किसी सभा के वे सभापति हो भी सकते हैं और नहीं भी।

★ **ध्यातव्य**—सभापति जी आ रहे हैं। सभापति जी आ चुकी हैं। महिला के लिए भी 'सभापति' शब्द ही प्रयुक्त होगा।

★ **विशेष**—स्मरण रहे कि स्वतंत्र रूप में 'अक्ष' का अर्थ होता है—जूआ खेलना, हिंडोले या पालकी की खिड़की आदि। 'अक्षविद्' जूआ खेलने में निपुण होता है; 'अक्षशाला' का अर्थ जूआघर और 'अक्षशालिक' का अर्थ जूआघर का मालिक होता है।

★ विशेष : निपुण का अर्थ है, जो अपने प्रयासों से किसी कार्य को करने की पूर्ण योग्यता अर्जित कर ले। दक्ष का अर्थ है, जो अपने अंगों (हाथ-पैर) से कोई कार्य भली प्रकार से कर ले।

□

शब्द-संधान-25

धा, विधा, विधि, विधान, प्रावधान और प्रविधान

★ संस्कृत में 'धा' मूल से अनेक शब्दों की निर्मिति है। 'धा' में धारण करने, रखने, जड़ने, जमाने, पकड़ने, भरती करने (भर्ती अशुद्ध है।) का भाव है।

★ विधा शब्द में 'धा' है। विधा [वि+धा+क्विप् = विधा] शब्द के बहुत-से अर्थ हैं; जैसे—

1. ढंग, रीति, रूप
2. प्रकार, क़िस्म (उदाहरण—आप किस विधा(गद्य/पद्य) में लिखते हैं?)
3. जानवरों का चारा, खाद्य-पदार्थ
4. मज़्दूरी (इसे मज़दूरी, मजदूरी आदि लिखना असाधु प्रयोग है। अगर मजदूरी लिखा है तो इसे मज़्दूरी का तद्भव रूप मानना चाहिए।), किराया
5. छेद करना। वाक्य में प्रयोग देखें—उसकी छाती में एक तीर 'विधा' हुआ था। ध्यातव्य है कि यहाँ विध [विध् +क] से विधा शब्द की निर्मिति है।

★ **यहाँ 'विध' शब्द को समझ लेना भी समीचीन होगा**—विध शब्द बना है 'विध्' से। जानना चाहिए कि 'विध्' धातु में काटने, चुभाने का भाव है तो राज्य करने; शासन-प्रशासन करने का भाव भी है। विध[विध्+क] से जहाँ वेधन या छेद-करने का अर्थ मिलता है; वहीं प्रकार, क़िस्म (अरबी-भाषा के इस शब्द को हिंदी में नुक़्तारहित 'किस्म' भी लिखा जाता है।), ढंग, रीति इत्यादिक का बोधन भी होता है। उदाहरण—द्विविध, त्रिविध, बहुविध, नानाविध इत्यादि।

★ **विधि**—विधा की ही भाँति 'विधि' में भी 'धा' है। [वि+धा+कि = विधि]

यह नियमन करना, प्रणाली, रीति, पद्धति, समादेश, अनुष्ठान, अभ्यास इत्यादिक को व्यक्त करने के लिए प्रयुक्त होता है। विशिष्ट विधि को 'प्रविधि' कहा जाता है। विधित्सा का अर्थ होता है—संपन्न अथवा पूर्ण करने की इच्छा। विधिसम्मत, विधिवत्, विधिहीन, विधिविहीन, विधिप्रयोग, विधिविहित आदि शब्दों के अर्थ स्वतः स्पष्ट हैं।

★ विधान [वि+धा+ल्युट् = विधान] का अर्थ व्यवस्था करना, क्रम से रखना, अनुष्ठान, निर्माण (निर्+ मान=निर्माण), नियोजन इत्यादि है। केंद्र अथवा राज्य (यहाँ प्रांत लिखना ग़लत होता) के सदनों में जो प्रस्ताव आदि क्रम से रखे जाते हैं; वे पारित होकर देश के विधान का हिस्सा बन जाते हैं। राज्यों की विधानसभाओं में जो जनप्रतिनिधि विधान बनाते हैं; वे विधायक [वि+ धा+ ण्वुल्= विधायक] कहे जाते हैं। विधायक का स्त्रीलिंग रूप 'विधायिका' (विधै+इका = विधायिका) है। ध्यातव्य है कि कुछ लोग अज्ञानवश विधानसभा या विधानमंडल के लिए विधायिका/राज्य की विधायिका आदिक प्रयोग करते हैं, जो व्याकरण की दृष्टि से ग़लत हैं।

★ प्रावधान या प्रविधान? क्या 'संवैधानिक प्रावधान' लिखना ग़लत प्रयोग है?

★ आमजन ही नहीं; अपितु साहित्य के सुधी-पाठकों के मन में भी 'प्रविधान' और 'प्रावधान' के संबंध में संशय की स्थिति बनी रहती है। वस्तुतः, दोनों शब्द सही हैं; प्रयोग अलग-अलग है और वही महत्त्वपूर्ण है। पहले एक वाक्य में वस्तुस्थिति को समझें—"हम यह तो कह सकते हैं कि संविधान में किसी चीज का प्रावधान है; पर हम यह नहीं कह सकते हैं कि यह 'संवैधानिक प्रावधान' है।"

★ विधान 'नियम' या 'क़ानून' है। इसमें 'प्र' उपसर्ग जुड़कर 'प्रविधान' शब्द बनेगा; जैसे—'सम्' उपसर्ग जुड़कर 'संविधान' बनता है। स्पष्ट है कि विशेष नियम, प्रविधि अथवा विशेष-उपबंध के लिए 'प्रविधान' शब्द का ही प्रयोग होना चाहिए, यथा—'सांविधानिक प्रविधान'। ऐसे में, प्रतिप्रश्न है कि जहाँ 'प्रावधान' शब्द लिखा मिलता है, क्या उसे ग़लत माना जाए? आइए! देखते हैं—

★ ज्ञातव्य है कि 'प्रावधान' शब्द अपने आप में ग़लत नहीं है; इसकी व्याकरणिक निर्मिति है। यह बना है—'प्र' और 'अवधान' से; जैसे सावधान शब्द बनता है—'स (साथ अथवा सहित)+अवधान' से। 'प्र' का अर्थ विशेष और 'अवधान' का अर्थ 'ध्यान" है। इस प्रकार, 'प्रावधान' का अर्थ

हुआ—'विशेष ध्यान'।

★ ध्यान शब्द को देखें—ध्यान शब्द की व्युत्पत्ति 'ध्यै' (ध्यैयित्तायाम्) धातु से हुई है, जिसमें चिंतन-मनन, सोच-विचार आदि का भाव है। पालि में यही ध्यान 'झान' बना और चीनी भाषा में यही 'चियान', 'चान' अथवा 'चाआन' बन गया। प्रायोगिक अर्थ में भी ध्यान का तात्पर्य चिंतन करने से है; चित्त को एकाग्र करने अथवा एक लक्ष्य पर स्थिर करने से है। अतः एकाग्रता वा 'चिंतन की क्रिया' ही 'ध्यान' कहलाती है।

★ इसी कड़ी में 'अवधान' शब्द को समझना भी यहाँ समीचीन होगा। अवधान शब्द में 'अव' उपसर्ग नीचे का द्योतक है। अस्तु, लाक्षणिक रूप से 'नीचे' वही टिकेगा, जिसमें गुरुता होगी। ध्यान के नीचे गिरने का अर्थ—उसका एक जगह गिरना या टिकना है; उसका केंद्रीकरण है। इसी लाक्षणिकता के साथ अवस्थित का अर्थ 'नीचे स्थित नहीं होता; बल्कि विशेष रूप से स्थित' होता है अथवा दृढता (दृढ़ता व्याकरणिक दृष्टि से असाधु प्रयोग है) से स्थित होता है। इससे स्पष्ट है कि 'अवधान' सिर्फ़ ध्यान नहीं है, ध्यान का केंद्रीकरण है। अब इसमें 'प्र' उपसर्ग लगाते हैं तो संधि के नियम से 'प्रावधान' शब्द बनता है।

★ 'संविधान में किसी चीज का प्रावधान है' का अर्थ है—'संविधान में इस पर विशेष रुप से ध्यान दिया गया है' या 'यह संविधान के पन्नों में आया है'। निष्कर्ष यह कि संविधान की धाराओं, अनुच्छेद (अनु+छेद) आदिक के लिए 'प्रावधान' शब्द उचित नहीं है और किसी चीज का संविधान में प्रावधान होता है—यह बिलकुल ठीक है। अतः, संदर्भ महत्त्वपूर्ण है।

★ **विशेष**—संविधान में 'इक' प्रत्यय लगने से 'सांविधानिक' शब्द बनेगा; जिसका अर्थ है—'संविधान से संबंधित'। विधान में 'इक' प्रत्यय लगने से 'वैधानिक' शब्द बनेगा। अगर कुछ संविधान से संबंधित है तो वह संवैधानिक नहीं; अपितु 'सांविधानिक' है।

□

शब्द-संधान-26

नी, नीत, नीति, राजनीतिक और राजनैतिक

★ **राजनीतिक और राजनैतिक**—दोनों शुद्ध शब्द हैं; परंतु दोनों के अर्थ भिन्न-भिन्न हैं। वार्तनिक दृष्टि से, इनमें से किसी एक को सही और दूसरे को ग़लत कहना, भाषिक-अज्ञान (अज्ञानता अशुद्ध है) का संकेतक है। सबसे पहले व्याकरण के अनुसार दोनों शब्दों की व्युत्पत्ति देखते हैं—नीति के साथ विशेषण बनाने वाले—'इक' प्रत्यय अथवा संस्कृत का 'ठक्' प्रत्यय जोड़ने से शब्द बनेगा 'नैतिक'। ध्यान दें कि इसी रीति से-देह से दैहिक, लिंग से लैंगिक, इच्छा से ऐच्छिक, लोक से लौकिक आदि शब्द बनते हैं। अस्तु, अब नैतिक से पूर्व 'राज' जोड़कर समास करें तो 'राज+नैतिक = राजनैतिक' शब्द बनता है। इसका अर्थ है—राज अथवा राजा का नैतिक दायित्व, कर्तव्य अथवा फ़र्ज़ (फ़र्ज, फर्ज़ और फर्ज तीनों अशुद्ध हैं)। अब एक वाक्य पर दृष्टि निक्षेपित करते हैं—'इतिहास में जितने भी यशस्वी राजा हुए, उन्होंने अपने राजनैतिक कर्तव्यों (संस्कृत के एक नियम से कर्त्तव्य, कर्त्ता आदिक भी लिखा जा सकता है; परंतु कर्तव्य, कर्ता आदिक व्याकरणसम्मत शब्द हैं।) का निर्वहन अच्छी तरह से किया।' यहाँ राजनैतिक शब्द का प्रयोग ही सही है।

★ **अब 'राजनीतिक' शब्द को समझते हैं**—'राजनीति' समस्तपद के साथ 'इक' प्रत्यय जोड़ें तो 'राजनीतिक' बनेगा। इसका अर्थ है—'राजनीति से संबद्ध'। यहाँ आरंभ में 'आ' स्वर पहले से है; इसलिए आदिवृद्धि होती नहीं दिखती। समाज से सामाजिक (अ-आ), नीति से नैतिक (नी-नै), लोक से लौकिक (लो-लौ) बनता है; लेकिन यहाँ पहले से राजनीति है तो यह 'राजनीतिक' हो जाएगा। जब राज अथवा राजा के 'नैतिक' कर्तव्यों वा दायित्वों की नहीं बल्कि राजनीति की चर्चा हो तो 'राजनीतिक' शब्द

का प्रयोग होगा। ऐसे भी, अब राजनीति में 'नैतिकता' कहीं रह नहीं गई; इसलिए 'राजनीतिक' शब्द का प्रयोग ही समीचीन प्रतीत होता है। अब अंत में, दोनों शब्दों का एक वाक्य में प्रयोग देख लेते हैं—"सतयुग में राजा अपने 'राजनैतिक' कर्तव्यों का निर्वहन करते थे और कलयुग के अधिकतर राजनेता 'राजनीतिक-तिकड़मों' में ही उलझे रहते हैं।"

★ **विशेष**—नीति शब्द 'नी' धातु में क्तिन् प्रत्यय के जुड़ने से व्युत्पन्न है। 'नी' धातु का अर्थ है—ले जाना, नेतृत्व करना, पहुँचाना। जानना चाहिए कि 'नी' (नी +क्विप्) जब समास के अंत में प्रयुक्त होता है, तब भी नेता अथवा पथप्रदर्शक का अर्थ देता है; जैसे—सेनानी (सेना का नेता अथवा पथप्रदर्शक), ग्रामणी (न का ण हुआ है; ग्रामणी ग्राम का नेता होता है), अग्रणी (आगे-आगे मार्ग दिखाता है) इत्यादि। नीत (नी+क्त) शब्द के निम्नलिखित अर्थ हैं—1. ले जाया गया, पहुँचाया गया, नेतृत्व किया गया 2. लब्ध, प्राप्त 3. सही, भली-भाँति व्यवहृत इत्यादि। अस्तु, अर्थ की दृष्टि से 'नीति' शब्द का प्रयोग राजनय, योजना, निर्देशन, प्रबंधन, दिग्दर्शन, आचरण, कूटयुक्ति इत्यादि के लिए होता है। नीतिविषयक भूल के लिए शब्द है—'नीतिदोष'; जबकि नीतिशास्त्र अथवा राजनीति-विज्ञान के नियमों का उल्लंघन 'नीतिव्यतिक्रम' कहलाता है। यहाँ यह भी जानना चाहिए कि जिसका उल्लंघन करना उचित न हो, उसे 'अनुल्लंघनीय' कहा जाता है, जिसे अज्ञानवश 'अनुलंघनीय' लिख दिया जाता है। अस्तु, नीति से निर्मित कुछ अन्य महत्त्वपूर्ण शब्द हैं—नीतिकुशल (नीतियों के क्रियान्वयन में कुशल अथवा दक्ष), नीतिकौशल, नीतिज्ञ (नीति का ज्ञानी), नीतिज्ञता, नीतिविद् (नीतिविषयक विद्वान्), नीतिनिष्ण, नीतिघोष इत्यादि।

□

शब्द-संधान-27

स्फट्, स्फोट, स्फुटन, प्रस्फुटन, स्फुरण और उद्भेदन

- ★ संस्कृत में 'स्फट्' विभाजन या विभक्ति की धातु है। इसी से फट, फटना, फूटना इत्यादि शब्दों की निर्मिति है। साँप के फैले हुए फण को भी स्फट (स्फट्+अच्=स्फट) कहा जाता है। इसमें निहित खुलने और फैलने के भाव पर ध्यान दें! इसी 'स्फट' से बने 'स्फाटित' का अर्थ है—फटा हुआ, फाड़ा हुआ, विदीर्ण इत्यादि। प्रिज्म की भाँति प्रकाश की किरणों को सात रंगों में विभक्त करने वाले बिल्लौर-पत्थर और उसके काँच से निर्मित रूप को स्फटिक कहा जाता है। यह जानना रोचक है कि प्राचीन काल में फिटकरी का प्रयोग रसायन के रूप में कुछ (दूध आदि) फाड़ने के लिए किया जाता था; इसलिए उसे स्फटिकारी (फाड़नेवाला) और स्फटिकी कहा गया।
- ★ 'स्फट्' से ही 'स्फोट' बना है। जिसमें आवाज़ है, वह स्फोट (संज्ञा)। ध्वनि अथवा शब्द को भी स्फोट कहते हैं, जो स्वर ग्रंथियों के फूटने से लिया गया जान पड़ता है। स्फोटन 'स्फोट' करने की क्रिया है; जिसमें विदीर्ण करने, अलग-अलग करने का भाव है। जानना रोचक है कि भूसी आदि से अनाज को अलग करने के लिए प्रयुक्त शब्द 'फटकने' में भी 'स्फोटन' है।
- ★ स्फोट उत्पन्न करनेवाला 'स्फोटक' (विशेषण) कहलाता है। विस्फोट और विस्फोटक में 'वि' उपसर्ग विशिष्टता को इंगित करता है। इस तरह, विस्फोट का अर्थ बड़ा, तेज़ या 'विशिष्ट-स्फोट' है।
- ★ स्फुट (स्फुट्+क = स्फुट) संस्कृत का विशेषण है; जिसका अर्थ है—फूट कर बाहर आया हुआ, खिलना, खंडित होना, विकसित, उन्नत, प्रकट, स्पष्ट इत्यादि। स्फुटित मतलब—'खिला हुआ'। इसकी भाववाचक संज्ञा

है—स्फुटता और धातु है—'स्फट्'।

★ प्रस्फुटन भी अच्छी तरह फूटने, खिलने या विकसित होने का ही अर्थ देता है। प्रस्फुटन बना है, 'प्र+स्फुटन' से। 'प्र' का अर्थ 'विशेष' है और स्फुटन है—विकसित होने, फटने या खुलने की क्रिया। अस्फुट में निषेधसूचक उपसर्ग है तो इसका अर्थ हुआ—जो विकसित नहीं हुआ है।

★ उद्भेदन शब्द 'उद् (उत्)+ भेदन' से बना है; जिसका अर्थ है, कुछ भेदकर या फोड़कर ऊपर की ओर निकलना। अँगरेज़ी शब्द germination इसके क़रीब है।

★ उद्भेदन एक त्वरित प्रक्रिया है; जिसका वास्तविक अर्थ है—किसी वस्तु को फोड़कर या छेदकर उससे दूसरी वस्तु का निकलना। उदाहरण—बीज से अंकुर का निकलना, धरती से ज्वालामुखी का निकलना।

★ **विशेष—**स्फुटन से मिलता-जुलता एक शब्द है—स्फुरण। स्फुरण बना है, 'स्फुर' से। स्फुर (स्फुर् भावे घञ्) का अर्थ धड़कना, थरथराना आदि है। स्फुरण इसकी संज्ञा है। कंपन, फड़कन, धड़कन आदि के लिए 'स्फुरण' शब्द का प्रयोग होता है। मन में अचानक किसी भाव का आना भी 'स्फुरण' कहलाता है। स्फूर्ति (फुरती) में भी यही 'स्फुर्' है। स्फारण (स्फुर्+णिच्+ल्युट्) का अर्थ है—कँपकँपी, थरथराहट या स्फुरण। एक अन्य शब्द, स्फालन (स्फाल्+ल्युट्) का भी अर्थ- स्पंदन, धकधक आदि है। जानना चाहिए कि स्फुरण को विष्पंदन (वि+स्पंदन) भी कहा जाता है।

□

शब्द-संधान-28

पंजीकरण और निबंधन

★ रजिस्ट्रेशन (Registration) के लिए क्या है सटीक हिंदी शब्द ?

★ रजिस्ट्रेशन एक ऐसा अँगरेज़ी शब्द है, जिसे हिंदी-पट्टी के अधिकतर व्यक्ति प्रयोग करते हैं; जबकि इसके लिए दो अच्छे शब्द हिंदी में मौजूद हैं : 1. निबंधन और 2. पंजीकरण

★ registration शब्द का अर्थ है—to get entry into a register; अर्थात् रजिस्टर में इंद्राज करना या कराना। अगर इसका ठीक-ठीक हिंदी पर्याय देखें तो वह 'पंजीकरण' शब्द है; जिसका अर्थ है—पंजिका में इंद्राज करना। लेखन-कला की शुरुआत के साथ ही यह प्रचलन में आया कि किसी को कुछ उधार देने पर या भविष्य के लिए कुछ तय करने पर इसे कहीं लिखा जाने लगा।

★ सामान्य व्यवहार में भी ऐसा होने लगा कि जब भूमि आदि संपत्ति को एक व्यक्ति से दूसरे व्यक्ति को हस्तांतरित किया जाता तो इसे कहीं लिखकर रखा जाता या अभिलेखित किया जाता। शासन-तंत्र के और विकसित होने पर सरकारी अभिलेख (रिकॉर्ड) में इसके लिए भूमि का पंजीकरण शब्द प्रचलित हुआ।

★ पंजीकरण का अर्थ सिर्फ़ भूमि का पंजीकरण या अभिलेखन नहीं है। शादी, जन्म, मृत्यु, वाहन आदि का पंजीकरण हम करवाते ही हैं। यह अलग बात है कि रजिस्ट्री बोलकर हम अँगरेज़ी बोलनेवाले उच्चवर्ग के बनने का प्रयास करते हैं।

★ जब किसी बच्चे का दाख़िला किस विद्यालय में करवाया जाता है तो वहाँ की पंजिका में बच्चे का नाम लिखा जाता है। यह भी उस बच्चे का विद्यालय में पंजीकरण है।

★ निबंधन का अर्थ है, अच्छी तरह बाँधने की क्रिया। यह निबंध शब्द में 'न' प्रत्यय लग कर बना है। निबंध शब्द स्वयं 'नि+बंध' से बना है; जिसका अर्थ है—अच्छी तरह बाँधना। कालांतर में इसका अर्थ संकोच हुआ और निबंधन का अर्थ हुआ—नियम-क़ाइदे के अंतर्गत बाँधने की प्रक्रिया। अब रस्सी से किसी को बाँधने की क्रिया 'निबंधन' नहीं कहला सकती।

★ अब प्रश्न उठता है कि भूमि आदि के 'registration' के लिए 'निबंधन' उपयुक्त शब्द है या 'पंजीकरण'? गहराई में उतरकर विचार करने से परिलक्षित होता है कि निबंधन पंजीकरण की तुलना में एक सशक्त प्रक्रिया का बोध कराता है।

★ आपने किसी व्यक्ति से ज़मीन (जमीन अशुद्ध है।) का एक टुकड़ा खरीदा। अगर व्युत्पत्तिगत दृष्टिकोण से देखें तो किसी भी पंजिका में अगर इसका इंद्राज किया गया तो यह पंजीकरण है—यह अलग बात है कि सरकारी पंजिका में ही इसका पंजीकरण होता है।

★ पंजीकरण शब्द क्रेता और विक्रेता को किसी क़ानूनी अंकुश के अंतर्गत लाता हो, ऐसा बोध नहीं कराता। दूसरी तरफ़ 'निबंधन' शब्द से ऐसा प्रतीत होता है कि विक्रेता और क्रेता द्वारा आपसी सहमति से तय किया हुआ मामला अब क़ानूनी प्रक्रिया के अंतर्गत आ गया है—सरकारी पंजिका में इसका इंद्राज भी हो चुका है तथा अब यह कुछ नियमों से बँध चुका है, जिसे अगर कोई तोड़ेगा तो दंड का भागी होगा। इससे यह भी बोध होता है कि नियमों की इस प्रक्रिया में आने के लिए आवश्यक शुल्क भी चुका दिए गए हैं।

★ एक और उदाहरण देखते हैं—एक बच्चे का जन्म हुआ है। अब किसी धार्मिक संस्था, सिविल निकाय या गाँव की किसी संस्था में भी किसी पंजिका में इसका इंद्राज करवाना पंजीकरण है; लेकिन निबंधन तो निबंधन-कार्यालय में जब इसका पंजीकरण हो जाए और यह ख़ास नियम के अंतर्गत आ जाए, तभी होगा।

★ निबंधन के पश्चात् इसमें कोई बदलाव संभव न हो सकेगा। साथ ही, कहीं भी इससे इतर कोई अन्य जन्मतिथि दिखाना क़ानूनी उल्लंघन है, जिसके लिए संबंधित व्यक्ति दंड का भागी होगा।

★ इन दोनों उदाहरणों से यह स्पष्ट होता है कि निबंधन, पंजीकरण की तुलना में एक सशक्त प्रक्रिया का बोधन करता है। यहाँ आशय यह नहीं है कि

पंजीकरण का प्रयोग नहीं होना चाहिए या निबंधन शब्द का ही प्रयोग होना चाहिए; क्योंकि निबंधन में तो पंजीकरण शामिल है।

★ आशय बस इतना है कि हिंदी शब्दों का प्रयोग हो। एक बार मेरे साथ ऐसा हुआ कि जब मैंने अपने एक मित्र से यह कहा कि मैं 'भूमि-निबंधन' के लिए जा रहा हूँ तो उसने मुझे विस्मय से देखा; जैसे मैंने कुछ विचित्र-सी बात कह दी हो। मौक़े को देखते हुए मैंने कहा, "जो ज़मीन मैंने ख़रीदी है, उसकी रजिस्ट्री करवाने के लिए जा रहा हूँ।" मित्र ने तत्क्षण मुझे बधाई दे दी।

★ **विशेष**—यहाँ निबंध और लेख के अंतर को देख लेना समीचीन होगा—निबंध (Essay) की प्रस्तुति में लेखक का अभिव्यक्ति कौशल महत्त्वपूर्ण होता है। वह केवल विवरण ही नहीं देता; अपनी समझ के अनुसार उसकी विवेचना भी करता है। लेख (Article) में विषयवस्तु की महत्ता होती है। यह व्यक्तिनिष्ठ नहीं होता, तथ्यात्मक होता है।

□

शब्द-संधान-29

आवाहन, आह्वान, स्वाहा, स्वधा, जल और पानी

★ **आह्वान**—'ह्वे' धातु में 'आ' उपसर्ग और 'ल्युट्' प्रत्यय के जुड़ने से आह्वान शब्द बनता है। इसका अर्थ है—

1. आमंत्रण, बुलावा
2. ललकार, चुनौती
3. देवता का संबोधन

कालांतर में यह केवल आमंत्रण अथवा बुलावे के अर्थ में प्रयुक्त होने लगा।

★ **आवाहन**—'वह्' धातु में 'ले जाने' या 'वहन करने' का अर्थ निहित है। नदी का एक नाम 'वहा' भी है; क्योंकि यह जल आदि ले जाती है। हवा को 'वह' कहा गया है और बैल को भी; क्योंकि दोनों कुछ-न-कुछ ले जाने, खींचने; अर्थात् वहन करने का कार्य करते हैं। बैल (बलीवर्द) को 'वहतु' कहा गया तो उसमें भी ले जाने का भाव है। विवाह (वि-वाह) में विशिष्ट वहनम्; अर्थात् 'विशेष रूप से वहन' करने का भाव है। वहन करना; अर्थात् ले जाना। 'वाहन' आने-जाने; अर्थात् गमनागमन के निमित्त प्रयुक्त होता है। वाहन में 'आ' उपसर्ग जुड़कर 'आवाहन' शब्द बना है। आप अनुष्ठान कर ईश्वर का आवाहन [आ+वह्+णिच्+ल्युट्] करते हैं अथवा उन्हें आमंत्रित करते हैं कि वे आएँ। आवाहन बिना बोले भी किया जा सकता है। यह तो एक क्रिया है, कार्य है। आवाहन का अर्थ है, देवता का यज्ञ में उपस्थित होना।

★ आवाहन का विलोम शब्द है, विसर्जन। दुर्गासप्तशती में एक मंत्र है : "आवाहनं न जानामि न जानामि विसर्जनम्।" यहाँ पर 'आवाहन' शब्द का प्रयोग बिलकुल सटीक है। बोलना या आह्वान करना तो हर कोई जानता है; आवाहन करना नहीं। आवाहन का एक अर्थ 'अग्नि में आहुति डालना' भी है।

- ★ ध्यान करने योग्य है कि 'आह्वान' शब्द 'आवाहन' से भिन्न है। आवाहन एक विशिष्ट शब्द है; इसके लिए पात्रता अपेक्षित है। आह्वान में सिर्फ़ बोलने का काम है; जबकि 'आवाहन' एक प्रक्रिया है। जब आप ईश्वर का आवाहन करते हैं, तब मंत्रों से आह्वान भी कर सकते हैं। आवाहन की प्रक्रिया में आह्वान भी हो सकता है; क्योंकि जहाँ आप विधि-विधान से पूजा-अर्चना कर ईश्वर को बुला रहे हैं, वहीं मंत्रोच्चार से उन्हें बुला भी रहे हैं।
- ★ एक वाक्य देखें—प्रधानमंत्री ने देशवासियों से किसी चीज़ के लिए आह्वान किया। यहाँ 'आवाहन' शब्द का प्रयोग नहीं किया जा सकता है।
- ★ स्वाहा शब्द का भाषा-विज्ञान—
- ★ स्वाहा शब्द की व्याख्या अमूमन धार्मिक और पौराणिक आधार पर की जाती है; लेकिन इसकी व्युत्पत्ति रोचक है। वस्तुतः स्वाहा शब्द 'सु+आ+ ह्वै' धातु से बना है। आह्वान शब्द भी इसी धातु से बना है; जिसका अर्थ है—बुलाना। 'सु' उपसर्ग का अर्थ है—सुंदर, अच्छी तरह आदि। इस प्रकार, 'स्वाहा' का अर्थ हुआ—अच्छी तरह बुलाना, पुकारना, गुहार लगाना। यज्ञ में हवन के समय मंत्रोच्चार से ईश्वर को बुलाने के लिए 'स्वाहा' शब्द का प्रयोग किया जाता है।
- ★ यज्ञ में हवन करते समय 'स्वाहा' मंत्र का जाप किया जाता है तो उसका अर्थ है कि हम आपका आवाहन करते हैं; आप आएँ। ऐसे, मान्यता है कि प्रजापति की पुत्री और अग्नि की पत्नी का नाम भी 'स्वाहा' है।
- ★ हवन शब्द बना है—'हु भावे ल्युट्' से; जिसका अर्थ है—
  1. अग्नि में सामग्री की आहुति देना
  2. यज्ञ, आहुति 3. आवाहन 4. बुलावा, आमंत्रण
- ★ कोई भी सामग्री जो हवन में देने योग्य हो अथवा आहुति के योग्य हो, उसे हवनीय (हु+अनीय) अथवा 'हव्य' कहा जाता है। आहुति अथवा हवनीय द्रव्य को हवि (संस्कृत में 'हविस्') कहा जाता है।
- ★ हवनकुंड, जो भूमि खोदकर बनाया जाता है, उसे हवित्री (हु+ इत्रम+ङीप्) कहा जाता है।
- ★ अग्नि हमारे अंदर की ऊर्जा, हमारे तेज का प्रतीक है।
- ★ यज्ञ के मूल में यह भावना है कि जिन पंच-महातत्त्वों से हम बने हैं, उनके प्रति धन्यता का भाव हो।

"क्षिति जल पावक गगन समीरा।
पंच तत्त्व यह अधम शरीरा॥"

★ मिट्टी की वेदी होती है, जो सभी तत्त्वों का आधार बनती है। कहा भी गया है—"धरती जैसा धैर्य हो।"

★ पावक या अग्नि जैसा 'तेज' हो, इसके लिए हवन में अपने कल्मषों की आहुति दी जाती है। ध्येय रहता है कि हम ऊर्जस्वी (ऊर्जस्+वी) बनें।

★ शंख, घंटा आदि बजाकर समीर या वायु-तत्त्व का आवाहन किया जाता है कि हम वैसे ही 'वेगवान्' बनें।

★ मंत्रोच्चार के द्वारा आकाश-तत्त्व के विराट्-स्वरूप से एकात्म होता है।

★ जल से देवताओं का अभिषेक किया जाता है और स्वयं पर भी पवित्रीकरण के लिए जल छिड़का जाता है, जिससे हममें ऐसी शीतलता रहे; जीवनी शक्ति रहे। [ध्यातव्य है कि जल छिड़का जाता है, पानी नहीं। सुधी पाठकों को जल और पानी के भेद को भी जानना चाहिए।] अस्तु, सभी पाँच तत्त्वों को जोड़ने वाला है—यज्ञ या पूजा का अनुष्ठान। स्वाहा इसका एक अभिन्न अंग है।

★ **स्वधा**—स्वधा शब्द का अर्थ है—

1. अपना निजी स्वभाव, निश्चय
2. स्वत: स्फूर्तता
3. मृत-पुरुषों; अर्थात् पितरों को प्रस्तुत की गई हवि की आहुति।

★ कालांतर में इस शब्द का अर्थ-संकोच हो गया और अब यह आहुति देने के अर्थ में ही प्रयुक्त होता है।

★ ध्यानाकर्षण : 'अंत्येष्टि' को भी एक यज्ञ माना गया है—[अन्त्य (अंत से संबंधित)+इष्टि (यज्ञ)=अन्त्येष्टि]

★ **विशेष**—जल और पानी में अंतर—

★ **जल**—संस्कृत की 'जल्' धातु से व्युत्पन्न है। जल् को संस्कृत में 'जल् आच्छादने' और 'जल् जीवने' कहा गया है। 'जल् आच्छादने' कहने से आशय है कि जिस तत्त्व से धरित्री आच्छन्न (आ+छन्न) अथवा अपिहित (ढकी हुई) है, वह जल है। 'जल् जीवने' कहने का आशय है कि जल जीवन देता है; अर्थात् जीवन का आधार है।

★ पानी शब्द 'पा' धातु से निर्मित 'पानीय' से बना है। 'पा' मतलब पीना और पानीय मतलब 'पीने के योग्य'। समुद्र का जल पानी नहीं है; क्योंकि खारा;

अर्थात् नमकीन होने के कारण हम उसे पी नहीं सकते। हाँ, अत्याधुनिक तकनीक की सहायता से यदि इसे पीने योग्य; अर्थात् 'पानीय' बना लें तो यह 'पानी' कहला सकता है। साथ ही, कोल्डड्रिंक, दूध, शराब इत्यादि को भी 'पीने योग्य'; अर्थात् पानीय होने के कारण 'पानी' कहा जा सकता है। आँखों से निकलने वाले अश्रुकण पीने योग्य नहीं होते; इसलिए पानी नहीं कहा जा सकता। हाँ, आँसू (अश्रु) अगर लगातार निकले तो 'अश्रुधारा' और जब यह गालों पर फैल जाए; अर्थात् चेहरे को आच्छादित (आ+छादन=आच्छादन) कर ले तो 'अश्रुजल' कहा जा सकता है।

□

शब्द-संधान-30

निरोगी या नीरोग? निर्लोभी या निर्लोभ?

★ यह सच है कि निरोगी शब्द का प्रयोग धड़ल्ले से होता है और ग्रंथों में भी इसका प्रयोग मिलता है; जैसे—"पहला सुख निरोगी काया।" व्याकरण की दृष्टि से विचार करें तो 'निरोगी' शब्द ग़लत है। सही शब्द निरोगी नहीं नीरोग है। [निर्+ रोग= नीरोग]। उच्चारण की सुविधा से 'निरोग' भी लिखा जाने बना, जो कि शब्दानुशासन की दृष्टि से ग़लत है। हाँ, कुछ ऐसे शब्द बने हैं, जिनके दो-दो रूप मानक हैं; पर जिसको कोई रोग नहीं है, वह 'नीरोग' है (निरोग, निरोगी या नीरोगी नहीं)।

★ **रोग से विशेषण बना**—रोगी। जिसको रोग है, वह 'रोगी'। जो भोगता है, वह 'भोगी'। जो योग करे, वह 'योगी'। जिसको काम (वासना) है, वह 'कामी'। जिसको लोभ है, वह लोभी; लेकिन रोगी का विलोम 'निरोगी' नहीं हो सकता। जिसको रोग नहीं है, वह 'नीरोग' है। स्पष्ट है कि healthy या disease free के लिए हिंदी में विशेषण है—'नीरोग'।

★ यहाँ 'निर्' उपसर्ग से बनने वाले कुछ अन्य शब्दों को देख लेते हैं; परंतु उससे पहले 'निर्' उपसर्ग की व्युत्पत्ति को भी देख लेते हैं—[नृ +क्विप्, इत्वम् = निर्]

1. निर्+रस = नीरस
2. निर्+आश = निराश
3. निर्+आलंब = निरालंब
4. निर्+आहार = निराहार
5. निर्+आतप = निरातप (जिसमें धूप या गर्मी न हो।)
6. निर्+आमिष = निरामिष (मांस न खानेवाला)
7. निर्+उपाय = निरुपाय

8. निर्+वात = निर्वात
9. निर्+रसन = नीरसन (बिना मेखला या कटिसूत्र के।)
10. निर्+रोग = नीरोग
11. निर्+रूप = नीरूप (रूप रहित)
12. निर्+लक्षण = निर्लक्षण (अमंगलकारी, मनहूस)
13. निर्+रज् = नीरज (मिट्टी रहित) ध्यातव्य है कि यहाँ नीरज का अर्थ 'कमल' नहीं हो सकता। 'नीर+ज' से जब 'नीरज' बनेगा, तब उसका अर्थ 'कमल' होगा।
14. निर्+यूथ = निर्यूथ (अपने दल से बिछुड़ा हुआ)
15. निर्+रक्त = नीरक्त (रक्तरहित)
16. निर्+ अंग = निरंग
17. निर्+धन = निर्धन
18. निर्+भय = निर्भय
19. निर्+गृह = निर्गृह
20. निर्+बाध = निर्बाध
21. निर्+ अभ्र = निरभ्र
22. निर्+ इंधन = निरिंधन
23. निर्+ व्याज = निर्व्याज (स्पष्ट)
24. निर्+अमर्ष = निरमर्ष (क्रोधशून्य)
25. निर्+ उक्त = निरुक्त (अभिहित, उच्चरित; यह यास्क प्रणीत पुस्तक के अर्थ में रूढ हो गया है।)

□

शब्द-संधान-31

स्थैर्य, गरिमा, महिमा और गांभीर्य

★ साहित्य के सुधी-पाठक जानते हैं कि ये शब्द साहित्यिक कृतियों में प्रचुरता से मिलते हैं—कहीं नायक के गुणों के वर्णन में तो कहीं किसी अन्य संदर्भ में। वैसे नायक शब्द का अर्थ ही है, जो आगे ले जाए, नेतृत्व करे। नायक के इन सभी गुणों में कुछ समानता अवश्य है, परंतु निश्चित रूप से ये अलग-अलग चारित्रिक प्रवृत्तियों का द्योतन करते हैं। आवश्यक है कि साहित्य के सही रसास्वादन एवं दोषमुक्त साहित्यिक लेखन के लिए इन शब्दों को भली-भाँति समझा जाए।

★ सबसे पहले 'स्थैर्य' को लेते हैं—स्थैर्य शब्द का अर्थ है—स्थिर होने का भाव। यह संज्ञा है और लिंग-प्रकारानुसार पुंल्लिंग है, जो दृढता (दृढ़ता अशुद्ध है), मज़बूती, अनविच्छिन्नता इत्यादिक का बोधन करता है। स्थैर्य की परिभाषा इस प्रकार दी जाती है कि अनेक बाधाओं के बावजूद अपने निश्चय या निर्णय से न डिगने का गुण 'स्थैर्य' है। अँगरेज़ी शब्द constancy, steadfastness आदिक इसके पर्याय हैं; हालाँकि, calmness और tranquility का भी प्रयोग इसके लिए कर दिया जाता है। जो नायक विपत्तियों में स्थिर रहे, डिगे नहीं और धीरोदात्त रहे, उसका गुण है—स्थैर्य।

★ **गांभीर्य**—गांभीर्य शब्द 'गंभीर' से बना है। यह गंभीरता का गुण है। अँगरेज़ी का शब्द 'solemnity' इसके क़रीब है। आचार्य धनंजय ने गांभीर्य की परिभाषा इस प्रकार की थी—'जिस गुण के कारण नायक में किसी प्रकार का विकार लक्षित न हो, वह गांभीर्य है।' दूसरे शब्दों में, जिसके चिंतन में गहराई हो, उसमें गांभीर्य गुण होता है। इसमें गंभीरता का बंधन है। गांभीर्य अपने आप में महत्ता नहीं है; क्योंकि किसी को जलाते या दफ़्न करते समय भी आपके चेहरे पर गांभीर्य हो सकता है।

★ अग्नि-पुराण के अनुसार गांभीर्य 'शब्द के सात गुणों में से एक गुण' है; इसलिए उम्दा और सुचिंतित लेखन को अर्थगांभीर्ययुक्त-लेखन कहा जाता है। ये सात शब्द गुण हैं—श्लेष, गांभीर्य, लाटीय, सौकुमार्य, उदारता, सत्या और यौगिकी।

★ **गरिमा**—गरिमा शब्द 'गुरु' से बना है, जिसमें 'इमा' प्रत्यय है। जैसे—लघु से लघिमा, अरुण से अरुणिमा, नील से नीलिमा, महत् से महिमा, वैसे ही गुरु से 'गरिमा'। इमा प्रत्यय भाववाचक संज्ञा बनाता है। रक्त लाल होता है, रक्तिमा वह लाली है, भाववाचक संज्ञा है। अरुण सूरज है, अरुणिमा सूरज का वह गुण है। लघु छोटा है, लघिमा छोटा होने की अवस्था है। तो गुरु का गुण 'गरिमा' है। यदि किसी के पास 'गरिमा' हो तो अन्य व्यक्ति उसे 'गुरु' मानने लगते हैं। गरिमा शब्द 'लघिमा' का विलोम है, महिमा का पर्याय है।

★ इज़्ज़त, मर्यादा, भव्यता आदि गरिमा के पर्यायवाची हैं। अँगरेज़ी शब्द sublimity और grace भी गरिमा के पर्यायवाची हैं। आपने सुना होगा "अपनी गरिमा का ख़याल रखो"; जिसका अर्थ है—"अपनी इज़्ज़त का ख़याल (ख्याल या ख़्याल यहाँ अशुद्ध होता) रखो।"

★ **महिमा**—महिमा 'महान्' होने की अवस्था है। जो महान् है, उसकी महिमा गाई जाती है। भाववाचक संज्ञा महिमा अँगरेज़ी के glory और majesty के क़रीब है। 'Your majesty' का अर्थ है, 'आपकी महिमा है' या 'आपमें महान् होने का गुण है'।

□

शब्द-संधान-32

ऊह, दुरूह और ऊहापोह

★ **दुरूह शब्द बना है**—दुर्+ऊह से (दुर् उपसर्ग है)। 'ऊह' का मतलब सोच-विचार। इस तरह दुरूह का अर्थ है, जो समझने में कठिन हो, दुर्बोध हो।

★ abstruse, incomprehensible, recondite, inexplicable इत्यादि इसके अँगरेज़ी समानांतर हैं।

★ इसी ऊह से ऊहापोह [ऊह+अपोह:] बना है।

★ **अपोहः का अर्थ है**—'तार्किक प्रविधि से समस्या का हल करना।' ऊहापोह का मूल अर्थ सोच-विचार अथवा तर्क-वितर्क में उलझ जाना ही है; हालाँकि कालांतर में उलझन के लिए भी इसका प्रयोग होने लगा।

★ ध्यान करने योग्य है कि 'दुरूह' मानसिक-जगत् का शब्द है। कोई विषय, किसी की बात आदि के लिए दुरूह शब्द का प्रयोग उचित है; लेकिन रास्ते आदि कठिन या दुर्गम (दुर्+गम) हो सकते हैं, दुरूह नहीं।

★ **उलझन**—किन्हीं दो या अधिक वस्तुओं के अथवा एक ही वस्तु के विभिन्न अंगों या अवयवों के परस्पर लिपटने, फँसने, अटकने या गाँठ बनने की संज्ञा 'उलझन' है। किसी बाधा, समस्या, कठिनाई, चिंता, फ़िक्र इत्यादि के लिए भी 'उलझन' शब्द का प्रयोग किया जाता है। उलझने की क्रिया का भाव 'उलझन' है। उलझन का विलोम शब्द 'सुलझन' है। किसी ने अगर आपको उलझा दिया है तो इसका अर्थ है—किसी कार्य में लगा या फँसा दिया है। उलझाने वाले व्यक्ति का विशेषण 'उलझौंहा' है।

★ **विशेष**—जानना चाहिए कि 'ऊह' से ही व्यूह (वी+ऊह=व्यूह), समूह (सम्+ऊह), 'सामूहिक' (सम्+ उह+इक = सामूहिक) इत्यादि शब्दों की निर्मिति है।

□

शब्द-संधान-33

ग्रह, ग्रहण और गृहीत

★ मानक वर्तनी है—गृहीत। इसमें धातु 'ग्रह्' है, जिससे ग्रहण, संग्रह, संग्रहण आदि शब्द बनते हैं; लेकिन इसमें 'क्त' प्रत्यय जुड़ने से ग्रहीत नहीं; अपितु 'गृहीत' शब्द की निर्मिति होती है। इसका स्त्रीलिंग रूप है—'गृहीता'।

★ गृहीत का अर्थ है, जो ग्रहण किया गया हो, प्राप्त, स्वीकृत, अवाप्त (अव+आप्त), पकड़ा हुआ, पहना हुआ, रखा हुआ इत्यादि।

★ गृहीत के लिए अँगरेज़ी शब्द है—accepted, grasped, taken, seized, caught इत्यादि।

★ गृहीत से ही 'संगृहीत' शब्द बना है; जिसका अर्थ है—एक जगह जमा करना, अच्छी तरह जमा करना, collected, compiled इत्यादि।

★ जिसका अधिकरण किया गया हो, वह 'अधिगृहीत' है। किसी वाक्य का गृहीत या प्रचलित अर्थ गृहीतार्थ (accepted meaning) कहलाता है। [गृहीत +अर्थ= गृहीतार्थ।]

★ जिसे किसी का अनुग्रह प्राप्त होता है या जो किसी से उपकृत हुआ हो या जो एहसानमंद हो, वह अनुगृहीत है (इसे अनुग्रहीत न लिखें।) अँगरेज़ी शब्द Obliged का भी यही अर्थ है।

★ जिसे अपनाया गया हो, दत्तक आदि के लिए शब्द हैं—अभिगृहीत (taken hold of)

★ जिसे अपनाया गया हो, ले लिया गया हो, seized हो, वह परिगृहीत है। इसी तरह; जिसका परिग्रहण न हुआ हो, वह अपरिगृहीत, unseized है।

★ गर्भवती-स्त्री (pregnant) के लिए गृहीतगर्भा शब्द; क्योंकि उसने गर्भ को ग्रहण किया है। अगर किसी को गर्व है; अर्थात् उसने गर्व को गृहीत कर रखा है तो उसके लिए शब्द है—गर्वगृहीत (prideful)।

- ★ पाणिगृहीत किसी की पत्नी (bride or wife) होती है; क्योंकि उसने उसका पाणि या हाथ ग्रहण या पकड़ा होता है।
- ★ जिसने धनुष ग्रहण किया हो, वह गृहीतचाप या 'गृहीतधनुष' (armed with a bow) कहलाएगा।
- ★ अगर कोई मौन ही ग्रहण कर ले तो उसके लिए 'मौनगृहीत' (silence-vowed) शब्द है।

□

शब्द-संधान-34

अजित और अजीत; इंद्रजित् और जितेंद्रिय

★ सामान्यतः, ये दोनों शब्द एक ही शब्द की अलग-अलग वर्तनी प्रतीत होते हैं; लेकिन ऐसा नहीं है। व्युत्पत्तिगत दृष्टिकोण से देखें तो दोनों शब्द एक-दूसरे के विलोम प्रतीत होते हैं। दोनों ही 'जि' धातु से बने हैं, बस अर्थ अलग-अलग हैं।

★ **'जि' से 'जित' शब्द बना है; जिसका अर्थ है**—जिसको जीता गया, दमन किया हुआ, अभिभूत। 'जि' से ही जय, अजय, अजेय (जिसको अब तक जीता न गया हो), पराजय (पर यानी दूसरे की जय, अपनी हार) इत्यादिक शब्द बने हैं।

★ जि से ही 'जित्' बनता है, जो समास के अंत में प्रयुक्त होता है और जीतनेवाला का अर्थ देता है। उदाहरण—कंसजित्, इंद्रजित् आदि। ध्यान करें कि मेघनाद इंद्रजित् था, इंद्रजीत अथवा इन्द्रजित नहीं।

★ इसी तरह, विजय (विशेष या विशिष्ट जय), जितेंद्र—जिसने इंद्र पर जीत हासिल की हो। जितेंद्रिय—जिसने इंद्रियों पर जय हासिल की। जितेंद्रिय के लिए अँगरेज़ी में stoic, ascetic आदि शब्द हैं।

★ अजित शब्द में 'अ' उपसर्ग लगा है, जो किसी शब्द में लगकर 'नहीं' (विलोम) का अर्थ देता है। जित का अर्थ है, जीता हुआ। इस तरह, अजित का अर्थ हुआ—नहीं जीता हुआ; जिसे जीता न जा सके।

★ अब 'अजीत' शब्द को देखें—अजीत हिंदी का शब्द है। 'जित' शब्द ही तद्भवीकरण से जीत बन गया। जीत victory का अर्थ है, जो हार या defeat का विलोम है। अब, 'अ' उपसर्ग को जीत में लगा दें तो यह 'न+जीत' का अर्थ देगा; अर्थात् यह हार का पर्याय है। जो किसी से न जीत सके अथवा सदैव परास्त (परा+अस्त) हो।

★ 'जित' अर्थात् जीता गया, उसमें 'अ' उपसर्ग लगा तो उसका अर्थ हुआ— 'जिसे नहीं जीता गया'। जीत तो सिर्फ़ विजय (victory) का अर्थ देता है; 'अ' उपसर्ग लगा दें तो 'हार' का अर्थ देगा।

□

शब्द-संधान-35

ठगा जाना, भरोसा टूटना और विश्वासघात

★ "ठगा गया हूँ, भरोसा भी टूटा है पर विश्वासघात नहीं हुआ है।"—आचार्य हजारी प्रसाद द्विवेदी

★ उपर्युक्त वाक्य में तीनों शब्दों का सटीक प्रयोग हुआ है। ठगा जाना मूलत: भौतिक वस्तुओं का अपरिचितों द्वारा ताक़त या तिकड़म द्वारा छीना जाना या अलग किया जाना है। पहले के जमाने में यात्रियों के काफ़िले को लूटने वाले ठग कहलाते थे। जो कबीले ऐसा करते थे, वे ठग कबीले कहलाए।

★ भाषा-विज्ञान के अनुसार ठग शब्द 'स्थग्' के अपभ्रंशीकरण से बना प्रतीत होता है; जबकि 'स्थग्' स्वयं 'स्थ' से बना है। 'स्थ' में मौजूदगी, रहने, टिकने का भाव भी है और ढकने, छिपने आदि का भी। स्थपित, स्थावर आदि शब्दों के मूल में जहाँ टिकने का भाव है, वहीं स्थग् (स्थग-ठग) में गायब कर देने का भाव है।

★ **भरोसा टूटना**—किसी उद्देश्य पूर्ति में परिचितों द्वारा किए गए व्यवधान अथवा ज़िम्मेदारी या भार से भागने या पीछे हटने के फलस्वरूप उत्पन्न मनोदशा को भरोसा टूटना कहते हैं।

★ भाषा-विज्ञान के अनुसार यह शब्द वराशा (वर+आशा) का अपभ्रंश है; जिसका अर्थ है, इच्छित आशा। वर का अर्थ है, ऐषणा, इच्छा, अभीप्सा आदि। तभी तो देवता प्रसन्न होकर कहते हैं, "वर माँगो, वत्स!" विवाह के लिए कन्या के जीवनसाथी की चाह रहती है; इसलिए तो दूल्हे को 'वर' कहते हैं।

★ भरोसा को ऐसे समझें कि किसी पर ज़िम्मेदारी दी थी, अब वह मुँह मोड़ ले तो कहेंगे कि उसने भरोसा तोड़ा है। उदाहरण—"जिस मित्र की सब दिन मदद की और सोचा कि वह वक़्त पर मेरे साथ खड़ा होगा, वह सीधे मुँह

बात भी नहीं करता। भरोसा तोड़ दिया उसने!"

★ **विश्वासघात शब्द का अर्थ है**—जिसके विश्वास पर घात हुआ है, हमला हुआ है या विश्वास की हत्या हो चुकी है।

★ विश्वास शब्द 'विश्वस' से बना है। 'वि' विशेष है और 'श्वस्' धातु का अर्थ साँस है। जब साँस लेने में दिक़्क़त (दिक्कत अशुद्ध है) हो रही हो, तब का विशेष श्वास 'विश्वास' है; अर्थात् यह संबल, सहारा अथवा उम्मीद की किरण है। यहीं स्पष्ट हो जाता है कि यह 'विश्वास' बहुत गहरी अवस्था है। इस विश्वास का मिट जाना, ख़त्म हो जाना ही विश्वासघात है।

★ आश्वासन कहीं से आने वाले श्वास (भरोसा की गहन अवस्था) को कहेंगे; जबकि जिस श्वास से निरत होते हैं, जिसे छोड़ते हैं, वह निश्वास है।

★ ठगते पराये हैं; जैसे—बैंक ठगी, ट्रेन में ठगी आदि। भरोसा परिचित तोड़ते हैं, किसी इच्छित सामग्री अथवा मदद से महरूम रखकर। विश्वासघात तो वही करते हैं, जिन्हें श्वास की तरह माना जाता है।

★ **छल**—[छल्+अच्=छल्] इसमें चालाकी से किसी को ठगने का भाव है। कोई योजना, तर्कीब (अरबी-भाषा के इस शब्द को हिंदी में तरकीब भी लिख दिया जाता है। तरक़ीब तो नितांत अशुद्ध है।) या उपाय, जिससे जालसाज़ी (जालसाजी अशुद्ध है।) की जाए या ठगा जाए, 'छल' है। छलना का अर्थ—धोखा देना, ठगना। संस्कृत में 'छलिन्' (छल्+इनि) कहते हैं—शठ, ठग अथवा उचक्के को। इससे हिंदी में 'छली' शब्द बना। छलिया में 'छल' की मात्रा कम है। ऐसे, कृष्ण का एक नाम 'छलिया' भी है।

□

शब्द-संधान-36

व्यवहार और संव्यवहार

★ व्यवहार शब्द (वि+अव+हृ/हरण करना+घञ्) से बना है, जो बर्ताव, सुलूक (सलूक ग़लत है।), प्रयोग, काम में लाना इत्यादि के लिए प्रयुक्त होता है।

★ संव्यवहार शब्द 'व्यवहार' में 'सं' उपसर्ग लगने से बना है। सं उपसर्ग 'सम्' का ही रूप है। सम् का अर्थ हम बराबर जानते ही हैं। 'सम्' उपसर्ग का प्रयोग इसी जाति के शब्द संगति, समानता, शोभा आदि सूचित करने के लिए प्रयुक्त किया जाता है। जैसे ताप से संगति के लिए 'संताप' और योग से संगति के लिए 'संयोग'।

★ संव्यवहार एक विशिष्ट शब्द है; जिसका अर्थ है, उचित अथवा सम् व्यवहार, लेन-देन का विषय, बातचीत का मुद्दा, विषय या प्रसंग इत्यादि। इसके लिए अँगरेज़ी में dealings, relations, transactions इत्यादि शब्द हैं। साधारण-संव्यवहार को जनरल ट्रांजैक्शन general transaction कहते हैं। लेन-देन business transaction है। international transaction के लिए 'अंतरराष्ट्रीय-संव्यवहार' शब्द प्रयुक्त होता है। ध्यान करें कि यह अंतरराष्ट्रीय है, अंतर्राष्ट्रीय नहीं। अंतर्विषयक-संव्यवहार interdisciplinary relations /transactions में हम दो या दो से अधिक क्षेत्रों की भागीदारी एवं सहसंबंध का निरूपण करते हैं।

★ जिस तरीक़े; अर्थात् approach से लेन-देन या transaction किया जाता है, उसे transactional approach या 'संव्यवहार-उपागम' कहते हैं। ध्यान रहे कि approach के लिए मानक शब्द 'उपागम' है।

★ वैसे व्यवहार से अनेक शब्द बनते हैं; जैसे—व्यवहार-कुशलता,

कूटनीतिक-व्यवहार, अभद्र-व्यवहार, पारस्परिक-व्यवहार, न्यायसंगत-व्यवहार, उचित-व्यवहार इत्यादि। अस्तु, संव्यवहार एक तकनीकी शब्द है; जिसे ठीक से समझने की आवश्यकता है।

□

शब्द-संधान-37

शप्, शाप, अभिशाप और शाप-अवसान

★ शुद्ध शब्द है, 'शाप'। यह संस्कृत का शब्द है; जिसका अर्थ है—बददुआ (बद्दुआ अशुद्ध है।) देना, अहित की कामना वाले वचन कहना, बुरी कामना करना और अनिष्ट के लिए वचन कहना, फटकार, अवक्रोश, दुर्वचन इत्यादि।

★ शाप शब्द बना है, 'शप्' धातु से। [शप्+घञ् = शाप]

★ श्राप और श्रापित अमानक शब्द हैं। इनका प्रयोग नहीं किया जाना चाहिए। शाप (curse) से ही 'शापित' (cursed) और 'अभिशापित' शब्द बने हैं। अभि उपसर्ग और इत प्रत्यय है। अभि उपसर्ग का अर्थ है, सामने से, पास, अच्छी तरह, विशेष आदि। जिसे शाप दिया गया, वह 'शापित' [शप्+णिच्+क्त] है।

★ विशेष रूप से शापित—'अभिशापित'। (अभि उपसर्ग का अर्थ 'विशेष' लिया जाए तो।)

★ 'अभि' का अर्थ पास या समीप लिया जाए तो जिससे शाप सन्नद्ध हो गया वह 'अभिशापित' हो गया। शाप देने की क्रिया 'अभिशापन' है।

★ शाप ने जिसको खा लिया या ग्रस लिया, वह 'शापग्रस्त' और जिसे शाप से मुक्ति मिल जाए, वह 'शापमोचित'। (मुच् धातु)

★ शापमुक्त, शाप-उद्धार, शापमुक्ति, शाप-अवसान इत्यादि शब्दों के अर्थ स्वतः स्पष्ट हैं।

□

शब्द-संधान-38

अनुचर, दास, नौकर-चाकर और बहादुर

★ **अनुचर**—'चर्' धातु चलने के अर्थ का द्योतन करता है। सहचर वह है, जो साथ-साथ चलता हो। सहचर का स्त्रीलिंग रूप सहचरी है। 'अनु' उपसर्ग का अर्थ है, पीछे। अनुचर वह है, जो किसी के पीछे-पीछे चलता हो। यह सेवक अथवा अनुयायी की भाँति प्रयुक्त होता है। अनुचर का स्त्रीलिंग रूप 'अनुचरी' है। अनुचर को 'अनुचारक' [अनु+ चर्+ ण्वुल्] भी कहा जाता है; जिसका स्त्रीलिंग रूप 'अनुचारिका' है। अनुचारिका का वही अर्थ है, जो सेविका का है; अंतर इतना है कि अनुचारिका पीछे-पीछे (साथ में, मगर पीछे) चलती है।

★ **दास**—दास [दास्+अच्] शब्द से गुलाम का अर्थ उद्‌भासित होता है। भर्तृहरि ने 'गृहकर्मदाशाः' शब्द का प्रयोग किया है। दास का स्त्रीलिंग रूप दासी है। 'अनुदास' का अर्थ है, दास का दास अथवा अत्यंत विनम्र सेवक। जो दास से संबंधित है, वह 'दास्य' है। अनेक भक्त-कवि ईश्वर के प्रति 'दास्य-भाव' (दासता का भाव) रखते थे; जबकि कई अन्य 'साख्य भाव'; अर्थात् सखा-भाव रखते थे।

★ नौकर शब्द तुर्की भाषा का है; जिसका तुर्की भाषा में अर्थ—सेवक या दास है; परंतु इसके मूल में मंगोलियन भाषा का 'नोकुर' शब्द है; जिसका अर्थ है—मित्र, साथ-रहनेवाला, ख़ातिरदारी करनेवाला मित्र आदि। मध्यकाल में यह शब्द भारत पहुँचा। चाकर की बात करें तो यह मध्य एशिया की एक क्षेत्रीय भाषा 'सोगदियन' का शब्द है, जो मध्यकाल में भारत पहुँचा और नौकर से जुड़ गया। यह जानना रोचक है कि 'नोकुर' में जहाँ साथ रहनेवाला और मित्र का भाव है; वहीं 'चाकर' में भरोसेमंद और रक्षक का भाव है। इस प्रकार, नौकर-चाकर के 'नौकर' में साथ रहने वाले और

मित्रवत् ख़ातिरदारी का भाव है तथा 'चाकर' में सुरक्षा का ध्यान रखने का भाव है। भक्तिकालीन रचनाओं में 'चाकर' का अर्थ बदलकर 'दास' हो गया। यह जानना भी रोचक है कि नौकर को कई स्थानों पर बहादुर भी कहा जाता है। गोरखा जाति के सैनिक की बहादुरी से तो सब परिचित हैं ही; परंतु हम देखते हैं कि गोरखा तथा कुछ अन्य जातियों के अनुचर-परिचर अथवा सहायक को भी बहादुर कहा जाता है। यह बहादुर भी मध्यकाल में बरास्ता फ़ारसी भारत तक पहुँचा।

★ **विशेष**—हम कह सकते हैं कि मध्यकाल से पहले भारत में बहादुरी के किस्से नहीं थे; अपितु वीरता का वर्णन था; शौर्य की गाथा थी; यश और पराक्रम का उल्लेख था। यह जानना भी रोचक है कि यह बहादुर शब्द भारत में भले ही फ़ारसी-भाषा से आया; पर यह फ़ारसी का अपना शब्द नहीं है। वहाँ यह मंगोलियाई भाषा से पहुँचा, जहाँ यह 'बातुर' था और इसका अर्थ था—नायक अथवा नेतृत्व करनेवाला। विचारणीय है कि उस समय युद्ध होते रहते थे और नेतृत्व वही कर सकता था, जिसमें शौर्य हो। इस प्रकार, 'बातुर' और कालांतर में उससे बने बहादुर में 'शौर्य' और पराक्रम का भाव सदा अंतर्निहित रहा है।

□

शब्द-संधान-39

बात दान-दक्षिणा की; हिंदी और फ़ारसी की

★ सामान्य तौर पर दान और दक्षिणा को पर्यायवाची मान लिया जाता है; लेकिन इनमें पर्याप्त अंतर है। सामान्य अर्थों में देखें तो दान किया जाता है और दक्षिणा दी जाती है।

★ दान ग़रीब ब्राह्मण, असहाय या किसी अन्य को भी किया जा सकता है; जबकि 'दक्षिणा' ब्राह्मण, गुरु आदि को दी जाती है। दक्षिणा में दया का भाव नहीं है, त्याग का भाव है; श्रद्धा का भाव है। किसी कर्मकांड या अन्य धार्मिक अवसरों पर ब्राह्मणों को दक्षिणा दी जाती है। यज्ञ की समाप्ति के पश्चात् दक्षिणा का विधान है। ऐसे, यज्ञ की पत्नी का नाम 'दक्षिणा' है।

★ गुरु की सेवा के बदले गुरु-दक्षिणा दी जाती है; क्योंकि शिक्षा भी एक यज्ञ है। कह सकते हैं कि दक्षिणा में सम्मान का भाव अधिक है; जबकि दान में देने और करने का भाव है। दक्षिणा प्राप्त करने वाले को अपने से हीन नहीं समझा जा सकता; जैसे गुरु को दक्षिणा देनेवाला गुरु को अपने से हीन नहीं समझता। इससे भिन्न, दान करने वाला एक श्रेष्ठता के भाव से अथवा कर्ताबोध से भर सकता है। इस तरह, दान, बख़्शिश (बख़्शीश, बख्शीश आदिक अशुद्ध हैं।) उपहार इत्यादि का समानांतर है।

★ भाषा-विज्ञान की दृष्टि से दक्षिणा जहाँ 'दक्षिण+टाप्' से बना है, वहीं दान शब्द 'धस्' शब्द मूल से बना है। माना जाता है कि संस्कृत का 'हस्त' और फ़ारसी का 'दस्त' (हाथ) एक ही शब्द धस्त से व्युत्पन्न हुआ; जिसका शब्द मूल है 'धस्'। धस् की ध्वनि है 'धा'। यह 'धा' रखना, लेना, प्राप्त करना, पकड़ लेना, आदि अर्थ को व्यंजित करता है। धाय, धावक, धाता, विधाता, धात्री इत्यादि शब्दों के अर्थ को इससे मिलाकर थोड़ा सोचें तो यह समझ में आ जाएगा।

★ कालांतर में 'धा' महाप्राण ध्वनि 'दा' अल्पप्राण हो गई, जो बिलकुल तर्कसंगत है। इसी 'दा' से 'दान' शब्द बना है; जिसका सीधा सा अर्थ है—देना या देने की क्रिया। जानना रोचक है कि फ़ारसी में दान का अर्थ है—पात्र, बरतन या रखने की जगह; जैसे क़लमदान (हिंदी में कलमदान भी सही है।), उदूदान (अगर जलाने का बरतन), कूड़ेदान इत्यादि। यह भी द्रष्टव्य है कि संस्कृत का 'दा' और हिंदी का 'दे' तो समान अर्थ का द्योतन करता ही है; अंग्रेजी के 'do' और रूसी 'Datb' (उच्चारण 'दाच') सबमें करने या देने का भाव है। जो हस्त (हाथ) से करते हैं, वह हस्तकार्य फ़ारसी का दस्तकारी है और यही बहुत-से लोगों का धंधा है, जो किया जाता है।

★ **विशेष**—फ़ारसी में 'दस्त' हाथ या कर को कहते हैं तो शौच, विरेचन आदि को भी कहते हैं। हिंदी में भी 'दस्त लगी है', 'दस्त करने गया है' आदि प्रयोग फ़ारसी के प्रभाव से आए हैं। हिंदी का हस्ताक्षर शब्द फ़ारसी में 'दस्तख़त' है। 'दस्तक' देना का अर्थ है, हाथ से खटखटाना। 'दस्तगीर' का अर्थ है—हाथ पकड़कर सहायता करनेवाला। बाधा डालने के लिए फ़ारसी में 'दस्तअंदाज़ी' शब्द है तो हिंदी में 'हस्तक्षेप' शब्द है। हस्त, धस्त, धस, धा सबमें वही भाव झाँक रहा है।

□

शब्द-संधान-40

अधिगम, आगम और उपागम

★ शब्दकोश से रटकर शब्द-सामर्थ्य नहीं बढ़ाया जा सकता है। यह चिंतन-मनन आवश्यक है कि किसी शब्द का जो अर्थ व्यंजित होता है, वह क्यों होता है। इस हेतु किसी भी शब्द के प्रत्येक अर्थ के मूल में जाने की कोशिश अपेक्षित है।

★ हम जानते हैं कि अधिगम का अर्थ 'सीखना' या learning होता है। क्या कभी सोचते हैं कि ऐसा कैसे हुआ? आगम का अर्थ ज्ञान किस तरह हुआ और उपागम का अर्थ 'पद्धति' कैसे हुआ? आइए! देखते हैं—

★ ये तीनों ही शब्द 'गम्' धातु से बने हैं; जिसका अर्थ है—गति, चलना-फिरना, जाना। 'गम्' से ही गमन शब्द बना है; जिसका अर्थ है—जाने की क्रिया। अगम शब्द गम में 'अ' उपसर्ग लगा है; जिसका अर्थ है, जो न चले। ['अ' मतलब नहीं; 'गम' मतलब जाना।]

★ अधिगम शब्द 'गम्' धातु में 'अधि' उपसर्ग लगाने से बना है। 'अधि' का अर्थ ऊपर, श्रेष्ठ, मुख्य (above, additional, upon, main) आदि है; जैसे—अधिपति मुख्यपति या स्वामी, अधिवक्ता, अधिनियम, अधिनायक, अधिकार इत्यादि।

★ इस प्रकार देखें तो अधिगम शब्द का अर्थ है—श्रेष्ठता की ओर गमन, ऊपर की ओर गमन। दूसरे शब्दों में, अधिगम शब्द का अर्थ हुआ—वह जो वस्तु को ऊपर या श्रेष्ठता की ओर ले जाए। अब, ऐसा गुण या ऐसी कला ज्ञान से बेहतर क्या संभव है?

★ इसलिए प्राचीन काल में ऋषि-मुनियों ने सीखने के लिए 'अधिगम' शब्द का प्रयोग किया। आप 'अधिगम' को तकनीकी शब्द भर न समझें। यह

संस्कृत का शब्द है; जिसका अर्थ विशिष्ट है—श्रेष्ठता की ओर ले जाने वाला।

★ अँगरेज़ी शब्द learning का अर्थ है, सीखना; वह सीखना अच्छा ही हो, यह इस शब्द से व्यंजित नहीं होता। हिंदी में, अच्छा सीखने और श्रेष्ठ सीखने को ही 'अधिगम' माना गया।

★ अधिगम करने वाला अधिगमकर्ता है। वैसे, विस्तार में जाएँ तो विनियोजन, अन्वेषण, स्पष्टीकरण, विस्तारण और मूल्यांकन पाँच मूलभूत अधिगम प्रतिमान हैं, जिनसे अधिगमकर्ता (learner) सीखता है। इनसे इतर, अनुभवात्मक-अधिगम (learning by experiencing), रटंत-अधिगम (learn by rote), क्रियाकलाप द्वारा अधिगम (learning by activities) इत्यादिक विधियाँ हैं।

★ आगम शब्द 'गम्' धातु में आ उपसर्ग लगने से बना है। 'आ' उपसर्ग के एक से अधिक अर्थ हैं; जैसे—समीप, नज़्दीक, विपरीत, पूर्ण आदि। जैसे आसूचना सूचना का विशिष्ट रूप है; सभी सूचना आसूचना नहीं है। यहाँ 'आ' उपसर्ग limit या सीमित कर रहा है। आमरण का अर्थ 'मरण तक' होता है।

★ बहरहाल, आगम में 'आ' पूर्ण के अर्थ में है; अर्थात् जिससे पूर्ण गमन या पूर्णता की ओर गमन हो—वह आगम।

★ संस्कृत में तंत्र को 'आगम' कहा गया है। निगम वेद हैं, जिनमें कर्म, ज्ञान, उपासना (ईश्वर के सान्निध्य लाभ की क्रिया) आदि हैं; लेकिन आगम में क्रिया है, उपायभूत साधन। वेद, ज्ञान, आगम उन्हें सीखने की क्रिया। जैन-धर्म में भी आगम मूल ग्रंथ हैं। english में आगम को scripture, wisdom, proceeds आदि कहते हैं, जो इसके मूल अर्थ से थोड़ी दूरी पर अवस्थित हैं।

★ उपागम शब्द 'गम्' धातु में उप उपसर्ग जुड़ने से बना है। 'उप' उपसर्ग का अर्थ है—पास, नज़्दीक, समीप।

★ इस तरह 'उपागम' का शाब्दिक अर्थ हुआ—नज़्दीक जाना या समीप जाना। यहाँ एक प्रश्न उठता है कि 'उपागम' शब्द का अर्थ पद्धति या approach के लिए क्यों प्रयोग किया जाता है ? तो, इसका जवाब यह है कि उपागम ज्ञान या पूर्ण ज्ञान के क़रीब ले जाने का रास्ता है।

★ अधिगम को शिक्षा-मनोविज्ञान का हृदय कहा गया है। उपागम इस हृदय तक पहुँचने का रास्ता या तरीक़ा माना जाता है। जिस तरीक़े से सीखा जाए,

ज्ञानार्जन किया जाए, वह 'उपागम'। उपागम सीखने की विधि है। शिक्षण से जुड़े लोग अधिगम और उपागम शब्दों का खूब प्रयोग करते हैं। हिंदी को बढ़ावा देने के लिए वे learning के बदले अधिगम का प्रयोग और teaching approach के बदले शैक्षणिक उपागम शब्द का प्रयोग कर सकते हैं।

□

शब्द-संधान-41

लब्धकाम, लब्धकीर्ति और लब्धप्रतिष्ठ

- ★ लब्धप्रतिष्ठित अशुद्ध शब्द है; 'लब्धप्रतिष्ठ' शुद्ध। 'लब्ध' शब्द का अर्थ है—प्राप्त, मिला हुआ। जिसे प्रतिष्ठा मिल गई, उसके लिए शब्द होगा 'लब्धप्रतिष्ठ'। प्रतिष्ठित शब्द का भी यही अर्थ है, 'जिसे प्रतिष्ठा मिल गई हो'। वे प्रतिष्ठित चिकित्सक हैं या वे 'लब्धप्रतिष्ठ चिकित्सक' हैं।
- ★ लब्धप्रतिष्ठ शब्द लिखें या प्रतिष्ठित शब्द लिखें। लब्धप्रतिष्ठित शब्द का कोई अर्थ नहीं है। इसमें 'इत्' प्रत्यय का कोई काम नहीं है। अँगरेज़ी में लब्धप्रतिष्ठ का अर्थ है—famous, one who has gained fame, celebrity इत्यादि।
- ★ लब्धकाम का अर्थ है—जिसकी कामना पूर्ण हो गई हो; जिसने अपने इच्छित को पा लिया। लब्धकाम होना एक आंतरिक गुण है, अवस्था है। साधु-संत, सन्यासी लब्धकाम होते हैं; उनको होना ही चाहिए। वे लब्धप्रतिष्ठ हो भी सकते हैं और नहीं भी।
- ★ कोई ऐसा व्यक्ति हो सकता है, जो झोंपड़ी में रहकर किसी तरह दो जून की रोटी खाता हो; लेकिन उसकी कामना भी इससे अधिक की न हो तो वह व्यक्ति भी लब्धकाम है; परंतु लब्धप्रतिष्ठ नहीं।
- ★ संभव है कि किसी व्यक्ति की प्रतिष्ठा तो बहुत हो; लेकिन उसकी कामनाएँ पूर्ण नहीं हुई हों। उसे चाँदी के कुछ और ठीकरे जोड़ना हो, नाम करना हो या संसद् में बैठना हो तो वह व्यक्ति लब्धप्रतिष्ठ तो है; लेकिन लब्धकाम नहीं। लब्धकाम—one whose desires have been fulfilled.
- ★ 'लब्धकीर्ति' शब्द का अर्थ है—जिसने कीर्ति या चमक को प्राप्त कर लिया। गीता में श्रीकृष्ण कहते हैं कि स्त्रियों में मैं कीर्ति हूँ। कीर्ति (glory) का अर्थ वह आंतरिक गुणवत्ता है, जिसकी चमक बाहर भी दिखे।

★ प्रतिष्ठा (fame) बाह्य-जगत् की उपलब्धि है। गीता में जब श्रीकृष्ण कहते हैं कि स्त्रियों में मैं कीर्ति हूँ तो इसका विशेष अभिप्राय है। कीर्ति वह आंतरिक गुणवत्ता है, जिसका प्रभाव बाहर तक फैले। स्त्रियों में कीर्ति का एक अर्थ (गीता के अनुसार) है—जिसे देखकर वासना भड़के नहीं; अपितु शांत हो जाए।

★ यह अलग बात है कि कीर्ति से ही कीर्तिमान, कीर्ति-स्तंभ आदिक शब्द बनते हैं; जिनका संबंध बाह्य-जगत् की उपलब्धियों से है। अस्तु, यह ख़याल रहे कि प्रकाश का स्रोत अंदर हो, तभी चमक बाहर फैलती है।

□

शब्द-संधान-42

ख्याति और प्रसिद्धि का भाषा-विज्ञान

★ व्युत्पत्ति के आधार पर समझें कि कैसे मिलती है प्रसिद्धि—

★ प्रसिद्धि शब्द सिद्धि में 'प्र' उपसर्ग जुड़कर बना है। 'प्र' उपसर्ग का अर्थ है—विशेष, विशिष्ट, ख़ास, special इत्यादि। इस तरह प्रसिद्धि का अर्थ हुआ—विशिष्ट सिद्धि।

★ सिद्धि शब्द बना है—सिद्ध शब्द से। सिद्धि शब्द के मूल में 'साधना' (practice) है। [सिध्+णिच्+युच्+टाप्=साधना]

★ संक्षेप में, जो साधना कर रहा है, वह साधक और जिसने साध लिया वह सिद्ध। यह किसी साधक या practitioner की accomplishing से accomplished की यात्रा है। साधक अभी उद्यमरत है; लेकिन उससे ग़लती हो सकती है। सिद्ध को महारथ हासिल है, ग़लती की गुंजाइश ख़त्म हो गई।

★ बहरहाल, जिस गुण को साध लिया गया, उसमें सिद्धि हो गई। जब यह सिद्धि कुछ विशेष प्रकार की हो तो प्रसिद्धि कही जाएगी। यह हर क्षेत्र के लिए सत्य है। मान लीजिए कि किसी ने तबला बजाने में महारथ हासिल कर ली या सिद्धि कर ली। अब, इसका अर्थ यह हुआ कि उसने तबले को विशेष रूप से साध लिया है। यहाँ, विशेष रूप से साधने वाला 'प्रसिद्ध' कहलाएगा और उसकी यह सिद्धि 'प्रसिद्धि' कहलाएगी।

★ साधारण रूप से बहुत लोग तबला बजाते होंगे; लेकिन प्रसिद्धि तभी है, जब विशेष रूप से साधा जाए। कहा भी जाता है—'जो भी करो, विशेष करो, सर्वोत्तम करो! प्रसिद्धि तभी मिलेगी।' अँगरेज़ी में भी कहते हैं —'To get fame, you should be extraordinary.'

★ हिंदी के शब्द 'बस यों ही' नहीं होते। हर शब्द विशिष्ट है। सबसे बड़ी बात

कि शब्द के अंदर ही बहुत सारा ज्ञान छिपा होता है। हाँ, आवश्यकता होती है अनुसन्धित्सु-भाव और सम्यक् चिंतन-प्रविधि (thinking process) की।

★ **ख्याति**—'ख्या' का अर्थ है, कहना, घोषणा करना, समाचार देना आदि। आख्या में कहने और बताने का भाव है; संख्या [सम्+ख्या] में गिनकर कहने का भाव है; जबकि व्याख्या में विशेष रूप से कहने का भाव है। ख्यात [ख्या+ क्त] का अर्थ है, कहा गया, पुकारा गया, विश्रुत (विशेष रूप से जिसके बारे में सुना गया) आदि। जो 'ख्यात' हो गया, उसकी 'ख्याति' हो गई। कोई विख्यात होता है तो कोई कुख्यात हो जाता है। ख्याति हो गई; अर्थात् नाम हो गया।

★ प्रसिद्धि से 'ख्याति' इस अर्थ में भिन्न है कि बिना आंतरिक गुणवत्ता के; अर्थात् बिना सिद्धि के भी 'ख्याति' हो सकती है। प्रचार अथवा किसी अन्य उपाय से कोई ख्यात हो सकता है; लेकिन यदि उसमें सिद्धि नहीं है तो उसे प्रसिद्ध नहीं कहा जाना चाहिए।

□

शब्द-संधान-43

न क्रोधित; न हतोत्साहित

★ क्या आप भी क्रोधित और हतोत्साहित होते हैं? मत हों; क्योंकि ये शब्द ही ग़लत हैं। आइए! देखते हैं—

★ **हतोत्साहित**—हतोत्साह में 'इत' प्रत्यय जोड़ना अनावश्यक है। जिसका उत्साह हत हो गया, वह हतोत्साह है। [हत +उत्साह = हतोत्साह]

★ निरुत्साह शब्द सही है; निरुत्साही या निरुत्साहित ग़लत।

★ **क्रोधित**—क्रोध से 'क्रुद्ध' शब्द बनेगा। जिसको क्रोध है, वह क्रुद्ध है, क्रोधित नहीं। क्रोधित शब्द ग़लत प्रयोग है।

★ **निर्भयी**—जिसको भय नहीं है, वह निर्भय। 'निर्भयी' शब्द का प्रयोग ग़लत है। वैसे निर्दयी अधिक लोग ग़लत लिखते हैं, निर्भयी की तुलना में।

★ **माधुर्यता**—माधुर्य शब्द सही है। मधुर होने का गुण 'माधुर्य' है। माधुर्यता ग़लत प्रयोग है।

★ **लावण्यता**—लवण का गुण लावण्य है। अलग से 'ता' प्रत्यय लगाने का क्या मतलब? रूप-लावण्य का वर्णन होता है; 'रूप-लावण्यता' का नहीं। क्रोधित और हतोत्साहित तो हमारे जीवन में घुल-मिल गए हैं। अस्तु, ये असाधु प्रयोग हैं।

★ यहाँ, ऐसे कुछ अन्य शब्द भी देख लेते हैं, जो अमूमन ग़लत लिखे जाते हैं—

मैं जिन शब्दों को व्याकरण के नियमों के आधार पर अमानक और अशुद्ध बताने जा रहा हूँ, वे प्रयोग में खूब हैं; इसलिए शायद आप चौंक जाएँ। अनुरोध बस इतना है कि क्या सही है—यह देखें और मनन करें। यों ही यहाँ लिखा है या वहाँ लिखा है जैसे कमजोर तर्कों से बतबढ़ाव [साधारण या व्यर्थ (वि+अर्थ=व्यर्थ) की बात पर होने वाला झगड़ा या विवाद=बतबढ़ाव]

कर झमेलिया (झमेला करने वाला) का विशेषण अपने ऊपर चस्पा न करें! 'बतबढ़ाव' और 'झमेलिया' अनेक शब्दों के लिए एक शब्द के रूप में प्रयुक्त हुए हैं। इनका प्रयोग करें! आइए! ऐसे शब्दों को देखते हैं—

★ **पूज्यनीय**—जो पूजने के योग्य है, वह पूज्य है या पूजनीय है। इसका अर्थ हुआ कि पूज्य का अर्थ है, पूजने-योग्य। अतः, इसमें अलग से 'अनीय' प्रत्यय लगाना ग़लत है। पूजास्पद का भी यही अर्थ है।

★ **मानवीयता**—मानव से मानवीय शब्द बनेगा या मानवता। मानवता 'मानव' का समास है—मानव होने का गुण है; मनुष्य का धर्म है (humanity)। मानवीयता शब्द में 'ता' प्रत्यय बेकार है। मानवता लिखें या मानवीय।

★ **नैपुण्यता**—निपुण से 'निपुणता' बनेगा या 'नैपुण्य'। नैपुण्यता अशुद्ध है।

★ **उत्कर्षता**—इस शब्द में भी 'ता' प्रत्यय अनावश्यक है। उत्कर्ष का यही अर्थ है।

★ **साम्यता**—यह भी धड़ल्ले से लिखा जाता है; लेकिन ग़लत शब्द है। साम्य (resemblance) का अर्थ ही समानता है। साम्य लिखें अथवा समानता लिखें; बस 'साम्यता' न लिखें। इसी प्रकार, ऐश्वर्यता, कौशलता, सौजन्यता, औचित्यता, वैचित्र्यता, कौमार्यता, वार्ध्यक्यता इत्यादिक शब्द ग़लत हैं। ऐश्वर्य (ईश्वर+य), कौशल, सौजन्य, औचित्य, वैचित्र्य, कौमार्य (कुमार+य), वार्धक्य (वर्धक+य) इत्यादिक शुद्ध हैं।

★ **सौलभ्यता**—सुलभ से सुलभता बनेगा अथवा सौलभ्य (सुलभ+य)। सौलभ्यता ग़लत है।

★ **सौकर्यता**—सुकर में 'य' प्रत्यय लगकर सौकर्य बनेगा। 'सौकर्यता' नितांत अशुद्ध शब्द है।

★ **संपर्कित**—जो संपर्क में है, वह संपृक्त है, संपर्कित नहीं।

★ **व्यापित**—जो व्यापा हुआ है, वह व्याप्त है, व्यापित नहीं।

★ **संयमित**—जो संयम से रहे, वह संयत है, संयमित नहीं। 'संयमित जीवन' नहीं, 'संयत जीवन'। उसने संयत स्वर में कहा; संयमित स्वर में नहीं।

★ अनुवाद से 'अनुवादित' लिखने की ग़लती तो कम ही लोग करते हैं; पर 'अनूदित' (अनु+उदित=अनूदित; दीर्घ स्वर संधि) को 'अनुदित' लिखने वाले कम नहीं मिलते। पुनश्च, अनुवाद हुई सामग्री के लिए 'अनूदित' ही सही शब्द है। हाँ, 'अनुदित' एक शब्द अवश्य है; जिसका अर्थ है—जिसका उदय नहीं हुआ है। [अन्+उदित=अनुदित]। सूर्य अभी अनुदित

है; अर्थात् नहीं निकला है। 'नहीं उदित हुआ है' का एक अर्थ निकलता है—'नहीं अनुवाद हुआ है'। इस अर्थ में 'अनूदित' और 'अनुदित' परस्पर विलोम-शब्द हैं।

★ **निर्दयी**—यह भी एक अशुद्ध शब्द है। जिसमें दया न हो, वह 'निर्दय' है। अलग से 'ई' प्रत्यय लगाने की आवश्यकता नहीं है।

★ **ग्रसित**—'ग्रस्त' सही शब्द है।

★ **प्रफुल्लित**—'प्रफुल्ल' सही शब्द है।

□

शब्द-संधान-44

विश्वास, भरोसा, विश्रम्भ और आस्था

★ **विश्वास और भरोसा में अंतर**—हम एक की जगह दूसरे का प्रयोग कर लेते हैं तो इसका मतलब यह कदापि (कदा+अपि= कदापि) नहीं कि दोनों के अर्थ एक ही हैं। आइए! एक उदाहरण से समझते हैं—"क्या आपको भूतों में विश्वास है?" और "आपका भूतों में भरोसा है?" में क्या अंतर है?

★ "क्या आपका भूतों में विश्वास है?" का अर्थ है कि "आपको क्या लगता है—भूत होते हैं अथवा नहीं?" दूसरी तरफ़, "क्या आपका भूतों में भरोसा है?" का अर्थ है कि "क्या आप भूतों की शक्ति में बहुत अधिक विश्वास करते हैं और क्या यह आपका स्वयं का अनुभव है?"

★ विश्वास शब्द के मूल में 'श्वस्' धातु है। [वि+श्वस्+घञ्=विश्वास]

★ **'श्वस्' का अर्थ है**—फूँकना, हाँफना, धकेलना। 'श्वस्' में 'अ' प्रत्यय जुड़कर बना 'श्वास'। ध्यान दें कि श्वास में प्राणवायु को लिया जाता है और धकेला जाता है। विश्वास का अर्थ है, trust, निश्चयपूर्वक कुछ मान लेना, यक़ीन, निश्चित धारणा। आत्मविश्वास का अर्थ ख़ुद पर यक़ीन।

★ भरोसा विश्वास से सघन होता है। इसका प्रयोग आत्मविश्वास, आस्था, आश्रय, hope आदि के अर्थ में होता है; जैसे चिकित्सक से शल्यक्रिया आप तभी करवा सकते हैं, जब आप को उन पर भरोसा हो।

★ 'आप ईश्वर में विश्वास करते हैं' का अर्थ है कि आप को यक़ीन है कि हाँ ईश्वर है। अस्तु, 'ईश्वर पर आपका भरोसा है' का अर्थ हुआ कि ईश्वर है और आपकी ईश्वर में आस्था भी है।

□

शब्द-संधान-45

प्रेक्ष्य, प्रेक्षा और परिप्रेक्ष्य

★ परिप्रेक्ष्य शब्द 'प्रेक्ष्य' शब्द में 'परि' उपसर्ग के जुड़ने से बना है। परि उपसर्ग का अर्थ है, 'चारों ओर'। प्रेक्ष्य शब्द 'प्रेक्षा' से बना है। 'प्रेक्षा' [प्र+ईक्ष्+अङ+टाप्=प्रेक्षा] का अर्थ होता है—देखना (to see)। प्रेक्षा-ध्यान में हम अपने अंदर देखते हैं। प्रेक्षण देखने की क्रिया है। जो प्रेक्षा अर्थात् देखने के योग्य है, वह प्रेक्ष्य है।

★ प्रेक्ष्य में 'परि' उपसर्ग जुड़ने से' बने शब्द 'परिप्रेक्ष्य' का अर्थ है—चारों ओर देखने योग्य'।

★ प्रेक्ष्य से ही शब्द बनता है—दुष्प्रेक्ष्य [दुर्+ प्र+ईक्ष+ण्यत्]। इसका अर्थ है, जो सहज देखने योग्य नहीं हो या जिसे देखना कठिन हो।

★ परिप्रेक्ष्य अँगरेज़ी शब्द perspective का बिलकुल सटीक पर्याय है। Perspective शब्द भी लैटिन मूल spect (या spec) से बना है; जिसका अर्थ है—देखना या to see। ध्यान रहे कि spectacles, inspect, respect, introspect इत्यादि के मूल में भी यही देखना (spect) है।

★ अत:, परिप्रेक्ष्य का व्युत्पत्तिगत अर्थ है, चारों ओर देखने योग्य। चारों ओर जब आप देखते हैं तो कुछ ख़ास चीजों को ही देखते हैं। क्या देखना है और क्या छोड़ना है—यह हमारा चुनाव होता है।

★ परिप्रेक्ष्य का वास्तविक अर्थ यही है—किसी व्यक्ति की सांस्कृतिक विरासत, शारीरिक लक्षण, व्यक्तिगत अनुभव आदि के आधार पर किसी घटना को देखने का नज़रिया। एक उदाहरण से समझते हैं—

कश्मीर को भारतीय परिप्रेक्ष्य से देखें तो यह हमारा अभिन्न हिस्सा था, है और रहेगा; जबकि पाकिस्तान के परिप्रेक्ष्य से मसला-ए-कश्मीर एक

झुनझुना है, जो बजाते रहना है। वैसे भी क्या फ़र्क पड़ता है कि हमारे आंतरिक मामले में किसी बाहरी के परिप्रेक्ष्य से? यह उदाहरण भारतीय परिप्रेक्ष्य को स्पष्ट करता है।

□

शब्द-संधान-46

सम्यक् और संतुलित

★ शब्दकोश में भले ही सम्यक् और संतुलित समानार्थी हों; लेकिन इनमें पर्याप्त अर्थपरक विभेद है, जिसे जानना रोचक है।

★ इन दोनों में भी, 'सम्यक्' शब्द बड़ा विशिष्ट है। सम्यक् व्यवहार, संतुलित व्यवहार से श्रेष्ठ होता है। आपका व्यवहार संतुलित है तो इसका अर्थ है कि आप अधिक उतावले नहीं होते और आप सम बने रहते हैं। सम्यक् इतना भर नहीं होता। वैसे, सम्यक् हुआ जाता है, संतुलन साधा या किया जाता है।

★ सम्यक् शब्द बनता है—सम् (उपसर्ग)+अञ्च् (धातु)+क्विप् (प्रत्यय) से।

★ अञ्च् धातु का अर्थ गति है। इस अर्थ में देखें तो सम्यक् का अर्थ बराबर गति है। इससे यह परिलक्षित होता है कि सम्यक् शब्द में एक समानता है; गत्यात्मकता है; ऊर्जा है।

★ कहा गया है कि "समञ्चति इति सम्यक्"। वैसे, अञ्च् धातु से ही अंचित शब्द बना है; जिसका एक अर्थ है—जिसकी आराधना की गई हो। इस अर्थ में सम्यक् शब्द प्रशंसार्थक है। अंचित का दूसरा अर्थ मुड़ा हुआ होता है, जो रोमांचित आदि शब्दों में प्रयुक्त है।

★ बहरहाल, तात्त्विक रूप में सम्यक् का अर्थ है—जो जैसा है, उसे वैसा ही देखना। यह पूर्वग्रह से मुक्त होता है। सम्यक् में कोई निर्णय नहीं दिया जाता। द्रष्टा का बोध अधिक होता है, कर्ता का बोध नहीं होता। दूसरी तरफ़ संतुलन निर्णयात्मक और क्रियात्मक होता है।

★ संतुलन शब्द को तोड़कर देखें तो यह 'सम्+तुलन' से बना है। तुलन् शब्द 'तुल्' धातु से बना है। वैसे तुला, तुलना, तौलना, तुलनीय, अतुलनीय आदि सारे शब्द 'तुल्' धातु से ही बने हैं। हम जानते हैं कि तुला शब्द तराजू का

पर्याय है। इस तरह संतुलन शब्द का अर्थ है—तुला के दोनों पलड़ों को बराबर करना। यहाँ एक निर्णय का बोध होता है कि आपको किसी एक निकाय के बराबर दूसरे को करना है। अतः, यहाँ कर्ता भाव है।

★ जब भगवान् बुद्ध सम्यक् ज्ञान की बात करते थे तो वे सिर्फ़ संतुलित (balanced) होने का ज्ञान भर नहीं देते थे।

★ **निष्कर्ष**—सम्यक् का अभिप्रेत उचित (apt), सही (right) और संतुलित (balanced) के समांगी-मिश्रण (homogeneous mixture) से है।

□

शब्द-संधान-47

रोमांचित और लोमहर्षक

★ देखा जाता है कि लेखक अक्सर रोमांचित शब्द का प्रयोग खुशी (ख़ुशी अशुद्ध है।) के लिए और लोमहर्षक का प्रयोग किसी भयानक घटना के लिए करते हैं। आइए! इन शब्दों के व्युत्पत्तिगत अर्थ को देखते हैं—

★ रोमांचित शब्द 'रोम' और 'अञ्चित' से बना है। अञ्चित शब्द बना है, 'अञ्च्+क्त' प्रत्यय से। 'अञ्च्' धातु का अर्थ गति है। अंचित के तीन अर्थ हैं—जिसकी आराधना की गई हो, टेढ़ा और सिकुड़ा हुआ। सम्यक् में 'अञ्च्' धातु का आराधना वाला रूप है। रोमांचित में अन्य दो अर्थ हैं। अतः, रोमांचित शब्द का अर्थ हुआ—रोम का टेढ़ा होना या सिकुड़ जाना, भुलकना, रोम में गति या हलचल।

★ अँगरेज़ी में इसके लिए शब्द है—horripilation या bristling of the hairs of the body. अब यह खुशी, पुलकित या विस्मयाविष्ट (चकित) होने में भी हो सकता है और ग़म या भयभीत होने में।

★ लोमहर्षक या रोमहर्षक शब्द संस्कृत का विशेषण है; जिसका अर्थ है—जिसे देखकर रोंगटे हर्षित हों। हर्षित का अर्थ उत्तेजित लिया गया और लोमहर्षक का अर्थ हुआ, जिसे देखकर रोंगटे खड़े हो जाएँ। अब रोंगटे खड़े होने का संबंध उत्तेजना से है, यह अलग बात है कि भय में यह अधिक होता है। लोमहर्षक (रोमांचकारी के पर्यायवाची अर्थ में) किसी उपन्यास अथवा फ़िल्म के लिए भी विशेषण के रूप में प्रयुक्त हो सकता है।

★ रोमांचकारी स्थिति में जब हम रोमांचित होते हैं तो रोम सिकुड़ते हैं, टेढ़े होते हैं; लेकिन किसी लोमहर्षक घटना को देखकर रोंगटे खड़े होते हैं। वैसे, ध्यान रहे कि रोम से ही 'हृष्टरोमा' शब्द बना है; जिसका अर्थ है—जिसके रोम या रोंगटे हृष्ट या मज़बूत हों।

□

शब्द-संधान-48

विचार, विमर्श, वितंडा और विचार-विमर्श का पेच

★ ऐसे तो विचार और विमर्श को पर्यायवाची माना जाता है; लेकिन दोनों शब्दों में अर्थपरक विभेद है। आइए! देखते हैं—

★ विचार शब्द को परिभाषित करना एक कठिन काम है; क्योंकि यह एक अमूर्त अवधारणा है। मन-ही-मन तर्क-वितर्क करना, सोचना, कल्पना करना, राय या मत बनाना, उपाय सोचना इत्यादि विचार के अंतर्गत आते हैं। दूसरे शब्दों में कहूँ तो मन में उठा कोई भी भाव विचार है। अँगरेज़ी में कहा गया है—A conception is an idea that you have in your mind. ऐसी अनेक परिभाषाएँ हो सकती हैं; पर यहाँ व्युत्पत्तिगत दृष्टिकोण से विचार को समझना समीचीन होगा—

★ 'चर्' धातु में वि उपसर्ग लगाकर बना है—विचार। 'चर्' धातु का अर्थ है, इधर-उधर घूमना। 'वि' उपसर्ग का अर्थ है, विशेष। इस प्रकार 'विचार' शब्द विशेष रूप से इधर-उधर घूमने वाले भावों का पर्याय है; क्योंकि विचार भावजगत् का शब्द है।

★ इस आधार पर देखें तो इधर-उधर घूम रहे भाव जब विशिष्ट हों, तभी विचार कहलाते हैं। मन में उठने वाले लाखों-करोड़ों भावों में, जो कुछ विशिष्ट होते हैं, वही इस कसौटी पर 'विचार' हैं।

★ विमर्श (consultation, deliberation) शब्द मंत्रणा, सम्मति लेना या राय बनाना इत्यादिक के लिए प्रयोग होता है। व्युत्पत्ति के दृष्टिकोण से देखें तो 'मृश्' धातु है, जिसमें 'वि' उपसर्ग जुड़कर विशिष्टता का बोधन करता है। 'मृश्' धातु का अर्थ है, छूना वा स्पर्श करना। अत:, विमर्श का अर्थ होता है, विशेष रूप से छूना; अर्थात् टटोलना; अर्थात् जाँच करना।

★ जब कोई मुद्दा बस एक ख़याल (यहाँ ख़्याल अशुद्ध है) या भाव के रूप

में हो तो यह विचार है। जब बहुत गहराई में उतरकर इसके गुण-दोष को देखा जाए, तब कहते हैं 'विमर्श'।

★ दूसरों के विचार भी जान लेने से आपको स्वयं निर्णय अथवा परीक्षण करने (विमर्श करने) में सहायता मिलती है। यही कारण है कि जब ये दोनों मिल जाते हैं तो इसे विचार-विमर्श (on the table, deliberation) कहते हैं।

★ विचार-विमर्श को ऐसे समझें कि अपने या दूसरों के विचार तो हैं ही, उस पर मंथन भी किया गया है; अर्थात् विचारों के परीक्षण के लिए रायशुमारी भी की गई है। यह ध्यान करें कि गहन विचार-विमर्श (much/long/prolonged deliberation) में खूब सोचा जाता है और राय भी ली जाती है।

★ इस गहराई में उतरने का उद्देश्य यह सुस्पष्ट करना है कि पर्याय की तरह प्रतीत होने वाले दो शब्द—विचार और विमर्श, दरअस्ल पर्याय नहीं हैं। हाँ, विचार-विमर्श और विमर्श पर्याय हो सकते हैं; क्योंकि आपने जो किसी से विचार-विमर्श किया है, वह आपको स्वयं विमर्श (जाँच) करने में सहायक होता है।

★ **वितंडा**—यह शब्द 'तण्ड्' धातु से बने 'वितंड' में 'टाप्' प्रत्यय के जुड़ने से बना है। 'तण्ड्' धातु तोड़ने, प्रहार करने आदि अर्थ का द्योतन करता है। 'तण्डक' का अर्थ है—प्रहार करनेवाला। एक पक्षी का नाम ही संस्कृत में 'तण्डक' है; क्योंकि यह चोंच (चंचु) से लकड़ी/काठ आदिक पर प्रहार करता रहता है। तण्डुल कहते हैं चावल को; क्योंकि धान (धान्य) को कूटने के पश्चात् यह प्राप्त होता है। वितंडा में विशेष प्रहार का भाव है; क्योंकि 'वि' उपसर्ग है। इस 'वि' उपसर्ग के कारण वितंडा का अर्थ होता है—आक्षेप लगाना, निराधार छिद्रान्वेषण करना, दोषपूर्ण आलोचना करना इत्यादि।

□

शब्द-संधान-49

अनुकरण, अनुसरण, अनुगमन और अनुवर्तन

★ पहले एक उदाहरण से अनुसरण और अनुकरण के अंतर को देखते हैं, तत्पश्चात् 'सरण' और 'करण' से इनकी व्युत्पत्ति को समझेंगे—

★ कहा जाता है कि कृष्ण ने जो कहा है, वह करो; कृष्ण ने जो किया है, वह करने की कोशिश मत करो। इसका अर्थ है कि अगर आप कृष्ण के कहे अनुसार; अर्थात् गीता के अनुसार करने की कोशिश करते हैं तो आप कृष्ण का अनुसरण करते हैं। यह अच्छी बात है। कृष्ण ने जो किया, वह करने की सामर्थ्य आपके अंदर है भी नहीं। आप गोवर्धन-पर्वत उठाने जैसे कारनामे नहीं कर सकते। बहरहाल, जो किसी ने किया है, उसको करने की कोशिश करना अनुकरण है।

★ उपर्युक्त उदाहरण में कृष्ण का कृत्य अनुकरणीय नहीं है, असंभव है। हाँ, जब आप किसी सामान्य व्यक्ति की नक़्ल (नक़ल और नकल अशुद्ध हैं, पर हिंदी में नकल भी लिखा जाता है।) करते हैं तो यह उसका अनुकरण है। अब आइए! दोनों शब्दों की व्युत्पत्ति को देखते हैं—

★ अनुकरण शब्द 'अनु' और 'करण' से बना है। करण कार्य के लिए है, अनु का अर्थ है—पीछे या बाद। इस तरह, अनुकरण शब्द का अर्थ हुआ—कार्य के पीछे-पीछे वही कार्य करना; अर्थात् कृत्य की नक़्ल करना; किसी को देखकर वैसा ही कृत्य करना। कोई जैसा कर रहा है, उसे देखकर वैसा करने की कोशिश अनुकरण है। अतः, किसी के दिखाए मार्ग पर चलना 'अनुकरण' है। जो अनुकरण करता है, उसे 'अनुकारी' कहा जाता है।

★ अनुकरण अँगरेज़ी शब्द imitation के क़रीब है। किसी को देखकर जब आप उसके जैसा बनने की कोशिश करते हैं तो यह अनुकरण है; लेकिन

जब आप किसी के पथ पर चलते हैं, उसकी बात को मानते हैं तो यह अनुसरण है।

★ अनुसरण 'अनु' और 'सरण' से बना है।

अनुकरण की तुलना में देखें तो 'करण' की जगह 'सरण' है। 'सरण' शब्द का अर्थ है—

सरकना, मंथर गति से चलना, गमन करना या जाना। सरण से ही सरणि बना है; जिसका अर्थ है मार्ग। 'अनु' का अर्थ है—पीछे, बाद, पीछे लेकिन नज़दीक आदि। इस तरह अनुसरण का अर्थ हुआ—किसी के पीछे चलना, उसको मानना, follow करना। अगर कोई हमसे बहुत आगे है तो उसे देखकर हम भी उसी मार्ग पर धीरे-धीरे आगे बढ़ें, तो यह 'अनुसरण' (अनु+सृ+ल्युट्) है।

★ जिसका 'अनुसरण' करते हैं, उसके पीछे चलते हैं अथवा कहें कि उसके 'अनुसार' चलते हैं। ध्यान दें कि 'अनुसार' भी 'सृ' मूल से ही बना है—'अनु+सृ+घञ्=अनुसार'। पीछे अथवा किसी के अनुसार चलने वाले को 'अनुसारक' कहा जाता है। पीछा करना अथवा पीछे-पीछे जाना के लिए 'सृ' मूल का ही एक अन्य शब्द है—'अनुसारण'।

★ 'अनुसरण' की तरह ही एक शब्द है—'अनुगमन'। गमन जाने अथवा चलने को कहते हैं। 'सरण' में गति मंथर थी, यहाँ 'गमन' में गति के साथ कोई बाध्यता नहीं है—यह तीव्र भी हो सकती है, सामान्य भी और मंथर भी। अस्तु, किसी के पीछे-पीछे चलना, 'अनुगमन' है। पीछे चलने की क्रिया 'अनुगमन' है। पीछे चलने वाले को 'अनुगामी' कहते हैं। 'अनुगामी' का स्त्रीलिंग रूप है—'अनुगामिनी'। वनगमन में माँ सीता, प्रभु श्रीराम की 'अनुगामिनी' बनी थीं।

★ इसी से मिलता-जुलता एक शब्द है—'अनुवर्तन'। वर्तन का अर्थ है—बर्ताव, व्यवहार, उपयोग में लाना आदि। अनुवर्तन शब्द का अर्थ हुआ—किसी के बर्ताव अथवा व्यवहार से प्रभावित होकर वैसा ही बर्ताव अथवा व्यवहार करना। महापुरुषों के व्यवहार का अनुवर्तन करना चाहिए।

□

शब्द-संधान-50

धन्यवाद और साधुवाद

★ भाषा की शुचिता (शुचि या शुद्ध अवस्था, शुचिता का विलोम-अशुचिता अर्थात् मालिन्य) बनाए रखने के लिए किसी भी भाषा के लोगों को शब्दों को समझने का काम कभी बंद नहीं करना चाहिए। संस्कृति उद्योग के एक श्रमिक के रूप में कार्य करते हुए एक कलमकार को इस दिशा में पूरे मनोयोग (engrossment) से कार्य करना चाहिए। अब इन दो शब्दों धन्यवाद और साधुवाद को देखते हैं—

★ **धन्यवाद और साधुवाद**—दोनों भिन्न शब्द हैं; लेकिन एक आम पाठक बोलचाल में एक की जगह दूसरे का उपयोग कर देता है। आइए! इन दोनों शब्दों की समझ को मुकम्मल करते हैं—

★ धन्यवाद शब्द (धन्य+वाद) के समासीकरण से बना है; जिसका समास-विग्रह होगा—'धन्य हुआ ऐसा वाद'। 'वाद' शब्द का अर्थ 'बात' होता है। इस तरह, धन्यवाद का अर्थ हुआ—"यह एक ऐसी बात है, जिससे मैं धन्य हुआ।"

★ किसी ने आपको कहा, "आप बहुत सुंदर हैं।" आपने कहा, "धन्यवाद!"। इसका अर्थ हुआ—"मैं धन्य हुआ।"।

यहाँ, आप उसका एहसान मान रहे हैं; कृतज्ञता (gratitude) ज्ञापन कर रहे हैं!

★ साधुवाद (plaudits, acclaims) शब्द का अर्थ है—"साधु, ऐसा वाद!" साधु का अर्थ 'अच्छा' है। स्मरण रहे कि साधु की व्युत्पत्ति 'साध' से है।

★ संस्कृत में "कलासु साधु" अर्थात् "कलाओं में अच्छा" प्रयोग मिलता है। यह और बात है कि साधु (monk, sage) भी अच्छे होते हैं; क्योंकि उनके कार्य अच्छे होते हैं।

- ★ ग्रंथों में साधु के बारे में कहा गया कि उनका जीवन दूसरों की भलाई के लिए समर्पित होता है। इससे अच्छी बात कुछ हो नहीं सकती; क्योंकि आम गृहस्थ अपने बारे में या अपने घर के बारे में सोचता है। इसी अच्छाई की पराकाष्ठा के कारण 'साधु' और 'अच्छा' पर्यायवाची बन गए।
- ★ साधुवृत्ति शब्द की इस तरह व्याख्या होगी—'साधु, ऐसी वृत्ति' (अच्छे या नेक कार्य का द्योतन)। इसकी दूसरी व्याख्या होगी—'साधुओं की वृत्ति' (monkhood)।
- ★ साधुभाव का अर्थ है, अच्छा-भाव, औदात्य का भाव। 'साधुवचन' का अर्थ है—अच्छे वचन। साधुपुरुष (sage, monk, hermit) भी अच्छे होते हैं; लेकिन यह स्मरण रहे कि साधुवाद में 'साधु' शब्द का अर्थ अच्छे से है, न कि साधुपुरुष (saint) से या साधुता (saintliness) से।
- ★ इस तरह, साधु या अच्छा एक विशेषण है, जो प्रशंसा का भाव उत्पन्न करता है; कृतज्ञता का नहीं। यही कारण है कि जब हमें कुछ अच्छा लगता है तो उसके लिए उचित शब्द है, 'साधुवाद', जिसका अर्थ है—'अच्छी बात है।' यह स्तुतिवाचक शब्द (words of acclamation) है। आपने किसी की कविता पढ़ी। आपको कविता अच्छी लगी तो आप उसे 'साधुवाद' (plaudits) दें। यही कारण है कि कोई चीज़ बहुत अच्छी लगने पर साधु का संबोधनकारक (साधो! साधो!) प्रयोग किया जाता है।
- ★ हाँ, उस कविता से आपका कोई संशय दूर होता है या वह कविता आपके लिए ही है; इसलिए आप उस के आभारी हैं कि उसने वह कविता लिखी तो कहें—"धन्यवाद!" इस विषय को और अधिक ऊर्ध्वाधर (vertical) विस्तार देने की आवश्यकता नहीं है। आशा है, इसने अपना अभीष्ट (वांछित या desideratum) पा लिया होगा और इन दो शब्दों (धन्यवाद और साधुवाद) के अंतर को आप कभी नहीं भूलेंगे। अभीष्ट शब्द को भी देख ही लें—(अभि+इष्ट=अभीष्ट, इष=चाहना)

□

शब्द-संधान-51

संपाद, संपादक, संपादन और निष्पादन

★ संपादक, सम्पादनम्, संपादन, संपादः आदि शब्दों को ध्यान से देखें। 'सम्' और पद सबमें दिखाई देगा। इन्हीं दो घटक शब्दों को समझ लें तो इनसे व्युत्पन्न शब्द अपने अर्थ की पट्टिका लेकर क़तार में खड़े मिलेंगे।

★ सम का मतलब बराबर। समतल का अर्थ—तल या सतह का ऊबड़-खाबड़ न होना। सम का अर्थ—उपयुक्त, ठीक, मेल आदि भी है। जलवायु सम है; अर्थात् उचित है या उपयुक्त है। सम स्वभाव का व्यक्ति वह है, जो उग्र या उत्तेजित न हो।

★ पद क्या है ? वाक्य में प्रयुक्त शब्द पद कहलाते हैं। अब संपादन को देखें—[सम्+पद्+णिच्+ल्युट्=संपादन]। जैसे लिखने की क्रिया लेखन, गाने की क्रिया गायन, वैसे ही पदों को सम करने की क्रिया है—संपादन। अँगरेज़ी में संपादन के लिए editing, solemnization, cutting, redaction इत्यादि शब्दों का प्रयोग होता है।

★ पदों को 'सम' करने का अर्थ है—पदों को ठीक करना। विचारणीय है कि पदों को ठीक करना में क्या-क्या आएगा ? 1. भाव 2. क्रम 3. संगति और 4. सज्जा आदि। यही संपादन में होता है। अब, संपादक में प्रयुक्त 'अक' प्रत्यय को देखें। आपके मन में यह चलना चाहिए कि कहीं भी अगर 'अक' लगता है तो कर्ता बनाता है।

★ संपादक क्या करता है ? वह पाठ (पदों का जोड़) की भाषा, भाव आदिक का संशोधन, परिवर्तन अथवा परिवर्द्धन करता है। साथ ही, वह पाठ का उचित शीर्षक, उपशीर्षक आदि भी सुनिश्चित कर इसे प्रकाशन के अनुकूल बनाता है। अब इससे स्पष्ट है कि एक संपादक को क्या करना चाहिए। आइए, अब संपादित और निष्पादित में अंतर को देख लेते हैं—

★ सामान्यतः, संपादित का अर्थ है—ठीक या दुरुस्त किया हुआ; जबकि निष्पादित का अर्थ है, पूरा या संपन्न किया हुआ।

★ संपादित है—संपादन किया हुआ। ऊपर हमने देखा कि संपादन पदों को सम, बराबर या ठीक करने की क्रिया है। अस्तु, भाषा से इतर भी किसी कार्य को दुरुस्त करने, काटने-छाँटने (truncate करने) के लिए संपादन शब्द का प्रयोग होता है।

★ जो संपादन कर सकता हो, वह संपादी या संपादक है; जबकि संपादन के योग्य सामग्री 'संपाद्य-सामग्री' है या संपादनीय सामग्री है।

★ निष्पादन को देखें—[निस्+पद्+णिच्+ल्युट्=निष्पादन]। कार्यान्वयन, निष्पत्ति, नियम अथवा आदेश आदि के अनुसार किसी कार्य को निष्पन्न करना, पूरा करना, समाप्त करना, तामील करना, execute करना, perform करना, complete करना, carried out करना निष्पादन है। कोई कार्य निष्पादित हो गया; अर्थात् यह संपन्न हो गया या निष्पन्न हो गया।

★ **निष्पादन मूल्यांकन (performance appraisal)**—यह किसी व्यक्ति के कार्य का निर्धारण है कि वह अच्छी तरह किया गया अथवा नहीं। यह किसी अवधि में कार्य के संपन्न होने के बाद देखा जाता है। दूसरी तरफ़, संपादन किसी कार्य को दुरुस्त या ठीक करने के अर्थ में ही प्रयुक्त होता है।

★ सम्पद [सम्+पद्+क्विप्] कहते हैं, धन अथवा दौलत को, सौभाग्य को, सफलता, पूर्णता को।

★ सम्पाद [सम्+पद्+णिच्+घञ्] का अर्थ है—1. पूर्ति, निष्पन्नता 2. अभिग्रहण

★ सम्पाद की जगह अगर सम्पात लिख दिया तो उसका अर्थ हो जाएगा—मिल कर गिरना, सहगमन, टक्कर आदि।

★ पुस्तक-प्रकाशन का भाषा-विज्ञान—

★ 'पुस्तक प्रकाशित होती है' में प्रकाशित शब्द का वास्तविक अर्थ क्या है? प्रकाशित शब्द बना है—प्रकाश+इत प्रत्यय से। प्रकाश शब्द बना है, 'प्र'+काश् से। 'काश्' का अर्थ है, चमक और 'प्र' उपसर्ग का अर्थ है, विशेष। इस तरह 'प्रकाश' शब्द का अर्थ हुआ—'विशेष-चमक'। प्रकाशन क्रिया है। जब कोई पुस्तक प्रकाशित होती है तो इसका अर्थ है कि विशेष रूप से चारों ओर उसकी चमक फैलती है या उसकी चर्चा होती है, जिसका प्रकाशन होना है, वह प्रकाश्य-सामग्री है।

★ एक और निहितार्थ यह है कि प्रकाशित होने पर 'ब्रह्म रूप शब्द' कागज पर चमकते हैं (मुद्रित होते हैं)। वैसे, प्रकाशित होने से विशेष रूप से होने वाला चमक तभी सफलीभूत होता है, जब यह विमोचित भी हो जाए।

★ विमोचित शब्द भी 'मुच्' धातु से बना हुआ है; जिसका अर्थ है 'मुक्ति'। प्रकाशित सामग्री जब मुद्रक के यहाँ से मुक्त होकर बाज़ार में जाती है तो यह विशेष मुक्ति विमोचन है।

★ प्रकाश का अर्थ ऐसे याद रखें कि 'आकाश' को 'आकाश' इसलिए कहते हैं; क्योंकि इसमें 'काश' (चमक) सब ओर फैलती है। यहाँ 'आ' उपसर्ग का अर्थ है—सब ओर।

□

शब्द-संधान-52

खोज, गवेषणा, शोध, आविष्कार और अनुसंधान

★ **खोज शब्द का अर्थ है**—अलक्षित वस्तु को लक्षित कर लेना। इसका अर्थ है, उस वक़्त वस्तु को देख लेना, जो पहले से कहीं हो, पर दिख नहीं रही हो। जानना चाहिए कि अलक्ष से ही तद्भव शब्द 'अलख' बना है; जिसका अर्थ है—जो दिखाई न दे। आग की खोज की गई थी। इसका अर्थ है कि आग पहले से थी, इसका आविष्कार नहीं किया गया; बस इसकी उपयोगिता ढूँढ़ी गई।

★ कुछ शास्त्रों में खोज शब्द की व्युत्पत्ति 'खोज्ज' से बताई गई है; जिसका अर्थ पदचिह्न लिया गया है। ध्यातव्य है कि पहले पशुओं को उनके पैरों के निशान से ढूँढ़ा जाता था। सनद रहे कि 'गवेषणा' शब्द भी 'गो+एषणा' से बना है; जिसका अर्थ है—'गाय की खोज'। कालांतर में, अर्थ-विस्तार होकर किसी भी खोज के लिए गवेषणा का प्रयोग किया जाने लगा।

★ ध्यातव्य है कि खोज एक प्राकृतिक प्रक्रिया है। वास्कोडिगामा ने भारत को जब खोजा, तब यह पश्चिम के लिए एक खोज थी। उन लोगों के लिए अलक्षित था भारत। यों कह लें कि उन्होंने भारत को नहीं देखा था; लेकिन भारत तो पहले से था ही।

★ **शोध**—नवीन तथ्यों या सिद्धांतों की तलाश शोध है। 'शोध' शब्द का शाब्दिक अर्थ है—शुद्ध या परिष्कार। शुद्ध करने की क्रिया इसलिए शोधन कहलाती है। सांदर्भिक अर्थ में शोध के अंतर्गत अभीष्ट विषय के संबंध में तात्त्विक दृष्टि से और उपलब्ध तथ्यों के आधार पर विवेचना होती है, मंथन होता है, कुछ ढूँढा या खोजा जाता है। अँगरेज़ी शब्द research इसके पास का है, जिसमें re (दुबारा) search (ढूँढा) किया जाता है। स्पष्ट है कि दुबारा उसी को खोजा जाता है, जो काम का हो लेकिन मिल नहीं रहा हो। इसी अर्थ में, 'research' को शोध का अँगरेज़ी पर्याय माना जाता है।

★ विशेष : शोध करने वाले छात्र को शोधछात्र नहीं, अपितु 'शोधच्छात्र' कहा जाता है। शोध और छात्र की संधि होने पर 'च्' का आगम होता है। आप इसे सरल रूप में शोध-छात्र, शोधविद्यार्थी अथवा शोध-विद्यार्थी लिख सकते हैं; पर 'शोधछात्र' और 'शोध छात्र' नहीं लिख सकते।

★ आविष्कार और अनुसंधान—

★ आविष्कार का अर्थ है, जो पहले से नहीं है, उसको बनाना। यह एक कृत्रिम प्रक्रिया है। ईजाद और नवनिर्माण आविष्कार (invention) के पर्याय हैं। इसके तहत उन चीजों को अस्तित्व में लाया जाता है, जो पहले नहीं थीं; जैसे पहिए का आविष्कार किया गया था, जब यह पहली बार यह बनकर तैयार हुआ था। इसी तरह, पहली बार इंजन या टेलीफोन या ऐसी किसी भी वस्तु का बनना आविष्कार था; बाद में बनना उत्पादन (production) है।

★ **अनुसंधान शब्द का अर्थ है**—नवीन ज्ञान प्राप्ति का प्रयास; अर्थात् छान-बीन करके तथ्यों की खोज। यह 'संधान' में 'अनु' उपसर्ग जुड़कर बना है। 'संधान' का अर्थ है, निशाना लगाना, लक्ष्य करना। अनु का अर्थ है, पीछे। इस तरह, अनुसंधान शब्द का शाब्दिक अर्थ हुआ—'लक्ष्य के पीछे चलना'। यह जिज्ञासावश होता है; प्रगति-उन्मुख दृष्टिकोण से होता है या फिर निदानात्मक (कोई उपाय ढूँढ़ना) होता है।

★ इसका एक अर्थ यह भी है कि अनुसंधान कभी भी मनगढ़ंत नहीं हो सकता। इसकी एक सुव्यवस्थित प्रविधि होती है, जिसे 'अनुसंधानात्मक-अभिकल्प' (research or investigational design) कहते हैं। अनुसंधानात्मक-अभिकल्प से तात्पर्य है : किसी अन्वेषण की योजना, संरचना एवं रणनीति। ध्यातव्य है कि अन्वेषण का अर्थ है, जो कहीं विद्यमान हो, उसकी खोज।

★ सामान्य तौर पर अनुसंधान दो तरह के होते हैं : तथ्यपरक और तत्त्वपरक। तथ्यपरक में आँकड़ों का संधान किया जाता है; जबकि तत्त्वपरक में ज्ञान की मीमांसा या खोज की जाती है।

★ **विशेष**—आविष्कार के लिए अरबी-भाषा का शब्द 'ईजाद' भी प्रयुक्त होता है, जिसे अज्ञानवश ईज़ाद भी लिख दिया जाता है। जानना चाहिए कि हिंदी में 'ईजाद' शब्द नहीं मिलता और अरबी-भाषा में 'ईज़ाद' शब्द मिलता तो है; परंतु उसका अर्थ है—अधिकता या ज़ियादती। लिंग-प्रकारानुसार ईजाद (आविष्कार के अर्थ में) जहाँ स्त्रीलिंग शब्द है; वहीं ईज़ाद (अधिकता के अर्थ में पुंल्लिंग शब्द है।

☐

शब्द-संधान-53

डरावना, त्रासद, भयानक और भयंकर

★ कोई दुर्घटना भयानक होती है या भयंकर? कोई आवाज़ भयानक होती है या भयंकर? समाचार-पत्रों में भी कहीं 'भयंकर दुर्घटना' तो कहीं 'भयानक आवाज़' जैसे प्रयोग पढ़कर लगता है कि इन शब्दों के अर्थ को लेकर स्पष्टता का अभाव है। सबसे पहले इन शब्दों के मूल अर्थ को देखते हैं—

★ **भयानक शब्द बना है**—'भी+ आनक' से। संस्कृत में यह भी 'विभेत्यस्मात्' है; अर्थात् भीषण, भयजनक अथवा डरावना है। इस प्रकार, 'भयानक' शब्द का अर्थ है—जिसे देखने से भय लगे। अँगरेज़ी में horrible, grizzly, gruesome, terrible आदि इसके पर्याय हैं। साहित्य के नौ-रस में से एक रस है—भयानक; जिसका स्थायी भाव 'भय' है। अतः, विशेषण के रूप में भयानक शब्द भीषण, विकराल (वि+कराल), डरावना आदि का पर्याय है। इससे स्पष्ट है कि दुर्घटना भयानक होती है, कोई डरावना दृश्य भयानक हो सकता है।

★ 'भयंकर' शब्द बना है—भयम् में 'कर' प्रत्यय लगकर। भयम् के मूल में भी 'भी' है, जो भय डर, आतंक (सबल से अत्याचार का भय आतंक कहलाता है।) आदि का वाचक है; लेकिन इसके साथ का 'कर' प्रत्यय कुछ करने या होने का बोध देता है। इसके कारण भयंकर में गति है, व्याप्ति है। कुल मिलकर 'भयंकर' भी भयानक की तरह संस्कृत का विशेषण है; जिसका प्रयोग भय के साथ तीव्रता के बोधन के लिए होता है। किसी की आवाज़ 'भयानक' नहीं हो सकती, 'भयंकर' हो सकती है। सामान्यतः, यह प्रयोग सभी सही करते हैं—"भयंकर गर्मी पड़ रही है।"। यहाँ भयंकर प्रचंड का पर्याय है। निर्दय, जंगली, विकट, घोर-रूप, उग्र आदि भयंकर के समार्थक

शब्द हैं। अँगरेज़ी में Tremendous, dreadful, unpleasant, fierce इत्यादि भयंकर के पर्याय हैं।

★ हम 'भयानक गर्मी' नहीं कह सकते, क्योंकि गति है और साथ ही इसकी अनुभूति तो कर सकते हैं, देख नहीं सकते। भयानक को देखा जा सकता है। तो, ध्यान रहे कि आवाज भयंकर हो सकती है, भयानक नहीं; क्योंकि इसमें गति है। कुछ लोग तो 'भयंकर ग़लती', 'भयानक भूल' आदि भी लिख देते हैं। यह असाधु प्रयोग है। बड़ी चूक, बड़ी ग़लती, अक्षम्य ग़लती, भद्दी-भूल आदि लिखना चाहिए।

□

शब्द-संधान-54

जयंती और जन्मोत्सव

- ★ एक जैसे प्रतीत होने वाले इन दो शब्दों में से क्या एक की ज़गह दूसरे का प्रयोग कर सकते हैं? नहीं! दोनों में पर्याप्त अंतर है।
- ★ दोनों शब्दों की व्युत्पत्ति में ही उनका अंतर 'छिपा' है ('छुपा' नहीं है)।
- ★ **जयंती (स्त्री.)**—जीत के अंत में मनाया जाने वाला समारोह।
- ★ **जन्मोत्सव**—जन्म का उत्सव (पुंल्लिंग) यह जन्म के समय या जन्म के उपलक्ष्य में होने वाला उत्सव है।
- ★ जन्मोत्सव सिर्फ़ जन्म के उपलक्ष्य में मनाया जा सकता है, जबकि जयंती किसी भी चीज़ की मनाई जा सकती है। यह जन्मजयंती हो सकती है अथवा कोई अन्य जयंती।

जयंती का अर्थ—

1. विजय प्राप्त करने वाली, विजयी, जयी, जयिका, जया
2. इंद्र की पुत्री, दुर्गा
3. हल्दी

□

शब्द-संधान-55

स्थित, उपस्थित, अवस्थित, व्यवस्थित और उपस्थान

★ ये सभी शब्द संस्कृत के 'स्था' से बने हैं। 'स्था' का अर्थ है—खड़ा होना, टिकना, ठहरना। 'स्था' से 'स्थित' शब्द बना है। स्थित का अर्थ—खड़े होने की अवस्था, उठकर खड़ा होना आदि। 'लालकिला दिल्ली में स्थित है।' का अर्थ है कि लालकिला दिल्ली में खड़ा है। यहाँ स्थित का शाब्दिक अर्थ लिया गया है। स्थित होने की अवस्था 'स्थिति' है। जब आप पूछते हैं कि ट्रेन की क्या स्थिति है, तब आप बिलकुल शाब्दिक अर्थ की बात कर रहे हैं कि ट्रेन कहाँ खड़ी है। 'आजकल उसकी आर्थिक स्थिति अच्छी नहीं है।' का अर्थ है—आर्थिक रूप से वह सही जगह नहीं खड़ा है।

★ **'उपस्थित' शब्द बना है**—'उप+स्थित' से। 'उप' शब्द के कई अर्थ हैं, जिसमें एक अर्थ है, 'निकट'। इस तरह उपस्थित का अर्थ हुआ, निकट स्थित, present आदि।

★ स्था से 'स्थान' बना। देवस्थान में देवता स्थित (स्था-खड़ा, टिका) रहते हैं। स्थान में उप उपसर्ग जुड़कर बना-उपस्थान [उप+स्था+ल्युट्]। इसका अर्थ है, समीप जाना। उपस्थान का अर्थ प्रार्थना, अभ्यर्थना करना भी हो गया।

★ स्था में 'अव' जुड़कर बना—अवस्था। 'अव' उपसर्ग का अर्थ है—नीचे। 'अवस्था' का अर्थ हुआ—नीचे खड़ा या टिका। जीवन में सालों के टिकने या जुड़ने से ही आपकी अवस्था बनती है। अगर सब कुछ ठीक से नीचे टिका है तो वह व्यवस्था [वि+अवस्था=व्यवस्था] है।

★ अवस्था से 'अवस्थित' बना; जिसका अर्थ है—नीचे स्थित या टिका हुआ, बसा हुआ (situated) आदि।

★ पटना गंगा नदी के किनारे अवस्थित है; उपस्थित नहीं है; क्योंकि नीचे खड़े होने का अर्थ नीचे टिकने से है। छात्र पंक्ति में खड़े होते हैं तो शिक्षक पूछते

हैं कि कितने छात्र उपस्थित हैं? वहाँ अवस्थित का प्रयोग नहीं किया जा सकता; क्योंकि छात्र नीचे स्थित नहीं होते, खड़े होते हैं। शब्द-शुचिता की दृष्टि से इन शब्दों के सम्यक्-प्रयोग का ज्ञान आवश्यक है।

★ उपस्थित और प्रस्तुत में अंतर—

उपस्थित शब्द संस्कृत का विशेषण है। 'स्था' धातु से बनने वाले 'स्थित' शब्द में 'उप' उपसर्ग जुड़कर उपस्थित बना है। 'स्था' का अर्थ है, खड़ा रहना, होना, ठहरना आदि। इस से बनने वाले शब्द 'स्थित' का अर्थ हुआ खड़ा हुआ, उठकर खड़ा हुआ। 'उप' उपसर्ग के कई अर्थ हैं, जिसमें एक अर्थ है, 'निकट'। इस तरह, उपस्थित का अर्थ हुआ—'निकट स्थित या खड़ा', 'निकट खड़ा हुआ', विद्यमान, हाज़िर, नुमूदार present, ready इत्यादि।

★ प्रस्तुत शब्द 'स्तु' धातु से बना है। 'स्तु' से स्तुति बना है; जिसका अर्थ है—प्रशंसा। स्तुत्य का अर्थ है, जो प्रशंसा के योग्य हो। अपनी प्रशंसा आत्मस्तुति है। हम किसी देवता का स्तुति-गान करते हैं। अस्तु, प्रस्तुत शब्द का अर्थ है—विशेष रूप से जिसकी स्तुति की गई हो। प्र (विशेष)+स्तुत (प्रशंसा); अर्थात् जिसकी विशेष प्रशंसा की गई हो।

★ कालांतर में प्रस्तुत शब्द का अर्थादेश हुआ और यह उपस्थित के समानार्थी की तरह प्रयोग किया जाने लगा। वैसे, प्रस्तुत 'उपस्थित के साथ तैयार' के अर्थ में प्रयोग होता है। 'प्रकरण प्राप्त विषय' भी प्रस्तुत कहलाता है। presented, submitted आदि इसके अँगरेज़ी समानांतर हैं।

★ दो वाक्य देखें—

1. हम कहते हैं, "प्रस्तुत पाठ या प्रस्तुत प्रसंग इस पुस्तक से उद्धृत है।"
2. गुरु प्रश्नों के उत्तर लिए हमेशा प्रस्तुत (तैयार) रहता है।

★ **विशेष**—नुमूदार : आविर्भूत, व्यक्त, ज़ाहिर इत्यादि। नमूदार अशुद्ध वर्तनी है। नुमूना और नमूना शुद्ध शब्द हैं; पर नमूदार अशुद्ध है।

★ नमूना के मूल में फ़ारसी का 'नुमू' है; जिसका अर्थ है—उभरकर सामने आना, उठना। एक जैसी बहुत-सी चीज़ों में से निकाली हुई कोई एक इकाई को नुमूना अथवा नमूना कहा जाता है, जिससे रूप, रंग और गुण में उन सबके बारे में पता चलता है। अँगरेज़ी में specimen इसका वाचक शब्द है। जब कोई विक्रेता कहीं थोक में कुछ बेचना चाहता है तो एक या दो प्रति नमूने के रूप में भेजता है। जब नमूना पसंद आ जाता है, तब शेष मात्रा की आपूर्ति की जाती है।

★ **बानगी**—बानगी की व्युत्पत्ति 'बाना' से हुई है। बाना का अर्थ है—विशेष प्रकार का पहनावा। बहुत सी सामग्री में से निकाली हुई थोड़ी सी सामग्री, राशि अथवा अंश को 'बानगी' कहते हैं। किसी कपड़े के थान से काटा हुआ एक छोटा सा टुकड़ा, जिसे देखकर और छूकर उस कपड़े की गुणवत्ता का पता चल जाए 'बानगी' है। किसी कंटेनर से निकाले हुए मुट्ठी भर गेहूँ अथवा दाल को देखकर पूरे कंटेनर में रखे गेहूँ अथवा दाल की गुणवत्ता का पता चल जाता है। यह अँगरेज़ी के Sample का पर्याय है। किसी कवि द्वारा सुनाया गया एक मुखड़ा उसकी काव्य-क्षमता की बानगी प्रस्तुत करता है। नमूना का स्वतंत्र प्रयोग हो सकता है; परंतु बानगी बस देखने अथवा परीक्षण के ही काम आती है।

□

शब्द-संधान-56

सृजन और सर्जन का पेच

★ यह हिंदी के चंद प्रचलित विवादों में से एक है। कहीं भी विद्वानों की मंडली में यह प्रश्न कीजिए और मज़ा देखिए—व्याकरण के कितने नियम और रामचरितमानस से हाल तक के ग्रंथों के कितने उद्धरण मिलते हैं। बहरहाल, संक्षेप में इसे समझें—

★ संस्कृत व्याकरण के अनुसार सर्जन शब्द बनेगा। सृजन असाधु प्रयोग है। इसी सर्जन से विसर्जन, उत्सर्जन, उत्सर्जक, सर्जक, सर्जना, सर्जना-शक्ति इत्यादि शब्द बनते हैं।

★ सर्जन का अर्थ है—निर्माण, रचना आदि। अँगरेज़ी में सर्जन के लिए creation शब्द है।

★ सर्जनात्मक creative है और सर्जनात्मकता creativity है। सर्जनशील (creative) वही है, जो नए विचारों वा वस्तुओं का उत्पादन करे। यह अलग बात है कि कुछ नकल-चेप (copy-paste) करने वाले भी साहित्य-सर्जना के ध्वज-वाहक या अलम-बरदार बने हुए हैं। स्मरण रहे कि अलंबरदार, अलम्बरदार, झंडाबरदार और झण्डाबरदार अशुद्ध शब्द हैं। यहाँ स्मरण रहे कि शुद्ध शब्द 'नक़्ल' है; जिसका तद्भव 'नकल' माना जा सकता है।

★ नकल-चेप करने की क्रिया नकल-चेपन है। copy-paste करने वाले के लिए मेरा शब्द है—नकल-चेपक।

★ एक वाक्य देखते हैं—अपने श्रम से हम समुज्ज्वल और भास्वर भविष्य-सर्जन करेंगे। 'सृजन' अशुद्ध वर्तनी है।

★ सृजन व्याकरणसम्मत नहीं होने के कारण अशुद्ध तो है; पर प्रयोग में इतना अधिक है कि इसे सर्जन का तद्भव या अपभ्रंश मान लेना ही

समाधानविषयक युक्ति है। ध्यातव्य है कि ऐसे कुछ शब्द हैं, जो व्याकरणिक नियमों से नहीं बने हैं; परंतु इतने अधिक प्रचलित हैं कि प्रयोगनिषिद्ध करना अब असंभवप्राय प्रतीत होता है। उदाहरण के लिए महानता, मिलन आदि शब्द भी ग़लत हैं। 'मिल्' धातु से 'मेलन' बनना चाहिए। इसी प्रकार, महत्ता लिखा और बोला जाना चाहिए।

- ★ कुछ लोग इसे अँगरेज़ी के surgeon से जोड़ अपनी कल्पनाशीलता का परिचय देते हैं; परंतु साथ ही इससे उनके भाषिक-अज्ञान का भी पता चलता है।
- ★ सृज् वाले कहेंगे कि यह सच है कि 'सृज्' धातु है (तुदादि गण की धातु), जिसमें तिङ प्रत्यय लगाकर सृजन बनेगा, पर हिंदी में तिङन्त प्रत्यय है ही नहीं। सर्जन कृदंत है।
- ★ संधि के नियम से भी स के 'ऋ' का ऊर्ध्वगमन होगा और वह 'ज' के ऊपर बैठेगा तथा सर्जन शब्द बनेगा। 'ऋ' का 'र' और फिर 'रकारस्यऊर्ध्वगमनं'; इसलिए सृजत, सृजति ऐसे उदाहरण बेमानी हैं।
- ★ ऐसा ही एक प्रयोग 'नृत्' धातु से नर्तक और नर्तकी का है। [ऋ 'अर' हो गया]
- ★ इससे नृतक या नृतकी बनाने वालों की बात ही निराली होगी।

□

शब्द-संधान-57

उद्यत और उद्धत

★ ये सामान्य से दिखने वाले दो शब्द हैं, जिन्हें भ्रमवश एक समझा जाता है।

★ **उद्यत का अर्थ है**—प्रस्तुत, तैयार, प्रवृत्त, काम करने वाला, आमादा इत्यादि। अँगरेज़ी में यह ready, prone, prepared, apt इत्यादि अर्थों को व्यंजित करता है। एक वाक्य देखें—"उद्यमी व्यक्ति कुछ कर गुजरने के लिए उद्यत (तैयार) रहता है।"

★ "मैं तुमसे मिलने के लिए उद्यत हूँ।" का अर्थ है—तत्पर हूँ और मिलने की तैयारी हो चुकी है।

★ **उद्धत का अर्थ है**—अक्खड़, अविनीत, उत्कट, उग्र, प्रचंड, प्रगल्भ, भड़का हुआ, इत्यादि। अँगरेज़ी में यह insubordinate, rude, high-handed, haughty इत्यादि का बोधन करता है। उद्धत से संज्ञा पद औद्धत्य बनेगा। कोई उद्धत स्वभाव का व्यक्ति है तो इसका मतलब वह विनीत नहीं है; अशिष्ट है। एक उदाहरण देखें : वह बड़ा उद्धत और उग्र-स्वभाव का लड़का है।

★ 'मैं तुमसे मिलने के लिए उद्धत हूँ।' का अर्थ है, अधीर हूँ, बेचैन हूँ, बेकरार हूँ, उतावला हूँ। उद्धतपन का अर्थ है—उग्रता, प्रचंडता, अक्खड़पन आदि। एक वाक्य देखें—इतने बड़े हो गए; पर उद्धतपन गया नहीं तुम्हारा।

□

शब्द-संधान-58

कॉपी-पेस्ट यानी नकल-चेपन

★ Copy-paste के लिए भाषा-विज्ञानी कमलेश कमल द्वारा सुझाव के रूप में पाँच शब्द दिए गए थे—

1. नकल-चेपन (हालाँकि शुद्ध शब्द नक़्ल है; पर हिंदी में तद्भव रूप में 'नकल' भी लिखा जाता है।)
2. प्रतिकृति-स्थापन
3. प्रतिरूप-चेपन
4. प्रतिरूप-स्थापन
5. नक़्ल-चस्पाकारी

★ copy-paste के लिए 'नकल-चेप' तथा क्रियापद के लिए 'नकल-चेपन' शब्द दिया गया। चेप शब्द का अर्थ है—लिसलिसा पदार्थ, जो चिपकाने के काम आता है।

★ Copy-paste करने वाले सूरमाओं के लिए 'नकल-चेपक' शब्द दिया। यहाँ ध्यान दें कि 'अक' प्रत्यय है, जो कर्ता बनाएगा। 'लिख्' धातु जैसे लेखक बनाता है। क्रियापद के लिए चेपन मैंने लिखा ही है।

★ कोशिश रहती है कि शब्दों के वास्तविक अर्थ पर प्रकाश पड़े। पूछा गया कि क्या copy-paste के लिए अवतरित शब्द का प्रयोग उचित नहीं है। विनयपूर्वक कहना है कि बिलकुल नहीं।

★ 'अव' का अर्थ नीचे 'तरण', मतलब उतरना। इस तरह अवतरित तो नीचे उतरना है। इसके साथ पवित्रता का भाव जुड़ा होता है : भगवान, वेद, कविताएँ। कई कवि मानते हैं कि कविताएँ लिखी नहीं जातीं, वे अवतरित होती हैं। अत:, copy-paste के लिए अवतरित शब्द का प्रयोग न करें। यह ठीक विपरीत अर्थ का बोधन करता है।

★ जिन्हें जटिल शब्द चाहिए, वे मेरे द्वारा दिए गए इन चार विकल्पों का प्रयोग कर सकते हैं—

1. प्रतिकृति—स्थापन (तत्समप्रिय विद्धज्जन के प्रयोग हेतु)
2. प्रतिरूप—चेपन
3. प्रतिरूप—स्थापन
4. नक़्ल—चस्पाकारी (उर्दू प्रेमियों के लिए)

★ आम पाठकों ने नकल-चेपन को अधिक पसंद किया और यह प्रयोग में चल निकला। अगर सटीक प्रतीत हो तो आप भी इसका प्रयोग कर सकते हैं।

□

शब्द-संधान-59

अतएव, ततएव, अध्ययन और सन्न्यास

★ कुछ ऐसे शब्द जो अमूमन ग़लत लिखे जाते हैं—

★ अतेव, अतैव—दोनों ग़लत हैं। सही शब्द है—'अतएव'! अत:+एव= अतएव। संधि हुई, विसर्ग का लोप हुआ। [नियम—विसर्ग संधि-प्रकरण में यह स्पष्ट नियम है कि विसर्ग के पहले 'अ' आए तथा विसर्ग के बाद 'आ', 'इ', 'उ' अथवा 'ए' आए तो विसर्ग का लोप हो जाता है।] यही कारण है कि 'मन:+उच्छेद' से 'मनोच्छेद' शब्द नहीं बन सकता। बस विसर्ग का लोप होगा और 'मनउच्छेद' शब्द बनेगा। इसी प्रकार, 'तत:+एव' की संधि से 'ततएव' शब्द बनेगा। 'ततेव' और 'ततैव' चाहे जहाँ लिखे हों, ग़लत हैं। अत:, अतएव ही सही शब्द है। अब एक बार और संधि नहीं होगी। एक के साथ एक फ्री नहीं है कि एक और बार संधि कर आप अतेव, अतैव बना लें।

★ अध्यापक और अध्येता सही शब्द हैं, अध्यन नहीं। अधि+अयन=अध्ययन बनेगा। अध्यापक की तर्ज़ पर लोग 'अध्यन-सामग्री' लिख रहे हैं, जो नितांत अशुद्ध है।

★ आपके जज़्बातों का कोई मतलब नहीं है; जज़्बात लिखें। फ़ारसी में जज्बा का बहुवचन 'जज़्बात' बना। एक के साथ एक फ्री नहीं है। इसी तरह, कागजातों, मकानातों, जंगलातों इत्यादिक ग़लत प्रयोग हैं।

★ संतानों, संततियों आदि असाधु प्रयोग हैं। संतान, संतति आदि का बहुवचन नहीं बनता।

★ सन्यास शब्द ग़लत है, संन्यास भी ग़लत है। शुद्ध शब्द है—सन्न्यास [सम्+न्यास=सन्न्यास]

★ जिस प्रकार संन्यास नहीं, 'सन्न्यास' शुद्ध वर्तनी है; ठीक उसी प्रकार, संनिवेश नहीं, अपितु 'सन्निवेश' शुद्ध वर्तनी है। 'सम्+निवेश' से 'सन्निवेश'

शब्द बनेगा। यहाँ आधा 'म' अनुस्वार में नहीं बदलेगा।

★ अब यहाँ 'सम्' उपसर्ग से बनने वाले कुछ अन्य शब्दों को देख लेते हैं—

★ **संगम**—[सम्+गम्+अप्=संगम]=मिलना, मेल, साहचर्य

★ **संगत**—[सम्+गम्+क्त=संगत]=मिला हुआ, जुड़ा हुआ, साथ-साथ आया हुआ, एकत्रित, संचित इत्यादि।

★ **संगति**—[सम्+गम्+क्तिन्=संगति]=संसर्ग, मेल, सहयोगिता, साहचर्य इत्यादि।

★ **संयम**—[सम्+यम्+अप्=संयम]=प्रतिबंध, रोकथाम, मन की एकाग्रता आदि।

★ **संयमित**—[संयम्+णिच्+क्त=संयमित]=नियंत्रित, निरुद्ध आदि।

★ **संयत**—[सम्+यम्+क्त=संयत]=रोका हुआ, दबाया हुआ, जकड़ा हुआ, वश में किया हुआ। संयत-आहार, संयत-मन आदि।

★ **संयत्त**—[सम्+यत्+क्त=संयत्त]=सन्नद्ध, तत्पर, तैयार, सावधान आदि

★ संघ शब्द की व्युत्पत्ति 'सम्+हन्+अप्' से सिद्ध होती है। संघ में साथ रहने, समुच्चय, झुंड अथवा समूह एवं संग्रह का अर्थ निहित है। एक साथ रहनेवाले लोगों का समूह संघ कहलाता है। ध्यातव्य है कि छात्र-संघ अथवा कोई भी संघ हो—साथ रहने का भाव सबसे प्रमुख तत्त्व है। अँगरेज़ी के Union और Association इसके पर्याय हैं।

★ **संगठन**—[सम्+गठन] इसमें युक्तियुक्त गठन का भाव है। यह organization या company का पर्याय है। संगठन वह सामाजिक व्यवस्था अथवा युक्ति है; जिसका एक लक्ष्य होता है, जो अपने कार्यों की समीक्षा करते हुए स्वयं का नियंत्रण करती है, यथा—सामाजिक, राजनीतिक, आर्थिक, सैनिक इत्यादि।

★ **संघट्टन**—[सम्+घट्ट्+ल्युट्]=घनिष्ठ संपर्क, मिलाकर रगड़ना, चिपकाव, मिलना, संघर्षण आदि। इसी प्रकार, संघटना का अर्थ है—साथ-साथ मिलना, मेल, सम्मेलन इत्यादि।

★ **संघर्ष**—[सम्+घृष्+घञ्]=दो चीज़ों की रगड़, टक्कर, घष्टि, खटपट, होड़, प्रतिस्पर्धा इत्यादि।

□

शब्द-संधान-60

स्क्रीन शॉट (screen shot) के लिए क्या हो हिंदी शब्द ?

★ स्क्रीन (screen) के लिए हिंदी शब्द परदा या पटल है। shot का अर्थ मार, निशाना, चित्र आदि होता है। screenshot में शॉट चित्र या तस्वीर है।

★ स्क्रीन शॉट में हम क्या करते हैं ? हम स्क्रीन या पटल पर जो होता है, उसका एक चित्र या फोटो ले लेते हैं।

इसलिए स्क्रीन शॉट के लिए पटल चित्र सटीक प्रतीत होता है। एक और शब्द पटल-प्रति भी व्याकरणिक दृष्टि से उचित प्रतीत होता है। किसी चीज़ की photocopy को छायाप्रति इसलिए कहते हैं; क्योंकि अगर उसे एक फोटो माना जाए तो हम इसकी दूसरी प्रति बनाते हैं। इसी तरह, Screen shot में पूरे पटल पर जो सामग्री होती है, उसकी प्रति बनाते हैं। ध्यान रहे, इसे प्रतिपटल नहीं लिख सकते, अर्थ एकदम बदल जाएगा। पाँच उदाहरण देख लेते हैं—

1. मैंने पूरे वार्त्तालाप (chat) का पटल-चित्र (screen shot) ले लिया है।
2. कविता की पटल-प्रति (या पटल-चित्र) चित्रशाला (गैलरी) में संरक्षित (save) है।
3. पूरे निर्देशों का पटल-चित्र लेकर भेजता हूँ, देख लेना।
4. यार, परीक्षा-आवेदन-प्रपत्र (Examination application form) में दो-तीन जगह कुछ-कुछ समझ नहीं आ रहा है, पटल-चित्र व्हाटसएप्प कर रहा हूँ, देखकर बताओ कि क्या भरना है।
5. अरे भाई, जय हिंदी समूह वाले तो 'screen shot' लिखने पर भी comment करते हैं—हिंदी में 'पटल-चित्र' लिखें!

□

शब्द-संधान-61

सेवा, परिचर्या, परिचारिका, चर्या, सपर्या और वरिवस्या

★ सेवा संस्कृत की 'सेव्' धातु से बनी संज्ञा है, जिसमें सम्मान, देखभाल, टहल, ख़िदमत, परिचर्या आदि का भाव निहित है। जो सेवा करे, उसकी संज्ञा 'सेवक' [सेव्+ण्वुल् = सेवक] है, जो सेवा के योग्य हो, वह 'सेव्य' [सेव्+ण्यत्=सेव्य] है और जिसकी सेवा की जाए अथवा की गई, उसे कहेंगे—सेवित [सेव्+क्त=सेवित]। सेवक का स्त्रीलिंग रूप 'सेविका' है, जिसके लिए परिचारिका, दासी, भृत्या, नौकरानी आदि शब्दों का प्रयोग होता है। यहाँ ध्यान दें कि विमान में सेवा देने वाली को परिचारिका कहते हैं, उसे दासी अथवा नौकरानी कहना शिष्ट प्रयोग नहीं माना जाएगा। दासी [दास+ङीष्=दासी] कहते हैं—दास [दास्+अच्] या गुलाम की पत्नी को; इसलिए इसका प्रयोग सोच-समझकर करना चाहिए। नौकरानी शब्द फ़ारसी के 'नौकर' में आनी प्रत्यय जोड़कर लोकप्रयोग से बना शब्द है, जो घर में काम करनेवाली भृत्या, बाई (maid), नौकर की पत्नी आदि के लिए प्रयुक्त होता है।

★ सेवा के लिए 'सेवा-शुश्रूषा' का प्रयोग खूब प्रचलित है। सेवा-शुश्रूषा में सेवा के साथ-साथ देखभाल या छोटे-मोटे काम भी कर देने का भाव निहित है। स्मरण रहे कि शुश्रूषा का मूल अर्थ है—'सुनने की इच्छा'। इसमें कर्तव्यपरायणता, आज्ञाकारिता, सेवा और टहल का भी भाव है; क्योंकि किसी के लिए कुछ भी करने के लिए तैयार रहने के लिए उसकी बातों को सुनना सबसे आवश्यक है। किसी रोगी की शुश्रूषा में लगे व्यक्ति को रोगी की बात सुनने में दिलचस्पी हो, यह आवश्यक है।

★ जो मन से सेवा करे, उसे कहेंगे—सेवानिष्ठ या सेवा-परायण। स्पष्ट है कि 'सेवानिष्ठ' और 'सेवा-परायण' सेवा के प्रति समर्पित व्यक्ति के लिए

प्रयुक्त होनेवाले विशेषण शब्द हैं।

★ परिचर्या और चर्या में 'चर्' धातु है। चर् चलना, किसी के लिए भटकना, अभ्यास आदि है। चर्या में चलने की क्रिया का अर्थ है, गमन है। जैसा आप चरेंगे या चलेंगे; वैसा आचरण होगा, वैसी 'चर्या' होगी।

★ ध्यान दें कि चरण कहते हैं—जो चरने अथवा चलने का माध्यम बने। आगे, प्रतिदिन एक ही आचरण या चर्या रखने से आपकी दिनचर्या (daily routine) बनती है। कुछ लोग व्रत भी आचरण का हिस्सा बना लेते हैं, जो उनकी व्रतचर्या है। ऐसे, यहाँ जान लेना चाहिए कि यदि किसी का आचरण पवित्र हो तो उसके लिए एक शब्द है—'आचारपूत'।

★ 'परि' उपसर्ग का अर्थ है—'चारों ओर'। परिचर वह है, जो किसी के चारों ओर या आसपास घूमे, उसके लिए छोटा-मोटा काम करे। परिचर का सामान्य अर्थ है—सेवक, अनुचर, टहलुआ, रक्षक आदि। परिचर के लिए एक अन्य शब्द है—परिचारक [परि+चर्+ण्वुल्, परिचार+ठन्]।

★ परिचर जो करे, वह परिचर्या। परिचर्या [परि+चर्+क्यप्+टाप्] का शाब्दिक अर्थ है—किसी के चारों ओर चरना, आचरण करना। यहीं परिचर्या का अर्थ चरता दिख रहा है—किसी के लिए या उसके कहे अनुसार उसके इर्द-गिर्द रहना, टहल करना, ख़िदमत करना ही परिचर्या है। यहीं यह सेवा और शुश्रूषा के अर्थ का बोधन करता मिलता है। अँगरेज़ी में care, attend, 'nursing' आदि इसके समार्थक हैं।

★ परिचर्याविहीन रोगी का अर्थ unattended patient है, जिसके पास कम-से-कम एक 'परिचर्या अर्दली' (nursing orderly) होना चाहिए।

★ वैदिक शब्द 'वरिवस्या' और संस्कृत की एक और संज्ञा सपर्या भी इसी नक्षत्र के भ्रमणशील शब्द हैं। वरिवस्या शब्द में सम्मान और भक्ति का भाव मूल है, सेवा का भाव द्वितीयक। यह बना है वरिवस् से—[वरिवस्+क्यच्+अ+टाप्=वरिवस्या]। जानना चाहिए कि वरिवस् से बने शब्द वरिवसि का अर्थ ही है—पूजा गया, सम्मानित, गौरवित (गौरव+इतच्=गौरवित) अथवा सत्कृत।

★ सपर्या में सेवा के साथ-साथ पूजा, श्रद्धा और सम्मान का भाव है। कोई शिष्य अथवा सच्छिष्य (सत्+ शिष्य) अपने आध्यात्मिक गुरु की सेवा नहीं करता, सपर्या (सपर्+यक्+अ+टाप् = सपर्या) करता है।

□

शब्द-संधान-62

शुश्रूषा, सेवा-शुश्रूषा और वरिवस्या

★ शुश्रूषा और सेवा-शुश्रूषा का वास्तविक अर्थ क्या है ? वरिवस्या शब्द इनसे कैसे भिन्न है ?

★ **सेवा शब्द बना है**—सेव्+अङ्+टाप् से। सेवा (service) शब्द एक बहुआयामी शब्द है; लेकिन हर सेवा किसी-न-किसी को सुख पहुँचाने वाला कार्य है। किसी बीमार की सेवा करें, बड़ों की करें, अशक्त अथवा निर्बल की करें, प्रत्यक्ष रूप से करें, अप्रत्यक्ष रूप से करें, तन से, मन से या धन से करें; हर सेवा का उद्देश्य यही है—किसी को सुख पहुँचाना।

★ मंदिर परिसर में तो लोग पंडों से लेकर भिखमंगों तक की सेवा कर देते हैं कि भगवान को सुख मिलेगा। ध्यान करें कि जब बिजली, पानी या टेलीफोन सेवा बाधित होती है तो आपके सुख में व्यवधान पहुँचता है।

★ सेवा के साथ 'शुश्रूषा' शब्द सहचर शब्द की तरह है। शुश्रूषा अब भले ही हर जगह लिखा जाता है; लेकिन शुद्ध शब्द है—'शुश्रूषा', जो स्त्रीलिंग है; संज्ञा है।

★ (शुश्रुष्+अ+टाप्)। इससे विशेषण बनता है—शुश्रूष्य। शुश्रूषा सुनने की इच्छा है। कालांतर में, उच्चारण की सुविधा और प्रयत्न लाघव के कारण यह 'शुश्रूषा' लिखा जाने लगा।

★ बहरहाल, सुनने की इच्छा एक विशिष्ट गुण या सदिच्छा (सत्+इच्छा) है; क्योंकि सब सुनाने की इच्छा ही रखते हैं। जो किसी की बात सुनने को हरदम तैयार है, वह 'शुश्रूषा' के लिए तैयार है। किसी बीमार, वृद्ध अथवा अशक्त की बातें हरदम कोई सुनने को तैयार रहे, तभी बात बनती है। साथ ही, जैसा वह कहे, उस अनुसार कोई करे भी।

★ हम देखते हैं कि सेवा में सुख पहुँचाना है; जबकि 'शुश्रूषा' में कहे अनुसार

कार्य भी करना है। शुश्रूषा करनेवाले के लिए मैथिली में एक शब्द है—'टहलुआ'। बूढ़े बुजुर्ग के साथ कोई टहलुआ लगा देते हैं, जो उनके लिए छोटे-छोटे काम करता है।

★ शुश्रूषा के लिए एक और शब्द है 'वरिवस्या'। महान् भाषाविद् अल्बर्ट पाइक ने वरिवस्या का मूल जेंद अवेस्ता के 'वरेजा' में देखा। 'वरेजा' को ही अँगरेज़ी के work, urge और फ़ारसी के वर्जिश के मूल में माना जाता है। इसमें शारीरिक श्रम द्वारा सेवा का भाव है। मानसिक या आर्थिक सेवा को वरिवस्या नहीं कह सकते।

□

शब्द-संधान-63

धमनी, रग, शिरा और सिरा

★ धमनी : यह अँगरेज़ी के Artery का हिंदी पर्याय है। यह हृदय से शुद्ध रक्त ले जाकर शरीर के सभी भागों में पहुँचाता है। रक्त अथवा रुधिर को ले जाने अथवा वहन करने के कारण इसे रक्त-वाहिका और रुधिर-वाहिका भी कहा जाता है। ध्यातव्य है कि शिरा और धमनी दोनों का कार्य रक्त ले जाना है; परंतु 'धमनी' का कार्य हृदय से शुद्ध रक्त शरीर के सभी हिस्सों में पहुँचाना है, जबकि शिरा का कार्य शरीर के सभी हिस्सों से अशुद्ध रक्त हृदय तक पहुँचाना है। रक्त वहन करने के कारण दोनों को रक्त-वाहिका कहा जाता है।

★ शिरा और सिरा में अंतर—
दोनों शब्द अलग-अलग हैं। दु:खद है कि कुछ शब्दकोशों में भी दोनों का अर्थ एक ही बताया गया है।

★ **'शिरा' का अर्थ है—**खून की नाड़ी या नली, रक्त-वाहिकाएँ, जो रक्त को हृदय की ओर ले जाती हैं। 'vein' शब्द शिरा का अँगरेज़ी पर्याय है।

★ आयुर्वेद में सभी शिराओं का नाभि से संबंध माना जाता है, इसलिए नाभि के लिए शब्द है—'शिरामूल'।

★ शिराओं में रक्त-प्रवाह में बाधा आने पर इसे 'शिरावरोध' कहते हैं। ध्यातव्य है कि इसमें कहीं भी 'शिरा' को 'सिरा' नहीं लिखा जा सकता है।

★ शिरा शब्द का शाब्दिक अर्थ 'रक्तवाही नाड़ी' है। शिराग्रह एक प्रकार का वात रोग है, जो कि रक्त-नाड़ियों को कड़ा कर देता है। इसी से एक शब्द 'शिराल' बना; जिसका अर्थ शिरा संबंधी या शिरायुक्त हुआ। शिरा के लिए 'नस' अथवा 'स्नायु' भी प्रयुक्त होता है। फ़ारसी-भाषा का शब्द 'रग' भी शिरा, स्नायु अथवा नस का समार्थक है।

★ सिरा का अर्थ है—प्रारंभिक भाग, छोर, नोक या किनारा। उसका घर शहर के अंतिम सिरे पर है; अर्थात् अंतिम छोर पर है। अँगरेज़ी शब्द Edge, extreme, end आदिक इसके पर्याय हैं।

□

शब्द-संधान-64

अनहोनी और दुर्घटना

★ 'अनहोनी' और 'दुर्घटना' दो ऐसे शब्द हैं, जिनके अर्थपरक-विभेद को लेकर आमतौर पर स्पष्टता का अभाव मिलता है। प्रश्न यह भी उठता है कि एक के स्थान पर दूसरे का प्रयोग उचित है अथवा अनुचित ? पहले इन शब्दों को समझते हैं—

★ **दुर्घटना—**[दुर्घटना = दुर्+घटना]
'दुर्' उपसर्ग का अर्थ है—बुरा/बुरी। बुरी है जो घटना, वह दुर्घटना कहलाई। यह वह अप्रत्याशित घटना है, जिसमें जन-धन की अति क्षति होती है। अँगरेज़ी शब्द Accident इसका समार्थक है। स्मरण रहे कि 'घटना' शब्द के दो अर्थ हैं—

1. घटित होना, event, incident, occurrence इत्यादि।
2. किसी वचन का यथार्थ साबित होना।

★ घटना अगर बुरी हो, अप्रत्याशित हो, जानमाल का नुक़्सान हो तो दुर्घटना।

★ कोई रोग, अकाल, बाढ़ इत्यादि दुर्घटना नहीं है।

★ अनहोनी—
जिसके होने की संभावना न हो असंभव, न होनेवाली। इसके लिए अँगरेज़ी में unlikely, unusual, impossible, improbable इत्यादि शब्दों का प्रयोग किया गया।

★ कभी-कभी कुछ बिलकुल ही संभावना नहीं होती; हम सोच भी नहीं सकते तो कहते हैं—"अनहोनी घट गई।"

□

शब्द-संधान-65

परदेश, प्रदेश और विदेश

★ परदेश शब्द बना है—पर और देश के संयोग से (संधि से नहीं)। 'पर' का अर्थ है, ग़ैर या दूसरा और 'देश' का अर्थ है—स्थान। कोई भी दूसरा स्थान (other place) परदेश हो सकता है। 'परदेश जाके परदेशिया, भूल न जाना पिया' जैसे गीत (गाना नहीं) या 'परदेशी बाबू' जैसे बोल में परदेश इसी अर्थ में प्रयुक्त हुआ है। यहाँ 'परदेशी' विशेषण है। कोई अपने भी राज्य में परदेशी हो सकता है या विदेश में भी।

★ प्रदेश का अर्थ है, विशेष स्थान। 'प्र' (विशेष)+देश (स्थान)। यह राजनीति-विज्ञान के अनुसार राज्य (state) का समार्थक शब्द है। यह विशेष स्थान; क्योंकि इसमें निश्चित भूभाग, जनसंख्या जैसे अवयव होते हैं।

★ विदेश (foreign) का अर्थ है, दूसरा देश। 'वि' उपसर्ग से यहाँ दूसरा, विपरीत, बरअक्स (इसे बरक्स लिखना अशुद्ध है।) इत्यादि अर्थ का बोधन हो रहा है। कोई भारत में एक राज्य से दूसरे राज्य जाए तो वह परदेशी हो सकता है, विदेशी नहीं। स्वदेशी का विलोम विदेशी (विशेषण)। अब, यहाँ 'वि' उपसर्ग से विनिर्मित कुछ महत्त्वपूर्ण शब्दों को देख लेते हैं—

★ **विकास**—[वि+कस्+घञ्=विकास]

★ **विकाश**—[वि+कश्+घञ्=विकाश] प्रदर्शन, प्रकटीकरण, उज्ज्वल, खुलना, खिलना, फूलना इत्यादि।

★ **विकाशक**—प्रदर्शन करने वाला, खोलने वाला, विकाश करने वाला। विकाशक का स्त्रीलिंग रूप 'विकाशिका' है।

★ **विकार**—[वि+कृ+घञ्=विकार]
रूप या प्रकृति का परिवर्तन, रूपांतरण, विकृति, प्राकृतिक अवस्था से छेड़छाड़

★ **विकृत**—[वि+कृ+क्त=विकृत]

1. परिवर्तित या बदला हुआ
2. अपूर्ण
3. अप्राकृतिक
4. अरुचि, जुगुप्सा
5. रोगी, बीमार

★ **विकार्य**—[वि+कृ+ण्यत्=विकार्य]

विकार्य का अर्थ है—अहं, अहंकार या अभिमान।

★ **विकिर**—[वि+कृ+अप्=विकिर]

बिखरा हुआ, scattered

★ **विकिरण**—इधर-उधर बिखेरना

★ **विकीर्ण**—बिखरा हुआ या छितराया हुआ

★ **विकृष्ट**—अलग-अलग घसीटा हुआ, खींचा हुआ।

★ **विकेश**—

1. बिखरे बालों वाला
2. बिना बालों का, गंजा,
3. वेणी

★ **विकेशी**—विकेश का स्त्रीलिंग रूप 'विकेशी' है।

★ **विकोश**—बिना ढका हुआ, बिना म्यान का, बिना भूसी का [विगतः कोशो यस्य]

★ **विशेष**—जानना चाहिए कि अभिमान रहित व्यक्ति के लिए 'निरभिमान' शब्द का प्रयोग करना चाहिए। अज्ञानवश लोग 'निराभिमान' और 'निराभिमानी' लिख देते हैं। ऐसी ही एक ग़लती 'निरवलंब' को निरावलंब लिखने की होती है।

□

शब्द-संधान-66

कारण और हेतु

★ सबसे पहले एक उदाहरण से इन दोनों शब्दों के मूलभूत अंतर को समझने की कोशिश करते हैं—पर्यावरण प्रदूषण के अनेक कारण हो सकते हैं; यथा—प्राकृतिक कारण, मानव निर्मित कारण, आर्थिक कारण, सामाजिक कारण, धार्मिक कारण इत्यादि। जब किसी औद्योगिक-संयत्र का कचरा किसी जलस्रोत में गिरता हो तो उसके 'कारण' जलस्रोत प्रदूषित होता है; लेकिन इस प्रक्रिया में उद्योगपति का 'हेतु' जल अथवा पर्यावरण को प्रदूषित करना नहीं होता; अपितु धन कमाना होता है। आइए! अब इन दोनों शब्दों के अंतर को समझते हैं—

★ कारण की व्युत्पत्ति 'कृ' धातु से है, जिससे कार्य भी बना है। कुछ करते हैं, तब कुछ होता है। कोई कारण पहले होता है और उसका परिणाम पीछे होता है। उदाहरण : खून (ख़ून अशुद्ध है।) की कमी के कारण एनीमिया नामक रोग होता है। विचारणीय है कि खून की कमी पहले हुई और रोग बाद में हुआ।

★ हेतु का मूल अर्थ है, प्रवृत्त करना, प्रेरित करना। यह कारण का समार्थक तो हो सकता है; पर उससे इस अर्थ में भिन्न है कि इसमें इच्छा, अभीप्सा या अन्य किसी मनोभाव का योग रहता है। हेतु को कारण का एक प्रकार माना जा सकता है। इसकी व्युत्पत्ति 'हि' से निर्धारित की गई है। कारण प्राकृतिक (अकृतक) हो सकते हैं या कृत्रिम।

  ★ कारण और हेतु में वही अंतर है, जो अंतर और भेद में है। कारण बाह्य या बाहर (external) होता है; जबकि हेतु आंतरिक है। हेतु मूल (आंतरिक, intrinsic या internal) कारण है। इसे स्पष्ट करने के लिए निम्नलिखित दो वाक्यों को देखते हैं—

1. मुद्रास्फ़ीति के क्या कारण {वज्ह (वजह), reason, cause आदि} हैं?
2. आप यहाँ किस हेतु (उद्देश्य, कांक्षा, purpose, motto इत्यादि) आए हैं?

★ ध्यान दें कि मुद्रास्फ़ीति का कारण मुद्रा नहीं है, बाहरी है। यह अर्थव्यवस्था के अन्य घटकों के कारण होता है। इसमें मुद्रा का कोई दोष नहीं होता है। दूसरी तरफ़, हेतु वस्तु के अंदर ही होता है। इसे एक उदाहरण से समझें—एक आदमी कविता लिखता है तो भले ही वह किसी भाव में हो या किसी बाह्य-कारण (external cause, factor) से प्रभावित हो, मूल कारण तो उसके अंदर है। ऐसा नहीं होता तो उसी बाह्य-कारण; जैसे प्रेम, दुःख आदि की वज्ह से सभी व्यक्ति कविता लिखते। वस्तुतः, हेतु मूल कारण है, जो आंतरिक है।

★ **विशेष**—साहित्यशास्त्र में 1. प्रतिभा, 2. व्युत्पत्ति (विस्तृत, निर्दोष शास्त्रज्ञान) और 3. अभ्यास को काव्य-हेतु माना गया। आगे राजशेखर ने काव्यमीमांसा में इसमें साधना; अर्थात् एकाग्रता या अवधान को भी जोड़ा। ये सब मूल कारण हैं, जो कवि के अंदर ही विद्यमान रहते हैं। काव्य के संदर्भ में बाह्य-कारण को प्रयोजन कहा गया, जो छह हैं—1. यश की चाह, 2. धन की चाह, 3. व्यावहारिक ज्ञान, 4. अनिष्ट का नाश, 5. अलौकिक आनंद की प्राप्ति और 6. कांता के समान मधुर उपदेश।

☐

शब्द-संधान-67

काल, समय, निमिष, पल और बेला; बम् और बम

- ★ **समय**—काल का अवयव समय है। मोटे तौर पर काल का विभाजन तीन हिस्सों में होता है—भूत, वर्तमान और भविष्य।
- ★ **बेला**—बेला समय की एक संकेतित मात्रा ही होती है। एक दिन को कई हिस्सों में बाँटा जाता है, यथा-सुबह की बेला, दुपहर की बेला, रात की बेला आदि। सुबह की बेला कहने से एक संकेत मिलता है कि कब की बात हो रही है। समय के किसी दूसरे निश्चित विभाजन को भी बेला कहा जा सकता है, यथा—मिलन की बेला, गोधूली बेला आदि।
- ★ **पल**—पल [पल्+अच्] शब्द कई अर्थों में व्यवहृत होता है, जिनमें सबसे महत्त्वपूर्ण है—समय मापने का मान। 'एक पल में यह काम हो जाएगा', 'पल भर में सब कुछ घटित हो गया' आदि वाक्यों में पल का यही अर्थ है। ऐसे, तरल पदार्थों को मापने का मान भी 'पल' कहलाता है। इसके इतर, पुआल अथवा भूसी को भी 'पल' कहा जाता है। जानना चाहिए कि बुजदिल अथवा भीरू व्यक्ति को 'पलंकट' कहा जाता है; क्योंकि उसका हौसला पल भर में कट जाता है अथवा समाप्त हो जाता है।
- ★ **निमिष**—निमिष का अर्थ है—पलक झपकाने भर में लगने वाले समय की मात्रा। [नि+मिष्+क = निमिष] इस प्रकार, अत्यल्प समय के लिए 'निमिष' का प्रयोग होता है। निमेष[नि+मिष्+घञ्] का भी यही अर्थ है। 'निमीलन' का अर्थ है—पलकें बंद करना। 'निमिला' अथवा 'निमीलिका' का अर्थ है—पलक झपकाना, किसी को आँख मारना आदि। 'निमिषांतर' का अर्थ है—'पलक के झपकने भर का अंतराल'।
- ★ काल शब्द 'कल्' धातु से व्युत्पन्न है, जो गिनने, चूकने आदि का वाचक है। कलन, अभिकलन आदि में यह भाव स्पष्ट है। काल 'समय' भी है और

'मृत्यु' भी। काल (समय) बीतता जाता है और काल (मृत्यु) निकट आता जाता है।

★ शिव महाकाल हैं; अर्थात् 'कालों के काल' हैं। साथ ही, शिव त्रिकालदर्शी भी हैं और त्रिनेत्र भी।

★ **ध्यानाकर्षण**—त्रिनेत्र समस्तपद का सामान्य विग्रह द्विगु समास की भाँति 'तीन नेत्रों का समूह' नहीं करना चाहिए। यह एक योगरूढ शब्द है और त्रिनेत्र कहने से 'तीन नेत्रों के समूह' का नहीं, वरन् भगवान् शिव का संकेत मिलता है। अत:, यह बहुव्रीहि (बहुब्रीहि अशुद्ध है।) समास का उदाहरण है और इसका विग्रह होना चाहिए—'तीन हैं नेत्र जिनके; अर्थात् भगवान् शिव।' सामान्यत:, सभी योगरूढ समस्तपद बहुव्रीहि समास के उदाहरण होते हैं और त्रिनेत्र में भी बहुव्रीहि समास है; परंतु ऐसा भी नहीं है कि त्रिनेत्र कभी द्विगु समास हो ही नहीं सकता। एक उदाहरण देखें—'शिव ने अपने त्रिनेत्र खोले।' यहाँ त्रिनेत्र 'तीन नेत्रों के समूह' को अभिव्यंजित कर रहा है, जिस कारण द्विगु समास का उदाहरण है।

★ बम् और बम में अंतर—

  ★ 'बम भोले!' नहीं; 'बम् भोले!' कहना चाहिए। 'बम्' शब्द की व्युत्पत्ति 'वम्' के तद्‌भवीकरण से हुई है। बम् शब्द ही 'बम' भी हुआ होगा। चूँकि आप 'बम्' बोल नहीं सकते; इसलिए जो बोला गया (बम); वही लिखा जाने लगा। ज्ञातव्य है कि 'वम' शब्द बना है, वम् से-[वम्+अप्=वम] और इसका अर्थ है, बाहर निकलना, वमन करना, कै करना। वमन [वम्+ल्युट्] का अर्थ है—बाहर खींचना, उलटी अथवा कै करना।

  ★ 'वम्' जो कालांतर में 'बम्' बन गया, एक शिवाराधनासूचक शब्द है; जिसका अर्थ है—निकालना, बाहर निकालना, वमन करना, उड़ेलना आदि। 'बम् भोले करना' का अर्थ है—भोले-भोले की ध्वनि निकालना। काँवड़ लेकर जाते समय शिव की भक्ति में लीन साधक 'भोले-भोले' ही करता है और दूसरे से कहता है—'बम् भोले!' यह कहने का आशय या लुब्बे-लुबाब (लब्बोलुआब अशुद्ध है।) रहता है—"भोले की ध्वनि बाहर निकालो।" दूसरा भी प्रत्युत्तर में ज़ोर-से कहता है—"बम् भोले!" शिव का या भोले का नाम लेने का अंदाज़ हो गया "बम् भोले!" वस्तुत:, अंदर भोले ही भाव-रूप में होते हैं तो

वही शब्दों में भी बाहर अभिव्यंजित होते हैं।

★ 'बम' शब्द अँगरेज़ी के 'bomb' का हिंदी रूप है। अँगरेज़ी में भी बॉम (बम) ही कहा जाता है (m के बाद b silent रहता है; जैसे—comb, tomb आदि।)।

★ इस तरह, 'बम' विस्फोटक है, जो विस्फोट के बाद की ध्वनि को भी इंगित करता है। अभिप्राय यह है कि 'बम्' और बम में अंतर है, जो दिखना चाहिए। सिर्फ़ इसलिए इसे अस्वीकार मत कर दें कि आपने कहीं किसी किताब में आजतक नहीं देखा। आज से 'बम भोले!' नहीं, 'बम् भोले!' लिखें!

□

शब्द-संधान-68

हताश और निराश

★ इन दोनों शब्दों में अर्थपरक विभेद है। निराश शब्द है—निः+आश; अर्थात् बिना आस के, बिना आशा के। हताश शब्द 'हत+आश' से बना है; जिसका अर्थ है—जिसके आशा की हत्या हो चुकी हो या जिसकी आशा मर चुकी हो।

★ यहाँ यह ध्यान करने योग्य है कि निराश में आशा का अभाव है; आशा की हत्या नहीं हुई है, वह दुबारा आ सकती है। दूसरी तरफ़, 'हताश' शब्द का अर्थ है, जिसकी आशा के दुबारा आने का सवाल ही नहीं है; क्योंकि हम यह मानते हैं कि मरी हुई वस्तु पुनरुज्जीवित नहीं हो सकती। मरे हुए को ज़िंदा करना कोई चमत्कार ही हो सकता है। इसका अर्थ यह हुआ कि हताशा निराशा से बढ़कर है।

★ जब हम कहते हैं कि 'नर हो न निराश करो मन को' तो इसका अर्थ हुआ कि आशा के बिना नहीं रहना है। हम यह भी कहते हैं कि कभी हताश मत होना; अर्थात् आशा को मरने मत देना। ध्यान दें कि हम किसी से यह नहीं पूछते कि हताश क्यों हो; बल्कि यह पूछते हैं कि निराश क्यों हो। वस्तुतः, किसी के बारे में कोई अन्य कह ही नहीं सकता कि वह हताश है; क्योंकि यह तो कोई अपने बारे में ख़ुद ही बता सकता है कि अंदर कोई आशा बची हुई है या नहीं। हाँ, अगर कोई आत्महत्या आदि कर ले तो उसके बारे में यह कह सकते हैं कि शायद वह हताश था या हताशा में उसने यह काम किया। अतः, इन शब्दों के प्रयोग में सजगता अपेक्षित है।

□

शब्द-संधान-69

गुरु कौन ?

★ यह सच है कि गुरु कोई व्यक्ति नहीं पद है। गुरु वह है, जिसके पीछे अगर 'अ' (शून्य, रिक्त, अभाव, नहीं, आदि) भी लग जाए तो गौरव हो जाता है। [गुरु+अ=गौरव]

★ लेकिन इसके लिए शून्यता के बोध से गुरु के पीछे चलना पड़ता है, आगे नहीं। अगर गुरु के आगे लगने की कोशिश की तो 'अगुरु' हो जाएगा; आकर्षणशून्य हो जाएगा; उसका वज़न (वज़न, वजन आदिक शुद्ध नहीं हैं; पर प्रयोग में हैं।) नहीं रह जाएगा।

★ हिंदी भाषा यह भी सिखाती है कि हमें गुरु के पीछे चलना चाहिए। अगर एक और व्युत्पत्ति 'ग्र' ध्वनि से गुरु को देखें तो भी यही अर्थ आता है। 'ग्र' ध्वनि से ही गुरु बनता है; ग्रह, ग्रहण आदिक शब्द बनते हैं। इन सबमें खींचने या आकृष्ट करने का भाव स्पष्ट है।

★ गुरु अपनी ओर खींचता भी है। हाँ, उसके गुरुत्वाकर्षण क्षेत्र में जाना तो शिष्य को ही पड़ेगा; ताकि गुरु अपना काम कर सके। ऐसा भी सब नहीं कर सकते; क्योंकि अज्ञानता का बोध होने के लिए ज्ञान की कुछ सीढ़ी चढ़ना आवश्यक है। जो, इसको उपलब्ध नहीं होते, उन्हें गुरु की प्यास ही नहीं होती।

★ गुरु का एक और प्रचलित अर्थ है—अंधकार से प्रकाश की ओर ले जाने वाला। [गु- अंधकार, 'रु'- प्रकाश]

□

शब्द-संधान-70

संवेदना का व्याकरण

★ साहित्य का हर साधक, हर अध्येता संवेदना शब्द प्रयोग में लाता है; लेकिन इसके व्युत्पत्तिपरक गूढार्थ को लेकर स्थिति साफ़ नहीं रहती। सामान्य अर्थों में देखें तो संवेदना (sensibility, sansation) वह अनुभूति-प्रवणता है; जिसके कारण मनुष्य किसी दूसरे के भाव को ग्रहण कर सकता है। इसके दो घटक (सम्+वेदना = संवेदना) इस अर्थ में इसके मूलार्थ का ही बोधन करते हैं।

★ संवेदना उसी 'विद्' धातु से बना है; जिससे वेद बना है, विद्या भी और वेदना भी। 'विद्' धातु अनेक अर्थों में प्रयुक्त होती है; यथा—(विद् विचारणे, विद् ज्ञाने, विद् लाभे, विद् सत्तायाम् इत्यादि); परंतु लोक में 'विद्' धातु के प्रसिद्ध अर्थ—पीडा (हिंदी में पीड़ा भी लिखा जा सकता है), दु:ख, ज्ञान आदिक हैं।

★ वस्तुत:, जब हमारे शरीर में कहीं कुछ चुभ जाए या कहीं कुछ कष्ट हो तो हमारा मन इसी पीडा को महसूस करता है; जानता है या ज्ञान करता है। इस पीडा को महसूस करना हमारे लिए जानना भी है।

इस जानना को अनुभूति या अनुभव करना कहेंगे, जिसमें 'अनु' उपसर्ग है और 'भू' धातु है। अनुभूति उभयविध होती है। सुखद भी तो दु:खद भी। अनुभूति के साथ अनु (जानने के पीछे या अनंतर होने वाला संवेदन) उपसर्ग जुड़ा है। जो शरीर में हुआ, वह ठीक इसके पीछे मन में भी हुआ। जब यह मन के अस्तित्व में भी आया, तब कहेंगे कि अनुभव हुआ या अनुभूति हुई।

★ यह किसकी अनुभूति है ? यह 'विद्' धातु से बने 'वेदना' की अनुभूति है। इस वेदना में जानना समाहित है; अर्थात् विद् के दोनों रूप (पीडा और ज्ञान) उपस्थित हैं। इसी पीडा या इसी वेदना को जब हमारी ही तरह कोई

दूसरा भी अनुभूत कर ले तब यह 'संवेदना' है; अर्थात् वेदना को आपके सम (बराबर या साथ) महसूस करना है।

★ 'वेदना' कल्पना नहीं है; अपितु जानना है। 'विद्' धातु अपना काम कर रही है [विद्+ल्युट्+टाप् = वेदना]।

★ संवेदना शब्द को देखें—[सम्+विद्+ल्युट् = संवेदन]। अब संवेदन में टाप् ('आ') जुड़कर संवेदना शब्द व्युत्पन्न हो गया (स्त्रीलिंग)। इस प्रकार 'सम' या 'सम्यक्' या 'बराबर' वेदना महसूस करने के लिए एक शब्द विनिर्मित हुआ।

★ यह संवेदना कोरी भावुकता नहीं है। भावुकता हृदय के परिक्षेत्र की वस्तु है; जबकि 'संवेदना' हृदय और बुद्धि के सुमेल से सिद्ध होती है। ऐसे तो हर साहित्य-साधक चाहता है कि उसके अंदर वही संवेदना जगे, जिसने वाल्मीकि से रामायण लिखवा दिया था।

□

शब्द-संधान-71

गिरी, गिरि और गीरी; चमचागीरी

★ हिंदी की एक विशेषता या ख़ासियत यह भी है कि एक मात्रा भी इधर-उधर हुई तो अर्थ बदल जाता है। यहाँ ध्यातव्य है कि हिंदी में कभी-कभी 'ख़ासीयत' भी लिख दिया जाता है; 'खासियत' तो अशुद्ध है ही। ऐसे, अरबी में सबसे शुद्ध 'ख़ास्सीयत' है, पर हिंदी में इसका प्रयोग नहीं के बराबर मिलता है।

★ दरअस्ल 'गिरी', 'गिरि' और 'गीरी' तीन शब्द हैं। अरबी ज़बान में 'गीरी' का मतलब धंधा या पेशा है, जो अँगरेज़ी के 'profession' का पर्याय है। गांधीगीरी, नेतागीरी, भाईगीरी, दादागीरी और चमचागीरी के पीछे यही 'गीरी' है। जिसने नेता बनने को अपना पेशा बना लिया, वह 'नेतागीरी' करता है।

★ अब हुआ यह कि लोगों ने इसे प्रयोग में प्रयत्न लाघव के कारण 'नेतागिरी' कहना शुरू कर दिया; जबकि हिंदी में 'गिरी' एक शब्द है; जिसका अर्थ है—गुठली, बीज, kernel, नारियल आदि। बादाम की 'गिरी' होती है, गीरी या गिरि नहीं।

★ संस्कृत से हिंदी में आया 'गिरि' का अर्थ है, पहाड़। हिमगिरि, मलयगिरि, स्वर्णगिरि आदिक पर्वत हैं।

★ गिरि [गृ+इ] : 'गृ' धातु से व्युत्पन्न 'गिरि' शब्द के निम्नलिखित अर्थ हैं—

1. श्रद्धेय, आदरणीय, पूजनीय
2. सन्न्यासियों की सम्मानसूचक उपाधि; यथा—अवधेशानंदगिरि, आनंदगिरि आदि।
3. पहाड़, पर्वत, बड़ा चट्टान

अब गिरि से बनने वाले कुछ शब्दों को देख लेते हैं—

★ **गिरिराज**—हिमालय

★ **गिरिशृंग**—पर्वत की चोटी

★ **गिरिप्रपात**—पहाड़ का ढलान

★ **गिरिजा**—पर्वत की पुत्री (गिरिसुता)

★ गिरि का अर्थ पर्वत होने के कारण ही शिव का विशेषण 'गिरीश', 'गिरिपति' आदि है।

★ ज्ञातव्य है कि 'गृ' धातु में 'क्विप्' प्रत्यय लगने से बने 'गिर्' शब्द का अर्थ-वाक् , वाणी, शब्द आदिक है। इसी 'गृ' से 'गीर्देवी' का अर्थ वाणी की देवी सरस्वती है और 'गीर्पति' का अर्थ बृहस्पति है। 'गृ' धातु से बने गिरा [गिर्+क्विप्+टाप्] का अर्थ है—वाणी, बोली अथवा आवाज़।

★ स्पष्ट है कि 'चमचागीरी' को 'चमचागिरी' या 'चमचागिरि' लिखना स्वीकृत नहीं किया जा सकता; अन्यथा हिंदी एक लोचदार भाषा है, जो प्रयत्न लाघव का ख़याल (ख़्याल नहीं) रखती है।

□

शब्द-संधान-72

यश, कीर्ति और श्रेय

★ **यश**—यश अच्छे कार्यों की लोकचर्चा, विश्रुति, प्रसिद्धि अथवा ख्याति है। यह संस्कृत के 'यशस्' का हिंदी में प्रयुक्त होने वाला रूप है। संधि में 'यशस्' से कई महत्त्वपूर्ण शब्दों की निर्मिति होती है, यथा—

★ **यशस्कर**—यशस्वी, यश देने वाला।

★ **यशस्काम**—यश की कामना करने वाला, उच्चाकांक्षी, महत्त्वाकांक्षी आदि।

★ **यशश्शेष**—जिसका केवल यश ही शेष हो, दिवंगत।

★ **यशस्वी (यशस्विन्-यशस्+विन्)**—प्रसिद्ध, विख्यात

★ **यशस्य**—यश की ओर ले जाने वाला, यश से संबंधित।

★ **कीर्ति**—कीर्ति और कीर्तन एक ही मूल 'कृत्' से व्युत्पन्न शब्द हैं। [कृत्+क्तिन्=कीर्ति; कृत्+ल्युट्=कीर्तन]

★ कीर्तन का अर्थ लोकवर्णन, कथन, सस्वरपाठ आदि है। कीर्तन को 'कीर्तिवर्णन' भी कहा जाता है। जब कोई लगातार अच्छे कार्य करता है तो देरसबेर लोक में उसकी चर्चा होने लगती है। उन अच्छे कार्यों की, जो लोकचर्चा होती है, उससे मिलने वाले आदर अथवा सम्मान को 'कीर्ति' कहा जाता है। जानना चाहिए कि 'यश' में लोकचर्चा का भाव है, जबकि 'कीर्ति' में उससे मिलने वाले आदर अथवा सम्मान का भाव है। एक और बात—कीर्ति फैलती है, जबकि 'यश' अर्जित किया जाता है। कीर्तिशेष का भी लगभग वही अर्थ है, जो 'यशश्शेष' का अर्थ है; पर इसमें दिवंगत के प्रति लोकचर्चा की तुलना में आदर का भाव प्रमुख है।

★ **श्रेय**—किसी कृत्य के कारण मिलनेवाला सम्मान 'श्रेय' है। श्रेय में श्रेष्ठता का बोध अंतर्निहित होता है, जैसे 'प्रेय' में प्रेम का तत्त्व मूल है।

□

शब्द-संधान-73

कोटि, श्रेणी और वर्ग

कोटि (Category)—किसी विशेष प्रकार के समूह को कोटि कहा जाता है और यही इसका प्रचलित अर्थ है। ऐसे, 'कोटि' शब्द के निम्नलिखित अर्थ हैं—

1. विभाग, श्रेणी आदि
2. धनुष का मुड़ा हुआ सिरा
3. एक करोड़ की संख्या, कोटिशः का अर्थ है—करोड़ों या असंख्य
4. शस्त्र की धार या नोक (नोंक अशुद्ध है।)
5. उच्चतम बिंदु, आधिक्य, पराकाष्ठा
6. चंद्रमा की कलाएँ
7. अत्यंत कुपित, क्रुद्ध आदि

★ **कोटि से ही बने 'कोटिक' का अर्थ है**—'किसी वस्तु का उच्चतम शिरा'।

★ **कोटीर का अर्थ है**—मुकुट, ताज़, शिखा, जटा (सन्न्यासियों द्वारा मस्तक पर बाँधी गई बालों की चोटी जो सींग जैसी दिखाई देती है।) इत्यादि।

★ वस्तुतः, इन सभी शब्दों के मूल में 'कुट्' है, जिसमें वक्र होने, छिपने, गूढ़ होने, छल करने आदि का भाव है। कुटिल आदमी टेढ़ा भी होता है और गूढ़ भी। 'कूटलिपि' हो या 'कूटनीति' सबमें यह भाव है। कुट में 'घञ्' प्रत्यय जुड़ने से कोट बना है; जिसका अर्थ किला, छप्पर आदि है। किला, छप्पर, कुटिया (कुटीर) इत्यादिक में भी छुपाव देने का भाव दिखाई देता है।

★ 'कोट्ट' का अर्थ भी दुर्ग अथवा किला है; इसलिए दुर्ग की देवी 'दुर्गा' का एक नाम 'कोट्टवी' भी है।

★ कोटि दूसरों से भिन्न प्रकार के एक समूह का सूचक है। जब कुछ विशेष

आधार पर कोई समूह बनता है तो उसे 'कोटि' कहते हैं। एक कोटि दूसरी कोटि से भिन्न होती है।

★ **श्रेणी (Grade)**—यह रेखा, पंक्ति, शृंखला, दल आदिक का सूचक शब्द है। श्रेणी का एक अर्थ सीढ़ी भी है। तंबू या खेमा को श्रेणिका भी कहा जाता है। 'आप किस खेमे में हैं' का अर्थ है—आप की श्रेणी क्या है या दल क्या है या आप किस समूह से हैं? उर्दू का दर्जा 'श्रेणी' का पर्याय है। प्रथम श्रेणी, द्वितीय श्रेणी, तृतीय श्रेणी कहने से ही पता चल जाता है कि प्रथम श्रेणी से उत्तीर्ण बच्चे द्वितीय श्रेणी से उत्तीर्ण बच्चों से बेहतर होंगे। रेलवे के प्रथम श्रेणी डिब्बों की सुविधा दूसरी और तृतीत श्रेणी के डिब्बों से बेहतर होगी।

★ **वर्ग (class)**—[वृज्+घञ्=वर्ग] यह समान वस्तुओं के संग्रह, प्रभाग, दल आदिक को व्यंजित करता है। एक स्थान पर वर्गीकृत टोली, पक्ष, शब्दसमूह आदिक की संज्ञा 'वर्ग' है। किसी वर्ग में पढ़ रहे बच्चों की मानसिक क्षमता लगभग एक-सी होती है; क्योंकि उनका वर्गीकरण उसी आधार पर किया जाता है। वर्ग से बने 'वर्गीय' का अर्थ है, किसी वर्ग अथवा प्रवर्ग से संबद्ध।

□

शब्द-संधान-74

लगभग, आसपास, बहुधा और प्राय:

★ बहुधा, प्राय:, लगभग, आसपास इत्यादि हिंदी के अनिश्चितताबोधक अव्यय हैं।

★ लगभग के अर्थ में लगना के लग और भागना के भग को देखा जा सकता है। जब हम कुछ निश्चित नहीं कर सकते तो अनुमान से लगभग का प्रयोग करते हैं। उदाहरण—लगभग चार-पाँच सौ साल पहले की बात है।

★ बहुधा शब्द के मूल में 'बहु' है। 'बहुभाँति', 'विविध प्रकार से' अथवा 'बहुत तरह से' के लिए बहुधा शब्द का प्रयोग होता है। जब आवृत्ति अधिक हो तो बहुधा शब्द का प्रयोग किया जाना चाहिए।

★ **आसपास**—अगल-बगल, चारों ओर, पास, क़रीब इत्यादि। अँगरेज़ी में Neighbouring और Nearly इसके समार्थक हैं।

★ प्राय: में भी आवृत्ति है; परंतु इसमें बीच के अंतराल पर ध्यान जाता है। 'वह प्राय: बीमार पड़ता है' का अर्थ है—वह ठीक होता है और फ़िर बीमार पड़ जाता है। 'वह बहुधा बीमार रहता है' का अर्थ है—उसके बीमार होने की आवृत्ति इतनी अधिक है कि लगता है वह बीमार ही रहता हो। अब प्राय: शब्द की व्युत्पत्ति को देख लेते हैं—

★ प्राय: शब्द बना है, 'प्र+अय:' से। [प्र+अय्+घञ्'=प्राय:]

★ 'प्र' उपसर्ग का अर्थ विशेष भी होता है, विपरीत भी होता है और नाश (प्रनष्ट) भी होता है।

★ अय: [इ+अच्] का अर्थ है—

1. शुभ कर्म, अच्छा भाग्य
2. जाना, चलना-फिरना

★ इस प्रकार, प्राय: शब्द का अर्थ हुआ—

1. 'प्र' का अर्थ विशेष है और 'अयः' शुभ कर्म है। इस प्रकार प्रायः का अर्थ विशेष शुभकर्म (तप आदि) हुआ। आगे हम देखेंगे कि प्रायश्चित्त आदि शब्दों में प्रायः शब्द का यही अर्थ है।
2. 'प्र' का अर्थ नष्ट माना जाए और अयः के अर्थ 'शुभकर्म' से संधि की जाए तो प्रायः का अर्थ 'पाप' हो जाता है। ध्यातव्य है कि शुभकर्म (अयः) पाप से ही तो नष्ट होते हैं। प्रायश्चित्त की एक व्याख्या इसी व्युत्पत्ति पर आधारित है।
3. अधिकता, बहुतायात, प्रचुरता
4. तकरीबन, लगभग
5. अपगमन, बिदायगी, जीवन से प्रयाण

★ स्मरण रहे कि भले ही व्युत्पत्ति की दृष्टि से प्रायः शब्द के अनेक अर्थ हैं; पर जब यह स्वतंत्र रूप से आता है, तब बहुधा, लगभग आदिक अर्थों को ही अभिव्यंजित करता है।

□

शब्द-संधान-75

राग, विराग, अनुराग और वीतराग

★ राग शब्द संस्कृत के 'रंज' धातु में 'घञ्' प्रत्यय जुड़कर बना है; जिसका अर्थ होता है 'रँगना'। राग का प्रचलित अर्थ तो मोह या जुड़ना है; फिर रंज या रँगना से इसका संबंध कैसे स्थापित होता है?

★ मुझे ऐसा प्रतीत होता है कि आध्यात्मिक दृष्टि से चित्त का किसी विशेष अवस्था अथवा विशिष्ट प्रवृति से रंग जाना ही राग है और यही रंज् धातु से बनने वाले इस शब्द का इसके प्रचलित अर्थ से संबंध का द्योतक भी है।

★ राग संगीत का भी सबसे महत्त्वपूर्ण अंग है। यहाँ भी यह वही अर्थ देता है कि जिस राग में गाना गाया जाएगा, आसपास वही भाव दिखाई देगा। तभी तो राग (melody) मल्हार गाने पर बारिश आने लगती थी।

★ चित्त में वही बसता है, जिससे रागात्मक संबंध हो जाता है। व्यक्ति हरदम व्यक्ति उसी के रंग में रँगा रहता है।

★ अनुराग शब्द का अर्थ है—'राग' के पीछे भागना। 'रंज' धातु में अनु उपसर्ग और 'घञ्' प्रत्यय जोड़कर अनुराग बना है। अनुराग का अर्थ है, राग के पीछे चलना, उसका अनुवर्ती होना।

★ विराग का अर्थ राग को छोड़ना है, विलग होना है; उससे टूटना है। अस्तु, 'विराग' होने में भी राग को छोड़ना प्रदर्शित हो रहा है (to be free of sensual desire)!

★ विराग का अर्थ है—राग को नया-नया छोड़ा है; क्योंकि छोड़ने का स्मरण बना हुआ है। इसमें पूर्व के जो रागात्मक संबंध है, उस कारण जिस वस्तु को छोड़ा है—उससे छूटने का एक डर भी हो सकता है और एक दुःख भी।

★ विराग में 'राग' को छोड़ने की अवस्था है; लेकिन वह घाव महत्त्वपूर्ण है;

ताज़ा है और अपनी उपस्थिति दिखा रहा है।

★ वीतराग राग का अर्थ है, 'न राग, न अनुराग'; इन सबसे ऊपर एक मुक्तावस्था या stoic की अवस्था। वीतरागी न संबंध रखता है, न संबंध छोड़ता है; वह तो संबंधों से ऊपर होता है।

★ रागी का संबंध जुड़ता है, विरागी छोड़ने का निर्णय लेता है और छोड़ देता है, बस यह एहसास (अहसास अशुद्ध है।) रखता है कि मैंने छोड़ दिया है। वीतरागी तो यह भी भूल ही जाता है कि कुछ भी नहीं पकड़ा है उसने। कुछ नहीं पकड़कर रखने की उद्घोषणा नहीं; कुछ छूटने का ज़िक्र भी नहीं।

□

शब्द-संधान-76

भ्रम, संदेह, दुविधा और संशय

★ सामान्य शब्दों में भ्रम (illusion) का अर्थ है—कुछ-का-कुछ समझ लेना; अर्थात् मिथ्या बोध, मिथ्या ग्रहण या भ्रांति। भ्रम से ही भ्रमण शब्द बना है; जिसका अर्थ है—घूमना। घूमना को 'भ्रमणा' भी कह सकते हैं। भ्रमणीय का अर्थ है, घूमने वाला, जिसे भ्रमणकारी भी कहते हैं। जिसके मूल में ही भ्रम हो, उसे भ्रममूलक कहेंगे। भ्रम में अगर आसक्ति हो जाए तो उसे भ्रमासक्ति (delusion) कहेंगे।

★ संदेह (तत्सम, पुंल्लिंग) में तय नहीं है कि सत्य क्या है। इसका अँगरेज़ी सामानांतर 'Doubt' है। भ्रम में ग़लत ही होगा, संदेह (सम्+देह=संदेह) में ग़लत हो भी सकता है और नहीं भी।

★ संशय (suspicion) पुंल्लिंग शब्द है; 'शी' धातु से बना है। [सम्+शी+अच्=संशय]।

★ संशय का अर्थ है, पड़े रहना या लेटना; अर्थात् डाँवाँडोल स्थिति है—पता ही नहीं है कि क्या होगा। निश्चय नहीं है, कोई निराकरण हुआ नहीं है; न जाने क्या हो की स्थिति है। कह सकते हैं कि संशय में एक उत्कंठा है, जिज्ञासा अथवा तजस्सुस है; परंतु स्थिति स्पष्ट नहीं है। इसी से संशयवाद बना है। [संशय+वद्+घञ् = संशयवाद]

★ दुविधा में दो में से एक को चुनने को लेकर कश्-म-कश् (कशमकश) रहता है।

□

शब्द-संधान-77

उपदेश और प्रवचन

★ **उपदेश और प्रवचन**—दोनों पर्यायवाची ज़रूर हैं; पर इनमें भी अर्थपरक विभेद है।

★ **उपदेश**—'उप' उपसर्ग 'देश' के साथ सन्नद्ध हुआ तो उपदेश बना। देश की धातु 'दिश' है। इससे बना सबसे क़रीबी शब्द है, दिशा; जिसका अर्थ है—'दिक्' या direction। क्षितिज के चारों भागों में प्रत्येक का विस्तार दिशा ही है। उप का अर्थ है, निकट, सदृश, गौण, बदले में इत्यादि। उपदेश 'दिशा' (direction) या 'मार्ग' बतलाने के लिए प्रयुक्त होने वाला शब्द है। भारतीय संस्कृति में मार्ग का सबसे पहला लाक्षणिक अर्थ है, आध्यात्मिक मार्ग।

★ उपदेश (preaching या sermon) आध्यात्मिक या नैतिक (moral) ही होगा। धीरे-धीरे यह शिक्षा, नसीहत, गुरुमंत्र आदि के लिए भी प्रयुक्त होने लगा। उपदेश को 'देशना' भी कहा गया, जिसका अर्थ 'दिशा' दिखाना है। उपदेश के आधार पर ही आध्यात्मिक यात्रा का गुरु द्वारा दिशा-निर्धारण होता था। जिसे उपदेश या देशना नहीं मिला, वह दिशाविहीन हो गया।

★ प्रवचन शब्द बना है, 'वच्' धातु से बनने वाले 'वचन' में 'प्र' जोड़कर। 'वच' का अर्थ बोलना। जो बोला जाए, वह 'वचन'। 'प्र' का अर्थ है, विशेष। प्रवचन (discourse) 'विशेष वचन' है। यह भाषण के क़रीब है; लेकिन कालांतर में उपदेशपूर्ण भाषण को प्रवचन कहा जाने लगा।

★ जब किसी उद्दंड बालक को कहा जाता है कि संयम से रहना चाहिए, बड़ों का सम्मान करना चाहिए तो वह कहता है—"अधिक उपदेश मत दें!" अर्थात् "नैतिक शिक्षा मत दें!"। उसी बालक को अगर अधिक समय तक कहा जाए कि तुम ऐसा करो, ऐसा न करो तो वह अपने दोस्तों से कहेगा,

"यार, प्रवचन सुनकर दिमाग़ का दही हो गया।" ध्यान करें कि दिमाग़ का दही होने के बदले 'दिमाग़ चाटना' भी प्रयोग होता है।

★ 'चट्' धातु में तोड़ने, चटकाने या चिटकाने का भाव है। चटोरा, चपटा, चट्टान, चट्टी, सफाचट इत्यादि शब्दों में यही 'चट्' धातु है। दिमाग़ चाटने वाला 'दिमाग़' की सही स्थिति को तोड़ता या चिटकाता है।

□

शब्द-संधान-78

पश्चात्ताप, परिताप, खेद और प्रायश्चित्त

★ देखा जाता है कि कोई पश्चाताप को सही कह रहा है तो कोई पश्चात्ताप को। वस्तुतः अपने-अपने तर्क हैं। व्याकरण के अनुसार सही शब्द है पश्चात्ताप; लेकिन केंद्रीय हिंदी निदेशालय ने पश्चाताप को स्वीकृत किया है।

★ पश्चात्ताप शब्द पश्चात्+ताप से बना है। इन दोनों की संधि से 'पश्चाताप' तो नहीं बन सकता। यही कारण है कि कोई भी वैयाकरण 'पश्चाताप' नहीं लिखता। पश्चाताप के लिए अँगरेज़ी शब्द है—repentance। पश्चात् का अर्थ है, बाद में। जानना चाहिए कि इसी पश्चात् में 'य' प्रत्यय लगने से 'पाश्चात्य' शब्द की निर्मिति होती है।

★ 'ताप' का अर्थ गर्मी, जलन से उत्पन्न वेदना की अनुभूति, गुस्सा। यह स्वयं की ग़लती का आभास होने पर होने वाला दुःख है। दूसरे शब्दों में, यह क्रोध या गुस्से के गुज़र जाने के बाद की स्थिति; अर्थात् पछतावा अथवा ऐसी कोई अन्य मानसिक वेदना है।

★ **परिताप**—इसमें व्यक्ति किसी भी दुःख से आच्छादित रहता है; अर्थात् घिरा रहता है (परि का अर्थ चारों ओर; ताप का अर्थ दुःख)। इसमें जब कुछ हो रहा हो, तभी उसके प्रति दुःख अथवा 'क्रोधजनित दुःख' की अनुभूति होती है; जबकि पश्चात्ताप में घटना या ग़लती के बाद दुःख का एक मनस्ताप (मनः+ताप=मनस्ताप) रहता है।

★ **खेद**—यह अपनी अथवा किसी अन्य की ग़लती पर होने वाले सामान्य दुःख की मनोदशा है। यह अँगरेज़ी के 'regret' का समार्थक है। खेद की मनोदशा धीरे-धीरे कम होती जाती है और सामान्य हो जाती है। उदाहरण—

1. असुविधा के लिए खेद है।
2. खेद है कि आपको थोड़ी प्रतीक्षा करनी पड़ी।

★ **क्षोभ**—अवांछित अथवा प्रतिकूल स्थिति उत्पन्न होने पर होने वाले दुःख को 'क्षोभ' कहा जाता है। अँगरेज़ी में इसका समार्थक शब्द 'Anguish' है।

★ **रोष**—किसी अवांछित अथवा प्रतिकूल स्थिति अथवा निर्णय के विरुद्ध जब क्रोध आए तो उसे 'रोष' कहा जाता है।

★ **विषाद**—यह अत्यंत दुःखापन्न अवस्था है, जिसमें व्यक्ति किंकर्तव्यविमूढ (इसे हिंदी में 'किंकर्तव्यविमूढ़' भी लिख दिया जाता है।) हो जाता है।

★ **शोक**—यह किसी प्रियजन की मृत्यु अथवा ऐसी ही किसी बड़ी दुर्घटना से उत्पन्न 'दुःख' के लिए प्रयुक्त होता है। यह अँगरेज़ी के 'Mourning' का समार्थक शब्द है।

★ व्याकरण के अनुसार सही वर्तनी तत्त्व, महत्त्व आदिक हैं। पश्चाताप व्याकरण के अनुसार सही नहीं है; लेकिन प्रचलन के अनुसार सही और मानक है। वैयाकरणों का बस चलता तो पश्चात्ताप ही मानक होता। अस्तु, केंद्रीय हिंदी निदेशालय ने स्पष्ट किया है कि जिन तत्सम शब्दों में तीन व्यंजनों का संयोग हो रहा हो, उनमें द्वित्वमूलक व्यंजन में एक ही लिखा जाए। इसी आधार पर तत्व, महत्व, पश्चाताप आदि शब्द मानक हैं, अब इन्हें ग़लत कह देना मानकीकरण के नियम से अवगत नहीं होना है या फिर उसे अस्वीकार करना है।

★ **प्रायश्चित्त**—प्रायश्चित्त एक ऐसा शब्द है, जिसके अर्थ से तो सामान्यतः लोग अवगत होते हैं; लेकिन व्युत्पत्तिगत गूढार्थ को समझने में भाषा के अध्येता भी कठिनाई महसूस करते हैं। आइए! देखते हैं—प्रायश्चित्त शब्द प्रायः+चित्त से बना है। [प्रायः+चित्त = प्रायश्चित्त]

★ अलग-अलग विद्वान् प्रायः और चित्त शब्द की व्याख्या अलग-अलग तरीक़े से करते हैं। प्रायः का अर्थ पाप भी हुआ और तप भी। अब 'प्रायश्चित्त' शब्द पर विचार करते हैं—

★ हमने देखा कि आज भले ही प्रायः शब्द का अर्थ अमूमन, अकसर, बिलकुल, लगभग आदि होता है; पर इसका एक अर्थ है—तप। चित्त शब्द का अर्थ है—संकल्प, एकत्रित करना, ज्ञान आदि। इस तरह, प्रायश्चित्त का एक अर्थ हुआ—प्रायः (तप) करने का संकल्प (चित्त)। एक अन्य व्याख्या के अनुसार चित्त ज्ञान द्वारा पाप का शोधन ही प्रायश्चित्त है।

★ **प्रायश्चित्त की एक अन्य व्याख्या**—'प्र' का अर्थ विशेष है और 'अयः' शुभ कर्म है। इस प्रकार, प्रायः का अर्थ विशेष शुभकर्म (तप या कर्म) हुआ।

अब इस विशेष शुभ कर्म की चित्ति या स्थापना करना ही प्रायश्चित्त है।

★ पश्चात्ताप और प्रायश्चित्त में भी अंतर देख ही लें—पश्चात्ताप भावनाप्रधान होता है; जबकि प्रायश्चित्त कर्म प्रधान होता है। इसका मतलब है—पश्चात्ताप मन में होता है और प्रायश्चित्त करना पड़ता है।

□

शब्द-संधान-79

कृति, कृत्ति और कृती

★ लिखते समय ज़रा सी भी चूक हो जाए तो हम कुछ-का-कुछ लिख बैठते हैं और हमें पता भी नहीं चलता।

★ 'कृति' शब्द का अर्थ है—जो कृत है या प्रणीत (प्र+नीत) है। यह किसी भी तरह की रचना, किया हुआ कार्य, creation, work, act, deed इत्यादि के लिए प्रयुक्त होता है। काव्य-कृति, कृतिकार, कृतित्व आदि शब्दों में यही कृति है। कृति मौलिक हो सकती है या अनुकृति, प्रतिकृति, रूपांतरित-कृति या चौर्य-कृति (चुराई हुई कृति) हो सकती है।

★ देखा जाए तो 'कृ' प्रकृति, आकृति, कृषि, कृष्ण, आकर्षण आदि में भी है; हाँ अंत के तीन शब्दों में यह 'कृष्' बनकर है।

★ प्रकृति 'प्र-कृति' या 'विशेष कृति' (ईश्वर की) है। 'अंतः-प्रकृति' आपके अंदर का स्वभाव है।

★ जादू या टोना-टोटका के प्रभाव को भी 'कृति' कहते हैं। इसको ऐसे समझें कि कई जगहों पर लोग कहते हैं कि किसी ने कुछ कर दिया बच्चे को (टोटका आदि)।

★ प्रेमचंद की बहुचर्चित कृति 'गोदान' है।

★ कृती का अर्थ है, ऐसा व्यक्ति जिसने स्तुत्य कर्म किया है, जो निष्णात (नि+स्नात) कुशल या दक्ष हो। पुण्यात्मा, रचनाकार आदि को भी 'कृती' कहते हैं। (skillful, adept, Creator)

★ प्रेमचंद एक कृती रचनाकार थे; अर्थात् यशस्वी रचनाकार थे। कृत्ति शब्द भी संस्कृत की स्त्रीलिंग संज्ञा ही है; जिसका अर्थ है—मृगचर्म (deerskin), भोजपत्र (barch), चर्म, मकान आदि।

□

शब्द-संधान-80

त्याग, शहीद, हुतात्मा और बलिदान

★ **हुतात्मा**—हुत (हु+क्त) और आत्मा की संधि से व्युत्पन्न शब्द है। हुत का अर्थ है—आहुति के रूप में आग में डाला हुआ, यज्ञीय भेंट, चढ़ावा आदि। जो आत्मा राष्ट्र के निमित्त अथवा अन्य किसी पुनीत प्रयोजन से स्वर्ग सिधार जाती है, उसे हुतात्मा कहा जाता है। Martyr के लिए हिंदी शब्द, हुतात्मा है।

★ बलिदान का अर्थ कैसे हुआ आत्मोत्सर्ग या सर्वोच्च त्याग? शहीद का शाब्दिक अर्थ क्या है? साथ ही, 'त्याग' और 'बलिदान' में अंतर—
आज भले ही बलिदान का अर्थ शहादत, कुर्बानी, oblation या immolation होता हो; लेकिन बलिदान का अर्थ है, सेवा और उत्सर्ग की अंतिम सीमा; अर्थात् पूर्णतया निष्काम भाव से सर्वस्व समर्पण।

★ बलि शब्द के मूल में हिब्रू भाषा का शब्द 'बाल' है; जिसका अर्थ है, 'ऊपर, सबसे अधिक या फिर सर्वोच्च'।

★ बल वाला 'बली' है। महान् बल वाला 'महाबली' है। जो अतुलनीय बल को धारण करे उसे 'अतुलितबलधामी' कहेंगे। इसमें दीर्घ 'ई' है।

★ संस्कृत का बलम्, हिंदी का बल, बलमा, अँगरेज़ी का बालकनी (balcony) आदि के मूल में यही हिब्रू शब्द है। बाल शरीर या सिर के ऊपर होता ही है।

★ जिसे हम मलाई कहते हैं, उसे अरबी-फ़ारसी में 'बालाई' कहते हैं; क्योंकि यह दूध के सबसे ऊपर होता है।

★ **बहरहाल 'बलि' का अर्थ है**—सर्वोच्च और दान का अर्थ है, देना। इस तरह बलिदान सर्वोच्च दान है—जब जान ही दे दी जाए। आत्मोत्सर्ग बलिदान है।

★ आध्यात्मिक अर्थों में, काम, क्रोध, लोभ, मद, मोह इत्यादि अज्ञानता के पशुओं को विवेक के 'असि'; अर्थात् खड्ग से काटना ही बलिदान है। पशुओं को काटना बलिदान नहीं हो सकता। 'शहादत' शब्द बलिदान का पर्याय है; जिसका शाब्दिक अर्थ है, 'साक्षी होना' और जो फ़ारसी मूल 'श-ह-द' से बना है।

★ शहादत देने वाला अपने परम लक्ष्य को इतनी शिद्दत से महसूस करता है कि उसको पाने के लिए साक्ष्य के रूप में अपने जान की बाज़ी लगा देता है। ध्यान दें कि जिसकी शहादत सर्वोच्च है, उसे 'शहीद-ए-आज़म' कहा जाता है।

★ चलते-चलते त्याग और बलिदान में अंतर को भी देख ही लें—'त्याग' शब्द 'त्यज्' धातु से बना है; जिसका अर्थ है—छोड़ना। किसी के भलाई के लिए कुछ छोड़ना त्याग है; लेकिन बलिदान सर्वोच्च त्याग है। देश-समाज के लिए 'प्राण की आहुति' बलिदान है।

□

शब्द-संधान-81

बुद्धि, मेधा, प्रज्ञा और प्रतिभा

★ **बुद्धि**—'बुध्' धातु से व्युत्पन्न शब्द है। 'बुध्' धातु से बननेवाले शब्दों, यथा—बुध, बोध, विबोध, प्रबोध, संबोध आदिक में जानने अथवा समझने का भाव है। जिसे बोध हो गया, वह बुद्ध (बुध्+क्त) हो गया। बुद्धि (बुध्+क्तिन्) उस जानने, समझने अथवा प्रत्यक्ष ज्ञान की संज्ञा है। जिसे बुद्धि, मति अथवा समझ आ गई, वह बुद्धिमान् हो गया। बुद्धिमान् का स्त्रीलिंग रूप बुद्धिमती है। कोई लड़की बुद्धिमान् नहीं होती; बुद्धिमति होती है। बुद्धिमत् (विवेकपूर्ण) होने की अवस्था बुद्धिमत्ता है।

★ **मेधा**—मेधा में धारण करने की शक्ति अथवा स्मरणशक्ति के अच्छे होने का भाव है। मेधावी बच्चे न केवल पाठ को शीघ्र ही समझ लेते हैं, अपितु अधिक समय तक याद भी रखते हैं। स्पष्ट है कि ऐसे बच्चे अपनी इस धारणात्मक शक्ति के कारण समझदार भी अधिक होते हैं। इस प्रकार, मेधा में 'Memory power' के अच्छे होने का अर्थ निहित है।

★ **प्रज्ञा**—'प्र' का अर्थ प्रकृष्ट अथवा विशिष्ट होता है। प्रज्ञ (विशेषण) का अर्थ है—'विशेष ज्ञान युक्त', विद्वान् अथवा मेधावी। कोई व्यक्ति 'प्रज्ञ' है तो इसका अर्थ है कि उसका ज्ञान विशिष्ट है। 'प्रज्ञ' के गुण की संज्ञा 'प्रज्ञा' है। अतः प्रज्ञा का शब्दिक अर्थ प्रकृष्ट अथवा विशिष्ट ज्ञान है। प्रयोग में यह दार्शनिक, आध्यात्मिक आदि क्षेत्रों में ज्ञान अथवा बुद्धि का द्योतन करनेवाला शब्द है। अँगरेज़ी का 'wisdom' इसका समार्थक है। प्रज्ञा से बनने वाले 'प्रज्ञात' शब्द का अर्थ है—विशेष रूप से ज्ञात, सुविख्यात, विश्रुत आदि।

★ **प्रज्ञान**—विशेष बुद्धि अथवा विशिष्ट जानकारी के लिए प्रयुक्त होने वाला शब्द है; परंतु व्यवहार में यह आध्यात्मिक एवं दार्शनिक क्षेत्र के ज्ञान के लिए ही प्रयुक्त होता है। 'प्रज्ञानम् ब्रह्म' के आर्ष-उद्घोष में प्रज्ञान की जगह 'बुद्धि' अथवा 'प्रतिभा' शब्द का प्रयोग नहीं किया जा सकता है।

★ **प्रतिभा**—प्रतिभा 'प्रज्ञा' से भी उच्च लब्धि वाला गुण है। ऐसी प्रज्ञा, जिसमें विशद कल्पनाशीलता हो, नवाचार हो, समाधानविषयक सामर्थ्य हो, उसे प्रतिभा (Genius) कहते हैं। प्रतिभा में 'भा' है, जिसमें चमक, प्रकाश आदिक का भाव है। [प्रति+भा+क+टाप्=प्रतिभा]

★ सभा, आभा, भास्कर, भानु, प्रभा, प्रभात, विभात, सभ्य, प्रतिभाशाली, प्रभावशाली इत्यादिक में भी यही 'भा' है। कहा भी जाता है कि प्रतिभा में विशेष आभा; अर्थात् चमक होती है।

★ भाषा-विज्ञान की दृष्टि से 'सभ्य' शब्द 'सभा' से व्युत्पन्न हुआ है। जो सभा में बैठने योग्य है, वह सभ्य है। जैसे प्रकाशन के योग्य प्रकाश्य, कथन के योग्य कथ्य, पठन के योग्य पाठ्य, वैसे ही सभा के योग्य सभ्य और सभ्य होने की अवस्था सभ्यता।

★ सभा में 'स' का अर्थ सहित है और 'भा' का अर्थ है कांति या चमक। जो साथ-साथ शोभायमान हो (सह भान्ति), वह सभ्य है। असभ्य वह, जो सभ्य नहीं हो, जिसमें वह चमक नहीं हो। और बिना चमक का कोई व्यक्ति चमक वाले लोगों के बीच जँचेगा नहीं, हाँ, सभा के मध्य, हंस के मध्य बक (बगुला) की तरह अवश्य लगेगा।

★ 'भा' धातु से ही बनने वाले प्रभा शब्द का अर्थ है—'विशेष चमक' या blaze। सूरज को प्रभाकर इसलिए कहा जाता है; क्योंकि वह प्रभा (प्र-विशेष, भा-चमक) बिखेरकर प्रभात लाता है और बिना(वि) भा वाली विभा (रात) को समाप्त करता है; अर्थात् प्रभा-कर है वह।

★ प्रतिभावान् लोगों में भी यही चमक (भा) रहती है। प्रभावशाली लोग वे होते हैं, जो अपना प्रभाव छोड़ते हैं; अर्थात् दूसरों पर अपनी विशेष (प्र) चमक (भा) छोड़ पाते हैं।

★ प्रतिभा से बने 'प्रतिभात' का अर्थ है—उज्ज्वल, प्रभायुक्त, ज्ञान, अवगत इत्यादि। इसी प्रकार, 'प्रतिभान' का अर्थ बुद्धि और ज्ञान की चमक है तो प्रकाश और दीप्ति भी है। मन में अकस्मात् स्फुरित होने वाले, कौंधने-चमकने वाले किसी विचार को 'प्रतिभास' कहा जाता है।

★ अध्यवसाय से ज्ञान और प्रज्ञा की प्राप्ति संभव है; परंतु प्रतिभा को ईश्वरप्रदत्त माना जाता है। परिश्रम भी अनमोल धन है; परंतु बिना उचित प्रतिभा के परिश्रम का भी अधिक मूल्य नहीं होता।

□

शब्द-संधान-82

जुगुप्सा, गर्हित और अश्लील

★ सामान्य अर्थों में 'जुगुप्सा' घृणा उत्पन्न करने वाली किसी क्रिया या आचरण के लिए प्रयुक्त होने वाला शब्द है। शाब्दिक अर्थ है—निंदा, झिड़की, नापसंदगी, घृणा इत्यादि। ऐसा कुछ जिससे उबकाई आए या ऐसी किसी भावना के लिए 'जुगुप्सा' शब्द का प्रयोग होता है। यह वीभत्स-रस का संचारी-भाव है और शांत-रस का व्यभिचारी-भाव। अँगरेज़ी शब्द 'Nausea' इसका समानांतर है। अब इस शब्द की निर्मिति भी देख लेते हैं—[गुप्+सन्+ल्युट्, अ+टाप् वा = जुगुप्सा]

★ **गर्हित**—'गर्हित' का अर्थ है, जिसकी भर्त्सना की गई हो, जो निंदित हो। यह 'गर्ह' से बना है, जिसमें कलंक लगाने, निंदा करने आदि का भाव है। अँगरेज़ी में discreditable, abominable, despicable, fulsome इत्यादि इसके समार्थक शब्द हैं।

★ अश्लील का अर्थ है, जो 'श्लील' नहीं है। 'श्लील' का अर्थ है, सुंदरता, सभ्यता के अनुरूप आदि। अँगरेज़ी में obscene, bawdy, filthy, scurrilous, porn, gamy इत्यादि 'अश्लील' के समानांतर हैं।

★ वस्तुतः श्लील शब्द 'श्रीर' का ही वर्णांतर है, जहाँ दोनों र 'ल' हो गया है।

★ श्री शब्द 'श्रि' धातु से बना है; जिसका अर्थ है—शरण देना, धारण करना आदि। 'श्री' का अर्थ है, जिसमें सब आश्रय पाए। 'श्री' को मातृशक्ति, आदिशक्ति भी कहते हैं; क्योंकि सब उसके ही गर्भ से उत्पन्न होते हैं। बहरहाल, अश्लील जिसमें 'श्री' न हो या सौंदर्य न हो। कालांतर में कामजनित दृश्यादि का चित्रांकन, प्रदर्शन 'अश्लील' माना जाने लगा। ध्यातव्य है कि सुंदरता का अभाव 'अश्लील' नहीं है; सुंदर को असुंदर करने और दिखाने की क्रिया 'अश्लील' है।

□

शब्द-संधान-83

आलस्य, प्रमद और प्रमाद; मद, मदन और मदनातुर

★ सामान्य जन दोनों शब्दों को एक समझने की भूलकर बैठते हैं; लेकिन इनके अर्थ और प्रवृत्ति में पर्याप्त अंतर है।

★ **आलस्य (laziness)**—यह शरीर या मन की सुस्ती है; कुछ न करने की चाहत है; अवस्था-व्यवस्था है। यह 'अलस' का भाव है। अस्तु, अलस और आलस्य को समझने से पूर्व 'लस्' धातु को समझना आवश्यक है।

★ संस्कृत की एक धातु है, 'लस्'। 'लस्' धातु में चमकने, दमकने, जगमगाने, प्रकट होने, खेलने, किलोल करने, नाचने, उछलकूद करने का भाव है। इसी 'लस्' से बने उल्लास में उछलने-कूदने का भाव स्पष्ट है तो लास्य में नृत्य का भाव स्पष्ट दिखाई देता है।

★ हमने आरंभ में देखा कि अलस का भाव 'आलस्य' है। दूसरे शब्दों में, आलस्य एक भाववाचक संज्ञा है, जो विशेषण शब्द 'अलस' से विनिर्मित है। ज्ञातव्य है कि अलस स्वयं बना है, लस (लस् धातु+अच्) में 'अ' उपसर्ग जुड़ने से। अलस शब्द के निम्नलिखित अर्थ हैं—

1. अक्रिय, स्फूर्तिहीन, सुस्त, आलसी
2. श्रांत, क्लांत, थका हुआ
3. मृदु, कोमल
4. ढीला, मंद
5. अत्त्वरा

★ आलस्य में 'अलस' के सभी अर्थ भाव के रूप में सन्निहित हैं।

★ **प्रमाद**—यह चेतना (consciousness) का विकार अथवा आलस्य है। यह मन की दुर्बलता है। प्रमाद शब्द 'मद्' धातु से बना है। [प्र+मद् +घञ्=प्रमाद]। मद् धातु से बने मद (मद्+ अच्) का अर्थ 'नशा', मादकता, मदोन्मत्तता, घमंड, अहंकार इत्यादि है। मद् धातु में 'सम्'

उपसर्ग के योग से बने 'सम्मद्' शब्द का अर्थ है, नशे में चूर-चूर होना, हर्षयुक्त या प्रसन्न होना। इसी 'मद्' धातु से व्युत्पन्न 'मदन' शब्द का अर्थ है—मादक, मद लानेवाला, आनंददायक, उत्कंठा, भौंरा, कामदेव, धतूरे का पौधा इत्यादि। मदनातुर अथवा 'मदनपीडित' शब्द का प्रयोग प्रेमातुर के अर्थ में किया जाता है।

★ 'प्र' का अर्थ विशेष है। 'प्रमद' शब्द का अर्थ है, मतवाला या नशे में चूर, स्वेच्छाचारी आदि। इसी 'प्रमद' से 'प्रमदा' शब्द बनता है; जिसका अर्थ है—सुंदरी, तरुणी, नवयुवती आदि। 'प्रमद' से बने 'प्रमदन' (प्र+ मद्+ल्युट्) शब्द का अर्थ है—कामेच्छा। इसी 'प्रमद' से बना एक शब्द 'प्रमदक' भी है; जिसका अर्थ है—लंपट, कामुक आदि।

★ **प्रमाद का अर्थ**—'विशेष मद' है। यह 'विशेष मद' शरीर नहीं; अपितु चेतना के स्तर पर है। 'प्रमाद' का अर्थ है—अभिमान, असावधानी, अवहेलना, मादकता, उन्मत्तता, पागलपन, उत्पात, उपेक्षा, प्रभुत्व, भ्रम इत्यादि। इन विकारों में उलझकर व्यक्ति भूल करता है; इसलिए प्रमाद को 'अंत:करण की मूर्च्छा' भी कहा जाता है।

★ प्रमाद 'अंतस्' की कमज़ोरी है; अपराध होने का कारण है। यही कारण है कि प्रमाद को 'अपराध की जड़' भी कहा जाता है। अँगरेज़ी में inadvertence, insanity, negligence इत्यादि इसके समानांतर हैं।

★ अध्यात्म में माना जाता है कि धर्म के गलियारे में घुसने की प्रथम शर्त है—अप्रमत्तता; यानी 'प्रमाद रहित अवस्था' (अप्रमाद)। "धर्मार्थयोर्नित्यं न प्रमाद्यन्ति पण्डिता:।" अर्थात् धर्म और अर्थ उपार्जन में विद्वान् कभी प्रमाद नहीं करते। ऐसा इसलिए कहा जाता है कि प्रमाद होने पर चेतना को ज्ञान की भूख समाप्त हो जाती है; जिस कारण व्यक्ति स्वाध्याय नहीं करता। आर्ष-आश्वस्ति है कि इस जगत् में सबसे बड़ा शत्रु प्रमाद ही है, जिसे प्रतिपल चुनौती देने की आवश्यकता है।

★ ध्यातव्य है कि कोई प्रमादी व्यक्ति 'आलसी' हो भी सकता है और नहीं भी; क्योंकि संभव है कि शरीर के स्तर पर कोई आलसी और चेतना के स्तर पर जागरूक हो। दूसरी तरफ़ यह भी हो सकता है कि कोई व्यक्ति शरीर से अति कर्मठ हो; पर उसका अंत:करण विकारयुक्त वा प्रमादयुक्त हो। वैसे अप्रमाद की अवस्था 'संतत्व' की अवस्था है, जिसे उपलब्ध होना बहुत कठिन माना गया है।

□

शब्द-संधान-84

अनुदित और अनूदित

★ अनुदित का अर्थ है, 'जिसका उदय नहीं हुआ है।' [अन्+उदित = अनुदित] **अनुदित का अँगरेज़ी पर्याय 'unrisen' है। अनुदित के अन्य सांदर्भिक अर्थ हैं**—जो नहीं कहा गया है, अकथित आदि। 'जिसका नहीं उदय हुआ है' का संकेतित अर्थ है—जो दूसरी भाषा में नहीं आया है। इस प्रकार, यह untranslated का हिंदी पर्याय है।

★ 'अनूदित' [अनु+उदित] का अर्थ है—'जिसका उदय हो गया है, उसका अनुसरण करना'; अर्थात् 'उसका अनुवर्ती होना'। इसका आशय है—'जो कहा गया हो, उसे दुबारा कहना'।

★ वैदिक काल में गुरु मंत्रोच्चार करते थे और शिष्य उसको दुहराते थे। इस तरह, आरंभिक काल में 'अनूदित' का अर्थ था—'कहे गए को दुहराना'।

★ बाद में जब english में लैटिन से translation शब्द आया तो हिंदी में भी उसके समानांतर 'अनुवाद' को रखा गया। 'Trans' मतलब 'पार' और 'lation' मतलब 'ले जाने की क्रिया'।

★ अनुवाद में 'अनु' का अर्थ पीछे है। वाद 'वद्' धातु से बना है। 'वद्' धातु का अर्थ है, बोलना। [वद्+घञ्=वाद]। इस प्रकार, अनुवाद 'वाद' के पीछे चलने की क्रिया है। जो अनुवाद किया हुआ है, वह 'अनूदित' है।

★ इस तरह कथ्य या भाव का भाषांतरण या तर्जमा (तर्जुमा भी प्रचलित है।) किया हुआ पाठ 'अनूदित' कहलाया। अनूदित के लिए कुछ लोग 'अनुवादित' लिखते हैं, जो अशुद्ध है।

□

शब्द-संधान-85

धन, धनुष, निधन और निर्धन; अधिकतर और अधिकांश

★ 'ध' वर्ण में धारण करने का भाव है। 'धन' में भी यही भाव है।

★ **धन**—संपत्ति, निधि, मूल्यवान् संपत्ति

★ 'धनवान्' उसे कहते हैं, जिसने बहुत कुछ धारण कर रखा है; अर्थात् पकड़ रखा है। धनी, धनपति, धनाढ्य, धनिक इत्यादि शब्द भी इसी अर्थ का बोधन करते हैं।

★ निर्धन, बिना धन के होता है।

★ जिसका निधन हो गया, वह कुछ भी धारण नहीं कर सकता। यहाँ यह जानना समीचीन होगा कि निधन और मृत्यु में अर्थपरक-विभेद है। किसी महान् आदमी अथवा स्वनामधन्य व्यक्ति की मृत्यु के लिए 'निधन' शब्द का प्रयोग किया जाता है; जबकि किसी सामान्य व्यक्ति के देहावसान के लिए 'मृत्यु' शब्द का प्रयोग किया जाता है। निधन के लिए अँगरेज़ी शब्द 'Demise' है; जबकि मृत्यु के लिए 'Death' शब्द का प्रयोग किया जाता है।

★ धन् से ही व्युत्पन्न 'धन्य' (धन्+यत्) शब्द के दो अर्थ हैं—

 1. घनी, धन प्रदान करनेवाला
 2. सौभाग्यशाली
 3. श्रेष्ठ, उत्तम

★ धनुष अथवा 'धनुः' भी इसी 'धन्' धातु से व्युत्पन्न है।

★ ज्ञातव्य है कि संस्कृत में 'धृ' धातु का अर्थ धारण करने, सँभालने आदि से है। हलधर बलराम को कहा जाता है; क्योंकि वे हल धारण करते थे। मुरलीधर (वंशीधर) और चक्रधर तो साक्षात् श्रीकृष्ण हैं। यही 'धर' शब्द फ़ारसी में जाकर 'दार' (फ़ारसी में स्त्रीलिंग) बन गया। हिस्सेदार,

ज़िम्मेदार (जिम्मेवार अशुद्ध शब्द है।) ज़मानतदार, ज़मींदार, ज़मींदारी इत्यादि शब्दों में 'दार' का अर्थ स्पष्ट है।

★ **ध्यानाकर्षण—**

यदि ज़मीन एक से अधिक जगह पर हो तो ज़मींदार कहा जाएगा; 'ज़मीनदार' नहीं। ज़मीन का बहुवचनात्मक रूप 'ज़मीं' है। हाँ, किसी प्लॉट अथवा भूखंड का कोई ज़मीनदार हो सकता है; ज़मींदार नहीं। यह भी जानना चाहिए कि धर से फ़ारसी में 'दर' नहीं; दार बना है। दर का फ़ारसी में अर्थ दरवाज़ा (दरवाजा अशुद्ध है।), भीतर आदि है।

★ **अधिक—**यह अधि उपसर्ग में 'क' के संयोग से व्युत्पन्न शब्द है; जिसका अर्थ है—बहुत, अतिरिक्त, अधिक मात्रा में, अधिशेष इत्यादि।

★ यहाँ यह चर्चा समीचीन होगी कि असावधानीवश अधिकतर की जगह 'अधिकांश' लिख दिया जाता है। सहज बुद्धि से समझा जा सकता है कि अधिकांश में 'अंश' अंतर्निहित है। अतः, अधिकांश का प्रयोग तब होगा, जब मात्रा की बात होगी; अर्थात् घटकों को गिना नहीं जा सकता। लोग, पशु, वृक्ष आदिक के साथ अधिकांश नहीं लगेगा; 'अधिकतर' लगेगा; क्योंकि इन्हें गिना जा सकता है। हाँ, अगर कोई कहे कि जंगल का अधिकांश काटा जा चुका है तो यह बिलकुल सही प्रयोग होगा। अब एक अन्य उदाहरण देखते हैं, जिसमें इन दोनों शब्दों का सही प्रयोग हुआ है—सच में क्या हुआ यह जनाकीर्ण [जन+आकीर्ण (भरा हुआ); अर्थात् भीड़] के 'अधिकांश' को पता ही नहीं था; क्योंकि 'अधिकतर' लोग दूसरों की देखादेखी इसमें बस शामिल हो गए थे।

□

शब्द-संधान-86

सफल, सुफल, विकच, विफल, असफल और निष्फल

★ फल शब्द की धातु फल् है; जिसका अर्थ पकना, परिणति, परिणाम आदि है।

★ विफल (वि/बिना फल) का अर्थ है 'फल के बिना'; जैसे किसी पेड़ में फल लगा ही न हो, वह फल रहित हो। इसी तरह, किसी कार्य का अगर सुसंगत परिणाम निकले ही न तो विफलता (fruitless) है। यह विफलता 'सफलता' का विलोम नहीं है। हाँ, सफलतारहित अवस्था है।

★ सफलता का अभाव विफलता है; जबकि सफलता का विलोम असफलता (failure, unsuccessful) है। अँगरेज़ी में mischance, defeat, debacle, cropper आदि इसके क़रीब है।

★ स-फल; अर्थात् फल के साथ होना सफल होना है। किसी पेड़ में फल लग गया तो वह सफल हो गया (fruitful)। ठीक ऐसे ही, यदि कोई कार्य किया गया और उसका परिणाम निकला तो वह कार्य सफल हुआ; जैसे यज्ञ सफल होना, मेहनत सफल होना, परिश्रम सफल होना इत्यादि।

★ फल के साथ सफल है; पर अगर फल अच्छा है तो 'सुफल' है। मानस में लिखा है—'सुफल मनोरथ होहिं तुम्हारे'; अर्थात् मनोरथ का परिणाम तो निकले ही; पर वह अच्छा भी निकले।

★ सफल; अर्थात् कार्य सिद्ध हो गया है।

सफल फल के साथ है, सुफल अच्छे फल के साथ है। निष्फल होना अधिक नकारात्मक है। इसमें निषेध है, जो पहले था या जिसकी प्रबल संभावना थी, अब वह भी नहीं; जैसे आम के पेड़ में बौर आए हों, अमियाँ भी हों; लेकिन आँधी-तूफ़ान में सब टूट जाएँ तो यह निष्फल होना है। जो था, वह भी न रहा। [निस्+फल=निष्फल] अँगरेज़ी का unfruitful

इसका ठीक-ठीक पर्याय है। साथ ही, यह useless, unproductive, miscarriage इत्यादि के समानांतर भी है। कार्य संपन्न तो हुआ नहीं, साथ ही कम-से-कम जितने की आकांक्षा थी, वह भी पूरी नहीं हुई।

★ फल की जगह अगर फूल हो और वह विकसित न हो पाए, इसके लिए शब्द है—'अविकच'। जो खिले ही न, वह अविकच या 'unbloomed' है।

□

शब्द-संधान-87

वच्, वचन और निर्वचन

★ भाषा-विज्ञान में 'निर्वचन' एक अति महत्त्वपूर्ण शब्द है। सामान्य अर्थों में, निर्वचन शब्दों के अर्थ को स्पष्ट करने की एक पद्धति है, जिसे व्याख्या, व्युत्पत्ति, interpretation आदि भी कहते हैं। [निर्+वचन=निर्वचन]। इस शब्द के निम्नलिखित अर्थ हैं—

1. निश्चित रूप से कोई बात कहना, व्याख्या करना, निरूपण करना।
2. चुप या मौन
3. किसी भी शब्द को तोड़-तोड़ कर अलग-अलग करना।

★ **परिभाषा**—निरुक्त के टीकाकार दुर्गाचार्य ने लिखा है—"निष्कृष्य विगृह्य वचनं निर्वचनम्।" अर्थात् शब्दों के छिपे हुए अर्थ को विग्रह द्वारा स्पष्ट करने की यौगिक-क्रिया ही 'निर्वचन' है।

★ वैसे निर्वाचन, वाचन, निर्वचन आदि सभी शब्दों में 'वच्' धातु है। निर्वचन का अर्थ हुआ—वचन या बोले हुए में छिपे संदेश को ढूँढ़ना। देखा जाए तो इसमें 'चि' धातु भी है, जो चयन, चयति, निश्चय (निस्+चय) आदि में है। निर्वचन; अर्थात् कुछ को छाँटकर कुछ और को चुनना। निर्वाचन चुनने की ही क्रिया है, जिसमें बहुत से बोलने वालों में से कुछ विशेष को चुनना अभीष्ट होता है।

★ जो व्याख्या करने अथवा 'निर्वचन' के योग्य है, वह 'निर्वचनीय' (interpretable) है; लेकिन जिसकी व्याख्या नहीं हो सकती, जिसे शब्दों में नहीं बाँधा जा सकता, वह 'अनिवर्चनीय' (inexpressible, uninterpretable) है। अनिवर्चनीय सौंदर्य का वर्णन कविता में संभव नहीं है।

★ **निर्वचन के उदाहरण**—वैदिक-साहित्य की व्याख्या 'वैदिक-निर्वचन'

है; संविधान की व्याख्या 'सांविधानिक-निर्वचन' है; साहित्य की व्याख्या 'साहित्यिक-निर्वचन' है। इस पुस्तक का मुख्य प्रतिबल 'शब्दार्थ-निर्वचन' पर ही है। दूसरे शब्दों में, निर्वचन द्वारा शब्दों की निरुक्ति [निर्+उक्ति= निरुक्ति= व्युत्पत्ति]
करने की युक्ति यहाँ मिलती है।

□

शब्द-संधान-88

शैक्षिक और शैक्षणिक; 'शिक्ष्' से प्रशिक्षण तक

★ शिक्षा संज्ञा है, जिससे विशेषण 'शैक्षिक' बनेगा। शिक्षा का क्रियात्मक रूप 'शिक्षण' है, जिससे विशेषण शैक्षणिक बनेगा। शिक्षा और शिक्षण दोनों संज्ञा हैं।

★ शिक्षक 'शिक्षा' देते हैं; जबकि शिक्षण की क्रिया करते हैं। छात्र 'शिक्षा' लेते हैं; शिक्षण की प्रकिया से सीखते हैं। वे शिक्षा ग्रहण करते हैं; शिक्षण ग्रहण नहीं करते हैं। शैक्षिक और शैक्षणिक दोनों भले ही शिक्षा से संबंध हैं, दोनों में अंतर है। विद्यालय में 'शैक्षणिक-गतिविधि' चलती है। वैसे, सीखने के लिए 'शैक्षिक-गतिविधि' जीवन-पर्यंत चल सकती है।

★ शिक्षा शब्द 'शिक्ष्' धातु में 'आ' प्रत्यय जुड़कर बना है। 'शिक्ष्' धातु का अर्थ है—सीखना। वैसे, इसमें सीखना और सिखाना (learning and teaching) दोनों शामिल है। शिक्षा एक सामाजिक प्रक्रिया है और एक सांस्कृतिक प्रक्रिया भी। यह साक्षर (स+अक्षर) भर होना नहीं है, वरन् साक्षरता के साथ चेतना का मेल भी है।

★ शिक्षण से कोई 'शिक्षित' हो जाता है; क्योंकि इससे उसकी मानसिक-शक्ति बढ़ती है और चेतना जाग्रत् होती है। जैसा कि हमने देखा—शिक्षा (education) जीवन भर चल सकती है; जबकि शिक्षण (teaching) विद्यालय या गुरुकुल जैसी जगहों पर ही संभव हो पाता है। शिक्षण में शिक्षक और शिक्षार्थी के अलावा पाठ्यक्रम भी रहता है।

★ जब शिक्षण विशेष होकर दक्षता, कैशल आदि विशेष क्रिया को मुमकिन बनाए; तब यही प्र-शिक्षण (प्रशिक्षण या training) कहलाता है। शिक्षण के बाद 'प्रशिक्षण' दिया जाता है; क्योंकि प्रशिक्षण; अर्थात् विशेष (प्र) शिक्षण के बाद आप अधिगम (learning) के उपयोग के योग्य बन जाते हैं।

□

शब्द-संधान-89

आप ऊँचे हैं अथवा लंबे?

★ क्या आपने कभी ग़ौर किया है कि अँगरेज़ी में आप अपनी 'Height' बताते हैं, 'Length' नहीं; जबकि हिंदी में अपनी लंबाई लिखते हैं अथवा बताते हैं। दैनंदिन जीवन में भी कुछ ऐसा ही हम सुनते और बोलते हैं : "आपकी लंबाई कितनी है?", "आपकी Height क्या है?", "वह लड़की बहुत लंबी है।", "उस लड़के की Height बहुत अच्छी है।" इत्यादि।

★ विदित है कि 'Height' का हिंदी समानांतर ऊँचाई है, जिसके लिए अँगरेज़ी में उपयुक्त शब्द 'Tall' है। यह भी सर्वविदित है कि Height (the vertical dimension of extension/The quality of being tall) अथवा ऊँचाई को ऊर्ध्वाधर [ऊर्ध्व (ऊपर)+अधर (नीचे)= ऊर्ध्वाधर] में नापा जाता है। लंबाई अँगरेज़ी के 'Length' का हिंदी समार्थक है। Length (The linear extent in space from one end to the other.) अथवा लंबाई तो क्षैतिजिक रूप में नापी जाती है, यथा नदी की लंबाई, टेबल की लंबाई आदि।

★ हिंदी में भी लंबाई को क्षितिज की रेखा में दूरी के रूप में परिभाषित किया जाता है; अर्थात् यह एक किनारे से दूसरे किनारे तक फैली होती है। इस अर्थ में हम किसी व्यक्ति को लंबा नहीं कह सकते, ऊँचा कह सकते हैं। ध्यान रहे कि ऊँचा का तत्सम 'उच्च' एक व्यापक शब्द है, जिसे महत्ता सहित कई अर्थों में प्रयुक्त किया जाता है। पते की बात यह कि किसी की लंबाई नहीं ऊँचाई देखिएगा और हो सके तो शरीर की नहीं, वरन् व्यक्तित्व की।

★ अगर गहराई में उतरें तो यह एक रोचक शब्द-यात्रा है। 'Height' शब्द के मूल को जर्मन से जोड़ा गया, जो Old English में hehthu अथवा

hiehthu बना। यही डच के प्रभाव से पुनः अँगरेज़ी में आते-आते highth और high बना। महाकवि Milton ने 'Highth' ही प्रयोग किया है। मूल रूप hiehthu का अर्थ है—किसी का शीर्ष भाग अथवा top of something. इसी अर्थ में किसी की ऊँचाई के लिए 5 फीट 8 इंच, 5 फीट 10 इंच अथवा ऐसा कुछ कहा गया। ऐसा ही कहा भी जाना चाहिए।

★ जिसे हम लंबा कहते हैं, वह दरअस्ल (अरबी-भाषा के इस शब्द को हिंदी में दरअसल भी लिखा जाता है।) 'लंब' से बना है और यहीं पर हिंदी में उलझन हुई। लंब शब्द अँगरेज़ी में plumb है, जिसे लुंब पढ़ा जाता है; क्योंकि 'p' ध्वनि गौण है। अँगरेज़ी में भले ही यह लुंब है; हिंदी में लंब लिखा और पढ़ा जाता रहा है और हिंदी के नियम से ठीक भी है। अब 'plumb' का अर्थ है—गहराई नापना (to measure the depth of something.)। ऐसे, Plumb शब्द लैटिन के 'plumbum' से बना है, जिसका अर्थ सीसा है। आरंभ में plumb (लुंब) को ऊपर से नीचे लटके एक शीशे के रूप में लिया गया। ध्यान दें कि हिंदी में भी लंब की परिभाषा की गई—"आधार से समकोण बनाते हुए ऊपर जाने वाली रेखा जो नीचे की और लटकती है।" आगे, इस तरह लंब होने के गुण को लंबा होना अथवा लंबाई कहा गया। ध्यातव्य है कि व्यक्ति ऊपर से नीचे आधार पर एक समकोण तो बनाता ही है; इसलिए लंबा होना इस तर्कसरणी से ग़लत नहीं माना गया।

★ द्रष्टव्य है कि अँगरेज़ी ने height शब्द को इसके लिए अपना लिया और हिंदी में लंबाई की परिभाषा अँगरेज़ी के length के समानांतर कर दी गई। इस तरह एक भ्रम की स्थिति उत्पन्न हो गई। अच्छा, एक हिंदी गाने ने तो हद्‌द (इसे हिंदी में हद भी लिखा जाता है।) ही कर दी : "एक ऊँचा-लंबा कद!" निष्कर्षतः, वर्तमान भाषायी आधार और परिभाषाओं के आधार पर हमें height के लिए ऊँचाई का प्रयोग ही करना चाहिए। अतः, वह एक 'ऊँचे कद का' या 'ऊँचा' लड़का है लिखें, 'लंबा' लड़का न लिखें!

□

शब्द-संधान-90

परिचय, जानना और पहचानना

★ जानना एक सकर्मक क्रिया है; जिसका अर्थ है—अवगत होना, परिचय होना, ज्ञान होना आदि। ज्ञान से 'जान' और ज्ञान होने की अवस्था 'जानने की अवस्था' है। To know, learn, find out इत्यादिक इसके अँगरेज़ी समानांतर हैं।

★ जाने हुए को इंगित कर लेना 'पहचानना' है। पहचानना जानने से गहरी अवस्था है। यह अलग बात है कि लोग पहचानने वाले को भी कह देते हैं—"तुम मुझे जानते नहीं हो।" अस्लीयत (शुद्ध वर्तनी यही है; लेकिन हिंदी में इसे असलीयत भी लिख दिया जाता है।) में, वे कहना चाहते हैं कि मेरे बारे में कुछ ऐसा भी है, जिसे तुम नहीं जानते।

★ सच तो यह है कि अगर आप जानते नहीं हैं तो पहचानते भी नहीं हैं। अस्तु, अगर आप पहचानते हैं तो आप जानते हैं। जितना अधिक पहचानते हैं, उतना अधिक जानते हैं। कदाचित् कम जानते हैं तो पहचान नहीं पाएँगे; जैसे कि परीक्षा में आप सही उत्तर नहीं पहचान पाएँगे, यदि विषयवस्तु को ठीक से नहीं जानते।

★ हम जानते हैं कि आत्मा अजर-अमर है या हम आत्म-स्वरूप हैं; लेकिन हम इसे पहचानते नहीं हैं। इसी अर्थ में कहा जाता है कि जानना काफ़ी नहीं है, पहचानना ज़रूरी है। एक जन्मांध व्यक्ति भी प्रकाश के बारे में बहुत कुछ जान सकता है; लेकिन अगर वह प्रकाश पर पी-एच.डी. कर ले और एक किताब भी लिख दे, तब भी देखें तो वह प्रकाश को पहचानता नहीं है। जानकर जब स्वयं को पहचानने लगते हैं, तब आध्यात्मिक यात्रा शुरू होती है। To recognize, to discern, to identify, to distinguish आदि पहचानने के अँगरेज़ी पर्याय हैं।

★ अगर कुछ आपका जाना पहचाना है, known है तो आप उसे जानते भी हैं और पहचानते भी हैं। किसी को जानते भर हैं तो इसका अर्थ है कि उसका नाम सुना है, उसके बारे में कुछ जानते हैं। अगर किसी से पहचान है तो इसका अर्थ है कि थोड़ी गहराई है। आप अपने सांसद को जानते हैं तो उसके बारे में अवगत हैं कि कौन है, क्या है; लेकिन अगर आपकी उससे पहचान है तो कुछ गहराई है।

★ एक अच्छा शब्द-युग्म है, 'जान-पहचान'। लोग कहते भी हैं कि उसकी तो सांसद महोदय या किसी अन्य प्रभावशाली व्यक्ति से जान-पहचान है। सिर्फ़ जानने का भ्रम बहुत कुछ मानने का भ्रम भी दे सकता है; लेकिन जानने के साथ अगर पहचानना जुड़ा है तो यह भ्रम नहीं रहता। कहा भी गया है : "अहंकार विमूढात्मा कर्ताहं इति मन्यते।" अगर आंतरिक जगत् की पहचान न हो तो जानने का अहंकार आना स्वाभाविक है।

□

शब्द-संधान-91

अनशन, उपवास, व्रत और भूख हड़ताल

★ चारों शब्द भोजन नहीं करने के अर्थ में प्रयुक्त होते हैं; लेकिन इनमें पर्याप्त गुणात्मक अंतर है। आइए! देखते हैं—

★ अनशन शब्द बना है—'अन् और अशनम्' से। 'अशनम्' (अश्+ ल्युट्) में निहित 'अश्' का अर्थ है—

1. खाना, उपभोग करना
2. स्वाद लेना, रस लेना

★ 'अशनम्' का अर्थ है, खाना, स्वाद लेना, उपभोग करना, प्रवेशन इत्यादि। इसमें 'अन्' उपसर्ग के जुड़ने से बने 'अनशन' का शाब्दिक अर्थ हुआ—आहार को त्यागना, जो starvation का पर्याय है।

★ व्रत का शाब्दिक अर्थ है—संकल्प, प्रण, प्रतिज्ञा। मौन-व्रत में कुछ नहीं बोलने का व्रत लिया जाता है; जबकि पर्व या किसी धार्मिक अनुष्ठान में पवित्रता के लिए निराहार 'व्रत' भी लिया जाता है। व्रत शब्द का अर्थसंकोच हुआ है। इसका प्रयोग सभी प्रकार के संकल्पों के लिए होता था; परंतु कालांतर में 'कितना भोजन करना है और कब करना है' के प्रण के अर्थ में रूढ (रूढ़ संस्कृत के अनुसार अशुद्ध है।) हो गया।

★ ध्यातव्य है कि सच्छास्त्रों (सत्+शास्त्र=सच्छास्त्र); जैसे अष्टावक्र महागीता आदि में 'अव्रती' हो जाने की सीख दी जाती है; क्योंकि 'व्रत' में सहजता नहीं हठ है, जो अहंकार को जन्म दे सकता है और हम जानते हैं कि अहंकार 'साधना' का दुश्मन है। देखा जाए तो इस दृष्टिकोण से व्रत से कहीं अधिक अच्छी संकल्पना 'उपवास' की है।

★ उपवास का अर्थ है, समीप वास करना या रहना। उप का एक अर्थ 'निकट' (नज़दीक) और वास का अर्थ रहना। किसके निकट वास

करना? अब इसकी व्याख्या कोई कहता है कि प्रभु (प्र+भू =-प्रभु) या ईश्वर के समीप रहना है तो कोई कुछ और; परंतु इतना तय है कि उपवास में एक भक्ति-भावना या धार्मिक तत्त्व निहित है। इसका मूल अर्थ है, स्वयं के पास वास करना।

★ उपवास का अर्थ है—शरीर की जगह अपने पास वास करना या आत्मा के पास वास करना; क्योंकि वैदिक संस्कृत में तो 'स्व' का स्वरूप 'आत्मा' ही है। यह और बात है कि आध्यात्मिक दृष्टि से जब प्रभु की याद आती है, तभी अपनी याद भी आती है। सच्चे उपवास में प्रभु की याद में खोकर शरीर की याद तक नहीं आती और अगर शरीर पर ही ध्यान अटका है, ईश्वर पर नहीं तो यह 'अनशन' होगा, उपवास (fast) नहीं।

★ भूख-हड़ताल शब्द एक अहिंसक प्रतिरोध की रणनीति के अंतर्गत भूखा रहना है। यह एक ऐसा हड़ताल है, जिसमें भूखा रहना है कि हमारी माँगें मानो तभी हम खाना खाएँगे; जैसे फैक्टरी के वर्कर कहते हैं कि हमारी माँगे मानो तभी हड़ताल ख़त्म होगा। यह 'hunger strike' का हिंदी रूपांतरण है। इस पर विचार करें कि नवरात्र आदि में आप उपवास करते हैं, व्रत करते हैं अथवा अनशन करते हैं!

★ **विशेष—**ऊपर प्रतिज्ञा शब्द आया है। इससे बनने वाले तीन महत्त्वपूर्ण शब्द हैं—बद्धप्रतिज्ञ, सत्यप्रतिज्ञ और दृढप्रतिज्ञ (दृढ़प्रतिज्ञ अशुद्ध है।)। बद्धप्रतिज्ञ का अर्थ है—बद्ध है जो प्रतिज्ञा से। सत्यप्रतिज्ञ का अर्थ है—सत्य है जिसकी प्रतिज्ञा। दृढप्रतिज्ञ का अर्थ है—दृढ है जिसकी प्रतिज्ञा। प्रतियोगी परीक्षा की दृष्टि से यह जानना चाहिए कि ये सभी विशेषण-विशेष्य कर्मधारय समास के उदाहरण हैं—सत्यप्रतिज्ञ और दृढप्रतिज्ञ में पहला पद विशेषण और दूसरा पद विशेष्य है; जबकि 'बद्धप्रतिज्ञ' उपसर्ग से बना कर्मधारय समास है, जिसमें 'बद्ध' विशेषण का कार्य कर रहा है। यह भी जानना चाहिए कि 'दृढ' से 'दृढनिश्चयी' और 'दृढव्रती' शब्द बनाना अव्याकरणीय है। शुद्ध शब्द हैं—दृढनिश्चय (दृढ़निश्चय भी अशुद्ध) और दृढव्रत (दृढ़व्रत भी अशुद्ध है।)।

□

शब्द-संधान-92

दुष्ट और बदमाश; दोष, दूषण, दूषणाभास

★ **दुष्ट शब्द बना है**—'दुष्' धातु से [दुष्+णिच्+ल्युट् = दूषण]। 'दुष्' धातु पतित, बुरा, ख़राब, भ्रष्ट, पाप आदि को व्यंजित करता है। 'दुष्' धातु से ही व्युत्पन्न 'दोष' का अर्थ—ख़राबी, ऐब, अशुद्धि, blame, defect, spot, frailty, flaw इत्यादि है।

★ दूषण 'दूषित' होने की क्रिया है। इसका प्रारंभिक अर्थ—अपवाद, अपकीर्ति, दोषकथन आदि है। अँगरेज़ी का 'corruption' इसके क़रीब है।

★ दूषण पर साहित्य में गहरी विवेचना की गई है; जैसे अपनी बात को अपनी ही बात से काटना 'स्ववचन पक्षदूषण' कहलाता है। इसी तरह पक्षदूषण, दृष्टांत-दूषण आदि हैं। प्रदूषण 'विशेष दूषण' है। [प्र-विशेष]। अँगरेज़ी का pollution इसका पर्याय है। दूषणाभास में दूषण होता नहीं है; लेकिन उसका आभास होता है।

★ काव्यदोष से अभिप्राय है—सामर्थ्य के अभाव, अनवधानता या अन्य कारणों से काव्य में आने वाली न्यूनताएँ। काव्यप्रकाश में 70 प्रकार के काव्य-दोषों की चर्चा है; लेकिन मूलतः ये पाँच हैं—पद-दोष, पदांश-दोष, वाक्य-दोष, अर्थ-दोष और रस-दोष।

★ भाषा-विज्ञान में माना जाता है कि संस्कृत की 'दुष्' धातु ही फ़ारसी के दुस्त, दुश्मन आदि शब्दों के मूल में है।

★ बदमाश शब्द अरबी-फ़ारसी मूल का है; जिसमें 'बद' फ़ारसी का है; जिसका अर्थ 'बुरा' है और 'माश' (मआश) अरबी का है; जिसका अर्थ जीवन-यापन या आजीविका है। इस प्रकार, जो ग़लत तरीक़े से आजीविका कमाता है, वह 'बदमाश' या ग़लत रास्ते पर चलने वाला बदमाश। गुंडा,

शोह्दा (इसे लोग 'शोहदा' भी लिख देते हैं), उठाईगीरा आदि से इसी अर्थ की अभिव्यक्ति होती है।

★ दुष्ट [दुः+ट=दुष्ट] से इसकी तुलना करें तो बदमाश को ठीक किया जा सकता है; लेकिन 'दुष्टता' एक आंतरिक गुण है, जिसे ठीक नहीं किया जा सकता। दूसरे शब्दों में, जो बदमाश है, वह बदलकर सही रास्ते पर आ सकता है; परंतु दुष्ट अपनी 'दुष्टता' का त्याग जल्दी नहीं करता।

□

शब्द-संधान-93

आज़ादी, स्वाधीनता, स्वतंत्रता, स्वच्छंदता और उच्छृंखलता

★ **'स्व' का अर्थ 'अपना' और 'तंत्र' का अर्थ**—नियम, व्यवस्था, प्रबंध या system है। स्वतंत्र का सही मतलब 'आज़ादी' नहीं है। आज़ादी तो स्वाधीनता (independent, freedom) है। स्वतंत्र में ख़ुद की एक व्यवस्था है : क़ानून की व्यवस्था, शासन औए राज-काज कैसे चले, इसकी व्यवस्था।

★ स्वतंत्रता 'परतंत्रता' का विलोम है। स्वतंत्र को ठीक-ठीक व्यंजित करने वाला कोई अँगरेज़ी शब्द नहीं है। self-government जरूर एक काम-चलाऊ शब्द है। परतंत्रता 'पर' यानी दूसरे की व्यवस्था (तंत्र) है। स्पष्ट है कि जब हम 'पराधीन' होते हैं, तब परतंत्र भी होते हैं; क्योंकि जब 'पर'; अर्थात् दूसरे के अधीन होंगे तो व्यवस्था भी हमारी नहीं होगी, दूसरों की चलेगी। इसलिए कहा गया है, 'पराधीन सपनेहुँ सुख नाहीं।'

★ दूसरी तरफ़ जब हम 'स्वाधीन' हो जाते हैं; तब हम 'स्वतंत्र' भी हो जाते हैं; क्योंकि तब हम पराधीनता; अर्थात् दूसरे की अधीनता की बेड़ियों को काटकर स्वाधीन (स्व-अधीन या अपने अधीन) होते हैं। ऐसे में, हम दूसरे के तंत्र या सिस्टम को हटाकर 'अपना तंत्र' या 'अपना सिस्टम' स्थापित करते हैं, करना ही चाहिए।

★ 15 अगस्त, 1947 को जब हम 'स्वाधीन' हुए तो उसके साथ ही स्वतंत्र भी हुए। इस स्वतंत्रता में एक व्यवस्था थी। चाहे जैसे भी थी; लेकिन वह व्यवस्था अपनी थी। शुरुआती व्यवस्था, कामचलाऊ व्यवस्था; लेकिन अपनी व्यवस्था। इसे पूरी तरह अपनी व्यवस्था होनी थी, अपना तंत्र होना

था। यह ऐसा ही है कि एक व्यक्ति आपके घर में आता है और रहकर या आपको तंग कर चला जाता है या उसको आप निकाल ही देते हैं; पर उसकी कुछ चीजें आप रख लेते हैं।

★ कुछ अच्छी चीजें रखें तो और बात है; जब आप उसके जैसा खाने लगें, उसकी भाषा बोलने लगें और अपनी भाषा भूलने लगें तो पक्का मानिए कि आप स्वाधीन तो हैं; पर पूरे स्वतंत्र नहीं हुए हैं। तंत्र कोई और है, कहीं और का है, किसी और का है। कुछ इसी आधार पर हम कह सकते हैं कि हम स्वाधीन हुए; लेकिन ठीक से स्वतंत्र नहीं हो पाए; क्योंकि अपनी व्यवस्था मुकम्मल नहीं हो पाई। बहुत कुछ में तो 'उधार' की व्यवस्था चली हुई है। यहाँ यह भी जानना समीचीन होगा कि उधार रुपये, धन, विचार, भाव इत्यादि के लिए प्रयुक्त होता है। वस्तुओं के लिए 'मँगनी' शब्द का प्रयोग होता है।

★ स्वच्छंदता और उच्छृंखलता—
स्वच्छंदता का अर्थ है—बिना बाहरी नियंत्रण के, बिना किसी संकोच के। इसके लिए अँगरेज़ी में self willed, unbound, unconventional, freelance, dissolute इत्यादि शब्द हैं।

★ स्वच्छंद का समास 'स्वच्छंदता' है। स्वच्छंद शब्द बना है, 'स्व+छंद' से। छंद का व्युत्पत्तिगत अर्थ है—'खुश करना'। यदि पाणिनि (पाणिनी अशुद्ध है।) के अनुसार जो आह्लादित करे, वह छंद है तो यास्क ने भी कहा, "छन्दांसि छादनात्!" यहाँ यह देखें कि स्वच्छंद का अर्थ हुआ—जो अपनी मर्ज़ी (मर्जी अशुद्ध है।) से काम करे, किसी बंधन में न हो। साहित्य में स्वच्छंदतावाद एक विशिष्ट संकल्पना है, जो romanticism का पर्याय है।

★ अपनी इच्छा से आचरण करना 'स्वेच्छाचारिता' है; लेकिन यह जब मनमानेपन का पर्याय बने और किसी नियम को न माने तो 'उच्छृंखलता', unruliness या willfulness है। यह उच्छृंखल होने की अवस्था है, जो 'उद्+शृंखल' से बना है। 'उद्' उपसर्ग के कई अर्थ हैं; जैसे—ऊपर, दूर आदि।

★ शृंखल 'क्रम' को कहते हैं। मूलतः, शृंखल एक प्रकार का कड़ी युक्त आभरण था, जो पुरुष पहनते थे। बंधन, जंजीर, साँकल आदि शृंखल है, जिसमें कड़वत् (कड़ी की तरह) रूप में हिस्से जुड़े होते हैं। शृंखला कहते

हैं—एक-दूसरे में पिरोई हुई कड़ियों के समूह को। शृंखला में होने का गुण, क्रमिकता या क्रमबद्धता को 'शृंखलता' कहते हैं।

★ इस क्रम से दूर होना या इस व्यवस्था से छूटकर दूर चले जाना 'उच्छृंखलता' है; अर्थात् व्यवस्था का अतिक्रमण है। यह अराजकता, anarchy के क़रीब ले जाती है।

★ स्वतंत्रता का अर्थ 'स्वेच्छाचारिता' नहीं है; वरन् इसमें एक तंत्र, एक व्यवस्था रहती है। जब व्यवस्था ख़त्म हो जाए, कोई नियम-क़ानून का राज रह ही न जाए तो उसे 'अराजकता' (अ-राजकता) कहेंगे। हमें यह ध्यान रखना चाहिए कि स्वेच्छाचारिता 'उच्छृंखलता' की ओर ले जाती है; जिसका परिणाम अराजकता और अव्यवस्था है।

□

शब्द-संधान-94

आत्मा, अतिथि और परमात्मा

हर 'आत्मा' एक 'अतिथि' है। भाषा-विज्ञान से इसका प्रमाण—

★ हिंदी की महिमा ही कुछ ऐसी है कि जो भी शब्द हैं, उनके वही अर्थ क्यों हैं—इसका कारण है। जो शब्द साथ प्रयुक्त होते हैं, उनके साहचर्य का भी कारण है। इस 'महान्' शब्द-वैभव को हम कितना जान पाते हैं, यह हमारे उद्यम और सामर्थ्य पर निर्भर है। उदाहरणार्थ, आध्यात्मिक दृष्टि से आत्मा को पृथ्वी पर अतिथि की तरह माना गया है। अब, भाषा-वैज्ञानिक दृष्टि से भी यह सच है। आइए! देखते हैं—

★ आत्मा अथवा 'आत्मन्' एक ऐसा शब्द है; जिसका प्रयोग हम सब करते हैं। भारतीय आध्यात्मिक-दार्शनिक जगत् में सर्वप्रमुख प्रत्यय (विचार) के रूप में इसी का स्थापन है, जिसे सामान्यत: जीव, जीवात्मा, परमात्मा, शुद्धचैतन्य-ब्रह्म, जीवन-ऊर्जा इत्यादि अर्थों में समझा जाता है।

★ भाषा-विज्ञान के अनुसार देखें तो संस्कृत में 'आत्मन्' पुंलिंग है। [अत्+मनिण्=आत्मन्]

★ हिंदी में 'आत्मा' शब्द स्त्रीलिंग है और संज्ञा है, जिससे विशेषण आत्मिक, आत्मीय आदि बनते हैं। व्युत्पत्ति के आधार पर देखें तो आत्मा शब्द 'अत्' धातु से बना है; जिसका अर्थ है, गमन करना, सतत चलना आदि। 'अत्' धातु का एक अर्थ बाँधना भी है।

★ विचारणीय यह है कि गमन करना आत्मा के अर्थ में किस तरह प्रयुक्त होने लगा? ऋग्वेद में आत्मा का अर्थ वायु है। वायु 'श्वास' का भी पर्याय है। जब तक श्वास आती-जाती है, तब तक जीवन है, यह नश्वर देह चलायमान है। जब श्वास की डोर टूटती है, जीवन समाप्त हो जाता है। अस्तु, इस श्वास, इस वायु के आवागमन-चक्र को, आने-जाने को

ही आत्मा कहा गया; क्योंकि जब शरीर में यह न रहे, इसकी गति न हो तो शरीर निष्क्रिय; अर्थात् मृत हो जाता है। इस तरह, 'अत्'; अर्थात् गमन करना जैविक ऊर्जा (soul) के नामकरण का आधार बन गया। जब शरीर मृत हो गया तो शिव तत्त्व निकल गया; वह शव हो गया। शव को 'अरथी' भी कहा जाता है। भाषा की सही जानकारी के अभाव में अरथी को अर्थी लिख दिया जाता है, जो नितांत ग़लत है। शरीर है 'रथ' और आत्मा उसको चलाने के कारण 'रथी' कहलाती है। जब आत्मा शरीर को त्याग दे तो शरीर रूपी रथ बिना रथी के हो जाती है; अर्थात् 'अरथी' हो जाती है।

★ विज्ञान भी बिलकुल यही कहता है कि आत्मा अथवा 'soul' और कुछ नहीं; अपितु जीवन-ऊर्जा है, लाइफ एनर्जी है, जो नित्य है, अविनाशी है और जिसका सिर्फ़ रूपांतरण हो सकता है। यही तो गीता में सदियों पूर्व लिखा गया है—

"नैनं छिन्दन्ति शस्त्राणि नैनं दहति पावकः।
न चैनं क्लेद्यन्त्यापो न शोषयति मारुतः॥"

★ ध्यातव्य है कि यही वैशेषिक-दर्शन का मूलभूत तत्त्व 'अणु' है; व्यक्ति में अंतर्निहित मूलभूत 'सत्' है, शाश्वत-तत्त्व है; अर्थात् 'सत्य' है। यह चैतन्यविशिष्ट देह ही 'आत्मा' है। वैसे यास्क ने आत्मा की एक और व्युत्पत्ति 'आप्' धातु से माना है; जिसका अर्थ है—व्याप्त होना। जो शरीर में व्याप्त है, जिसकी सत्ता अज, नित्य और शाश्वत है, वही आत्मा है। जो सर्वत्र व्याप्त है, जो परम आत्मा है, वह परमात्मा है।

★ यह जानना रोचक है कि इसी 'अत्' धातु से 'अतिथि' शब्द भी बना है (इथिन् प्रत्यय)। अतिथि वह है, जो गमन करते हुए आते हैं। हम सब यहाँ 'अतिथि' ही हैं। आत्मा भी गमन करती है, श्वास अथवा प्राण-वायु भी आती-जाती है। सबका मूल एक है; प्रकृति भी एक है। यही हिंदी की महिमा है। 'अत्' के आधार पर भी 'परमात्मा' शब्द को देखें तो जो चराचर विश्व में कहीं भी गमन कर सके या सर्वत्र रहे, वह परम ऊर्जा 'परमात्मा' है।

□

शब्द-संधान-95

मित्र, सखा और दोस्त

★ यों तो दोनों शब्द friend, ally, समर्थक, दोस्त और यार के पर्यायवाची के रूप में प्रयुक्त होते हैं; लेकिन दोनों में अर्थपरक विभेद है।

★ ऐसे तो मित्रता को परिभाषित करना कठिन है, लेकिन ऐसा मान सकते हैं कि बिना जैविक कारण के जब हम किसी व्यक्ति को प्रेम करते हैं और उसे स्वयं से अधिक महत्व देते हैं, तब दरअस्ल हम उसे अपना मित्र मानते हैं। यह स्नेहजन्य भावना 'मित्रता' या 'मैत्री' कही जाती है।

★ पिता-पुत्र, भाई-बहन जैसे संबंध जैविक संबंध हैं। पिता और पुत्र मित्रवत् तो हो सकते हैं; पर उन्हें 'मित्र' कहना उचित नहीं।

★ मित्र वह है, जिसके साथ आप आप होते हैं; कोई नक़्ली या बनावटी चेहरा नहीं होता। पिता के सामने आप जो हैं, वह अपने पुत्र के सामने नहीं हो सकते; भाई के सामने जो हैं, वह अपनी पत्नी के सामने नहीं हो सकते। सब आपको थोड़ा-थोड़ा जानते हैं। अस्तु, मित्र के सामने आप वही होते हैं, जो आप सच में होते हैं। अगर आप ऐसे नहीं हैं तो आप 'मित्र' नहीं हैं; कदाचित् आपको मैत्री करना नहीं आता। जब किसी को ऐसा कोई नहीं मिलता, जिसके सामने वह अपने सच्चे रूप में हो सके, तब वह कहता है, "मीत न मिला रे मन का...।"

★ मित्र से तद्भव शब्द बना—'मीत'। वह साथ रहे, यह ज़रूरी नहीं। याद करें कि एक शब्द है, मनमीत! एक गीत है, "मीत मेरे, मनमीत मेरे ..।" मित्रता में भौतिक साथ ज़रूरी नहीं; अपितु मन का मेल ज़रूरी है।

★ मित्रता का अर्थ ही है कि अहंकार विसर्जित हो और सामने वाला ख़ुद से ज़्यादा महत्त्वपूर्ण हो जाए। मित्र, मैत्री और मित्रता भी व्यावहारिक जगत् के ही शब्द हैं; लेकिन अच्छे शब्द हैं; यार और दोस्त से बहुत ही

अधिक अच्छे। अस्तु, सखा शब्द 'मित्रता' से भी ख़ास है। सखा वह है, जिसके साथ आप हमेशा रहें और जो आध्यात्मिक उन्नति का आधार बने; जैसे—श्रीकृष्ण-सुदामा। वैसे भार्या (पत्नी) को भी परम सखा कहा गया है; क्योंकि उसके साथ ही आप यज्ञ करते हैं, साथ रहते हैं और धर्म-कर्म करते हैं।

★ साहित्य में 'सखा' उसको कहते हैं, जो नायक का सहचर हो। सखा चार प्रकार के होते हैं : पीठमर्द, बिट, चेट और विदूषक।

★ पीठमर्द नायक का वह सखा होता है, जो उसका मुख्य सहयोगी हो, गुण में कुछ कम हो; पर हमेशा साथ रहे। वह अपने वाक्-चातुर्य से नायिका को नायक के लिए मनाता है और जैसा कि आजकल की फ़िल्मों में दिखाते हैं, नायिका का भाई या पिता नायक के बदले में या नायक समझकर जिसकी धुनाई कर देता है, वह पीठमर्द सखा होता है।

★ 'बिट' सखा वह होता है, जो सभी गुणों में पारंगत होता है। उदाहरण—'पीठ मर्द, बिट चेट पुनि बहुरि विदूषक होई। मोचै, मान तियान को, पीठ मर्द है सोई।।'

★ बिट सखा छोटी-मोटी दुष्टता भी कर जाता है।

★ किसी का चेट सखा वह होता है, जो उसे प्रेरणा मानता है (चिट्+अच्=चेट)। इसमें चिट का अर्थ ही है प्रेरणा (प्र+ईरना= प्रेरणा)। यह उसका टहलुआ भी बन जाता है, जैसा कि फिल्मों में दिखाते हैं कि हीरो लड़कर खून बहाकर आया है, यह उसकी मरहम पट्टी करता है।

★ विदूषक सखा अपने हास्य से हँसाता रहता है।

★ सखा का भाव 'सखा-भाव' कहलाता है और किसी से सखा-भाव तोड़ना 'सखा-विग्रह' कहलाता है।

□

शब्द-संधान-96

संगी, साथी, हम-राही, हम-दम, दोस्त और यार

- ★ **साथी (पुंल्लिंग) शब्द बना है**—साथ+ई प्रत्यय से। इसका स्त्रीलिंग रूप है—'साथिन'। जो साथ रहता है, वह 'साथी' है। इसका अँगरेज़ी समानांतर Partner, fellow, buddy आदिक हैं।
- ★ अगर किसी से रास्ते भर का साथ है तो वह 'हम-राही' है। पति-पत्नी (दंपती) जीवन की राह पर साथ-साथ चलते हैं; इसलिए वे भी 'हमराही' कहलाते हैं। अस्तु, साथ में जब गहराई हो तो संग बनता है। संगी में 'साथी' से अधिक घनिष्ठता है। जिससे संग लग गया, associated हो गए, वह 'संगी' और जो जीवन भर के लिए संग लग जाए, वह जीवन-संगी या जीवन-संगिनी (स्त्री.)। वैसे संग का एक अर्थ पत्थर, बोझ भी होता है तो मज़ाक़ में कहा भी जाता है कि जीवन-संगी जीवन में एक पत्थर या बोझ की तरह होता/होती है।
- ★ संग में 'lust' हो सकता है, मिलन, सोहबत और सहवास भी हो सकता है; लेकिन ऐसा आवश्यक नहीं है। हनुमान्-चालीसा में लिखा है, "कुमति निवार सुमति के संगी"! एक प्रार्थना में है, "तुम्हीं हो संगी, तुम्हीं सहारे।" स्मरण रहे कि संगी सहयोगी है और उसमें एक गहराई भी है।
- ★ अंतिम दम तक जो साथ दे, वह 'हमदम' है। हम का समास 'हमदम'।
- ★ **यार**—आज भले ही बच्चे भी "अरे यार पापा" बोल जाते हैं; परंतु व्युत्पत्तिगत दृष्टि से 'यार' नकारात्मक अर्थ का द्योतन करता है और भारतीय संस्कृति के विरुद्ध है।
- ★ 'यार' शब्द का मूल संस्कृत के 'जार:' में ढूँढा जाता है; जहाँ से यह फ़ारसी में जाकर 'यार' हो गया। 'जार:' शब्द का अर्थ—आशिक, प्रेमी, दीवाना, उप-पति, sweetheart, paramour, inamorato, beloved इत्यादि है।

★ यार का भी यही अर्थ है; अर्थात् विवाहेतर संबंध, अवैध-संबंध, प्रेमी आदि। पुराने हिंदी फिल्मों में 'यार' शब्द को सही अर्थों में दिखाया जाता था, जैसे—"बुला अपने यार को, बड़ा याराना लगता है" आदि। इन सबमें प्रेमी, प्रेमिका वाले दृश्य होते हैं। आज तो पिता, माता सबको 'यार' बना दिया जाता है।

★ संस्कृत ग्रंथों में 'जारज-पुत्र' का विवरण मिलता है; जिसका अर्थ नाजायज़ संबंध से उत्पन्न पुत्र है। हिंदी में भी 'नाजायज़ संबंधों से उत्पन्न संतान' के लिए एक शब्द है—'जारज'।

★ दोस्त (friend) शब्द का अर्थ है, जो दु:ख-सुख में साथ हो (fellow-real-in-every-need-deed)।

★ दोस्त की व्युत्पत्ति को भाषा-विज्ञान में संस्कृत के 'जुष्' धातु से जोड़कर देखा जाता है; जिसका अर्थ होता है—प्रसन्न होना, चाहत करना आदिक। दोस्त वह है, जो आपकी प्रसन्नता का कारण बने। बहरहाल, 'जुष' बदलकर जुस्त हुआ, जो पहलवी-भाषा में पहुँचते-पहुँचते दोस्त होकर रह गया। 'जुष्' से जूठा शब्द भी बनता है, जिससे लोग कहते हैं कि जिसका जूठा भी खाकर खुशी हो, वह 'मित्र'। जूठा शब्द की व्युत्पत्ति को लेकर विद्वानों में मतभिन्नता है। कुछ विद्वान् इसे 'जुष्' धातु से निर्मित 'जुष्ट' से व्युत्पन्न मानते हैं। [जुष्ट (संस्कृत)—जुट्ठ (प्राकृत)-जूठा (हिंदी)]

★ इस अर्थ में यह अँगरेज़ी के companion के क़रीब है; जिसका शाब्दिक अर्थ है, "जो bread साथ बैठकर खाए"। हिंदी में दाँत काटी रोटी आदि में यही भाव है। हाँ, इसमें भाव-सघनता अधिक है।

★ **विशेष**—भाषा-विज्ञान की दृष्टि से 'जुष्ट' से 'जूठा' की व्युत्पत्ति को ग़लत भी नहीं कहा जा सकता; लेकिन समस्या अर्थ को लेकर है। हम जानते हैं कि 'जुष्' धातु में प्रसन्न करने या पसंद करने का अर्थ निहित है। हिंदी के जूठा में 'जुष्' की कोई अर्थच्छाया दूर-दूर तक नहीं दिखती। ऐसे में, इसकी दूसरी व्युत्पत्ति, जो 'उच्छिष्ट' (उद्+ शिष्ट) से तय की गई, अधिक तर्कसम्मत प्रतीत होती है। हम जानते हैं कि उच्छिष्ट में 'शिष्' धातु है, जिसमें शेष अथवा बचने का भाव है। जूठा और जूठन में भी कुछ बच जाता है; अर्थात् शेष रह जाता है। अगर कुछ भी शेष न रहे तो जूठा कहाँ रहेगा?

□

शब्द-संधान-97

ईर्ष्या, जलन, द्वेष और घृणा

★ वस्तुतः ये सभी आवेशजन्य मन के विकार हैं और सत्-गुण के शत्रु हैं; लेकिन इन सभी की प्रवृत्ति में कुछ-न-कुछ अंतर है। आइए! देखते हैं—

★ ईर्ष्या वस्तुतः छोटेपन के भाव से अथवा हीन-भावना से उद्भिद वह अनावश्यक भावना है, जो दूसरे के सुख को देखकर दुःख उत्पन्न करती है। यह प्रच्छन्न (प्र+छन्न) या छिपी हुई रहती है; जलन की तरह खुलकर सामने नहीं आती। जलन तो दिख जाती है। एक तरह की नकारात्मक भाव-व्याधि है, जिसके प्रभाव में लोग दूसरे की सफलता अथवा प्रसन्नता को स्वीकार ही नहीं कर पाते, जबकि हो सकता है कि उससे उनको कोई सीधा नुक़्सान भी न हो।

★ चिढ़ाना, तंज़ कसना, नीचा दिखाने की कोशिश करना आदि जलन के संकेतक हैं। दूसरे शब्दों में, जिसकी प्रशंसा हो रही हो या जो प्रसन्न हो, उस पर तंज़ कस देना, कुछ बोलकर उसकी प्रसन्नता को कम करना या उस को नीचा दिखाने की भद्दी कोशिश करना आदि ही 'जलन' नामक मानसिक रोग के प्रमुख अभिलक्षण हैं।

★ आप मनाएँ कि ऐसे लोग आप से जलें, चाहे न जलें, ईर्ष्या अवश्य करें; क्योंकि यह इसका सबूत होगा कि उनकी नज़रों में आप अच्छा कार्य कर रहे हैं।

★ बुद्ध ने जिन पाँच मानसिक विकारों की चर्चा की है, उनमें एक ईर्ष्या भी है। लोभ, आक्रामकता, अज्ञान और अहंकार अन्य चार हैं।

★ ईर्ष्या के बारे में यह विचारणीय है कि ऐसा करने वाला अपनी अयोग्यता और आलस्य को नहीं पहचान पाता। काश कोई सी.टी. स्कैन या एम.आर. आई. होता, जो यह दिखा सकता कि किसी की ईर्ष्या का स्तर क्या है और जिस तरह खून (ख़ून अशुद्ध है।) आदिक की जाँच होती है, उसी तरह कोई

पैथोलॉजिकल जाँच होती; जिससे पता चलता कि अयोग्यता और आलस्य नामक कीटाणु आपके विचारों में सम्मिलित हैं; जिसके कारण आपको 'ईर्ष्या' नामक रोग हो गया है। बहरहाल, भाव का जगत् सूक्ष्म होता है। पता तो चलता ही है, बस चिंतन और विचारशील होने की आवश्यकता रहती है।

★ यहाँ एक चीज और ध्यान रखनी चाहिए कि दूसरे की सफलता या उपलब्धियों को देख वैसा ही बनने या वैसा ही कुछ करने की चाह ईर्ष्या नहीं होती, उसे स्पर्धा कहते हैं, जो कि एक सकारात्मक गुण है। दूसरी तरफ़, वह सफल कैसे हो गया, उसे ऐसा कैसे हो गया आदि सोचना ईर्ष्या है। अस्तु, उसके पास ऐसा है तो मैं रहने नहीं दूँगा, उसकी उपलब्धि को मिटा दूँगा—यह द्वेष है। द्वेष ईर्ष्या का ही उग्र रूप है; जैसे जलन ईर्ष्या का साधारण, पर स्पष्ट रूप है।

★ द्वेष में जिससे ईर्ष्या है, उसको हानि पहुँचाने की साज़िश और कोशिश रहती है। द्वेष दुष्ट चित्त का अभिलक्षण है; जैसे मोह मूढ (मूढ़ व्याकरणिक दृष्टि से असाधु प्रयोग है) चित्त का है। अतः, जिसे मोह हो जाता है, वह मूढ हो जाता है और जिसे द्वेष हो जाएगा, वह दुष्ट हो जाता है। शायद, मोह को ही प्रेम समझ "प्रेम अंधा होता है" या "love is blind" जैसे वाक्य कहे गए हैं।

★ द्वेष राग का विपरीत गुण भी है। राग का अर्थ है, जिसके बिना दिल न लगे; लेकिन द्वेष है, जिस के प्रति द्वेष जनमा, उसके अहित की कामना, उसके अहित का प्रयास। Enmity, invidiousness आदि इसके अँगरेज़ी समानांतर हैं।

★ राग 'क्लेश' का एक कारण है। पतंजलि ने जिन पाँच-क्लेशों (विपर्यय) की चर्चा की है, उनमें राग एक है। अविद्या, अस्मिता, द्वेष, अभिनिवेश अन्य चार हैं।

★ घृणा 'वीभत्स-रस' का स्थायी भाव है। घिन, अरुचि, विद्वेष, तिरस्कार (जानबूझकर अथवा दुर्भाव से किया जाता है।), नफ़रत इत्यादि इसके पर्याय हैं। hate, hatred, loathing, disdain, abomination इत्यादि इसके अँगरेज़ी समानांतर हैं। कहते हैं कि प्रेम की ही तरह घृणा भी अंधी होती है; क्योंकि प्रेम में कुछ बुरा नहीं दिखता और घृणा में कुछ अच्छा नहीं दिखता। एक प्रसिद्ध शेर है—"महब्बत में कुछ भी पता नहीं चलता। बहुत बुरा है वह; पर बुरा नहीं लगता।।"

★ ऐसे ही, घृणा में सिर्फ़-और-सिर्फ़ अवगुण दिखता है। इस तरह घृणा का भी चेतना से छत्तीस का आँकड़ा रहता है। यही कारण है कि लोकतंत्र में जनता की चेतना को कुंद करने के लिए घृणा के बीज बोए जाते हैं। हाँ, घृणा में सिर्फ़ नुक़्सान पहुँचाने की कोशिश नहीं रहती, उसके लिए हितों के टकराव से शत्रुता का जन्म लेना ज़रूरी है।

★ **विशेष**—ऊपर 'भाव-व्याधि' शब्द का प्रयोग साहित्यिक है; जिसका अर्थ है—भाव-रूपी शरीर में होने वाली पीडा (पीड़ा को पीडा का तद्भव माना जा सकता है।)। ऐसे, यह जानना चाहिए कि मानसिक कष्ट के लिए 'आधि' का प्रयोग किया जाता है और शारीरिक कष्ट के लिए 'व्याधि' शब्द का प्रयोग किया जाता है।

□

शब्द-संधान-98

व्रत, पर्व, त्योहार, उत्सव, नवरात्र और 'ईद-उल-फितर'

★ व्रत का अर्थ है, प्रण या प्रतिज्ञा। धार्मिक अनुष्ठान को भली तरह और पूर्ण शुचिता से निभाने के लिए लिये जाने वाले व्रत या प्रण के लिए लोकजीवन में 'व्रत' शब्द घुलमिल गया। ध्यान दें कि जिन-जिन धार्मिक आयोजन या पर्व में व्रत लगा है, उनमें शुचिता, नियम-धर्म अधिक है। व्रत में एक सादगी होती है। धूम-धाम से व्रत नहीं मनाया जाता; आस्था और नियम-संयम से मनाया जाता है।

★ व्रत में जहाँ एक सादगी का भाव है; वहीं पर्व इससे कुछ बड़ा होता है और इसमें धार्मिक आयोजन आदि भी संयुत (जुड़ा) होता है। त्योहार में खुशी और धूमधाम का माहौल का होना प्रमुख है; जबकि उत्सव में सीधे-सीधे धार्मिकता का समावेश नहीं होता। हाँ, उत्सव धार्मिक भी हो सकते हैं।

★ पर्व शब्द की बात करें तो संस्कृत में पर्व का अर्थ है, गाँठ, जोड़, संधि आदि। पर्व से ही पर्वत शब्द बना है। पर्वत में बहुत सारी चट्टानों का जोड़ होता है। आपके हाथों की उँगलियों पर भी इसलिए पर्वत बनते हैं। ज्योतिष-शास्त्र को जानने वाला कोई व्यक्ति आपके हाथ को देखकर आपको कुछ ऐसा कहेगा कि आपके शुक्र पर्वत या चंद्र पर्वत पर अमुक चिह्न है या आपका यह पर्वत कुछ कमज़ोर है। ग़ौर से देखें तो हाथ में रेखाओं के वैसे ही वलय आपको दिखेंगे; जैसे पर्वत के कंटूर होते हैं। विशेषतः, जहाँ रेखाएँ जुड़ती हैं, वहीं पर्वत बनते हैं। आपके शरीर में जितने पर्व हैं या पोर हैं, सब जगह वस्तुतः गाँठें हैं। अधिक चलने-फिरने या व्यायाम करने से जब इनमें दर्द होता है, तब आप कहते हैं कि पोर-पोर दुःखता है या पर्व-पर्व दुःखता है।

★ प्राचीन ग्रंथों में अध्याय को 'पर्व' लिखा गया है। महाभारत में, शांति-

पर्व, भीष्म-पर्व, द्रोण-पर्व इत्यादि लिखा देख प्रश्न उठता है कि ये पर्व क्यों हैं, अध्याय क्यों नहीं? वस्तुतः ये विशिष्ट 'घटनाओं के जोड़' या 'संधिस्थल' हैं।

★ अब बात यह कि त्योहार पर्व कैसे हो गए? इसके पीछे कारण यह है कि पहले सारे त्योहार कुछ विशेष संधि-काल पर ही होते थे, यथा चंद्र-ग्रहण, सूर्य-ग्रहण, सूर्य का उत्तरायण होना, अमावस्या, पूर्णिमा, द्वितीया, तृतीया, चतुर्थी आदि। उदाहरण के लिए, रक्षाबंधन का पर्व सावन की पूर्णिमा को मनाया जाता है।

★ बहरहाल, त्योहार में व्यवहार का भाव प्रमुख है। अभी भी घरों में नववधू आदि को मिलने वाला शगुन 'त्योहारी' ही कहलाता है। होली का व्रत या पर्व नहीं होता, त्योहार होता है; क्योंकि खाना-पीना, रंग लगाना ही प्रमुख है।

★ किसी पर्व में जो मिठाइयाँ, कपड़े, रुपये (आशीष के साथ) आदि मिलते हैं, वही पर्व को त्योहार बनाते हैं।

★ नवरात्र में कलश स्थापना के साथ नौ दिन उपवास; अर्थात् माँ के साथ रहने का व्रत लेते हैं, जिसे निष्ठापूर्वक निभाते हैं। हाँ, इस बीच कालरात्रि पर्व (सप्तमी), महाअष्टमी पर्व, महानवमी आदि पर्व भी मनाते हैं। विजयादशमी के पर्व का दिन हमारी उत्सवधर्मिता का दिन होता है, नए कपड़े, मिठाइयाँ आदि के व्यवहार के साथ यह त्योहार हो जाता है। पुनः ध्यान दें कि उत्सव तो हम बच्चे के जन्मदिन से लेकर पदोन्नति का भी मनाते हैं, इसका धार्मिकता से सीधा संबंध नहीं है। और हाँ, यह कृष्ण जन्माष्टमी या जन्मोत्सव है, 'कृष्णा' जन्माष्टमी नहीं।

★ क्या है 'ईद-उल-फितर' का सही अर्थ?

★ माह-ए-रमजान की समाप्ति पर ख़ुशी एवं भाईचारे का पैग़ाम देता त्योहार 'ईद-उल-फित्र' या 'ईद-उल-फितर' एक अति विशिष्ट त्योहार है, ख़ासकर अपने पैग़ाम के लिहाज़ से।

★ ईद का अर्थ ख़ुशी से लिया जाता है। वैसे अरबी में कोई चीज बार-बार आए तो उसे 'ऊद' कहते हैं। 'ईद' शब्द इससे ही बना है। इसका एक मतलब या पैग़ाम (संदेश) कि खुशहाली बार-बार आए।

★ फ़ित्र का अर्थ दान होता है। इस तरह 'ईद-उल-फितर' का अर्थ हुआ—ऐसा त्योहार, जिसमें खुशी बाँटी जाती है और दान किया जाता है।

★ 'उल' शब्द का अर्थ 'का' होता है; जैसे 'जवाब-उल-जवाब' का अर्थ

है 'जवाब का जवाब' (reply of reply)

★ जैसे हिंदू धर्म में दीपावली के त्योहार का संदेश है कि हमारे जीवन में रौशनी फैले या उजियारा आए या फिर होली भाईचारा बढ़ाने का त्योहार है; ठीक उसी तरह मुस्लिम धर्म में रूहानी तरक़्क़ी और भाईचारा बढ़ाने के लिए 'ईद-उल-फितर' मनाया जाता है।

★ पूरे एक महीने तक रोजेदारों द्वारा अपने शरीर को पाक (शुद्धि) करने और इबादत से रूहानी तरक़्क़ी करने के बाद माह-ए-शब्बाल की पहली तारीख़ को ज़कात और फितरा अदा करने के बाद एक-दूसरे से गले मिला जाता है। गले मिलने का अर्थ है, आपसी वैमनस्य और रंजिश को भूलकर एक होना। एक शेर भी है—

"हिलाल-ए-ईद जो देखा तो ख़याल हुआ।
उन्हें गले लगाए एक साल हुआ॥"

★ यह त्योहार हमें यह अवसर देता है कि हम अपने अंदर झाँकें; जिन्हें किसी वज्ह (वजह) से दु:ख पहुँचाया हो, उनसे गले मिलें और सेवई की मिठास से आपसी तल्ख़ी को कम कर जीवन में मिठास घोलें।

★ इस दिन हज़रत मोहम्मद ने किसी यतीम को अपने घर लाकर उसे नए कपड़े पहनाए और उसे अपने परिवार का सदस्य (बेटी) बना लिया, जिससे उसके जीवन में खुशहाली आई। 'ईद-उल-फ़ित्र' का अस्ली संदेश यही है।

□

शब्द-संधान-99

सपत्नी और सपत्नीक; नृत्त और नृत्य

★ हिंदी बहुत ही वैज्ञानिक भाषा है, जिसमें गणितीय सूत्र की तरह ही शब्द बने हैं और मात्रा के तनिक भी अंतर से अर्थ का अनर्थ हो जाता है।

★ सपत्नीक का अर्थ है, पत्नी के साथ। आप कहीं सपत्नीक जाते हैं; 'सपत्नी' नहीं जाते। सपत्नीक का विलोम शब्द है, 'विपत्नीक'। वह पुरुष जिसकी पत्नी उसके साथ नहीं हो, 'विपत्नीक' कहलाता है।

★ बिना 'क' के सपत्नी का अर्थ हुआ—co-wife, स (सह-साथ) पत्नी; अर्थात् दूसरी पत्नी। सपत्नी है—सौत।

★ अगर इसके साथ 'मातृ' शब्द जुड़ गया तो 'मातृ-सपत्नी' बनेगा, जिसका अर्थ होगा—'माता के साथ जो सह-पत्नी है'; अर्थात् विमाता या सौतेली माता।

★ शब्द-संधान के दृष्टिकोण से यह याद रखें कि पति-पत्नी के लिए तीन शब्द प्रमुखता से प्रयोग होते हैं (1. दंपती, 2. जंपती और 3. जाया-पति); लेकिन 'सपत्नी' का अर्थ—'पत्नी के साथ दूसरी पत्नी' है; पति नहीं है।

★ नृत्त और नृत्य में अंतर—
इन दोनों शब्दों के अर्थ को लेकर हिंदी के आम पाठकों में तो भ्रम की स्थिति रहती ही है; कई शब्दकोश भी इसका ग़लत अर्थ बताते हैं।

★ ग्रंथों में नटन या नर्तन क्रिया के तीन भेद बताए गए हैं : नाटक, नृत्त और नृत्य। 'नाटक' का अर्थ है, अभिनय, acting अथवा हाव-भाव की नक़्ल। 'नृत्त' शब्द का अर्थ है—अंगों का लयबद्ध परिचालन। 'नृ' धातु से बनने वाले 'नृत्' में 'क्त' प्रत्यय लगाकर 'नृत्त' शब्द बना है। जानना चाहिए कि इसी 'नृ' धातु से 'नर' शब्द की व्युत्पत्ति हुई है। सामान्यत:, जो नाच

सके, वह 'नर' और जो इसमें उसका साथ दे वह 'नारी'। बहरहाल, नृत्त है—'नाचना'। इसमें भाव नहीं होते। जो आधुनिक डांस होते हैं, वे 'नृत्त' होते हैं।

★ नृत्य 'नर्तन' के तीनों भेदों में सबसे कठिन है और सबसे प्रभावपूर्ण भी। नृत्य शब्द का अर्थ है—नाटक और नृत्य दोनों; अर्थात् भावों की अभिव्यक्ति और अंगों का लयबद्ध परिचालन दोनों।

★ नृत्य में हाथ, पाँव, शरीर तो थिरकते ही हैं; आँखों से भाव भी संप्रेषित किए जाते हैं, हाथों के इशारे से भी भाव दिखाए जाते हैं और मुँह से गीत के शब्द दुहराए जाते हैं। इस प्रकार, नृत्य भावना और शारीरिक क्रियाएँ, दोनों की युगलबंदी होती है, जिसमें भाव का तत्त्व प्रधान होता है; जबकि 'नृत्त' अंगों का विक्षेप मात्र होता है और नृत्य का बाह्य अनुकरण होता है। फिल्म आदिक में होने वाले नृत्त को 'नृत्य' नहीं कहना चाहिए।

□

शब्द-संधान-100

शब्द की व्याख्या

- ★ शब्द ब्रह्म हैं। शब्द ज्ञान-पुंज हैं। बस, इन्हें समझने भर की देर है। अर्थ और ध्वनि के संयोग से बनी वह स्वतंत्र इकाई जिसे हम 'शब्द' की संज्ञा से संज्ञित करते हैं; वस्तुतः स्वयं एक अतिविशिष्ट 'शब्द' है। अर्थ के स्तर पर जिसे भाषा की लघुतम इकाई का विशेषण प्राप्त है, वह अपनी व्युत्पत्ति में बहुत कुछ समेटे हुए है।
- ★ शब्द की चर्चा हो तो पतंजलि याद आते हैं, जिन्होंने शब्द को 'स्फोट' कहकर ध्वनि को इसका गुण बताया—"स्फोट शब्दः! ध्वनि शब्द गुणः!"
- ★ स्फोट का अभिप्रेत आकाशीय ध्वनि की ऐसी सत्ता से है, जो कानों से प्राप्त और बुद्धि से ग्राह्य होती है तथा प्रयोग से जिसके अर्थ का बोधन होता है। हम देखते हैं कि शब्द का अपने अर्थ से एक औत्पत्तिक संबंध भी है।
- ★ शब्द एवं अर्थ के संबंध को देखें तो जहाँ पतंजलि प्रभृति विद्वान् इसे नित्य कहते हैं, वहीं इसे अनित्य मानने वाले अन्वर्थता के पोषक भी कम नहीं हैं और सच तो है कि दोनों के लिए ही अलग-अलग तर्क दिए जा सकते हैं।
- ★ विश्व की अनेक भाषाओं में शब्द के समानार्थक शब्द 'ध्वनि' के ही अर्थ का द्योतन करते हैं। संस्कृत में शब्द की व्युत्पत्ति 'शप्' धातु से हुई है; जिसका अर्थ है—ध्वनि।
- ★ ज्ञातव्य है कि अँगरेज़ी का word, लेटिन का verbum, ग्रीक liro आदि अनेक भाषाओं में जो शब्द के समानार्थी हैं, उन सबका अर्थ मुँह से निकली ध्वनि ही है। अरबी में 'शब्द' का समानांतर शब्द लफ्ज़ है; जिसका अर्थ है, मुँह से फेंका हुआ।
- ★ शब्द की एक व्याख्या यह भी है कि यह शप् (आक्रोशे) है। इस आधार पर झुँझलाहट से निकली आवाज को शब्द एवं रमणीय अर्थ लिए ध्वनि

को काव्य कहा गया। शाप शब्द इसी 'शप्' से बना है। इसी अर्थ में 'किसी को सुनना' का अर्थ खरी-खोटी सुनाना है। बहरहाल, शब्द की महिमा पर कितना भी लिखा जाए, कम है।

★ **संस्कृति के संवाहक हैं शब्द,**
परंपरा के रिक्थ हैं शब्द,
भग्न-हृदय की पुकार हैं शब्द,
तो आल्हादित मन के उद्गार हैं शब्द,
ईप्सित भावों की अभिव्यक्ति हैं शब्द,
तो शब्द से ही बने नामधातु हैं शब्द,
कभी प्रस्तुत तो कभी नेयार्थ हैं शब्द,
संवीक्ष्य की संवीक्षा हैं शब्द,
तो प्रेक्षक की प्रेक्षा हैं शब्द,
सार में 'संसार का सार' हैं शब्द!

★ शब्दों की रचना करनेवाला अथवा मुख्यत: शब्दों का व्यवहार एवं व्यवसाय करनेवाला व्यक्ति—'शब्दकर्मी' कहलाता है; जिसका 'शब्दगत-कौशल' उत्तम होता है। ऐसा 'शब्दसाधक' व्यक्ति, शब्दाडंबर और 'शब्द-चमत्कार' करे अथवा न करे, सदा 'शब्द-तत्पर' रहता है। उसकी 'शब्द-शक्ति' और 'शब्द-योजना' अच्छी होती है, जिसके कारण वह 'शब्दचित्र' और 'शब्दजाल' निर्मित करने की सामर्थ्य रखता है। शब्द से निर्मित कुछ अन्य शब्दों को देखते हैं—

★ **शब्दश:**—हू-ब-हू, एक-एक शब्द करके,

★ **शाब्द**—शब्द-संबंधी

★ **शाब्दिक**—

1. ज़बानी (जबानी अशुद्ध है।) मौखिक
2. वैयाकरण

★ **शब्दान्वय**—वाक्य में आए शब्दों के बीच संबंध या अन्वय।

★ **शब्दित**—ध्वनित, व्यक्त, व्याख्यायित

★ **शब्दाश्रित**—शब्दों पर आश्रित रहनेवाला

★ **विशेष**—यहाँ विवेचना में 'ज़बानी' शब्द का प्रयोग हुआ है। फ़ारसी-भाषा में 'ज़बानी' का अर्थ भले ही 'मौखिक' है; लेकिन जानना चाहिए कि फ़ारसी में ही 'ज़बान' का अर्थ लपट या अग्निज्वाला है। ऐसे, अरबी-भाषा

में भी 'ज़बान' शब्द मिलता है; जिसका अर्थ है—डरपोक, क्लीव, नपुंसक आदि। हिंदी में फ़ारसी-भाषा का एक शब्द 'जवान' भी अत्यंत प्रचलित है, जो तरुण, युवा, नौजवान, वयस्क इत्यादिक का समार्थक है। विचारणीय है कि इस 'जवान' को 'ज़बान' बना देने से किस प्रकार अर्थ का अनर्थ हो जाता है।

□

खंड (ख)

शब्द-संधान के सूत्र

शब्द-संधान के सूत्र-01

सूर्या मतलब सूरज नहीं होता

कुछ दिनों पूर्व एक विद्यालय के वार्षिकोत्सव में जाना हुआ। वहाँ जब पुरस्कार लेने के लिए उद्घोषणा कर रही शिक्षिका ने 'सूर्या' को बुलाया तो मुझे लगा कि कोई तेजस्विनी बालिका आएगी; लेकिन एक बालक आया। मैंने बालक से पूछा, "बेटे, तुम्हारे नाम का क्या अर्थ है ?"

"सूर्या मतलब Sun... सूरज।"

उत्तर सुनकर लगा कि इसके अभिभावक ने नाम रखते हुए ठीक से पता किया होता तो कितना अच्छा होता। वस्तुतः, 'सूर्या' का अर्थ है—'सूर्य की पत्नी'। इस शब्द की निर्मिति है—सूर्य+टाप् = सूर्या। व्याकरण के अनुसार, हिंदी में आप किसी को 'सूर्या बहन' तो कह सकते हैं, 'सूर्या भाई' नहीं। सूर्य को सौर भी कहते हैं और इसका स्त्रीलिंग रूप 'सौरी' है, जो सूर्य की पत्नी अर्थात् 'सूर्या' का पर्याय है। इसी प्रकार, राम का अर्थ है—सुंदर, प्रिय, मनोहर आदि। 'रामा' कहते हैं—किसी सुंदर स्त्री को, प्रिया को, पत्नी को। स्पष्ट है कि किसी लड़के का नाम 'राम' हो सकता है, 'रामा' नहीं।

बहुत से लड़कों को उनके माता-पिता 'कृष्णा' कहकर पुकारते हैं। जानना चाहिए कि 'कृष्ण' और 'कृष्णा' एक नहीं थे। 'कृष्' धातु से बने कृष्ण (कृष्+न = कृष्ण) का अर्थ काला भी है और सबको अपनी ओर खींचनेवाला भी है। वसुदेव के जो पुत्र थे, वे वासुदेव (वसुदेव+अ) कहलाए और कृष्ण भी कहलाए। उन्हें 'कृष्णा' कैसे कह सकते हैं ? कृष्णा (कृष्ण+टाप् = कृष्णा) तो द्रौपदी का एक नाम है। जिस प्रकार, द्रुपद से संबंधित होने के कारण एक नाम द्रौपदी (द्रुपद+अण्+ङीष् = द्रौपदी) हुआ, ठीक उसी प्रकार कृष्ण-वर्णा होने के कारण उनका एक नाम 'कृष्णा' भी पड़ा। अतः, किसी लड़के का नाम 'कृष्णा' रखना कितना उचित है, इसे समझा जा सकता है। ऐसे, दक्षिण भारत की एक नदी का नाम भी कृष्णा है; क्योंकि यमुना की ही भाँति उसका जल काला है। चूँकि लिंग-प्रकारानुसार नदी 'स्त्रीलिंग' है; इसलिए कृष्णा नाम पड़ा। यदि पर्वत

(पुंलिंग) होता तो कृष्णा-पर्वत नहीं, कृष्ण-पर्वत कहलाता।

भीम का अर्थ है—भयानक, भयावह, डरावना, त्रास देनेवाला, भीषण आदि। यह किसी व्यक्ति का नाम हो सकता है। महाभारत के भीम का शरीर बहुत विशाल था; अर्थात् वे भीमकाय थे। स्त्रीलिंग रूप में भयानक का अर्थ-द्योतन करने वाला शब्द है—'भीमा'। यह 'श्रीदुर्गा' का एक नाम भी है। स्पष्ट है कि 'भीम' जैसे किसी व्यक्ति को 'भीमा' कहना अनर्थकारी है। ध्यातव्य है कि व्याकरण के अनुसार शुक्ल, गुप्त, दत्त, प्रौढ़ और वृद्ध का स्त्रीलिंग रूप क्रमशः शुक्ला, गुप्ता, दत्ता, प्रौढ़ा और वृद्धा हैं। इसी प्रकार, भीष्म-भीष्मा, वरुण-वरुणा आदि के प्रयोग में सावधानी अपेक्षित है। इन शब्दों के प्रयोगजन्य विकृति का मूल कारण अँगरेज़ी का प्रभाव है। प्रतीत होता है कि अँगरेज़ी सीखने के प्रति दीवानगी और मातृभाषा के प्रति उदासीनता के कारण आज की पीढ़ी हिंदी के शुद्ध रूप से दूर हो रही है। बोलचाल में अँगरेज़ी के शब्दों के अधिकाधिक प्रयोग से हिंदी के शुद्ध रूप का क्षरण हुआ है।

विचारणीय है कि किसी भाषा के संवर्द्धन के लिए यह अनुकूल स्थिति नहीं होती, जब उसके प्रयोक्ताओं को लगे कि उन्हें अपनी भाषा सुधारने या ठीक करने की आवश्यकता ही नहीं है; क्योंकि अपनी भाषा तो वे जानते ही हैं। इसी प्रकार, आत्म-अभिव्यक्ति और लेखकीय छूट के नाम पर अव्याकरणीय लेखन अथवा अँगरेज़ी के ढर्रे पर हिंदी-लेखन की प्रवृत्ति ग़लत है। आज समाज के शिक्षित संस्तर की बात तो छोड़ ही दें, एक अशिक्षित व्यक्ति भी सुप्रभात की जगह गुड मॉर्निंग कहता है, भले ही वह अँगरेज़ी में इसे शुद्ध-शुद्ध लिख भी न सके। इस अंधानुकरण की प्रवृत्ति को एक अन्य उदाहरण से समझा जा सजता है—हमारे पूर्वजों ने हमें 'रसोई' शब्द दिया था; जिसका अर्थ है—रस बनाने वाली (रस+ओई=रसोई)। ज्ञातव्य है कि भोजन में मधुर, अम्ल, लवण, कटु, कषाय और तिक्त—ये छह रस माने गए हैं, जो मनुष्य शरीर की पुष्टि हेतु आवश्यक होते हैं। जहाँ ये सभी रस बनें, बरसें—वह है रसोई। अब रसोई को 'किचेन' ने पूरे तरह प्रतिस्थापित कर दिया है। पर्यंक जब तक 'पलंग' हुआ, तब तक तो फ़िर भी ठीक था, अब एक अनपढ़ आदमी भी 'बेड' बोलता है, पलंग नहीं बोलता। यह स्थिति अनुकूल तो कदापि नहीं कही जा सकती।

हम जानते हैं कि सटीक अथवा समुपयुक्त शब्द-प्रयोग से ही किसी भी भाषा का प्राण-तत्त्व अक्षुण्ण रहता है। होना तो यह चाहिए था कि अपने दैनंदिन जीवन में हम शुद्ध, सटीक एवं व्याकरणसम्मत शब्दों का प्रयोग करते; परंतु क्या ऐसा हो रहा है? 'सब चलता है' और 'भाषा बहता नीर' आदि तर्क के बल जिसको जो मन हो रहा है, लिख और बोल रहा है। उदाहरण के लिए, हमें समझना चाहिए कि 'उपरोक्त' शब्द प्रचलन

में कितना भी हो, शुद्ध नहीं हो सकता। संधि प्रकरण की सामान्य समझ वाला व्यक्ति भी यह समझता है कि इस शब्द की निर्मिति नहीं हो सकती। 'उपर्युक्त' ही साधु प्रयोग है और वही लिखना चाहिए। स्वागतम् किसी के आगमन को सुंदर अथवा स्वस्तिकारक बना देता है तो भला 'सुस्वागतम्' क्यों लिखना? 'सुस्वागतम्' शब्द का कोई अर्थ ही नहीं निकलता।

ध्यातव्य है कि अशुद्ध, भद्दे और भ्रष्ट प्रयोगों से भाषा का कलेवर कलुषित होता है। महानता शब्द हिंदी में अत्यंत प्रचलित है; लेकिन व्याकरण कहता है कि इस शब्द की निर्मिति नहीं हो सकती। 'मह्' धातु से महत् और उससे भाववाचक शब्द महत्ता ही बनेगा। पुंलिंग शब्द 'महान्' और स्त्रीलिंग रूप 'महती' होगा। यह अलग बात है कि 'महत्ता' शब्द आज उपादेयता के अर्थ में रूढ (स्मरण रहे कि 'रूढ़' प्रचलित अवश्य है, पर व्याकरण की दृष्टि से अशुद्ध है) हो गया है। इसी प्रकार, साम्य, सौंदर्य, औदार्य आदि शब्दों को बिगाड़कर साम्यता, सौंदर्यता और औदार्यता आदि लिखने का कोई तुक नहीं है; क्योंकि हिंदी समान अर्थ वाले दुहरे प्रत्यय का निषेध करती है। सुंदरता, उदारता, समानता लिखें या सौदर्य, औदार्य, साम्य—एक ही बात है। सुंदर में 'य' प्रत्यय लगकर ही सौंदर्य बना है; जिसका वही अर्थ है, जो 'ता' प्रत्यय लगकर बने सुंदरता शब्द का है। अतः, 'य' और 'ता' दोनों में से कोई एक प्रत्यय ही पर्याप्त है।

विचारणीय है कि अशुद्ध लेखन का सर्वप्रमुख कारण अज्ञान होता है, पर लोग कुतर्क करते हैं कि शुद्धता के आग्रह से भाषा का अहित होता है। यह एक सुस्थापित तथ्य है कि हिंदी भाषा अपनी प्रकृति में ही समन्वयशीला है। यहाँ तत्सम शब्द अगर ज्यों-के-त्यों लिए गए हैं तो उन्हीं शब्दों से उत्पन्न 'तद्भव' शब्दों का प्रयोग यहाँ अत्यधिक मिलता है। हम देखते हैं कि हिंदी की मूल प्रकृति ही तद्भवपरक है। अक्षि कब 'आँख' और ईक्षु कब 'ईख' हो गया, पता ही नहीं चला। इसी प्रकार, अश्रु-आँसू, अग्नि-आग, उज्ज्वल-उजला, चणक-चना, चञ्चु-चोंच, निर्झरणी-झरना और गो-विष्ट-गोबर हो जाता है। यहाँ अगर देशज शब्दों का प्राचुर्य है तो विदेशज शब्दों की भी कमी नहीं है। एक अनुमान है कि हिंदी में लगभग सात हज़ार विदेशज शब्द प्रयुक्त हो रहे हैं। अँगरेज़ी के जहाँ हज़ारों शब्द हैं, वहीं अन्य भाषाओं के शब्द भी कम नहीं। फ्रांसीसी (कूपन, कारतूस, अँगरेज़ी), चीनी (चाय, लीची, तूफ़ान), अरबी (क़र्ज़, कागज़, हाज़िर), फ़ारसी (मुर्ग़ा, हज़ार, आवाज़), तुर्की (चारपाई, चाकू, दारोगा), पश्तो (मटरगश्ती, गुंडा) आदि शब्दों से हमारी समृद्ध शब्द-राशि का पता चलता है।

भाषा की शुद्धता की दृष्टि से अपेक्षित है कि लेखन और टंकण के वैकल्पिक-रूप को न्यून किया जाए। इससे भ्रम की स्थिति दूर होती है और भाषा का रूप प्रशस्त होता

है। हाँ, इस हेतु नियमादि का सम्यक् ज्ञान अपेक्षित होता है। चिह्न को चिन्ह, ब्राह्मण को ब्राम्हण, अपराह्ण को अपरान्ह नहीं लिखा जा सकता। जगत् का अर्थ संसार तभी है, जब यह हलंत है, अन्यथा यह 'कुआँ का चबूतरा' हो जाता है। सहस्र में 'स्' और 'र' का योग हुआ है। इसे 'सहस्त्र' नहीं लिखा जा सकता। महत्त्वपूर्ण है कि प्रचलन की पूर्ण उपेक्षा न हो, पर प्रचलन के नाम पर एकदम अशुद्ध लिखने पर अंकुश हो। हिंदी में हनुमान् को 'हनुमान' और भगवान् को 'भगवान' लिखने की छूट है और लिखा जाना चाहिए, पर जगत् को 'जगत' नहीं लिखा जा सकता; क्योंकि ये दो शब्द हैं, जिनके अर्थ भिन्न-भिन्न हैं।

इसी प्रकार अरबी-फ़ारसी में जिन शब्दों में नुक़्ता लगता है, हिंदी में भी लगे—यह आग्रह न हो; क्योंकि हिंदी ने कई शब्दों को अपने में पचा लिया है; हाँ, उन शब्दों में नुक़्ता लगाना आवश्यक है; जिनमें नहीं लगने से अर्थ को लेकर संशय की स्थिति उत्पन्न हो जाएगी। उदाहरण के लिए, जरा बुढ़ापा है, 'ज़रा' लिखने पर ही अल्प अथवा थोड़ा का अर्थ आएगा। नुक़्ता के साथ 'आज़म' लिखा गया है, तभी 'महान्' का अर्थ देगा, अन्यथा 'आजम' का अर्थ तो मूक या गूँगा होता है। इसी प्रकार, बाकी और बाक़ी, कै और कै, खसरा और ख़सरा में अंतर है। बाक़ी अरबी भाषा का स्त्रीलिंग शब्द है; जिसका अर्थ है 'शेष'; जबकि 'बाकी' का अर्थ है—रोनेवाला। 'बाँकी' का हिंदी में अर्थ है—टेढ़ा। फ़ारसी में 'कै' पुंलिंग शब्द है; जिसका अर्थ 'शहंशाह' है; जबकि 'क़ै' स्त्रीलिंग है और इसका अर्थ है—उलटी या वमन। इन्हीं तथ्यों के आधार पर यह व्याकरणिक अवधारणा बनी कि देवनागरी की भेदकारी शक्ति-संपन्नता के उद्‌देश्य से क़, ख़, ग़, ज़ और फ़ का प्रयोग अपेक्षित है।

ध्यातव्य है कि 'बर' (फ़ारसी में बुरा का द्योतक) उपसर्ग लगाकर बरदाश्त, बरबाद और बरबादी आदि शब्द बनते हैं; लेकिन जानकारी के अभाव और अंधानुकरण के कारण इन्हें बर्दाश्त, बर्बाद और बर्बादी लिखने की होड़ मची रहती है। इसी प्रकार, फ़ारसी में 'वुक़ूफ़' का अर्थ ज्ञान होता है; 'बे' उपसर्ग बिना का द्योतक है। इस तरह, बेवुकूफ़ और बेवुकूफ़ी आदि शब्द बनते हैं। अब विचारणीय है कि अज्ञानी, मूर्ख, बुद्धू आदि शब्दों के होते हुए बेवुकूफ़ को ग़लत वर्तनी के साथ 'बेवकूफ़' लिखने का क्या औचित्य है? यद्यपि, सत्यपि आदि सुंदर शब्दों के होते हुए फ़ारसी के बावुजूद को ग़लत तरीक़े से बावजूद बनाकर लिखना कैसे उचित है? ऐसे ही, 'वुसूल' को वसूल, 'फुजुलख़र्च' को फिजूलखर्च, 'अलमबरदार' या अलमदार को अलंबरदार लिखना किसी भी प्रकार उचित नहीं कहा जा सकता।

यहाँ, यह भी विचारणीय है कि शुद्ध-हिंदी लिखना क्या दुस्साध्य है, जो अशुद्ध

लिखा जाए। तथ्य है कि इसके नियम सुस्पष्ट हैं और वैज्ञानिकता सिद्ध है। यह जैसी बोली जाती है, वैसी ही लिखी भी जाती है। साथ ही, यह सुविधाजनक और आसान है तथा लोकभाषा की विशेषताओं से संपन्न भी है। एक तथ्य यह भी है कि हिंदी लोचदार भी है और बोलचालजन्य आग्रहों को स्वीकार करने में सर्वथा समर्थ भी; बस आवश्यकता है—शब्द-सजगता की; शुद्ध-प्रयोग के प्रति आग्रहशीलता की।

निश्चित ही, भाषिक-सजगता अथवा शब्द-सजगता एक ऐसी सांस्कृतिक अभिवृत्ति है; जिसका नित पोषण एवं परिष्करण होना चाहिए। आशा है, इस पुस्तक के माध्यम से अपनी शब्द-संपदा (भारतीय-शब्दों) के अधिकाधिक प्रयोग हेतु शिक्षक समुदाय और भाषाप्रेमी प्रेरित होंगे तथा आत्मिक प्रयास करेंगे। जय हिंद! जय हिंदी!!

□

शब्द-संधान के सूत्र-2

हिंदी शब्दों के अर्थ का न करें अनर्थ

पुलिस-अधिकारियों की एक पार्टी में एक अधिकारी ने अपने साथ खड़ी महिला की ओर संकेत करते हुए मुझसे कहा, "सर, ये मेरी बेगम हैं।" मैंने प्रश्न किया (ध्यातव्य है कि प्रश्न पूछा नहीं जाता; सवाल पूछा जाता है)—"भाई, जब आप 'बेग' नहीं हैं तो ये 'बेगम' कैसे हुईं?" जानना चाहिए कि 'बेग' का स्त्रीलिंग रूप 'बेगम' है। पति का स्त्रीलिंग 'पत्नी' है और उसे 'बेगम' से प्रति-स्थापित नहीं किया जा सकता।

किसी भी शब्द के प्रयोग से पूर्व उसके अर्थ और उसकी पृष्ठभूमि का परिज्ञान आवश्यक होता है। उदाहरण के लिए, जब हम उपाधि के बारे में बात करें तो यह ध्यान में रहना चाहिए कि उपाधि अर्जित की जाती है; प्राप्त नहीं की जाती। जो आप प्राप्त कर सकते हैं, वह खो भी सकता है। इसी प्रकार, यह संबोध आवश्यक है कि किसी लब्धप्रतिष्ठ (लब्धप्रतिष्ठित अशुद्ध है) व्यक्ति को अभिनंदन-पत्र, अंगवस्त्र आदि भेंट किया जाता है, प्रदान नहीं किया जाता। भिखारी को आप भोजन, वस्त्र आदिक प्रदान कर सकते हैं। बड़ों के द्वारा छोटों को कुछ प्रदान किया जा सकता है; परंतु किसी छोटे द्वारा बड़ों को कुछ प्रदान नहीं किया जाता, अर्पित किया जाता है। हाँ, राष्ट्रपति व किसी विशिष्ट विभूति (विभूतियों अशुद्ध है) द्वारा जब कोई पुरस्कार दिया जाए तो प्रदान करना साधु-प्रयोग है। स्मरण रहे कि राष्ट्रपति भी पुरस्कार तो प्रदान कर सकते हैं; सम्मान प्रदान नहीं कर सकते। सम्मान से तो सम्मानित किया जाता है। इसी प्रकार, विचार करना चाहिए कि लड़ाई भले ही लड़ी जाती हो, युद्ध नहीं लड़ा जाता। युद्ध सदैव किया जाता है। जीवन में कष्ट हो सकता है, इसे 'भोगा' भी जा सकता है; लेकिन भाषा में 'तक्लीफ़ (तकलीफ़ अशुद्ध है) उठाना' की तर्ज़ पर कष्ट 'उठाना' प्रयोग देखना भी कम कष्टप्रद नहीं होता। जानना चाहिए कि कष्ट सहन कर लेने वाले व्यक्ति को 'कष्टसहिष्णु' कहा जाता है।

दु:ख होता है, जब गो-रक्षक 'गोहत्या' का विरोध तो करते हैं; पर 'गोहत्या' के

बदले 'गोकशी' शब्द का प्रयोग करते हैं। समाचार-पत्रों में भी यह शब्द बहुधा प्रयुक्त होता है। जानना चाहिए कि संस्कृत शब्द 'गौ' के सामासिक-रूप 'गो' के साथ फ़ारसी प्रत्यय 'कुशी' लगाकर गोकुशी (ख़ुदकुशी की तर्ज़ पर) शब्द तो बनाया जा सकता है, 'गोकशी' नहीं। ख़ुदकुशी को 'ख़ुदकशी' कोई नहीं कहता। अतः, गोकुशी नहीं, प्रत्युत 'गोहत्या' शब्द ही व्याकरणसम्मत है। ऐसे भी, जिस भाषा का शब्द हो, प्रत्यय भी उसी भाषा का प्रयुक्त होना चाहिए। यही कारण है कि हिंदुस्थान को 'हिंदुस्तान' लिखना भी व्याकरणसम्मत नहीं है। भाषा की दृष्टि से हिंदुस्थान को 'हिंदुस्तान' कहना उतना ही ग़लत है, जितना पाकिस्तान को 'पाकिस्थान' कहना। स्थान को फ़ारसी में 'स्तान' अवश्य कहते हैं और यह स्थान से ही बना भी है; परंतु जब 'हिंदू' संस्कृत शब्द है (अब सिंधु से हिंदू की थ्योरी ग़लत सिद्ध हो चुकी है।) और 'स्थान' भी तत्सम शब्द है तो हिंदू में फ़ारसी प्रत्यय 'स्तान' लगाना निश्चित ही हीनताबोध है; अंधानुकरण है और इसलिए त्याज्य है। 'गोवध' शब्द का प्रयोग करना भी उचित नहीं है। किसी राक्षस अथवा दुष्ट के संहार के लिए 'वध' का प्रयोग उपयुक्त है।

तथ्य है कि अरबी-फ़ारसी के ही शताधिक शब्दों को हमने अशुद्ध-वर्तनी के साथ और ग़लत अर्थ में ग्रहण कर लिया है, जो लोकप्रयोग में रच-बस गए हैं। यथा—समंदर शब्द का 'समुद्र' से दूर-दूर तक कोई वास्ता नहीं है। फ़ारसी में समंदर कहते हैं—अग्निकीट; अर्थात् आग के इर्दगिर्द मँडराने वाले एक पतंगे को। प्रथमतः, यह शाइरी (शायरी अशुद्ध है) में प्रयुक्त हुआ। फ़ारसी की जानकारी न होने के कारण लोगों ने इसे समुद्र का उर्दू-पर्याय समझकर प्रयोग करना शुरू कर दिया और कालांतर में यह इसी अर्थ में रूढ (रूढ़ अशुद्ध है) हो गया। यह भी जानना चाहिए कि समंदर की जगह अगर 'समंद' लिख दिया तो इसका अर्थ अश्व या घोड़ा हो जाएगा।

विचारणीय है कि श्रीमान्, महाशय, महोदय आदिक उपयुक्त शब्दों के होते हुए साहिब को 'साहब' बनाकर लिखने से हिंदी का भला कैसे होगा? विष, हलाहल, गरल, प्राणांतक इत्यादिक प्रयोग को त्यागकर ज़ह्र को 'ज़हर' बनाकर प्रयोग करने से किस प्रयोजन की सिद्धि होगी? बहुधा, प्रायः आदि हिंदी-शब्दों के प्रयोग से बचना तथा विदेशज शब्द अक्सर को 'अक़सर' या 'अक़्सर' बनाकर लिखना भाषा के प्रति घोर-औदासीन्य का परिचायक ही माना जाएगा। अल्प-श्रम से ही किसी मानक उर्दू-कोश में देखा जा सकता है कि अक़्सर का अर्थ बहुत छोटा या लघु होता है। हाँ, नुक़्ते के बिना 'अकसर' का अर्थ 'प्रायः' अवश्य है; लेकिन इसमें भी 'प्रायः' का सौंदर्य कहाँ? इसी प्रकार, बुद्धिमान्, धीमत्, मेधावी, विद्वान् आदि शब्दों का प्रयोग न कर अक़्लमंद को 'अकलमंद' लिखना अग्राह्य है।

कोई व्यंजन सुस्वादु हो सकता है; यदि उसका स्वाद सबसे अच्छा या सबसे लज़ीज़ (लजीज, लज़ीज और लजीज़ अशुद्ध हैं। स्वाद के लिए लज़्ज़त शब्द है।) हो तो स्वादिष्ठ हो सकता है; पर स्वादिष्ट नहीं हो सकता। शुद्ध-वर्तनी 'स्वादिष्ठ' है, जिसमें उत्तमावस्थासूचक 'इष्ठन्' प्रत्यय है, जो श्रेष्ठ, वरिष्ठ, कनिष्ठ आदि में है। यह भी जानना चाहिए कि भोजन 'स्वादिष्ठ' तो हो सकता है, स्वदिष्ठतम नहीं। इसी प्रकार, वरिष्ठतम, कनिष्ठतम आदि शब्द चाहे जहाँ भी लिखे हों, ग़लत हैं; क्योंकि उत्तमावस्था की उत्तमावस्था नहीं हो सकती। [नियम : तमप् (तम) और इष्ठन् दोनों प्रत्ययों का एक साथ प्रयोग करना अतिव्याप्तिदोष के अंतर्गत आता है।]। जब 'घनिष्ठ-मित्र' का अर्थ ही है—'जिस मित्र से मैत्री सबसे अधिक प्रगाढ़ हो' तो 'घनिष्ठतम-मित्र' लिखने का क्या प्रयोजन है? इसी प्रकार, 'गरिष्ठ' शब्द को अज्ञानवश गरिष्ट लिख दिया जाता है, जबकि यह 'गुरु' शब्द की उत्तमावस्था है। [गुरु+इष्ठन् = गरिष्ठ = सबसे भारी]

ध्यातव्य है कि कोई विद्यार्थी किसी 'विद्यार्थिपरिषद्' का सदस्य तो हो सकता है; पर 'विद्यार्थीपरिषद' अथवा 'विद्यार्थीपरिषद्' का नहीं। वस्तुतः, संस्कृत में 'विद्यार्थिन्' शब्द है, जिसकी संधि 'परिषद्' से हुई, जिससे 'विद्यार्थिपरिषद्' शब्द की निर्मिति हुई। इसी प्रकार योगी, सन्न्यासी (संन्यासी, सन्यासी, संयासी आदि अशुद्ध रूप हैं), प्राणी आदि शुद्ध हैं; परंतु योगिराज (योगिन् से), प्राणिविज्ञान (प्राणिन् से) तथा सन्न्यासिवृंद (सन्न्यासिन् से) लिखा जाना चाहिए।

इसी प्रकार, वैज्ञानिक-दृष्टि, वैज्ञानिक-चेतना एवं वैज्ञानिक-अभिरुचि से संपृक्त व्यक्ति को वैज्ञानिक (साइंटिफ़िक) नहीं, विज्ञानी (साइंटिस्ट) कहना चाहिए। जब कोई दिवंगत होता है तो उसकी अरथी उठती है, अर्थी नहीं उठती। अर्थी का अर्थ है—चाहनेवाला। विद्यार्थी, शिक्षार्थी, धनार्थी आदि में 'अर्थी' का यह अर्थ स्पष्टतः बोधगम्य है। अरथी का अर्थ है—शरीर रूपी रथ का रथी नहीं रहा, प्रस्थान कर गया और इस प्रकार यह 'अ-रथी' वा 'अरथी' हो गया। अभीष्ट है कि 'सब चलता है' और 'भाषा बहता नीर' के नाम पर जो भाषिक-अज्ञान रूपी अंधकार चहुँओर व्याप्त हो रहा है, उसे दूर करने के लिए हिंदीसेविजन प्रयास करें।

□

शब्द-संधान के सूत्र-03

भाषिक-संस्कारों का संवर्द्धन

किसी भी समाज की दशा और दिशा को तय करने में भाषा की महत्त्वपूर्ण भूमिका होती है। अत:, आवश्यक है कि भाषिक-संस्कारों का संवर्द्धन किया जाए। भाषा की दृष्टि से वह स्थिति अनुकूल नहीं होती, जब प्रयोक्ताओं को लगे कि उन्हें अपनी भाषा सुधारने की आवश्यकता ही नहीं; क्योंकि अपनी भाषा तो वे जानते ही हैं। इसी प्रकार, अभिव्यक्ति की स्वतंत्रता के नाम पर लेखकीय-छूट और अव्याकरणीय लेखन से भी भाषिक-संस्कृति का क्षरण होता है। एक उदाहरण से इसे समझा जा सकता है—'दुग्धपान' शब्द है; जिसे हिंदी में 'दूध-पीना' कहते हैं। दुग्ध अथवा दूध का पर्यायवाची शब्द 'स्तन्य' है, जो 'स्तन' अथवा इसके तद्भव-रूप (थन) से नि:सृत होता है; अर्थात् निकलता है। 'स्तन्यपान' लोकप्रयोग में घिसकर 'स्तनपान' हो गया। आज चिकित्सा-विभाग, मीडिया और यहाँ तक कि केंद्र तथा राज्य की सरकारों द्वारा विज्ञापन आदिक में आधिकारिक रूप से 'स्तनपान' शब्द का प्रयोग किया जाता है; जबकि शुद्ध-वर्तनी 'स्तन्यपान' है। कुछ वैयाकरणों ने यह तर्क दिया है कि 'स्तनपान' शब्द को स्वीकार कर लिया जाए; क्योंकि स्तन से ही 'स्तन्य' निकलता है; परंतु यह कोई ठोस तर्क नहीं है। महत्त्वपूर्ण है कि पान किसका किया जाता है। इसी प्रकार, शुद्ध वर्तनी 'स्तन्यपायी' है; 'स्तनपायी' नहीं।

हिंदी के पत्रकार, लेखक और अध्येता शुद्ध भाषा-व्यवहार के प्रति आग्रहशील बने रहने का प्रण लें! वे शब्द-प्रयोग में सजग रहें तथा अपने माध्यम से लोगों को प्रोत्साहित और शब्दानुशासित करते रहें! यह प्रयास सबसे पहले विद्यालयीय स्तर पर हो; क्योंकि इस समय बच्चे जैसी भाषा सीखते हैं, जीवन भर उसकी छाप रहती है। विचारणीय है कि अगर इस समय शिक्षक द्वारा कक्षा में शब्दों के उच्चारण और वर्तनी की शुद्धता पर विशेष बल दिया जाए तो इससे बहुत लाभ होगा। इसके लिए भाषा के शिक्षकों को सतत अध्ययनशील रहना होगा।

इस सच से मुँह नहीं मोड़ा जा सकता कि विद्यार्थी-जीवन समाप्त होने के बाद अधिकतर (यहाँ अधिकांश का प्रयोग अशुद्ध होता) लोग पढ़ने के नाम पर ऑफिस-फाइल्स के अलावा कुछ पढ़ते हैं तो वह है—समाचार-पत्र। ऐसे में, उनकी भाषा समाचारपत्र की भाषा से प्रभावित और संस्कारित होती रहती है। यही कारण है कि पत्रकारिता-जगत् के लोगों से शब्दों के प्रयोग में विशेष सावधानी की अपेक्षा रहती है। जब समाचारपत्रों में नवरात्र को 'नवरात्रि', अरथी को 'अर्थी' या अभयारण्य को 'अभ्यारण्य' लिखा जाएगा तो पाठक ग़लत ही सीखेंगे।

किसी शब्द का प्रयोग करते समय एक बार अवश्य सोचना चाहिए कि क्या शब्द-चयन सही है? उदाहरण के लिए, ऐसा तो नहीं कि कहीं निराश (आशा के बिना; लेकिन आशा 'मृत' नहीं) को हताश (जिसकी आशा मर चुकी हो) लिख दिया गया है या समुद्र को समंदर (फ़ारसी-भाषा का एक शब्द जिसका अर्थ है, रौशनी के पास रहनेवाला एक कीड़ा) लिख दिया गया है? इसी प्रकार, विचारणीय है कि किसी लड़के का नाम सूर्या, कृष्णा, शिवा, भीमा आदिक सुनकर बहुत ही भद्दा लगता है; क्योंकि इनके पुंल्लिंग रूप क्रमशः सूर्य, कृष्ण, शिव, भीम आदिक हैं। विदित है कि 'आ' प्रत्यय से स्त्रीलिंग रूप की निर्मिति होती है, यथा-छात्र से छात्रा, प्रिय से प्रिया, अग्रज से अग्रजा, अनुज से अनुजा आदि।

ज्ञातव्य है कि सौरभ सही शब्द है, 'सौरव' नहीं। सुरभि में 'अण्' प्रत्यय जुड़कर सौरभ शब्द बनेगा; सौरव नहीं। सौरभ का अर्थ है—सुगंधित। पुलिस-विभाग में मेरे एक मित्र का नाम 'दीपांकर' है तो एक वरिष्ठ अधिकारी का नाम 'दिपांकर' है; जबकि सही नाम 'दीपंकर' होना चाहिए। 'दीपम्' और 'कर' की संधि से 'दीपंकर' शब्द बनेगा, जो उजाला करनेवाले; अर्थात् सूर्य का पर्याय है। ज्ञातव्य है कि 'दीवाली' सही शब्द है; 'दिवाली' नहीं। दीप को 'दीया' तो कहते हैं; परंतु 'दिया' नहीं; अतएव 'दीयासलाई' सही वर्तनी है, 'दियासलाई' नहीं।

ध्यातव्य है कि हिंदी की आकर-भाषा संस्कृत है। अतः, हमें यथासंभव अँगरेज़ी या अरबी-फ़ारसी के उन शब्दों के प्रयोग से बचना चाहिए, जिनके लिए हिंदी अथवा संस्कृत में पहले से शब्द विद्यमान हैं। कंप्यूटर, मोबाइल, फेसबुक, इ-मेल (ई-मेल अशुद्ध), रेल आदि शब्दों के प्रयोग में कोई आपत्ति नहीं होनी चाहिए; परंतु अपने मूल शब्दों को भूलकर विदेशज शब्दों के अंधाधुंध-प्रयोग से भला कैसी भाषिक-समृद्धि आएगी? विदेशज-शब्दों का प्रयोग करना भी पड़े तो सोच-समझकर करें; नहीं तो अर्थ का अनर्थ हो जाता है। उदाहरण के लिए—स्नानघर या गुस्लख़ाना (गुसलखाना या गुसलख़ाना अशुद्ध है) को अरबी-भाषा में 'हम्माम' कहते हैं, 'हमाम' नहीं। हम्माम में सब नंगे होते हैं; 'हमाम' में

नहीं। हाँ, 'हमाम' भी अरबी-भाषा का एक शब्द है; जिसका अर्थ है—'कबूतर या हर वह पक्षी, जिसके गले में कंठी हो'। संस्कृत में सुगंध से 'सौगंध' शब्द की निर्मिति अवश्य होती है; परंतु क़सम के अर्थ में 'सौगंद' (फ़ारसी शब्द) खाया जाता है, सौगंध नहीं।

विचारणीय है कि लोग विदेशज शब्दों का प्रयोग तो करते हैं; लेकिन शुद्ध-वर्तनी का ध्यान (ख़याल भी ठीक; लेकिन ख़्याल अशुद्ध) नहीं रखते। क़ानून का राज (शासन) होता है; कानून (भट्ठी या चूल्हा) जलाने का राज़ (रहस्य) होता है। 'बेबाकी' का अर्थ धृष्टता या मुँहफटपन है; जबकि 'बेबाक़ी' का अर्थ ऋण आदि का परिशोधन है। No dues certificate को बेबाक़ी-प्रमाणपत्र कहा जाता है; बेबाक बोल होते हैं। 'कमर' फ़ारसी-भाषा का शब्द है; जिसका अर्थ है—कटि प्रदेश, जहाँ स्त्रियाँ कमरबंद बाँधती हैं; जबकि 'क़मर' अरबी-भाषा का शब्द है; जिसका अर्थ है—चाँद अथवा चंद्रमा। पुनश्च, कमरबंद बाँधा जाता है, पहना नहीं जाता। इसी प्रकार, क़ाबिलियत, काबिलीयत आदि ग़लत प्रयोग हैं; क़ाबिलीयत सही है। हिंदी में गिरफ़्तार शब्द का प्रयोग ही अधिक मिलता है; जबकि शुद्ध-वर्तनी 'गिरिफ़्तार' है। ऐसे ही, मंत्रियों, 'नेताओं' आदि प्रयोग हिंदी की प्रकृति के अनुरूप हैं; परंतु नेतृ के तद्भवरूप 'नेता' में तत्सम शब्द 'गण' का संयोग खटकता है। अगर 'गण' लगाना ही है तो 'नेतृ' लिखना चाहिए। स्मरण रहे कि इसी तर्क से मंत्रीगण, विद्यार्थीगण, योगीगण, मेधावीगण आदिक प्रयोग अशुद्ध हैं और मंत्रिगण (मंत्रिन् में गण की संधि) विद्यार्थिगण (विद्यार्थिन् में गण की संधि), योगिगण (योगिन् में गण की संधि) आदिक प्रयोग शुद्ध हैं। अगर 'नेतागण' प्रयोग को ठीक मान लिया जाए तो मंत्रीगण, विद्यार्थीगण, मेधावीजन आदि अव्याकरणीय शब्दों को भी सही मानना पड़ेगा।

भाषा के प्रयोक्ताओं को यह जानना चाहिए कि नानाविध और बहुविध में 'विध' है, जो 'विध्' से व्युत्पन्न है तथा 'प्रकार', 'क़िस्म' आदि अर्थ का द्योतन करता है। यथाविधि में 'विधि' है। अगर किसी निर्दिष्ट 'विधि' अथवा रीति से कोई कार्य संपन्न होना है तो 'यथाविधि' शब्द का प्रयोग होगा; 'यथाविध' का नहीं। अगर 'यथाविध' लिख दिया तो इसका अर्थ होगा—'जैसा इसका प्रकार है'। सौहार्द्र कोई शब्द नहीं है। सौहार्द शब्द है, जो 'सुहृद्' से व्युत्पन्न (सुहृद्+अण्=सौहार्द) है। इसी प्रकार, देदीप्यमान शब्द है, जिसे अज्ञानवश (अज्ञानतावश, अज्ञानता आदि प्रयोग अशुद्ध हैं) दैदीप्यमान लिख दिया जाता है। ध्यान देना चाहिए कि अंतर्ध्यान, अरण्यक, कृत्यकृत्य, कोमलांगिनी, पुनरावलोकन, रविवासीय, निहारिका, निसार (निः सार के अर्थ में), निशुल्क, हठधर्मिता, स्वेच्छाचारिता, नुपुर, गोधुली, उर्मिला, प्रतीचि आदि शब्द भले ही पत्र-पत्रिकाओं से लेकर पाठ्यपुस्तकों तक में प्रविष्ट हो गए हैं; परंतु वार्तनिक-

दृष्टि से अशुद्ध हैं। इनके शुद्ध-रूप क्रमशः अंतर्धान, आरण्यक, कृतकृत्य, कोमलांगी, पुनरवलोकन, रविवासरीय, नीहारिका, निस्सार, निश्शुल्क, हठधर्म, स्वेच्छाचार, नूपुर, गोधूलि, ऊर्मिला और प्रतीची हैं। हिंदीसेविजन अगर इस प्रकार की शब्द-सजगता का प्रण करें तो किसी भी पाक्षिक, साप्ताहिक अथवा दैनिक आयोजन की तुलना में हिंदी के अभीष्ट की संप्राप्ति शीघ्र हो जाएगी।

□

शब्द-संधान के सूत्र-04

हिंदी की समावेशी प्रवृत्ति

[बिस्किट के बिस्कुट बनने की कहानी]

★ भारतीय जनमानस में एक षड्यंत्र की तरह यह प्रचारित-प्रसारित किया गया कि अँगरेज़ी एक बहुत ही समावेशी भाषा है; जबकि हिंदी समावेशी नहीं है और इसमें एक ठहराव (रुंधाव) है। इस धारणा को संपूर्णता में त्यागने-नकारने की आवश्यकता है। आइए! देखते हैं—

★ स्रोत के आधार पर हिंदी में शब्दों की चार श्रेणियाँ हैं—तत्सम, तद्भव, देशज और विदेशज (आगत)। अब क्या यह एक बहुत बड़ा प्रमाण नहीं है कि भाषा के व्याकरण में; अर्थात् उसकी आचार-संहिता में ही यह स्पष्ट कर दिया गया है कि यह अनिवार्य रूप से दूसरी भाषा के शब्दों को भी अपने में समाहित करती है। इसे करना ही चाहिए; क्योंकि प्रसार ही जीवन है; संकुचन मृत्यु है।

★ ध्यातव्य है कि जिस भाषा ने अपने सबसे मूल शब्द-पुस्तक (संस्कृत से), किताब (अरबी से), कॉपी (अँगरेज़ी से), कलम (अरबी से) और कागज़ (फ़ारसी) से लिया हो; उस भाषा पर यह आरोप कि किसी भाषा से कम समावेशी है, चिंतित करने वाला है। ऐसे में, यह कोई भाषिक षड्यंत्र है, संकुचित-दृष्टिकोण है या फिर आला दर्जे की मूर्खता। षड्यंत्र का एक कारण तो यह है कि आज अँगरेज़ी का वर्चस्व टूटता दिख रहा है। दूसरे शब्दों में, 'इंडिया की इंग्लिश' को 'भारत की हिंदी' वाली चुनौती भारी पड़ रही है। साथ ही, यह भी तथ्य है कि वर्षों की गुलामी की मानसिकता से एक वर्ग अभी भी निकल नहीं पाया है।

★ इस विमर्श में यह भी ध्यान देना चाहिए कि विदेशी मूल के शब्दों को भी लेते समय हिंदी ने अपनी 'प्रवृत्ति' या कहें कि अपनी 'आत्मा' नहीं बदली।

हिंदी के कृष्ण अगर अँगरेज़ी में 'कृष्णा' हो सकते हैं, 'ह' ध्वनि के सर्वथा अभाव के कारण गांधी और नेहरू अँगरेज़ी में जाकर 'गांडी' और 'नेअरु' हो सकते हैं तो हिंदी भी बिस्किट को 'बिस्कुट' और हॉस्पिटल को उर्दू के हस्पताल से हिंदी का 'अस्पताल' बना सकती है। समस्या यह है कि हिंदी वाले भी कृष्ण को कृष्णा कहें (जिसका अर्थ है—द्रौपदी), योग को योगा कहें तो 'कूल' लगते हैं, अनपढ़ नहीं; परंतु जब ये बिस्किट को 'बिस्कुट' कहें तो पिछड़े समझे जाते हैं।

★ विचारणीय है कि रिपोर्ताज़ एक साहित्यिक विधा है, रिपोर्ट नहीं; परंतु गुलाम मानसिकता वालों के लिए तो report बोलिए, लिखिए, तब ही ठीक है। इन्हें यह पता ही नहीं होता कि रिपोर्ताज हमने सीधे फ्रांसीसी भाषा से लिया है। मूल शब्द लैटिन का 're-portare' है; जिसका अर्थ है 'दुबारा ढोना' या carry करना। फ्रेंच में यह 'reporter' बना। कालांतर में हिंदी ने रिपोर्टर की जगह 'संवाददाता' को उचित माना; परंतु एक विधा के रूप में 'रिपोर्ताज' को स्वीकृत किया।

★ यह जानना सच ही दिलचस्प है कि पहले संज्ञा (रिपोर्टर) और फिर क्रिया (रिपोर्ट) की व्युत्पत्ति हुई। हमने क्रिया को रिपोर्ताज रखा; लेकिन संज्ञा को नहीं लिया; क्योंकि 'संवादवाहक' पहले से यहाँ होते थे। समाचारपत्र, आकाशवाणी, दूरदर्शन की दृष्टि से 'संवाददाता' शब्द अधिक उपयुक्त प्रतीत हुआ; क्योंकि 'वाहक' में लेकर जाने का भाव है, 'दाता' में यह आवश्यक नहीं। विचार करें कि क्या यह एक भाषा के रूप में हिंदी की समावेशी प्रवृत्ति का शानदार नमूना नहीं है?

★ इसी तरह हिंदी में 'मील का पत्थर' ही कह सकते हैं; 'माइल का पत्थर' नहीं। कुछ लोग हिंदी में कहेंगे—'5 माइल की दूरी'। उन्हें भी यह जानने की ज़रूरत है कि हिंदी ने इस शब्द को बहुत पहले ही लिया, जब लैटिन में यह milia (milia passuum या हज़ार कदम) से mile बना। हिंदी ने इसे मील पढ़ा और स्वीकार किया। यह और भी मज़ेदार है कि अँगरेज़ी में भी इसे Midle english के 'myle' के कारण ही 'माइल' बोला जाता है; जबकि लिखने में यह myle से mile हो गया। अब हिंदी में इतना घालमेल तो नहीं है कि पहले 'myle' लिखकर माइल बोलो और बाद में 'mile' लिखकर 'माइल' बोलो। इसे जानने और समझने की ज़रूरत है।

★ अगर बिस्किट (biscuit) शब्द को देखें तो यह लैटिन के bis (दो बार)

और coctus (पकाना, to cook) से बना है; जिसका अर्थ है—'दो बार पकाना'। ध्यातव्य है कि biscuit कहा ही इसलिए जाता है कि इसे एक बार बेक और दूसरी बार ओवन (उन्नत-भट्ठी) में धीमी आँच पर पकाया जाता है।

★ यह बिस्किट लैटिन से फ्रेंच में जाकर bescuit बना और अँगरेज़ी में जाते-जाते biscuit (बिस्किट) बना। अब हिंदी की प्रवृत्ति है कि जैसा लिखा जाता है, वैसा ही बोला जाता है इसलिए biscuit को एक हिंदी भाषी बिस्कुट ही पढ़ेगा। अस्तु, गुलामी की मानसिकता देखें कि लैटिन से फ्रेंच में बदले तो ठीक, फ्रेंच से अँगरेज़ी में बदले तो ठीक; लेकिन अँगरेज़ी से हिंदी में आकर नहीं बदलनी चाहिए!

★ पुनः इस पर लौटें कि कुछ कुपठ बुद्धिजीवी सही शब्द अर्जुन को 'अर्जुना', कृष्ण को 'कृष्णा' कहेंगे; लेकिन हॉस्पिटल को 'हस्पताल' कहने वालों को मूर्ख और बेवुकूफ़ (फ़ारसी के इस शब्द को हिंदी में बेवकूफ़ भी लिखा जाता है।) समझेंगे। ये लोग बिसकिट को भाषा के उच्चारणगत नियम के आधार पर बिस्कुट बोलने वालों को देहाती और मूर्ख समझेंगे; कम sophisticated समझेंगे। ऐसे लोगों की समझ पर तरस ही आ सकता है। अमूमन ये वही लोग होते हैं, जिनका हिंदी ज्ञान अत्यंत सीमित होता है।

★ **विशेष**—यों ही ओवन को 'उन्नत-भट्ठी' नाम दिया है। इसलिए नहीं कि 'ओवन' शब्द से कोई समस्या है, बल्कि इसलिए कि यह शब्द भी प्रचलित हो सकता है। ओवन का प्रयोग चलता रहे; लेकिन यह नहीं कि हिंदी में हम इसे और कुछ कह ही नहीं सकते। आख़िर समावेशी का अर्थ केवल बाहर से लेना ही नहीं है।

□

शब्द-संधान के सूत्र-05

अत्यधिक प्रेम और भाषा का घेरा

ऐसा प्रतीत होता है कि अतिशयोक्ति भारतीय समाज का सबसे प्रिय अलंकार है। भावों के अतिरेक में हम शब्द-प्रयोग में भी अतिशयोक्ति का वरण कर लेते हैं। उदाहरण के लिए 'प्रेम' शब्द को ही देख लें। इसका अर्थ ही है—अत्यधिक स्नेह, लगाव, अनुराग आदि। ऐसे में, अधिक-प्रेम, बहुत-प्रेम, अतिशय-प्रेम इत्यादिक शब्द-प्रयोग पर भाषा की दृष्टि से प्रश्नवाचक चिह्न लग जाता है।

वस्तुतः, प्रेम शब्द 'प्रिय' होने के भाव का बोधन करता है। यह भाववाचक संज्ञा है; प्रिय होने की अवस्था है। भाषा-विज्ञान के अनुसार प्रिय शब्द में 'इमनिच्' प्रत्यय सन्नद्ध कर, 'प्र' के आदेश से प्रेम शब्द बनता है। प्रिय शब्द 'प्री' धातु से बना है; जिसका अर्थ है—प्यारा, सुखद, अनुकूल इत्यादि।

प्रिय शब्द से जब 'प्रेम' बनता है, तब इसको ऐसे देखें कि इसमें 'प्र' का आदेश हो चुका है; जिसका अर्थ है—विशेष, बहुत, उत्कर्ष, विशिष्ट इत्यादि। इस प्रकार, 'प्रेम' का अर्थ हुआ बहुत अधिक लगाव या स्नेह, 'अत्यधिक स्नेह' या 'अधिक प्रिय'। इसे एक और तरीक़े से देखा जा सकता है—'इमनिच्' को स्नेह मानें, इसमें 'प्र' लगाएँ तो बना 'प्रेम'; अर्थात् बहुत स्नेह। यहाँ पर हमें ठहरकर विचार करना चाहिए कि अब इस प्रेम में अलग से अधिक, बहुत अधिक, अतिशय आदि विशेषण जोड़ना उचित है अथवा अनुचित?

सामान्य बातचीत में भी जब कहीं 'बहुत प्रेम', 'अत्यधिक प्रेम' आदि प्रयोग होता है तो भाषिक-दृष्टि से वह ग़लत है, यह अलग बात है कि भाव का कोई व्याकरण नहीं होता। यहाँ आशय यह है कि हम शब्दों के चयन में सजग रहें। यह एक ऐसी अभिवृत्ति है; जिसका नित-पोषण होना चाहिए। अनुभूत तथ्य है कि शब्द-सजगता आने से गाली, बोली, ताने आदि में भी व्युत्पत्ति के सूत्र दिखते हैं। एक उदाहरण से इसे समझा जा सकता है—

'बरगाही-भाय' : बिहार की एक गाली ?

'बरगाही-भाय' शब्द दरअस्ल (दरअसल भी लिख दिया जाता है) एक गाली की तरह बिहार में प्रयुक्त होता है। बेगूसराय, खगड़िया, भागलपुर और मिथिलांचल में यह मज़ाक़िया लहज़े से लेकर झल्लाहट और क्रोध तक की अभिव्यक्ति का वाहक शब्द है; लेकिन यह वहाँ के लोगों के हास्य-व्यंग्य की नैसर्गिक प्रतिभा को भी दिखाता है। ज़रा देखें कि यह शब्द बना कैसे—

'बरगाही-भाय' शब्द 'वरगाही-भाय' शब्द का अपभ्रंश है। पहले 'वरगाही' शब्द को देखते हैं : वर+गाही = वरगाही = बरगाही। 'वर' का अर्थ 'पति' और 'गाही' का अर्थ है—पाँच। इस तरह 'वरगाही' का अर्थ हुआ—'ऐसी स्त्री, जिसके पाँच पति हों'। इस तरह 'वरगाही-भाई' का अर्थ हुआ—'ऐसी स्त्री, जिसके पाँच पति हों, उसका भाई'। अब मज़ा देखिए—

अगर 'वरगाही' को बहुव्रीहि समास मान लें तो इसका अर्थ है—'द्रौपदी'; क्योंकि पाँच पतियों वाली वह एक अतिविशिष्ट स्त्री थी। द्रौपदी का भाई कौन सा इंगित किया गया है, वह बोलने वाले के अंदाज़ और भाव पर हो सकता है और सुनने वाले के भी। शिखंडी (एक नपुंसक पात्र) भी द्रौपदी के भाई माने जाते हैं, पांडवों के सेनानायक धृष्टधुम्न भी और तीनों लोक के स्वामी श्रीकृष्ण भी। इस तरह तो 'बरगाही भाय' (वरगाही भाई) विशेषण के तीन अर्थ हुए—नपुंसक, विजयी सेना के सेनापति और साक्षात् श्रीकृष्ण।

अब मान लीजिए कि एक व्यक्ति ने दूसरे को 'बरगाही-भाय' विशेषण से नवाज़ दिया। अब यह शब्द इतना विविधार्थी है कि कोई उसे नपुंसक भी समझ सकता है और ज़रूरत पड़ने पर बोलने वाला अपना बचाव यह कह कर सकता है—'अरे! मैं तो आपको श्रीकृष्ण कह रहा था।"

यह भी संभव है कि बात बढ़ते देख पहले आपको कोई : बरगाही-भाय' गाली दे दे और बाद में जब आप उसको तलब करें तो वह बोले : अरे! बात बढ़ रही थी; इसलिए मैंने आपको 'बरगाही-भाय' बोल दिया कि चलो आप जीते। (जीतने वाली सेना का सेनानायक।) अगर इसे आप 'कर्मधारय समास' भी लेते हैं तो यह 'पाँच पतियों वाली स्त्री का है जो भाई', ऐसा अर्थ दे ही रहा है। अत: यह गाली ही है। निहितार्थ यह कि कभी अगर बिहार में यह शब्द सुनाई दे दे तो इसको कई तरह से लेने के लिए तैयार रहें! यह अलग बात है कि बोलने वाले को भाषा से खेलना आना चाहिए।

नोट : इस एक उदाहरण से यह समझा जा सकता है कि शब्द-सजग रहने से लोकजीवन में प्रचलित कितने ही शब्द अपनी विविध अर्थच्छटाएँ लेकर उपस्थित हो जाते हैं।

□

शब्द-संधान के सूत्र-06

भाषिक-सजगता और अध्यात्म

शब्द-संधान का सबसे महत्त्वपूर्ण सूत्र यही है कि 'शब्द-चिंतन' को स्वभाव बना लिया जाए। कुछ भी करें, पढ़ें, लिखें अथवा बोलें; शब्द-सजग रहें कि इसका अर्थ क्या है और इसकी व्युत्पत्ति क्या है। इस दृष्टि से, आध्यात्मिक-चिंतन में भी शब्द-चिंतन को अनुस्यूत किया जा सकता है। उदाहरण के लिए, 'प्रारब्ध' शब्द को देखा जा सकता है।

प्रारब्ध शब्द की व्याख्या : दुःख से मुक्ति का एक भाषिक-सूत्र—

प्रारब्ध शब्द भी उन शब्दों में से है; जिसका प्रयोग तो बहुतायत में किया जाता है, लेकिन जिसे भली-भाँति नहीं समझा जाता। प्रारब्ध शब्द बना है प्र+आरब्ध से। आरब्ध का अर्थ है—जो आरंभ हो चुका या शुरू हो गया। 'प्र' का अर्थ विशेष है। इस तरह प्रारब्ध शब्द का अर्थ हुआ—जो विशेष रूप से आरंभ हुआ। अगर आरब्ध को तोड़ें तो रभ् मिलता है। प्र+आ+रभ्+क्त=प्रारब्ध।

सामान्यतः प्रारब्ध का अर्थ है—वह कर्म, जिसका भोग आरंभ हो चुका है; अर्थात् जिसका फल भोगना ही भोगना है; जिससे बचने का उपाय नहीं है। कर्म की बात की जाए तो कर्म भी तीन प्रकार के होते हैं—1. प्रारब्ध कर्म 2. संचित कर्म और 3. क्रियमाण कर्म

हमारे वर्तमान और पूर्व जन्मों के समस्त कर्मों का समुच्चय है—संचित कर्म। सम्+चित=संचित। 'चि' धातु का क्या अर्थ हुआ? जमा करना, इकट्ठा करना। सम बराबर है। अच्छा-बुरा सब बराबर है। बस मात्रा धनात्मक या ऋणात्मक है। मतलब 'कृ' धातु वाला कर्म अगर एक सदिश राशि है तो इसकी दिशा नकारात्मक या सकारात्मक कुछ भी हो सकती है; पर यह जमा होना तय है। यह आपके कर्म का अकाउंट है, बही-खाता है, जिसमें आप अपने कर्म जमा करते आए हैं और अभी भी कर रहे हैं। कभी कुछ

सत्कर्म किया, यह जमा हो गया। कभी यही सूद सहित आप उठाते हैं। यही सूद सहित मिलने वाला भाग्य सौभाग्य है। इसी तरह, बुरे कर्मों का भी हिसाब जमा होता है। ब्याज सहित इसे चुकाना पड़ता है। इसे ही दुर्भाग्य कहा जाता है।

क्रियमाण कर्म वह कर्म है, जो तुरंत परिणाम देते हैं। इसको आप अच्छी तरह समझें : कृ करना (to do), करोति-करता है (does), क्रियते-कर रहा है (is doing), क्रियमाण-किया जा रहा है (is being done)। वस्तुतः, कुछ कर्म जो हम करते हैं, उसका तुरंत परिणाम मिलता है; जैसे अगर हम चाकू से अपने हाथ काटने की कोशिश करें तो यह कटेगा। यह क्रियमाण कर्म है। नशा करें तो शरीर पर इसका प्रतिकूल प्रभाव पड़ता है—यह क्रियमाण कर्म है। अगर व्यायाम करें तो शरीर या जिस्म (ज़िस्म अशुद्ध है) अच्छा होता है—यह भी क्रियमाण कर्म है।

प्रारब्ध कर्म को ऐसे समझें कि एक बच्चे का जन्म बहुत अच्छे परिवार में होता है, स्वस्थ शरीर के साथ होता है, अच्छे माहौल में होता है और उसके माता-पिता भी अच्छे होते हैं। दूसरी तरफ़, एक दूसरे बच्चे का जन्म निर्धनता में, रोगग्रस्त शरीर के साथ और क्लेश के पारिवारिक वातावरण में होता है। विचार करेंगे तो आप पाएँगे कि जन्म से ही यह तय हो गया कि एक को जहाँ बहुत-सी सुविधाएँ मिलने वाली हैं, जीवन आसान होने वाला है; वहीं दूसरे को समस्याओं का सामना करना है; दुःख मिलने वाला है। यह प्रारब्ध है। दूसरे शब्दों में, दोनों बच्चों के पिछले जन्मों के समस्त संचित कर्म का वह भाग, जिसका भोग अब आरंभ हो चुका है, प्रारब्ध है।

माता-पिता, अच्छा वातावरण, स्वस्थ शरीर के साथ जन्म, मेधा-शक्ति इत्यादि में प्रारब्ध की महती भूमिका होती है; लेकिन कहानी यहाँ से शुरू होती है समाप्त नहीं होती। इसका कारण है कि क्रियमाण कर्म भी है। सबके अपने-अपने कर्म (तीनों कर्म) होते हैं। प्रारब्ध अब आपको झेलना ही है; इसे आप बदल नहीं सकते। हाँ, क्रियमाण कर्म बहुत अच्छा कर आप अपने संचित को बदल सकते हैं, जिससे आपको आगे अच्छा परिणाम मिले।

कर्मों के इस खेल को ऐसे समझें कि अगर एक पतली नली के एक सिरे से पहले कुछ नीली गेंदें गुजारी जाएँ और इसके बाद कुछ पीली गेंदें गुजारी जाएँ तो दूसरे सिरे से पहले नीली गेंदें ही निकलेंगी, जो आगे गया है—वह तो आएगा। यह प्रारब्ध है। अब आप पीली गेंदें कितनी भी डालें; लेकिन दूसरे सिरे से पहले नीली गेंदें ही निकलेंगी। हाँ, आपको पीली चाहिए तो आप नीली देना साफ़ बंद कर ही चुके हैं, लगातार इधर से पीली डालिए जल्द ही दूसरे शिरे से भी पीली आ जाएगी; फिर कहानी आपके हाथ में होगी। धैर्य रखें।

जब कभी आपके कर्म के अकाउंट में पहले से संचित कर्म बहुत नहीं होते तो आप के अथक प्रयासों के परिणाम भी अच्छे नहीं निकलते। वहाँ हम कहते भी हैं कि यही प्रारब्ध था या यही नियति थी। मजेदार बात यह है कि जो ऐसा उपदेश देते हैं, वे भी नहीं समझ पाते कि प्रारब्ध या नियति क्यों कह रहे हैं। यह प्रारब्ध भी कर्म है, क्रियमाण भी कर्म है और संचित भी कर्म है। अस्तु, प्रारंभ वह कर्म है, जिसका भोग इसी जन्म में करना है; अर्थात् इसका नियंत्रण हमारे हाथ में नहीं होता। क्रियमाण कर्म हमारे हाथ में होता है। जब चढ़ाई अधिक है तो आपको अधिक बल लगाना है, ढलान भी आएगा।

शास्त्रों में एक उदाहरण मिलता है कि एक व्यक्ति को योग्य पुत्र की प्राप्ति होती है और दूसरे को अयोग्य तो यह प्रारब्ध है; क्योंकि चार प्रकार के पुत्रों की चर्चा है— 1. पुण्य संबंध वाले पुत्र 2. शत्रु व्यवहार वाले पुत्र 3. ऋणसंबंधी पुत्र और 4. मित्रतुल्य व्यवहार वाले पुत्र। शत्रुवत् व्यवहार वाले पुत्र के बारे में माना गया है कि पिछले जन्म की शत्रुता का हिसाब समाप्त नहीं होने पर पुत्र रूप में ये लोग आते हैं और ऐसा हर कर्म करते हैं, जिनसे इनके माता-पिता को कष्ट पहुँचे। कहना न होगा कि आज के युग में आत्माओं के क्षरण को देखते हुए ऐसे पुत्र खूब होते हैं।

इसी प्रकार, ऋणसंबंधी पुत्र के बारे में ऐसा विचार किया गया है कि अगर कोई किसी का पैसा या कोई मूल्यवान् चीज रख लेता है और उसे नहीं देता है तो यह संभव है कि अगले जन्म में वह पुत्र बनकर उस माता-पिता को व्यग्र (वि+अग्र) अर्थात् परेशान करता रहे, उनके पैसे को खर्च करता रहे और जुआ, वेश्यावृत्ति या अन्य चीजों में पैसा पूर्णत: खर्च कर कभी-कभी युवावस्था में ही मर जाए। यह पापक्षालन या प्रायश्चित्त की ही युति है। चौथा तो मित्र रूप है : (चतुर्था मित्ररूपेण पुत्रो जायते)। अब यह सब प्रारब्ध नहीं तो और क्या है?

प्रारब्ध को नहीं समझने के कारण लोगों को दु:ख होता है। अध्यात्म और साहित्य वह शरणस्थली है, जो जीवन जीने के हुनर सिखाती है, जो हमें स्वीकार करना सिखाती है। और फिर बुद्धि का विस्तार कर लें तो अध्यात्म और साहित्य भी एक ही है। इसे अलग समझना हमारी सीमा है और इसे बिलकुल भी नहीं समझना भी प्रारब्ध हो सकता है। सोचें कि अगर आदमी तनिक भी विचार कर ले कि उसको शोक किस-किस कारण हो सकता है तो क्या उसका शोक कम नहीं हो जाएगा और क्या इस जन्म में किए गए कर्मों के प्रति उसकी सजगता नहीं बढ़ेगी?

□

शब्द-संधान के सूत्र-07

हिंदी के साथ हुई त्रासदी

वस्तुतः, भारतीय भाषाओं के साथ एक त्रासदी यह हुई कि हिंदी की तत्सम-संपन्नता को इससे विलग कर दिया गया और इसे उर्दू के क़रीब लाने की कोशिश की गई।

विचारणीय है कि संस्कृत एक साथ शास्त्रीय (क्लासिकल) और आधुनिक दोनों निकषों पर योग्य भाषा है और यह प्रमाणित भी है। कंप्यूटर के सर्वथा उपयुक्त कोई भाषा है, तो वह संस्कृत है, जिसके नियम गणित के नियमों की भाँति सुस्पष्ट हैं; यह अलग बात है कि यह देवभाषा दुष्प्रचार का शिकार हो गई। अरबी-फ़ारसी और अंग्रेजी को स्थापित करने के लिए यह दुष्प्रचार किया गया कि संस्कृत जीवित और जीवंत भाषा नहीं है या विशुद्धता के आग्रह के कारण यह समावेशी नहीं रही।

तत्त्वतः, दक्षिण भारतीय भाषाएँ संस्कृत के अत्यंत निकट हैं। अगर हिंदी को पूर्व की भाँति तत्समबहुला रहने दिया जाता; तो उत्तर-भारत और दक्षिण-भारत के मध्य सुदृढ भाषिक-संवाद स्थापित होता। इससे दक्षिण के लोग धीरे-धीरे पर सहजता के साथ हिंदी को स्वीकार करने लगते। अभी उर्दू और अंग्रेज़ी के घाल-मेल से हिंदी की जो खिचड़ी पकी है, वह दक्षिण भारत या बांग्ला, ओडिया, मैथिली इत्यादि भाषा-भाषियों को रुचिकर नहीं लगती।

आइए! कुछ उर्दू शब्दों के समार्थक हिंदी शब्दों पर अपनी दृष्टि निक्षेपित करें—

★ अजब—विचित्र, अद्भुत, अनोखा, अचंभा
[अजब में नुक़्ता नहीं लगता। हाँ, अरबी-भाषा में 'अज़ब' भी एक शब्द है; जिसका अर्थ है—वह पुरुष जो स्त्री न रखे अथवा वह स्त्री जो पुरुष न रखे।]

★ इंतकाम—प्रतिशोध

★ इंतिज़ाम—प्रबंध

★ इंज़ाम—क्रम से लगाना, व्यवस्थित करना

★ इज़्ज़त—सम्मान

★ इल्तिजा—प्रार्थना

★ इलाक़ा—क्षेत्र

★ ईमानदार—निष्ठावान

★ सिर्फ़—केवल

★ ख़ालिस—शुद्ध

★ शहीद—हुतात्मा

★ यक़ीन—विश्वास, भरोसा

★ यक़ीनन—निश्चित रूप से

★ इस्तिक़्बाल (इस्तकबाल अशुद्ध है।)—स्वागत

★ इस्तेमाल—उपयोग, प्रयोग

★ किताब—पुस्तक (कुछ लोग अरबी शब्द होने के कारण अज्ञानवश 'किताब' को 'क़िताब' लिख देते हैं। जानना चाहिए कि अरबी में किताब का अर्थ पुस्तक है, जबकि क़िताब का अर्थ है, कुर्ते आदि का गला, गिरीबाँ आदि। अब यहाँ यह भी जान लेना समीचीन होगा कि गिरीबाँ को गिरेबां या गिरेबान लिखना भी अशुद्ध है।)

★ मुल्क—देश

★ क़र्ज़—ऋण

★ तारीफ़—प्रशंसा

★ इल्ज़ाम (बहुवचन में इल्ज़ामात)—आरोप

★ गुनाह—अपराध

★ गुनाहगार—अपराधी

★ शुक्रिया—धन्यवाद

★ सलाम—नमस्कार

★ मश्हूर—प्रसिद्ध

★ अगर—यदि

★ ऐतराज़—आपत्ति

★ अवाम (आम का बहुवचन, आवाम अशुद्ध है।)—सर्वसाधारण, लोक, जन

★ अस्लिहा (असला, असलहा आदि अशुद्ध हैं। यह सिलाह का बहुवचनात्मक रूप है।)—हथियार, अस्त्र-शस्त्र

[अस्त्र—जिसे फेंककर प्रहार किया जाए, यथा—तीर।
शस्त्र—जिसको हाथ में पकड़कर प्रहार किया जाए, यथा—तलवार।]

★ अस्बाब (सबब का बहुवचनात्मक रूप, असबाब अशुद्ध है।)—सामान, उपकरण
★ सियासत—राजनीति
★ एहसान—आभार, उपकार
★ एहसानफ़रामोश—कृतघ्न
★ मसला—समस्या
★ इश्तेहार—विज्ञापन
★ इम्तिहान (इम्तेहान अशुद्ध है।)—परीक्षा
★ कुबूल—स्वीकार
★ मज़्बूर (मजबूर और मज़बूर भी लिख दिया जाता है, लेकिन शुद्ध वर्तनी मज़्बूर है।)—विवश, लाचार
★ मंज़ूरी—स्वीकृति
★ इंतकाल—मृत्यु
★ बेइज़्ज़ती—तिरस्कार
★ दरख्वास्त—प्रार्थनापत्र
★ दुश्मनी—शत्रुता
★ दस्तख़त—हस्ताक्षर
★ दुश्वारी—कठिनाई
★ हैरानी—आश्चर्य
★ कोशिश—प्रयास (विशेष प्रयत्न), चेष्टा (साधारण प्रयत्न)
★ क़िस्मत—भाग्य
★ फ़ैसला—निर्णय
★ हक़—अधिकार
★ मुमकिन—संभव
★ फ़र्ज़—कर्तव्य
★ उम्र—आयु
★ साल—वर्ष
★ शर्म—लज्जा
★ सवाल—प्रश्न

★ जवाब (ज़वाब और जबाब अशुद्ध हैं)—उत्तर
★ जवाबदेही—उत्तरदायित्व
★ ज़िम्मेदार—उत्तरदायी
★ फ़तह—विजय
★ क़ाबिल—योग्य
★ क़रीब—समीप, निकट
★ जिंदगी—जीवन
★ हक़ीक़त—सत्य
★ जल्दी—शीघ्र
★ इनाम—पुरस्कार
★ तोहफ़ा—उपहार
★ इलाज (इलाज़ अशुद्ध है।)—उपचार
★ हुक्म—आदेश
★ शक (शक़ भी अरबी-भाषा का एक शब्द है, जिसका अर्थ है—फटना, विदीर्ण होना)—संदेह
★ ख़्वाब—स्वप्न
★ ख़याल—विचार
★ ख़यालात—विचारधारा
★ ख़याली—काल्पनिक
★ बुज़दिल, ख़रदिल—डरपोक
★ ख़म—वक्रता, टेढ़ापन
★ ख़ब्ती—पागल
★ ख़बर—सूचना
★ ख़फ़ा—क्रुद्ध, रुष्ट
★ ख़त्म—समाप्त
★ तब्दील—परिवर्तित
★ कुसूर—दोष
★ बेकुसूर—निर्दोष
★ मुल्ज़म—अपराधी, अभियोगी
★ मुल्ज़िम (इल्ज़ाम लगाने वाला)—अपराध लगाने वाला
★ कामयाब (क़ामयाब अशुद्ध है।)—सफल

- ★ कारख़ाना—शिल्पशाला, उद्योगशाला
- ★ कारकुन—कार्यकर्ता, कर्मचारी
- ★ गुलाम—दास
- ★ नज़दीक—निकट, पास
- ★ नज़ात—छुटकारा
- ★ तक़रार—वाद-विवाद
- ★ तक़्दीर—भाग्य
- ★ तक़रीबन—अनुमानत:
- ★ तक्लीफ़देह—दु:खदायी

□

शब्द-संधान के सूत्र-08

भाषिक-आतंकवाद : मध्ययुगीन अंतस्सूत्र

भाषा संप्रेषण का माध्यम होने के साथ-साथ संस्कृति की संवाहिका भी होती है। संस्कृतियों के सामासिक-संघ के रूप में भारतवर्ष में भाषा का प्रश्न भावना का प्रश्न है, विविध विचार-सरणियों के विवेचन का प्रश्न है। जब प्रश्न इसके स्वरूप, व्यवहार और संरक्षण का हो, तब तो यह और भी जटिल हो जाता है। हाँ, यह सर्वविदित और निर्विवाद है कि भाषा केवल सद्भावना से समृद्ध और संरक्षित नहीं होती; वरन् प्रयोग, व्यवहार और आचरण से बनती तथा बचती है। यह तब बचती है, जब लोक-व्यवहार के साथ-साथ सत्ता तथा समाज के बौद्धिक वर्ग को इस पर गर्व हो। दूसरे शब्दों में कहें, तो किसी भाषा की चमक तब बनी रहती है, जब समाज के प्रबुद्ध वर्ग (rational intelligentia) को उस भाषा से प्रेम हो, वे गर्व के साथ इसका प्रयोग करने लगें। जब ऐसा होता है और जब राजकीय संरक्षण मिलने लगता है, तब भाषा संरक्षित, संपोषित और सुविकसित होने लगती है।

अध्ययन में हम पाते हैं कि भारत की बहुधर्मीय, बहुजातीय, लोकतांत्रिक व्यवस्था में एक बहुभाषिक संस्कृति का विकास हुआ। यह बहुभाषिकता सनातन के सूत्र में भली प्रकार गुँथी हुई थी। आक्रांताओं की आरोपित व्यवस्था में यह भी छिन्न-भिन्न होने लगी। यहाँ ध्यातव्य है कि सभ्यता 'धर्म' की पर्यायवाची नहीं होती। भारतभूमि की ही बात करें, तो धर्म-परिवर्तन के तमाम प्रयासों और घटनाओं के बावुजूद धर्म रक्षित रहा, जबकि सभ्यता के साथ घालमेल होता रहा। सभ्यता के साथ घालमेल में भारतीय भाषाओं के साथ घोर अन्याय हुआ और देश की भाषिक-व्यवस्था के समक्ष एक गहरा संकट उपस्थित हो गया।

भारत के संदर्भ में भाषिक-समस्या की विवेचना करते समय एक प्रश्न यह उत्पन्न होता है कि क्या होता अगर विदेशी आक्रांताओं की संस्कृतियों का यहाँ की संस्कृतियों से सम्मिश्रण नहीं होता या कुछ संदर्भों में आरोपण नहीं होता ? मुगल-मराठा संघर्ष का परिणाम अगर भिन्न होता तो क्या होता या पूर्व-मध्यकाल में राजपूत राजाओं की ग़ुलाम,

ख़िलजी, तुगलक राजाओं पर जीत होती तो क्या होता? अस्तु, इस तरह के किसी भी ऐतिहासिक, तार्किक और विचारणीय प्रश्न को लेकर कोई राय बनाने से पूर्व गहराई में जाकर विविध आयामों से विश्लेषित कर लेना समीचीन होगा।

ऐतिहासिक और सांस्कृतिक दृष्टि से देखें तो यह एक निर्विवाद तथ्य है कि भारतीय परिप्रेक्ष्य में मुगल काल, इसके अनंतर एवं इससे पूर्व की आरोपित राजसत्ताओं की भाषिक प्रतिबद्धताएँ यहाँ की भाषिक संस्कृति, भाषिक-लोक व्यवहार से सर्वथा भिन्न रही हैं। यह विभिन्नता इतनी अधिक रही है कि आज भी इसका प्रभाव भारतीय समाज में व्याप्त है। उदाहरण के लिए, आज भी थाने से लेकर कोर्ट-कचहरी तक अंग्रेजी और फ़ारसी का बाहुल्य और प्राचुर्य है। स्थिति यह है कि अपनी ही शिक़ायत की कॉपी पढ़कर कोई व्यक्ति समझ नहीं सकता कि मुंशी ने क्या लिख दिया है। अपनी ही ज़मीन के कागज़ात पढ़कर कोई किसान समझ नहीं सकता; क्योंकि इसकी भाषा वह नहीं है, जिसमें वह बात करता है, लोकव्यवहार करता है। यह एक तरह का भाषिक-आतंकवाद है, जिसकी जड़ें बहुत गहरी हैं।

वस्तुतः, भाषा के प्रभावी शब्द लोक से आते हैं, जनता के प्रयोग से बनते और व्यवहृत होते हैं। मध्यकाल में भाषा के इस लोकपक्ष की अवहेलना हुई और यहाँ की बहुभाषिकता, विविध मातृभाषाओं पर फ़ारसी को थोप दिया गया। इसके परिणामस्वरूप भाषा के नाम पर भारी भ्रम उत्पन्न हो गया। भाषाई-सामंजस्य तो हुआ नहीं, वरन् यहाँ की लोकसंस्कृति के परिप्रेक्ष्य में एक असंप्रेषणीय भाषा से लोक का बहुत अहित हुआ। बलात् थोपी गई भाषा के आतंक से न केवल नैसर्गिक-भाषिक-प्रतिभाओं का दमन हुआ, अपितु निजभाषा को लेकर एक हीन-भावना भी चेतन-अचेतन में व्याप्त हो गई।

कहना न होगा कि विदेशी आक्रांताओं ने यहाँ की भाषिक-पारिस्थितिकी को छिन्न-भिन्न कर दिया और एक धर्म विशेष को वरीयता देते हुए उस पर आधारित तंत्र विकसित करने का प्रयास किया। लेकिन व्यक्ति सामाजिक तंत्र का एक पुर्जा भर नहीं होता, उसका अस्मितापूर्ण अस्तित्व होता है। सहकार पर आधारित या लोकसंपृक्त जीवन-दर्शन कोई ऊन का पैटर्न नहीं होता, जिसे सहजता से उघाड़, उजाड़कर नए सिरे से बुन लिया जाए। ऐसे में, नए भाषिक परिवेश को लेकर, आतंक, प्रतिरोध और अनुकूलन की कई संक्रियाएँ एक साथ घटित हुईं।

भाषा की बात करते समय परिवेश अत्यधिक महत्त्वपूर्ण कारक हो जाता है। नॉम चॉमस्की जैसे प्रबुद्ध विद्वान् तो कहते हैं कि भाषा के लिए परिवेश ही सबसे महत्त्वपूर्ण होता है और इसके समक्ष मातृभाषा जैसी कोई चीज़ नहीं ठहरती। उदाहरण के लिए, अगर किसी बच्चे के माता-पिता की भाषा हिंदी हो, पर उसे ऐसे परिवेश में रखा जाए,

जहाँ हर कोई फ़ारसी या कोई अन्य भाषा बोलता हो, तो वह उसी भाषा को सीखेगा, हिंदी नहीं। कोई जिस परिवेश में रह रहा होता है, वहाँ की भाषा सुननी, सीखनी होती है। ध्यान देने की बात है कि परिवेश को गढ़ने में राजसत्ता, अर्थतंत्र और सामाजिक ताने-बाने का निर्णायक योगदान होता है। मध्ययुगीन परिदृश्य में दृष्टिपात करें, तो राजसत्ता और शहरी अर्थतंत्र ने फ़ारसी को न केवल प्रश्रय दिया, बल्कि धर्म को आधार बनाकर सामाजिक ताने-बाने को भी बदलने का प्रयास किया।

भाषिक-संरक्षण का सबसे बड़ा माध्यम है शिक्षण। यहाँ गुरुकुलों, विद्यालयों की जगह बड़ी संख्या में मदरसे खुल गए, जिन्हें शासकीय मदद और संरक्षण दिया गया। पहले वजीफ़ों के लिए और आगे रोज़गार के लिए फ़ारसी पढ़ना अनिवार्य हो गया। देवनागरी में क, ख, ग की जगह बच्चे फ़ारसी वर्णमाला सीखने लगे। इससे भारतीय भाषाओं के समक्ष एक ऐतिहासिक संकट उत्पन्न हो गया। यह अस्मिता का संकट था।

विचारणीय है कि सत्य के प्रति सतत और अशेष निष्ठा रखने वाले 'वयं राष्ट्रे जागृयाम पुरोहिता:' कहकर जब राष्ट्र जागरण हेतु निकलते हैं, तब भूषा, भोजन और भेषज आदि से पूर्व मातृभाषा के प्रश्नों को देखते हैं, सत्साहित्य को देखते हैं। किसी भी समाज के सांगोपांग [स+ अंग+ उप+ अंग]; अर्थात् संपूर्ण जीवन-दर्शन और लोकानुभव को देखना हो, तो वहाँ के काव्य को देखने की बात की जाती है। इसलिए ऐसी आश्वस्ति है कि काव्य 'शब्द-सांख्यिकी' नहीं, वरन् एक जीवंत इकाई है। इसे साध्य और साधन दोनों माना जाता है। मध्यकाल में भाषा का संकट काव्य पर भी गहराया। महाकाव्य, खण्ड-काव्य और चम्पू-काव्य के प्रतिस्थापन के रूप में उर्दू की शेरो-शाइरी आ गईं, तिलिस्मी-ऐयारी की कहानियाँ आ गईं।

इस अतिक्रमण से आनंद का तत्त्व तिरोहित हो गया। ज्ञातव्य है कि शब्द की ग्राह्यत्व शक्ति शब्द की ग्राहकत्व शक्ति के साथ सुमेलित होकर ही आनंद की तदाकार परिणति करवाती है। यह तभी संभव हो सकता है, जब भाषा का प्रयोक्ता उसी भाषा के शब्दों का प्रयोग कर रहा हो, जिस भाषा में उसके जीवनानुभव हैं। अगर भाषा ऐसी नहीं हुई या कोई थोपी हुई भाषा हुई तो प्रयोक्ता, प्रयुक्त रूप और गृहीत रूप के शब्द-चिंतन के त्रिआयामी स्वरूप में विकार उत्पन्न हो जाता है। कहना न होगा कि थोपी हुई भाषा के कारण मध्यकालीन भारत में यह विकार उत्पन्न हुआ।

भाषायी-नैरंतर्य अथवा स्थायित्व के लिए आधुनिकता, वैज्ञानिकता और लचीलापन महत्त्वपूर्ण कारक हैं। इनके बिना सांस्कृतिक-भाषिक बिखराव की अंतहीन प्रक्रिया आरंभ हो जाती है, जो सँभाले नहीं सँभलती। भारतीय भाषाओं को देखें तो ये उन भाषाओं से कहीं बेहतर हैं, जिनके आतंक में ये रही हैं या रह रही हैं। यह प्रकृति के आँगन में

संतों, भक्तों से शक्ति प्राप्त करके लोक-शक्ति के सहारे विकसित हुई है। यदि इसका प्रचार-प्रसार ठीक तरह होता रहा, तो शीघ्र ही मंदारिन, अंग्रेजी आदि को प्रतिस्थापित कर यह विश्व की नंबर एक भाषा बन जाएगी।

उपर्युक्त संदर्भ में देखें तो किसी भाषा को विशुद्ध बनाए रखने का आग्रह एक तरफ़ है और दिन-प्रति-दिन के जीवनानुभवों, धूल-मिट्टी, पंक-पसीने से लथपथ होने की प्रक्रिया दूसरी तरफ़। देखा गया है कि दूसरी प्रक्रिया ही किसी भाषा के फलने-फूलने में अधिक महत्त्वपूर्ण है। बंद कमरे में फूल-माला चढ़ाने और धूप-अगरबत्ती दिखाने से भाषा का भी दम घुटता है। इसलिए इससे सहमत होना होगा कि हाँ, विशुद्धता का अति आग्रह छोड़ संस्कृत, तमिल आदि कुछ भारतीय भाषाओं के लिए हमें खिड़कियाँ, दरवाज़े खोलने होंगे।

ध्यातव्य है कि गली-चौराहे घूम-घामकर लोक से अर्जित सुख-दुख, दंभ और हीन-ग्रंथि, संघर्ष की गाथा, जीत-हार के गीत और बोल से भाषा समावेशी होती है। हिंदी अगर 70 करोड़ से अधिक भारतीयों का कंठाभूषण बनी हुई है, तो इसका यही कारण है। यही हिंदी एवं अन्य भारतीय भाषाओं की शक्ति है और यही थाती। हिंदी-चैनलों की संख्या लगातार बढ़ रही है। बाजार के दबाव में ही सही, विदेशी कंपनियों और उत्पादों के विज्ञापन हिंदी में आ रहे हैं। अंग्रेजी चैनलों का हिंदी में रूपांतरण हो रहा है। ट्विटर और फेसबुक आदि सोशल मीडिया प्लेटफॉर्म पर हिंदी की धमक लगातार बढ़ रही है।

हिंदी तो इतनी समावेशी है कि उद्भव के आधार पर इसके चार प्रकारों में विदेशज शब्दों का एक बहुव्यापक प्रकार ही है; जिसमें अरबी, फ़ारसी, तुर्की, अंग्रेजी, पुर्तगाली, पश्तो, यूनानी, रूसी, स्पेनिश, इतालवी, जर्मन, डच, लैटिन आदि अनेकानेक भाषाओं के शब्द शामिल हैं। इन शब्दों के समावेश से हिंदी समृद्ध ही हुई। हाँ, समस्या तब उत्पन्न हुई जब अरबी-फ़ारसी और अंग्रेजी के शब्दों ने हिंदी के शब्दों को प्रतिस्थापित करना शुरू कर दिया। सुख 'खुशी' तो दुःख 'गम' हो गया। शुद्ध 'सही' और अशुद्ध 'ग़लत' हो गया। दर्पण या मुकुर का प्रयोग एकदम बंद होकर 'आईना' ही व्यवहृत हो गया। बलवान मज़्बूत (अरबी-भाषा के इस शब्द को हिंदी में 'मज़बूत' भी लिख दिया जाता है।) तो अशक्त का स्थान 'कमज़ोर' ने ले लिया। इसी तरह अल्प को 'कम', सदा को 'हमेशा' कहा जाने लगा। इससे भाषा में समृद्धि (सम्+ऋद्धि) नहीं आई; वरन् मूल शब्दों के लोप से इसका मौलिक स्वरूप ही दूषित होने लगा। विचारणीय है कि ऐसा अरबी-फ़ारसी और अंग्रेजी के शब्दों से ही हुआ, जिनसे संबंधित राजसत्ताओं के हम अधीन रहे। यह भाषिक अतिक्रमण एवं अत्याचार किसी भी दृष्टि से हितकारी नहीं है।

यह भाषिक-अतिक्रमण केवल अरबी-फ़ारसी ने नहीं; बल्कि अंग्रेजी ने भी खूब

किया है। रसोई (रस+ओई) का अर्थ रस उत्पन्न करने वाली है, क्योंकि हमारी रसोई में स्वास्थ्य को उत्तम बनाने वाले सभी रसयुक्त व्यंजन बनते थे। इसका स्थान किचन की किच-किच ने ले लिया। पर्यंक (पलंग) वह था, जो चारों ओर से हमें गोद में लेता था (परि+अंक), पर अब यह लगभग पूरी तरह बेड से विस्थापित हो चुका है। महोदय (महान है उदय जिसका) और आदरणीय [आ+दृ (धातु)+अनीय=आदरणीय] का स्थान 'sir' ने ले लिया है। हाँ, अंतर बस इतना है कि अंग्रेजी का अतिक्रमण हमें दिख जाता है, अरबी-फ़ारसी का नहीं दिखता।

विचारणीय है कि जो संकट कल अरबी-फ़ारसी और अंग्रेजी की चुनौती के रूप में था, आज विविध बोलियों के पार्थक्य का है; हिंदी से इतर उनके स्वतंत्र स्वरूप की माँग को लेकर है। इस संदर्भ में ध्यान रखना होगा कि ये हिंदी के उपवन के बहुरंगी प्रसून-सदृश हैं। एक-एक के अलग होने से उपवन उजड़ता चला जाएगा। विचारणीय यह भी है कि हिंदी और उसकी तमाम बोलियाँ अपभ्रंश के सात रूपों से विकसित हुई हैं, जो एक-दूसरे से घुल-मिलकर परस्पर-पूरकता का अद्‌भुत उदाहरण बन गई हैं।

इसका समाधान करते हुए महात्मा गांधी का कथन ध्यातव्य है—"जो वृत्ति इतनी वर्जनशील और संकीर्ण है कि हर बोली को चिरस्थायी बनाना और विकसित करना चाहती हो, वह राष्ट्र-विरोधी और विश्व-विरोधी है। मेरी विनम्र सम्मति में तमाम अविकसित और अलिखित बोलियों का बलिदान करके उन्हें हिंदी (हिंदुस्तानी) की बड़ी धारा में मिला देना चाहिए। यह देश हित के लिए दी गई कुर्बानी होगी, आत्महत्या नहीं।"

यंग इंडिया, 27 अगस्त, 1925

निष्कर्षत—यह कहा जा सकता है कि किसी देश की संस्कृति और राष्ट्रीय अस्मिता को अगर अक्षुण्ण रखना है तो उसकी भाषिक-संस्कृति को संरक्षित करना होगा; टूटने से बचाना होगा। कोई दूसरा विकल्प नहीं है। समस्या यह है कि स्वतंत्रता मिलने के पश्चात् भी हम पर परतंत्रता की मनोदशा हावी रही। आम आदमी तक उसकी भाषा में सरकार और प्रशासन की बातें नहीं पहुँच सकीं। फिल्मों आदि में भी भारतीय भाषाओं को हीन दिखाया जाता रहा। कम पढ़े-लिखे लोग भारतीय भाषाओं का प्रयोग और ज़ियादा पढ़े-लिखे लोगों द्वारा अँगरेज़ी का प्रयोग दिखाया जाने लगा। एक स्वतंत्र राष्ट्र के स्वतंत्रचेता नागरिक की तरह हम क्यों नहीं सोच पाते कि बलात् आरोपित भाषाओं के परित्याग में ही राष्ट्र की भलाई है। परतंत्रता की यह बेड़ी भी काटनी है—यह शायद किसी दिन समवेत रूप में हमें समझ आ जाए!

□

खंड (ग)

शब्द-संकलन

हिंदी के पर्यायवाची शब्दों की विस्तृत सूची

शब्द-पर्यायवाची शब्द

शब्द	पर्यायवाची शब्द
ऋषि	मुनि, साधु, यति, सन्न्यासी, तपस्वी (तपस्+वी=तपस्वी), तत्त्वज्ञ, महामुनि, संत, मंत्रद्रष्टा, अवधूत, वैरागी, तापस, महात्मा
उपाय	युक्ति, साधन, तर्कीब (इसे हिंदी में तरकीब भी लिख दिया जाता है। तरक़ीब तो बिलकुल अशुद्ध है।), यत्न, प्रयत्न
उजला	उज्ज्वल, श्वेत, सफेद, धवल
अंधा	नेत्रहीन, चक्षुहीन, विवेकशून्य, दृष्टिहीन
अहंकार	दर्प, दंभ, अभिमान, घमंड, गर्व, मद
आश्रम	विहार, कुटी, मठ, अखाड़ा, संघ
आम	आम्र, रसाल, पिकबंधु, सहकार, अमृतफल, अतिसौरभ
अतिथि	मेहमान, पाहुना, आगंतुक, अभ्यागत, बटाऊ
अग्नि	आग, अनल, पावक, वह्नि, ज्वाला, कृशानु, वैश्वानर, धनंजय, दहन, सर्वभक्षी, जातवेद, हुताशन, हव्यवान, ज्वलन, शिखा, वैसंदर, रोहिताश्व, कृपीटयोनि, शोचिष्केनश, उषर्बुध, आश्रयाश, वृहद्-भानु, वायुसखा, चित्रभानु, विभावसु, शुचि
अकाल	सूखा, दुर्भिक्ष, भुखमरी, कमी, दुकाल
अध्यापक	गुरु, आचार्य, शिक्षक, प्रवक्ता, उपाध्याय

शब्द	पर्यायवाची शब्द
अमृत	सुधा, पीयूष, अमिय, सोम, सुरभोग, जीवनोदक, अमी, मधु, दिव्य पदार्थ
अनुपम	अनूप, अपूर्व, अतुल, अनोखा, अद्‌भुत, अनन्य, अद्वितीय, बेजोड़, बेमिसाल, अनूठा, निराला, अभूतपूर्व, विलक्षण, मूर्धाभिषिक्त
अश्व	रथवाह, राजवाह, वाडव, मराल, तुरंग, हय, घोड़ा, घोटक, वाजि, सैंधव (सिंधु प्रदेश का। इस तरह सैंधव का एक अर्थ नमक भी है।)
अंधकार	तम, तमिस्रा, तिमिर, ध्वांत, अँधेरा, अँधियारा, तमस
अचल	अटल, अडिग, अविचल, स्थिर, दृढ़
अनाथ	निरवलंब (निरावलंब अशुद्ध है।), यतीम, नाथहीन, बेसहारा, दीन, निराश्रित
अपमान	अनादर, बेइज़्ज़ती, ज़िल्लत, अवमानना, निरादर, तिरस्कार (तिरः+ कार)
अभिजात	संभ्रान्त, कुलीन, श्रेष्ठ, योग्य
अभिप्राय	आशय, तात्पर्य, मतलब, अर्थ, मंशा, व्याख्या, भाष्य, टीका-टिप्पणी
अरण्य	जंगल, अटवी, विपिन, कानन, वन, कांतार, दावा, गहन, बीहड़, विटप
अजेय	अदम्य, अपराजेय, अपराजित, अजित
अंग	भाग, अंश, अवयव, हिस्सा
कपड़ा	वसन, वस्त्र, चीर, अंबर, पट, कर्पट, दुकूल, परिधान
किरण	रश्मि, कर, मरीचि, मयूख, अंशु, दीधिति, वसु, ज्योति, दीप्ति
कृष्ण	श्याम, कन्हैया, वासुदेव, मोहन, राधास्वामी, नंदलाल, मुरलीधर, बनवारी, माधव, मधुसूदन, गिरिधर, गोपाल, गोपीवल्लभ, विश्वंभर, नटवर, गिरधारी, चतुर्भुज, नारायण, जनार्दन, पुरुषोत्तम, अच्युत, गरुड़ध्वज, कैटमारि, घनश्याम, चक्रपाणि, पद्मनाभ, राधापति, मुकुंद, गोविंद, केशवमुरारी, केशव, गोपीनाथ, बंशीधर, राधारमण

शब्द	पर्यायवाची शब्द
चाँदी	चंद्रहास, रूपक, रौप्य, रूपा, रजत, सौध (सुधा से सौध), कलधौत, जातरूप
अन्य	पर, भिन्न, पृथक्, और, दूसरा, अलग
अनुचर	भृत्य, किंकर, दास, परिचारक, सेवक, चाकर, सेवादार
अनार	शुकप्रिय, रामबीज, दाड़िम
अर्जुन	पार्थ, धनंजय, सव्यसाची, गांडीवधारी
अक्षर	हरफ, ब्रह्म, 'अ' आदि वर्ण, अविनाशी
अनाज	अन्न, धान्य, खाद्यान्न, शस्य, गल्ला
अधिकार	हक, स्वामित्व, स्वत्व, कब्जा, आधिपत्य
अनुमान	अंदाज, तखमीना, अटकल, कयास
कुत्ता	श्वान, कुक्कुर, शुनक, सारमेव, गंडक, श्वजन
चंद्रमा	चाँद, हिमांशु, इंदु, विधु, तारापति, चंद्र, शशि, हिमकर, राकेश, रजनीश, निशानाथ, सोम, मयंक, सारंग, सुधाकर, कलानिधि, सुधांशु, निशाकर, शशांक, राकापति, मृगांक, औषधीश, द्विजराज, रजनीपति, क्षयनाथ, विश्व विलोचन, राकेंदु, चंद्रिकाकांत, दधिसुत, हियभानु, हियवान, हियकर, मरीचिमाली, क्षयाकर, नक्षत्रेश
काक	कौआ, वायस, काग, करठ, पिशुन, करटक
घास	दूर्वा, दूब, कुश, तृण
खंभा	स्तूप, स्तंभ, खंभ, यूप
घृत	घी, नवनीत, अमृत, आज्य, हव्य, सर्पि
अनुमति	इजाजत, आज्ञा, अनुज्ञा, मंजूरी, स्वीकृति
अप्सरा	देवांगना, सुरांगना, देवकन्या, सुखनिता, अरुणप्रिया
अवनति	अपकर्ष, ह्रास, गिराव, उतार
अशुद्ध	दूषित, अपवित्र, मलिन, गंदा, ग़लत

शब्द	पर्यायवाची शब्द
अस्त	ओझल, गायब, छिपना, तिरोहित, फ़िरार (शुद्ध फ़िरार है; पर फ़रार भी लिखा जाता है।) लुप्त, अदृश्य, अंतर्धान, तिरोभूत
आँख	नेत्र, नयन, चक्षु, दृग, लोचन, अक्षि, नज़र, दृष्टि, विलोचन
आँसू	अश्रु, नयनजल, नेत्रनीर, नेत्रज, दृगजल, दृगंबु
आँधी	तूफ़ान, चक्रवात, झंझावात, बवंडर
खून	रक्त, शोणित, रुधिर, लहू, लहू, लोहित
घर	आगर, घर, कुटी, वास, धाम, गेह गृह, सदन, भवन, निकेतन, निवास, आलय, आवास, निलय, मंदिर, मकान, आगार, निकेत, अयन, आयतन, शाला, ओक, सौध, केत
गंगा	देवनदी, मंदाकिनी, भगीरथी, विष्णुपदी, देवपगा, ध्रुवनंदा, सुरसरिता, देवनदी, जाह्नवी, त्रिपथगा, देवगंगा, सुरापगा, विपथगा, स्वर्गापगा, आपगा, सुरधनी, विवुधनदी, विवुधा, पुण्यतीया, नदीश्वरी, भीष्मसू
गाय	गौ, गऊ, गैया, धेनु, सुरधेनु, सुरभि, गौरी, पयस्विनी, दौग्धी, भ्रदा, ऋषिभि, सुरभिवच्छा, माहेयी
गणेश	विनायक, गजानन, गौरीनंदन, गणपति, गणनायक, शंकरसुवन, लंबोदर, महाकाय, एकदंत, गजवदन, मूषकवाहन, वक्रतुंड, विघ्ननाशक, धूम्रकेतु, गणाध्यक्ष, गणराज, भालचंद्र, पार्वतीनंदन, सिद्धिसदन
गदहा	गर्दभ, रासभ, धूसर, वेशर, खर, चक्रीवान, बैसाखनंदन
गरुड़	विषमुख, खगेश, उरगारि, हरियान, पत्रगारि, वातनेय, खगपति, सुपर्ण, वैनतेय, खगकेतु, पक्षिराज, उरगरिपु
छतरी	छत्ता, छाता, छत्र, आतपुत्र
आँगन	अंगना, प्रांगण, बाखर, बगर, अजिर, बाड़ा
आकाश	नभ, अंबर, व्योम, गगन, अनंत, शून्य, तारापथ, अंतरिक्ष, दुष्कर, आसमान, महानील, द्यौ, शून्यरव, दिव, अब्र, अभ्र, ख, सुखर्त्यन्, क्यित, विहायस, नाक, द्युस्

शब्द	पर्यायवाची शब्द
आनंद	आमोद, प्रमोद, प्रसन्नता, हर्ष, उल्लास, आह्लाद, मोद, मुद, खुशी, लुत्फ़, मज़ा, सुख, चैन, विहार
आन	प्रण, प्रतिज्ञा, हठ, शपथ, घोषणा, मर्यादा
आभूषण	जेवर, गहना, भूषण, आभरण, मंडन, अलंकार
पृथ्वी	पृथ्वी, उर्वि, वसुंधरा, अचला, क्षमा, कु, भू, क्षोणी, विपुला, जगती, पुहिम, धरा, धरणी, रसा, मही, वसुमति, मेदिनी, गह्वरी, धात्री, क्षिति, भूमि, अनंता, अवनि, तृणधरी, धरित्र, रत्नगर्भा
पत्थर	उपल, प्रस्तर, पाषाण, पाहन, शिला
फूल	कुसुम, सुमन, पुष्प, मंजरी, प्रसून, फलपिता, पुहुप, लतांत
आत्मा	क्षेत्रज्ञ, चैतन्य, विभु, जीव, सर्वज्ञ, सर्वव्याप्त, देव, चेतनतत्त्व, अंत:करण
आज्ञा	आदेश, निदेश, हुक्म
आयु	उम्र, वय, अवस्था, जीवनकाल
आदर्श	मानक, प्रतिमान, नमूना, प्रतिरूप
आदि	प्रथम, आरंभिक, पहला, अथ
आपत्ति	विपत्ति, आपदा, संकट, मुसीबत
आश्रय	अवलंब, सहारा, आधार, प्रश्रय, आसरा
माँ	अंबा, प्रसू, धात्री, जननी, अम्मा, अंबिका
दिन	वासर, वासक, दिवस, दिवा, अह्न, आह्न, अर्हि, अह:, वार
तालाब	सरोवर, जलाशय, सर, पुष्कर, पोखरा, जलवान, सरसी, तड़ाग, पद्माकर, ह्रद, कासार, पल्वल, पुष्पकरण, सरस, सरक, सरस्वत, सत्र, सारंग
मछली	सफरी, जलजीव, मकर, शफरी, मीन, मत्स्य, झख, पाठीन, झष
आचरण	व्यवहार, चाल-चलन, बरताव
आयुष्मान	चिरायु, दीर्घायु, चिरंजीव

शब्द	पर्यायवाची शब्द
इंद्र	महेंद्र, देवराज, देवेश, सुरपति, शचिपति, वासव, पुरंदर, सुरेंद्र, सुरेश, देवेंद्र, मघवा, शक्र, पुरहूत, देवपति, उर्वशीनाथ, सुनासीर, वज्री, वृत्रहा, नाकपति, सलस्त्राक्ष
इच्छा	अभिलाषा, आकांक्षा, कामना, चाह, ईप्सा, मनोरथ, ईहा, स्पृहा, उत्कंठा, लालसा, वांछा, लिप्सा, काम, चाव
ईश्वर	परमात्मा, प्रभु, ईश, जगदीश, भगवान, परमेश्वर, जगदीश्वर, विधाता, दीनबन्धु, जगन्नाथ, हरि, राम, विश्वंभर अनंत
ईर्ष्या	जलन, डाह, द्वेष, खार, रश्क, कुढ़न
ईनाम	उपहार, पुरस्कार, पारितोषिक, बख्शीश
ईमानदारी	सदाशयता, निष्कपटता, दयानतदारी
ठग	धूर्त, धोखेबाज, छली
दूध	अमृत, पय, क्षीर, दुग्ध, गोरस, सरस
दया	सहानुभूति, संवेदना, अनुग्रह, करुणा, कृपा, अनुकंपा, मेहरबानी
मदिरा	सुरा, वारुणी, शराब, मधु, हाला, आसव, दारू, मद्य, कादंबरी, माधव
उपहास	मज़ाक़, खिल्ली, परिहास, मखौल, हास, प्रहसन, हँसी, लास
उत्तम	श्रेष्ठ, उत्कृष्ट, प्रवर, प्रकृष्ट, बेहतरीन, अच्छा
उत्थान	उत्कर्ष, आरोह, चढ़ाव, उत्क्रमण, उन्नति, प्रगति, उन्नयन
उदाहरण	दृष्टांत, मिसाल, नज़ीर, नमूना
उपकार	भलाई, नेकी, हितसाधन, कल्याण, मदद, परोपकार
उत्सव	समारोह, पर्व, त्योहार, जलसा, जश्न
उदय	प्रकट होना, आरोहण, चढ़ना उन्नति, उद्‌गमन
उदास	दु:खी, रंजीदा, व्यथाक्रांत (व्यथा+आक्रांत), विरक्त, अनमना, अन्यमनस्क
उद्‌देश्य	लक्ष्य, ध्येय, हेतु, प्रयोजन

शब्द	पर्यायवाची शब्द
उद्यम	साहस, उद्योग, परिश्रम, व्यवसाय, धंधा, कार्य, व्यापार, कर्म, क्रिया
उपमा	तुलना, मिलान, सादृश्य, समानता
बिजली	शंपा, शतह्रदा, ह्रादिनी, ऐरावती, क्षणप्रिया, तड़ित, सौदामिनी, विद्युत, चंचला, चपला, दामिनी, बिज्जु, बिजुरी, अशनि, क्षणप्रभा
बंदर	हरि, बानर, कीश, मर्कट, कपि, शाखामृग, वानर
बादल	पयोद, वारिद, जलद, नीरद, तोयद, अंबुद, मेघ, पयोधर, जलधर, अब्द, बलाहक, कंद, अभ्र, घन, पर्जन्य, वारिवाह, तड़ित्वान, सारंग, जीयूत, घुख
उदर	पेट, कुक्ष, जठर
ऊँट	उष्ट्र, क्रमलेक, मरुयान, लंबोष्ठ, महाग्रीव
एकांत	सूना, निर्जन, जनशून्य
ऐश्वर्य	वैभव, संपन्नता, समृद्धि, प्रभुत्व, बरकत, ठाठ-बाट
ओस	तुषार, हिमकण, शबनम, हिमबिंदु
ओष्ठ	अधर, रदच्छद, लब, किनारा, होंठ, ओठ
कमल	नलिन, अरविंद, उत्पल, राजीव, पद्म, पंकज, नीरज, सरोज, जलज, जलजात, वारिज, शतदल, अंबुज, पुंडरिक, अब्ज (अप्+ज=अब्ज), सरसिज, इंदीवर, ताम्ररस, कंज, वनज, अम्भोज, सहस्रदल, पुष्कर, कुवलय, पङ्करुह, सरसीरुह, कोकनद
कल्पवृक्ष	देवदारु, सुरतरु, मंदार, पारिजात, कल्पद्रुम, देववृक्ष, सुरद्रुम, कल्पतरु
दुःख	संत्रास (सम्+त्रास=संत्रास), पीडा, क्लेश, वेदना, यातना, खेद, कष्ट, व्यथा, शोक, यंत्रणा, संताप, संकट, श्वेद, क्षोभ, विषाद, उत्पीड़न, पीर, लेश, दर्द, मुसीबत, कठिनाई, व्याधि, विषाद, पीर
तोता	कीर, सुआ, सुग्गा, शुक्र, वक्रतुंड, दाड़िमप्रिय
छानबीन	जाँच, पूछताछ, खोज, शोध, गवेषण, अन्वेषण

शब्द	पर्यायवाची शब्द
नदी	निम्नगा, कूलकंषा, सरिता, सरि, धुनि, आपगा, सरित्, नोचगा, तटिनी, प्रवाहिनी, शर्करी, निर्झरिणी, फूलंकषा, जलमाला, नद, तरंगिणी, रजवती, स्रोतस्विनी, शैवालिनी
धन	द्रव्य, वित्त, दौलत, संपदा, विभूति, अर्थ, संपत्ति, मुद्रा, लक्ष्मी, श्री
कबूतर	कपोत, हारीत, परेवा, पारावत, रक्तलोचन
कर्ण	अंगराज, सूतपुत्र, सूर्यपुत्र, राधेय, कौंतेय
समुद्र	सिंधु, सागर, अर्णव, तोयनिधि, वारिश, रत्नाकर, नदीश, जलधि, सागर, रत्नाकर, उदधि, नदीश, पारावार, वारिधि, पयोधि, अर्णव, नीरनिधि, तोयधि, वननिधि, वारीश, कंपति
कर्ज	ऋण, उधार, देनदारी, देयता
कलंक	लांछन, दोष, दाग, तोहमत, धब्बा, कालिख पोतना
कमर	कटि, श्रोणि, लंक, मध्यांग
कस्तूरी	मृगनाभि, मृगमद, मदलता
कवि	कल्पक, सृष्टा, काव्यकार, रचनाकार
कलश	घट, घड़ा, गागर, गगरी, मटका, घटिका, कुंभ, कुट
निंदा	बुराई, भर्त्सना, फटकार, दोषारोपण, अपयश, बदनामी, चुगली
पिता	बाप, तात, जनक, पितृ, जनक, प्रसवी, पालक, बप्पा
दाँत	रदन, रद, दशन, दंत, द्विज, मुखक्षुर
कामदेव	काम, अनंग, मदन, मनोज, मन्मथ, कंदर्प, स्मर, रतिपति, पुष्पधन्वी, मयन, मीनकेतु, पंचशर, मकरध्वज, मनसिज, पुष्पशायक, पंचबाण, मनोभव, कुसुमायुध, मार, सारंग, दर्पक, शंबरारि
कान	कर्ण, श्रवण, श्रवणेंद्रिय, श्रोत, श्रुतिपुट, श्रुतिपटल
कान्ति	चमक, आभा, प्रभा, सुषमा, द्युति
किताब	पोथी, ग्रंथ, पुस्तक, गुटका
किनारा	तट, तीर, कूल, पुलिन, पर्यंत, बेलातट

शब्द	पर्यायवाची शब्द
कुबेर	यक्षराज, धनाधिप, धनद, धनपत, किन्नरेश
क्रूर	निष्ठुर, निर्मोही, बर्बर, नृशंस, निर्दयी
थोड़ा	कम, जरा, स्वल्प, तनिक, न्यून, अल्प, किंचित, मामूली
पति	आर्यपुत्र, भर्ता, वल्लभ, स्वामी, बालम, अधिपति, भरतार, अधिईश, कांत, नाथ, वर, प्राणाधार, प्राणेश, प्राणप्रिय
प्रकाश	छवि, प्रभा, चमक, ज्योति, रौशनी, आलोक, उजाला, प्रभा, दीप्ति, चमक, विकास
पत्नी	भार्या, दारा, सहधर्मिणी, वधु, गृहिणी, बहू, कलम, प्राणप्रिया, प्राणवल्लभा, तिय, वामा, वामांगीत्रिया, अर्द्धांगिनी, गृहिणी, कलत्र, कांता, अंगना
पंडित	विलक्षण, चतुर, कुशल, दक्ष, निपुण, निष्णात, विद्वान्, नागर, सुधी, योग्य, कोविद, सुधी, मनीषी, बुध, प्राज्ञ, धीर, विचक्षण
भाई	भ्राता, भ्रातृ, अग्रज, अनुज, तात
कृतज्ञ	आभारी, उपकृत, अनुगृहीत, कृतार्थ, ऋणी
कृषक	किसान, हलवाहा, भूमिसुत, खेतिहर, कृषिजीवी, हलधर, अन्नदाता, भूमिपुत्र
क्रोध	गुस्सा, रीस, अमर्ष, रोष, कोप, कोह, प्रतिघात, मन्यु
केला	कदली, भानुफल, रंभा, गजवसा, कुंजरासरा, मोचा
केश	बाल, शिरोरुह, कच, कुंतल, पशम, चिकुर, अलक
कोयल	पिक, कलकंठ, कोकिला, श्यामा, काकपाली, बसंतदूत, सारिका, कुहुकिनी, वनप्रिया, सारंग, कलापी, कोकिल, परभृत
पवन	वायु, हवा, वात, समीर, बयार, अनिल, पवमान, मारुत, मरुत, प्रभंजन
पुरुष	जर, मर्द, व्यक्ति, जन, मनुष्य, मनुज, आदमी, पुरुष, मानव, काम्य, सौम्य, नृ
बहुत	अतीत, अति, अनेक, बहुल, प्रचुर, अपरिमित, अपार, अमित, अत्यंत

शब्द	पर्यायवाची शब्द
टाँग	पाँव, पैर
क्षमा	माफ़ी, सहनशीलता, सहिष्णुता
खल	अधम, दुष्ट, दुर्जन, धूर्त, कुटिल, नीच, पामर, पिशुन, निकृष्ट, शठ
खिड़की	गवाक्ष, झरोखा, बारी, वातायन [वात+अयन(मार्ग)], दरीचा
पक्षी	द्विज, शकुनि, पतंग, अंडज, शकुंत, चिड़िया, विहंगम, विहग, खग, नभचर, खेचर, पंछी, पखेरू, परिंदा
पुत्र	नंद, बेटा, आत्मज, सुत, वत्स, तनुज, तनय, नंदन, लाल, लड़का, पूत, सुवन
नर	मनुज, मर्त्य, मनुष्य, जन, मानव
डंडा	लाठी, छड़ी, सोंटा
टक्कर	मुकाबला, मुठभेड़, लड़ाई
गधा	गदहा, खर, गर्दभ, रासभ, वेशर, चक्रीवान, वैशाखनंदन
गला	कंठ, ग्रीवा, शिरोधरा
ग्रीष्म	घाम, निदाघ, ताप, ऊष्मा, गर्मी, उष्ण
गीदड़	श्रृगाल, सियार, जंबूक
गुलाब	शतपत्र, पाटल, वृत्तपुष्प, स्थलकमल
घोड़ी	अश्विनी, वामी, प्रसू, प्रसूका
पुत्री	बेटी, आत्मजा, तनुजा, सुता, तनया, दुहिता, नंदिनी, लड़की
थप्पड़	तमाचा, झापड़
नर्क	यमपुर, यमलोक, नरक, यमालय
झरना	उत्स, स्त्रोत, प्रपात, निर्झर, चश्मा
जल	नीर, सलिल, उदक, अंबु, तोय, जीवन, वारि, पय, मेघपुष्प, पानी, वन जीवम, पुष्कर, सारंग, रस, पात, क्षीर, धनरस, वसु, अंभ, शंबर, अमृत, पानीय, अप

शब्द	पर्यायवाची शब्द
चंदन	मलय, मंगल्य, गंधराज
चतुर	कुशल, प्रवीण, निपुण, योग्य, पटु, नागर, होशियार, दक्ष, चालाक, योग्य
चरण	पद, पग, पाँव, पैर, पाद
चाँदनी	चंद्रिका, कौमुदी, ज्योत्स्ना, चंद्रमरीचि, उजियारी, अमला, जुन्हाई
चोर	धनक, खनक, दस्यु, साहसिक, रजनीचर, कुंभिल, तस्कर, मोषक
छल	कपट, छद्म, व्याज, वंचना, प्रवंचना, ठगी, छलछिद्र, धोखेबाजी, धोखा
छिपकली	गोधिका, विषतूलिका, माणिक्य
छवि	शोभा, सौंदर्य, कांति, प्रभा
मृत्यु	मौत, देहांत, पंचतत्त्व में विलीन (वि+लीन) होना, इंतकाल, गंगालाभ, निर्वाण, प्राणांत, मरना, निऋति, स्वर्गवास
हनुमान्	कपीश्वर, आंजनेय, पवनकुमार, पवनसुत, अंजनी-पुत्र, मारुति
हिमालय	नगराज, हिमाद्रि (हिम+अद्रि), हिमगिरि, गिरिराज, नगपति, हिमाचल, पर्वतराज, नगेश, नगाधिराज, हिमवान, शैलराट
जन्म	उद्भव, उत्पत्ति, आविर्भाव, पैदाइश
ज़ह्र (हिंदी में इसे ज़हर और जहर भी लिखा जाता है।)	विष, गरल, हलाहल, कालकूट, गरल, माहुर, संगर, प्राणांतक
जवान	युवा, युवक, तरुण, किशोर
जीभ	जिह्वा, रसना, रसज्ञा, रसिका
जीव	प्राणी, प्राण, चैतन्य, जान
झूठ	असत्य, मिथ्या, मृषा, अनृत

शब्द	पर्यायवाची शब्द
झोपड़ी	कुंज, कुटिया, पर्णकुटी
तलवार	असि, चंद्रहास, खड्ग, कृपाण, करवाल, खंग
तरकश	त्रोण, तूणीर, निषंग (नि+संग), इषुधी
त्वचा	चर्म, चमड़ी, खाल, चाम
वीर्य	बीज, शुक्र, तेज, सार, जीवन
विद्युत	चपला, चंचला, दामिनी, सौदामिनी, बिजुरी, करका
विशाल	दीर्घ, वृहत्, बड़ा, महा, महान्, विराट्, विराडाकर, विराडूप
विधवा	पतिहीना, अनाथा, राँड़
वर्षा	पावस, बरसात, वर्षाकाल, चौमासा, वर्षाऋतु, बारिश, वर्षण, बरखा
तारा	उडु, नखत, नक्षत्र, तारक, तारिका, ऋक्ष, सितारा, तारक
दर्पण	शीशा, आरसी, आईना, मुकुर
दल	समूह, झुंड, झल, निकर, गण, तोम, वृंद, पुंज
दरिद्र	गरीब, विपन्न, धनहीन, निर्धन, कंगाल
राजा	नृप, महीप, नरेश, भूप, नरेंद्र, भूपति, नृपति, अहिपति, महीपति, भूपाल, राव, अवनिपति, महीश, पार्थिव, महिपाल, अवनीश, क्षोणीव, क्षितिपति, अधिपति
लड़का	शिशु, बालक, सुत, किशोर, कुमार
दुर्गा	चंडिका, भवानी, कुमारी, कल्याणी, शिवा, चामुंडा, चंडी, सुभद्रा, कामाक्षी, काली, अंबा, शेरावाली, ज्वाला, गौरी, सिंहवाहिनी, कालिका, महागौरी
देवता	सुर, अजर, अमर, देव, विवुध, गोर्वाण, निर्जर, वसु, आदित्य, लेख, वृंदारक, अजय, सुमना, अमर्त्य, त्रिदश, ऋभु, सुपर्वा, दिदिवेश, त्रिवौकस, आदितेय
देश	वतन, स्थान, मुल्क, क्षेत्र, झर्झरीक
दिव्य	अलौकिक, लोकोत्तर, लोकातीत

शब्द	पर्यायवाची शब्द
द्रौपदी	कृष्णा, पांचाली, याज्ञसेनी
शरीर	देह, अंग, वपु, गात, तनु, कलेवर, गात्र, काया, तन, विग्रह, घट, बदन, अवयव, अंगी, गति, काय
शहद	मकरंद, रस, आसव, मधु, पुष्परस, मधु, पुष्पासव
ध्वनि	आवाज, स्वर, शब्द, नाद, रव
सुंदर	कलित, चारु, मनोहर, रमणीक, रुचिर, चारु, सुहावन, सौम्य, मोहक, रमणीय, ललित, चित्ताकर्षक, ललाम, कमनीय, रम्य, कलित, मंजुल, मनोज, मनभावन
धनुष	कोदंड, चाप, शरासन, कमान, धनु, विशिखासन
झंडा	केतन, ध्वजा, ध्वज, निशान, केतु, पताका, वैजयंती
मुर्गा	तमचूक, अरुणशिखा, कुक्कुट, ताम्रचूड़, ताम्रचूड़, उपाकर
युवति	तरुणी, नवयौवना, किशोरी, श्यामा, सुंदरी, युवती
लक्ष्मण	लखन, शेषावतार, शेष, रामानुज, सौमित्र, लषन, मेघनादारि
लक्ष्मी	कमला, पद्मा, रमा, हरिप्रिया, श्री, इंदिरा, पद्मासना, पद्मानना, लोकमाता, क्षारोदा, क्षीरोदतनया, समुद्रजा, भार्गवी, विष्णुवल्लभा, सिंधुजा, विष्णुप्रिया, चपला, सिंधुसुता
नकुल	नेवला, महादेव, वंशरहित, युधिष्ठिर का भाई
नया	नूतन, नव, नवीन, नव्य
नश्वर	नाशवान, क्षणी, क्षणभंगुर, क्षणिक
नारद	ब्रह्मर्षि, देवर्षि, ब्रह्मापुत्र
नारी	महिला, वनिता, ललना, रमणी, स्त्री, कामिनी, औरत, अबला, तिय, भामा, काम्या, सोम्या, भामिनी, अंगना, कलत्र, तरुणी, त्रिया, प्रमदा, भात्रिनी, बारा, तन्वंगी
नाश	संहार (सम्+हार=संहार), विनाश, ध्वंस, क्षय, तबाही, नष्ट, अवसान, प्रलय

शब्द	पर्यायवाची शब्द
नाव	नौका, तरणी, जलयान, तरी, डोंगी, पोत, पतंग, नैया
नियति	प्रारब्ध, भाग्य, होनी, भावी, दैत्य, होनहार
निर्मल	स्वच्छ, शुद्ध, साफ़, उज्ज्वल, पवित्र, पावन
बारिश	वृष्टि, वर्षा, पावस, बरसात, वर्षण
वृक्ष	तरु, पेड़, द्रुम, पादप, विटप, शाखी, गाछ, रूख, शारणी, भूरुह, शाखी
मोक्ष	कैवल्य, परमधाम, परमपद, निर्वाण, मुक्ति, अपवर्ग, अमृतपद
हिरण	सुरभी, कुरग, मृग, सारंग, हिरन, हरिण
सिंह	केहरि, शेर, मृगेंद्र, मृगराज, केशरी, बहुबल
रावण	दशानन, लंकेश, लंकापति, दशशीश, दशकंध, दैत्येंद्र
रात्रि	निशि, क्षया, तमस्विनी, रात, रजनी, निशा, क्षपा, वामा, रैन, यामिनी, शर्बरी, यामा, त्रिभामा, विभावरी, तमी, क्षणदा, तमिसा, राका, सारंग
पहाड़	पर्वत, अचल, गिरि, नग (न+ग=नग - जो गमन न करे), भूधर, महीधर, शैल, अद्रि, मेरु, धराधर, नाग, गोत्र, शिखरी, तुंग
पथ	राह, रास्ता, मार्ग, बाट, पंथ
पराग	रज, पुष्परज, केशर, कुसुमरज
पत्ता	पर्ण, पल्लव, दल, किसलय, पत्र, पात
सेना	कटक, दल, चमू, अनीक, अनीकिनी, सैन्यदल, फ़ौज (फौज अशुद्ध है, जबकि फ़ौज़ का अर्थ है—कल्याण, भलाई, सफलता इत्यादि।), वाहिनी
हस्त	हाथ, कर, पाणि, बाहु, भुजा
सभा	संगीति, परिषद, बैठक, महासभा, अधिवेसन
स्वर्ण	हेम, कंचन, सुवर्ण, हारक, जातिरूप, सोना, तामरस, हाटक, कनक, हेम, कुंदन, हिरण्य, चामीकर
प्रातः	प्रभात, सुबह, अरुणोदय, उषाकाल, अहर्मुख, सवेरा।

शब्द	पर्यायवाची शब्द
पान	तांबूल, नागरबेल, मुखमंडन, मुखभूषण
पाला	हिम, तुषार, नीहार, प्रालेय
पाप	अघ, पातक, दुष्कृत्य, अधर्म, अनाचार, अपकर्म, जुल्म, अनीत
पार्वती	रुद्रप्रिया, गिरिजा, शैलजा, उमा, भवानी, शिवा, शिवानी, दुर्गा, अंबिका, रुद्राणी, कात्यायिनी, गौरी, शंकरी, अपर्णा, गिरितनया, आर्या, मैनादुलारी, ईश्वरी
प्रेम	प्यार, प्रीति, अनुराग, राग, हेत, स्नेह, प्रणय
सर्प	अहि, नाग, भुजग, भुजंग, विषधर, ब्याल, उरग, सारंग, साँप, व्याल, पन्नग, फणी, चक्षुश्रुवा, श्वसनोत्सुक, पवनासन, फणधर
प्यास	पिपासा, तृषा, तृष्णा, तिषा, तिष, पिष
प्रसन्न	खुश, हर्षित, प्रसादपूर्ण, आनंदित
बलराम	हलधर, मूसली, रेवतीरमण, हली
बसंत	ऋतुराज, माधव, कुसुमाकर, मधुऋतु, मधुमास, मधु
बहिन	सहोदरा, भगिनी, सहगर्भिणी, बांधवी
ब्रह्मा	अज, विधि, विधाता, सृष्टा, प्रजापति, चतुरानन, चतुर्मुख, नाभिज, सदानंद, विरंचि, आत्मभू, स्वयंभू, पद्मयोनि, हिरण्यगर्भ, लोकेश, सृष्टा, अब्जयोनि, कमलासन, गिरापति, रजोमूर्ति, हंसवाहन, धाता
बर्फ़	तुषार, हिम, तुहिन, नीहार
ब्राह्मण	द्विज, विप्र, अग्रजन्म
ब्याह	शादी, विवाह, परिणय, पाणिग्रहण
चंद्र	चाँद, राकापति, निशाकर, चंद्रमा, सुधाकर, राकेश, सोम
बाघ	व्याघ्र, शार्दूल, चित्रक, चीता
बाज	श्येन, शशदिन, कपोतारि
बाण	शायक, शर, कलाप, आशुग, तीर, सर, विशिख, नाराच, शिलीमुख

शब्द	पर्यायवाची शब्द
बालू	रेत, बालुका, सैकत
बालक	शिशु, बच्चा, शावक
बिल्ली	मार्जारी, विलास, विड़ाल
बुद्धि	मति, मेधा, धी, मनीषा, प्रज्ञा, अक़्ल, विवेक, चित्त, प्रतिभा
मयूर	मयूर, केकी, शिखी, वर्हि, कलाधर, कलापी, कलकंठ, नीलकंठ, सारंग, भुजंगभुक्, शिखाबल, चंद्रकी, मेघानंदी, शिखंडी, क्षितिपति, अधिपति
बाल	केश, कच, अलक, शिरोरुह, चूल, चिकुर
बैल	पुंगव, उक्षा, अक्षधर, अनडवान्, वृषभ, वृष, ऋषभ, नंदी, शिखी
भय	त्रास, डर, आतंक, भीति
भैंस	महिषी, कासरी, सैरिभी, लुलापा
भ्राता	भाई, बांधव, सगर्भा, सहोदर, भातृ, तात, बंधु
भाग्य	ललाट, तक़्दीर (हिंदी में कई जगह तक़दीर भी लिख दिया जाता है।) भाग, अंक, भाल, क़िस्मत
भालू	रीछ, जंबू, ऋक्ष्य
भिखारी	भिक्षुक(भिक्षा+ उक= भिक्षुक), याचक, मँगता, मँगन, भिक्षोपजीवी
भौंरा	मधुप, भ्रमर, अलि, मधुकर, षटपद, भृंग, चंचरीक, शिलीमुख, मिलिंद, मारिंद, मधुलोभी, मकरंद, द्विरेफ, मधुवत, मधुसिंह
मक्खन	नवनीत, लौनी, माखन, दधिसार
मांस	आमिष, गोश्त, पलल, पिशित
माता	माँ, जननी, अंबा, धात्री, प्रसू, अंबिका, प्रसूता, प्रसविनी, प्रसवित्री, मैया, मात, अम्मा, जन्मदायिनी
मित्र	संगी, साथी, सहचर, दोस्त, सखा, सुहृद, मीत, मितवा, यार
मुख	मुँह, चेहरा, वदन, आनन

शब्द	पर्यायवाची शब्द
तलाश	खोज, ढूँढ़
ढाँचा	पंजर, ठठरी
मूर्ख	मूढ, अज्ञ, अज्ञानी, वालिश
मेंढक	मंडूक, दादुर, वर्षाभू, शातुर, दुर्दर, मंडूक
मैना	सारिका, चित्रलोचना, कहहप्रिया, मधुरालय, सारी
मोती	मुक्ता, मौक्तिक, सीपज, शशिप्रभा
औचक	अचानक, यकायक, सहसा
चोटी	मूर्धा, शीश, सानु, शृंग
रिश्वत	उत्कोच, घूस
यमराज	कीनाश, अंतक, दंडधर, यम, पाशहस्त, धर्मराज, हरि, जीवनपति, जीवितेश, श्रद्धादेव, कृतांत, सूर्यपुत्र
यमुना	कृष्णा, कालिंदी, सूर्यजा, तरणिजा, अर्कजा, रवितनया, जमुना, श्यामा, भानुजा, सूर्यसुता
युद्ध	रण, संग्राम, समर, लड़ाई, विग्रह, आहव, संख्य, संयुग, संगर
युवती	किशोरी, तरुणी, श्यामा
राम	रघुपति, सीतापति, रघुवर, राघव (रघु+अ=राघव), दशरथनंदन, दशरथसुत, रघुकुलमणि, सियावर, जानकीवल्लभ, रघुकुलतिलक, दाशरथि, कौशलेंद्र, रघुनाथ
उत्कर्ष	प्रगति, प्रशंसा, बढ़ती, उठान, उन्नति
राधा	वृषभानुजा, ब्रजरानी, कृष्णप्रिया, राधिका
रोगी	बीमार, अस्वस्थ, रुग्ण, व्याधिग्रस्त, रोगग्रस्त
उग्र	तेज, महादेव, तीव्र, विकट, उत्कट, प्रचंड
असुर	दैत्य (दिति+य=दैत्य), दानव, राक्षस, निशाचर, रजनीचर, दनुज, रात्रिचर, जातुधान, तमीचर, मायावी, सुरारि, निशिचर, मनुजाद

शब्द	पर्यायवाची शब्द
उचित	वाजिब, मुनासिब, समुचित, ठीक, योग्य, तर्कसंगत, युक्तियुक्त, युक्तिसंगत
ठेठ	निरा, निपट, बिलकुल
मोल	दाम, कीमत, अर्थ, मूल्य
मैला	म्लान, गंदा, मलीन, अस्वच्छ, अपवित्र, अशचु
लता	वेलि, वल्लरी, वीरुध, बेल
लहर	तरंग, ऊर्मि, वीचि, लहरी, तरंत
लोहा	अयस, लौह, सार
वर्ष	साल, बरस, अब्द, वत्सर
वरुण	अंबुपति, सागरेश, प्रचेता, समुद्रेश, पाशी
वात्सल्य	स्नेह, लाड–प्यार, ममता, लालन, शिशु–प्रेम
अंध	अंधा, नेत्रहीन, चक्षु–रहित, सूरदास
विष्णु	नारायण, केशव, उपेंद्र, माधव, अच्युत, गरुड़ध्वज, हरि, चक्रपाणि, दामोदर, रमेश, मुरारी, जनार्दन, विश्वंभर, मुकुंद, ऋषिकेश, लक्ष्मीपति, विधु, विश्वरूप, जलशायी, सारंगाणि, बनमाली, पीतांबर, चतुर्भुज, अधोक्षज, पुरुषोत्तम, श्रीपति, वासुदेव, मधुसूदन, मधुरिपु, पद्मनाभ, पुराणपुरुष, दैत्यारि, सनातन, शेषशायी
वियोग	बिछोह, विरह, जुदाई, विप्रलंभ
शब्द	ध्वनि, रव, नाद, निनाद, स्वर
शत्रु	रिपु, बैरी, विपक्षी, अरि, अराति, दुश्मन, विरोधी, द्वेषी, अमित्र, वाम
घाटा	नुक़्सान, हानि, टोटा, क्षति
कुमारी	कन्या, अविवाहिता, कुँआरी, अनूढ़ा
थन	पयोधर, कुच, उरोज, वक्षोज, स्तन, उरसिज, उरज, पीयूष
दीन	ग़रीब, हीन, बेचारा, मलिन

शब्द	पर्यायवाची शब्द
शत्रुघ्न	रिपुसूदन, शत्रुहन, शत्रुहंता
श्वेत	शुभ्र, ध्वल, सफेद, शुक्ल, वलक्ष, अमल, दीप्त, उज्ज्वल, सित
शिकार	आखेट, मृगया, अहेर
शिकारी	बहेलिया, अहेरी, व्याध, लुब्धक
शिष्ट	सभ्य, सुशील, सुसंस्कृत, विनीत
सुरा	वारुणी, शराब, मद, दारू
शिव	त्रिनेत्र, त्रिलोचन, अचलेश्वर, अजातारि, अज्ञेय, अतींद्रिय, अत्रि, अनघ, अनिरुद्ध, अनेकलोचन, अपानिधि, अभिराम, अभीरु, अभदन, अमृतेश्वर, अमोघ, अरिदम, अरिष्टनेमि, अर्धेश्वर, अर्धनारीश्वर, अर्हत, अष्टमूर्ति, अस्थिमाली, आत्रेय, आशुतोष, इंदुभूषण, इंदुशेखर, इकंग, ईशान, ईश्वर, उन्मत्तवेष, उमाकांत, उमानाथ, उमेश, उमापति, उरगभूषण, ऊर्ध्वरेता, ऋतुध्वज, एकनयन, एकपाद, एकलिंग, एकाक्ष
शेषनाग	अहीश, धरणीधर, सहस्रासन, फणीश
षडयंत्र	कुचक्र, दुरभिसंधि, अभिसंधि, साजिश, जाल
संध्या	सायंकाल, गोधूलि, निशारंभ, दिनांत, दिवावसान, पितृप्रसू, प्रदोष, सायं
सन्तति	संतान, प्रजा, प्रकृति, अपत्य
सुर	निशाचर, निशिचर, रजनीचर, राक्षस, दानव, दनुज, दैत्य
संसार	जग, जगत्, भव, विश्व, जगती, दुनिया (अरबी शब्द दुन्या है), लोक, संसृति
स्वर्ग	सुरलोक, देवलोक, परमधाम, त्रिदिव, दयुलोक, बैकुंड, गोलोक, परलोक, नाक, द्यौ, इंद्रलोक, दिव
सरस्वती	भाषा, वाणी, वागीश्वरी, इला, विधात्री, भारती, शारदा, वीणाधारिणी, वाक्, गिरा, वीणापाणि, वाग्देवी, वीणावादिनी, ब्राह्मी, वाचा, गिरा, वागीश, महाश्वेता, श्री, ईश्वरी, संध्येश्वरी

शब्द	पर्यायवाची शब्द
सखी	सहचरी, सहेली, सजनी, आली, सैरंध्री
मार्ग	राह, बाट, पथ, वर्त्मा, अध्वा
स्वामी	ईश, पति, नाथ, साँई, अधिप, प्रभु (प्र+भू = प्रभु)
सिंह	केसरी, शेर, महावीर, हरि, मृगपति, वनराज, शार्दूल, नाहर, सारंग, मृगराज, मृगेंद्र, पंचमुख, हर्यक्ष, पञ्चास्य, पारींद्र, श्वेतपिंगल, कंठीरख, पंचशिख, भीमविक्रम, केशी, मृगारि, कव्याद, नखी, विक्रांत, दीप्तपिंगल, पुंडरिक, पंचानन
सीता	जानकी, भूमिजा, वैदेही, रामप्रिया, अयोनिज, जनकसुता, जनकदुलारी, सिया
सुगंध	खुशबू (ख़ुशबू अशुद्ध है।), सुरभि, सौरभ, सुवास, तर्पण, सुगंधि, मदगंध, सुवास, महक
सुंदरता	लावण्य, सौम्यता, रमणीयता, शोभा, स्त्री, कमनीयता, चारुता, रुचिरता, छवि, कांति, रम्यता, सौंदर्य, छटा, सुषमा
सूर्य	रवि, मिहिर, दिनमणि, सूरज, दिनकर, प्रभाकर, आदित्य, दिनेश, भास्कर, दिवाकर, मार्तंड, अंशुमाली, दिननाथ, अर्क, तमरि, भूषण, तरणि, पतंग, मित्र, भानू, सविता, छायानाथ, मरीची, दिवसाधिप, विवस्वान, विभावसु, अम्बर, मणि, खग, गभास्तिमान, हिरण्यगर्भ, नक्षमाधिपति, सूर, वीरोचन, पूषण, अर्यमा, चक्रबंधु, कमलबंधु, हरि, सप्ताश्व, द्वादशात्मा, ऊष्मरश्मि, असुर, विकर्तन, गृहपति, सहस्रांशु, पद्‌माक्ष, तेजोराशि, महातेज, तमिस्रहा, जगच्चक्षु, प्रद्योतन, खद्योत, सारंग, मित्र
एकता	संगठन, मेल, एका, मिलाप, ऐक्य, मेलजोल
कल्याण	शिव, शुभ, मंगल, क्षेम, श्रेय
असत्य	मृषा, सुधा, मिथ्या, अतथ्य, अवितथ, अनृत
हंस	मराल, चक्रंग, सूर्य, आत्मा, मानसौक, कलकंठ, मितपक्ष, कारंडव
हनुमान्	कपीश, अंजनिपुत्र, पवनसुत, मारुतिनंदन, मारुत, बजरंगबली, महावीर

शब्द	पर्यायवाची शब्द
हरिण	मृग, कुरंग, चमरी, सारंग, कृष्णसार, तृणजीवी
हाथ	कर, हस्त, पाणि, बाहु, भुजा, भुज
हाथी	गज, हस्ती, द्विप, वारण, वसुंदर, करी, कुंजर, दंती, कुंभी, वितुंडा, मतंग, नाग, द्विरद, सिंधुर, गयंद, कलभ, सारंग, मतगंज, मातंग, हरि, वज्रदंती, शुंडाल
हृदय	छाती, वक्ष, वक्षस्थल, हिय, उर, सीना
त्रुटि	ग़लती, कस्त्र (कसर), कमी, भूल, संशय, अंगहीनता, प्रतिज्ञा-भंग
उपवन	बाग़, बगीचा, वाटिका, उद्यान, आराम, फुलवारी, गुलशन (बाग का अर्थ स्त्रीलिंग रूप में लगाम, रास या rein है। बाग़ पुंल्लिंग में बग़ीचा, उपवन आदि है।)

□

हिंदी के विलोम शब्दों की विस्तृत सूची

हिंदी के महत्त्वपूर्ण विलोम-शब्द

क्र.सं.	शब्द—विलोम शब्द	क्र.स.	शब्द—विलोम शब्द
1.	ग्राह्य—अग्राह्य/त्याज्य	2.	तृष्णा—वितृष्णा
3.	ह्रासमान—विकासमान	4.	तृषा—तृप्ति
5.	गोचर—अगोचर	6.	तीक्ष्ण—सरल
7.	गौरव—लाघव	8.	थाह—अथाह
9.	गौण—मुख्य	10.	लभ्य—अलभ्य
11.	गमन—आगमन	12.	विकीर्ण—संकीर्ण
13.	घना—छितरा	14.	विभव—पराभव
15.	चंचल—स्थिर	16.	दाता—गृहीता, कृपण
17.	चपल—गंभीर	18	लेशमात्र—प्रचुर
19.	हूत—अनाहूत	20.	दीर्घकाय—लघुकाय
21.	चिंतित—निश्चिंत	22.	दृश्य—अदृश्य
23.	चेतन—अचेतन/जड (संस्कृत के अनुसार जड शुद्ध है; लेकिन हिंदी में 'जड़' भी लिखा जाता है।	24.	मित—अमित, अपरिमित
25.	चेतना—मूर्च्छा	26.	अग्र—पश्च
27.	छली—निश्छल	28.	अथ—इति
29.	छाया—धूप ['शीतलच्छाया' का विलोम 'कड़ी धूप' अथवा 'आतप' है।]	30.	जागरण—सुषुप्ति/निद्रा

क्र.सं.	शब्द—विलोम शब्द	क्र.स.	शब्द—विलोम शब्द
31.	जंगम—स्थावर	32.	विरक्त—आसक्त
33.	चिर—स्थिर	34	विलास—तपस्या
35.	अध:—उपरि	36.	वाग्मी—मितभाषी
37.	अर्पित—गृहीत	38.	ज्योति—तम
39.	अश्रु—हास	40	जीर्ण—अजीर्ण
41.	तीव्र—मंद/मंथर	42.	ज्येष्ठ—लघु
43.	धीरज—उतावलापन	44.	अर्पण—ग्रहण
45.	धृष्ट—विनम्र	46.	ज्ञेय—अज्ञेय
47.	नश्वर—शाश्वत	48.	ठोस—द्रव/तरल
49.	न्यून—अधिक	50.	झोंपड़ी—महल
51.	नवीन—प्राचीन	52.	ढाल—चढ़ाई
53.	नत—उन्नत	54.	तटस्थ—पक्षपाती
55.	नराधम—नरपुंगव	56.	तर—शुष्क
57.	नम्र—अनम्र	58.	तरुण—वृद्ध
59.	नमकहराम—नमकहलाल	60.	तप्त—शीतल
61.	विहित—निषिद्ध (नि+सिद्ध)	62.	त्यक्त—गृहीत
63.	अंश—पूर्ण	64.	तामसिक—सात्त्विक
65.	अभिज्ञ—अनभिज्ञ	66.	तारीफ—बुराई
67.	अनंत—अंत, सांत	68.	तिमिर—प्रकाश
69.	अज्ञ—विज्ञ	70.	अवनत—उन्नत
71.	अधिमूल्यन—अवमूल्यन	72.	आगाम—लोप
73.	अपराधी—निरपराध (निरपराधी ग़लत है।)	74.	आगामी—विगत
75.	अथ (प्रारंभ)—इति (समाप्ति)	76.	अंतर्मुखी—बहिर्मुखी
77.	अभ्र—अनभ्र	78.	अंतरंग—बहिरंग
79.	स्पृश्य—अस्पृश्य	80.	त्याज्य—ग्राह्य
81.	उद्धत—विनीत	82.	उपार्जित—अनुपार्जित

क्र.सं.	शब्द—विलोम शब्द	क्र.स.	शब्द—विलोम शब्द
83.	ओजस्वी—निस्तेज	84.	अपराजित—पराजित
85.	क्रम—व्यतिक्रम	86.	अर्वाचीन—प्राचीन
87.	कनीय—वरीय	88.	अकाल—सुकाल
89.	अथाह—छिछला	90.	आदिष्ट—निषिद्ध
91.	अवर—प्रवर	92.	इति—अथ
93.	अवतल—उत्तल	94.	ईषत्—अलम (ईषत् शब्द ईष्+अति के योग से बना है, जिसका अर्थ है अल्प रूप में।)
95.	अतिथि—आतिथेय	96.	ऊर्ध्व—निम्न
97.	अतिवृष्टि—अनावृष्टि	98.	ध्वंस—निर्माण
99.	अधोगति—ऊर्ध्वगति	100.	धवल—श्याम
101.	श्वेत—श्याम	102.	अघोष—सघोष
103.	धरा—गगन	104.	अभियुक्त—अभियोगी
105.	धनात्मक—ऋणात्मक	106.	अग्र—पश्च
107.	धीर—अधीर	108.	अत्यधिक—स्वल्प
109.	द्वैत—अद्वैत	110.	कुटिल—सरल
111.	दिव्य—अदिव्य	112.	ऊधम—विनय
113.	द्वंद्व—निर्द्वंद्व	114.	उग्र—सौम्य
115.	दुरात्मा—महात्मा	116.	एकत्र—विकीर्ण
117.	खेद—प्रसन्नता	118.	उन्मीलन—निर्मीलन
119.	ग्राह्य—त्याज्य	120.	अनुकूल—प्रतिकूल
121.	ग्राम्य—शिष्ट	122.	अनुरूप—प्रतिरूप
123.	अनुरक्त—विरक्त	124.	अनाहूत—आहूत
125.	चिन्मय—जड	126.	ऋजु—अऋजु
127.	चिरंतन—नश्वर	128.	अधम—उत्तम
129.	आवर्तक—अनावर्तक	130.	अपेक्षा—उपेक्षा
131.	समल–निर्मल	132.	अल्पज्ञ—बहुज्ञ
133.	उन्मूलन—स्थापन/रोपण	134.	अल्पायु—चिरायु/दीर्घायु

क्र.सं.	शब्द—विलोम शब्द	क्र.स.	शब्द—विलोम शब्द
135.	निर्भीक—भीरु	136.	कुसुम—वज्र
137.	निरुद्देश्य—सोद्देश्य	138.	क्षमा—दंड
139.	निर्मल—मलिन	140.	क्षुद्र—महत्
141.	निषिद्ध—विहित	142.	दुष्कर—सुकर
143.	निर्लज्ज—सलज्ज	144.	दुष्प्राप्य—सुप्राप्य
145.	निरर्थक—सार्थक	146.	द्रुत—मंथर
147.	निर्गुण—सगुण	148.	निराकार—साकार
149.	निराधार—साधार	150.	देनदार—लेनदार
151.	निंद्य—वंद्य	152.	द्वेष—सद्भावना
153.	निंदा—स्तुति	154.	पैना—भौथरा
155.	निरपेक्ष—सापेक्ष	156.	प्रोत्साहित—हतोत्साह
157.	निश्चल—चंचल	158.	विपदा—सम्पदा
159.	निःस्वार्थ—स्वार्थी	160.	मसृण—रुक्ष
161.	क्षणिक—शाश्वत	162.	धृष्ट—विनीत
163.	खल—सज्जन	164.	निष्काम—सकाम
165.	गंभीर—वाचाल	166.	मृदुल—रुक्ष
167.	नीरस—सरस	168.	प्रज्ञ—मूढ
169.	नूतन—पुरातन	170.	पात्र—अपात्र
171.	नेकी—बदी	172.	पेय—अपेय
173.	नैतिक—अनैतिक	174.	पाठ्य—अपाठ्य
175.	शिरोमणि—चरणधूलि	176.	पदस्थ—अपदस्थ
177.	श्यामल—गौर	178.	पल्लवन—संक्षेपण
179.	परमार्थ—स्वार्थ	180.	परिश्रम—विश्राम
181.	पराधीन—स्वाधीन	182.	प्रगति—अवनति
183.	परकीय—स्वकीय	184.	आहुति—अनाहुति
185.	गृहीत—त्यक्त	186.	आह्वान—विसर्जन
187.	गरल—सुधा	188.	प्रतीची—प्राची
189.	हेय—प्रेय	190.	प्रफुल्ल—ग्लान

क्र.सं.	शब्द—विलोम शब्द	क्र.स.	शब्द—विलोम शब्द
191.	जाग्रत्—सुषुप्त	192.	प्रसाद—विषाद
193	जंगम—स्थावर	194.	प्रफुल्ल—म्लान
195.	साधर्म्य—वैधर्म्य	196.	प्रलय—सृष्टि
197.	प्रधान—गौण	198.	मलिन—निर्मल
199.	प्रवृत्ति—निवृत्ति	200.	वृद्ध—तरुण
201.	प्राकृतिक—अप्राकृतिक	202.	बहिष्कार—स्वीकार
203.	प्रत्यक्ष—परोक्ष (पर:+अक्षि=परोक्ष)/ अप्रत्यक्ष	204.	बद्ध—मुक्त
205.	सविकार—निर्विकार	206.	बंधन—मुक्ति/मोक्ष
207.	पाश्चात्य—पौर्वात्य/पौरस्त्य	208.	बलवान—कमजोर
209.	पदोन्नत—पदावनत	210.	बंजर—उर्वर
211.	प्रसारण—संकुचन	212.	बलिष्ठ—दुर्बल
213.	पावन—अपावन	214.	बसंत—पतझड़
215.	निषिद्ध—विहित	216.	बर्बर—सभ्य
217.	दृढ—विचलित	218.	बाह्य—आंतरिक
219.	दाता—सूम	220.	भद्र—अभद्र
221.	प्रज्ञ—मूढ़	222.	व्यस्त—अकर्मण्य
223.	पापी—निष्पाप	224.	विशिष्ट—साधारण
225.	प्रीति—द्वेष	226.	विनीत—उद्धत
227.	पुरस्कृत—दंडित	228.	पार्थिव—अपार्थिव
229.	पुरोगामी—पश्चगामी	230.	पालक—घालक/संहारक/नाशक
231.	पुष्ट—क्षीण	232.	भ्रांत—निभ्रांत
233.	पूर्ववर्ती—परवर्ती	234.	भेद—अभेद
235.	प्रेषक—प्रापक	236.	भेद्य—अभेद्य
237.	वैमनस्य—सौमनस्य	238.	ममत्व—परत्व
239.	वैतनिक—अवैतनिक	240.	मग्न—दु:खी/ऊपर
241.	शकुन—अपशकुन	242.	मंगल—अमंगल

क्र.सं.	शब्द—विलोम शब्द	क्र.स.	शब्द—विलोम शब्द
243.	श्लील—अश्लील	244.	मसृण—रुक्ष
245.	भौतिक—आध्यात्मिक	246.	मनुज—दनुज
247.	शयन—जागरण	248.	ममता—निष्ठुरता
249.	शर्मदार—बेशर्म	250.	वृहत्—लघु
251.	शहरी—देहाती	252.	वन—मरु
253.	श्लाघा—निंदा	254.	व्यास—समास
255.	विसर्जन—सर्जन	256.	यथार्थ—कल्पित
257.	विनाश—निर्माण	258.	मूल्यवान्—मूल्यहीन
259.	वन्य—पालित	260.	युगल, सकल—एकल
261.	शासक—शासित	262.	शायद—अवश्य
263.	शालीन—धृष्ट	264.	योग—वियोग
265.	शीत—उष्ण	266.	यौवन—वार्धक्य
267.	शिव—अशिव	268.	रक्षण—भक्षण
269.	शीर्ष—तल	270.	रद्द—बहाल
271.	श्रीगणेश—इतिश्री	272.	रचनात्मक—ध्वंसात्मक
273.	शूरता—भीरुता	274.	रसीला—नीरस
275.	विपद्—संपद्	276.	रति—विरति
277.	शुष्क—आर्द्र	278.	रिक्त—पूर्ण
279.	विधवा—सधवा	280.	रीता—भरा
281.	संभोग—विप्रलंभ	282.	भौतिक—आध्यात्मिक
283.	राग—द्वेष, विराग	284.	नेकी—बदी
285.	स्थूल—सूक्ष्म	286.	पालक—संहारक
287.	सक्षम—अक्षम	288.	आकुंचन—प्रसारण
289.	सत्याग्रह—दुराग्रह	290.	आवृत्त—अनावृत्त
291.	संघटन (संगठन)—विघटन	292.	महीन—मोटा
293.	सजल—निर्जल	294.	मत—विमत
295.	संतोष—असंतोष	296.	मति—कुमति
297.	लिप्त—निर्लिप्त	298.	मनुष्यता—पशुता

क्र.सं.	शब्द—विलोम शब्द	क्र.स.	शब्द—विलोम शब्द
299.	रूपवान्—कुरूप	300.	मितव्यय—अपव्यय
301.	मेहनती—आलसी	302.	मिलन—बिछोह
303.	शृंखलित—विशृंखलित	304.	अंतर्भूत—बहिष्कृत
305.	शोहरत—बदनामी	306.	अकाल—सुकाल
307.	अतिकाय—कृशकाय, लघुकाय	308.	अभिमुख—परांगमुख
309.	शोषक—पोषक	310.	मूढ—ज्ञानी
311.	समर्थ—असमर्थ	312.	मेहमान—मेज़बान
313.	सुबोध—दुर्बोध	314.	असूया—अनसूया
315.	संदेह—विश्वास	316.	मौन—मुखर, वाचाल
317.	सूम—उदार	318.	उन्मीलन (खिलना)—निमीलन
319.	संधि—विच्छेद/विग्रह	320.	उन्मूलन—स्थापन/रोपण
321.	बहिष्कार—स्वीकार	322.	विकर्ष—आकर्षनाग्मुख
323.	मोक्ष—बंधन	324.	कृश—पुष्ट, स्थूल
325.	फूट—मेल	326.	हास—रुदन
327.	प्राची (पूर्वी दिशा)—प्रतीची (प्रत्यच्+ङीप्) अर्थात् पश्चिम दिशा	328.	क्षुण्ण—अक्षुण्ण
329.	परकीया—स्वकीया	330.	रुचि—अरुचि
331.	प्रख्यात—अख्यात	332.	रुग्ण—स्वस्थ
333.	संपन्नता—विपन्नता	334.	ललित—कुरूप
335.	संकीर्ण—विस्तृत/विस्तीर्ण	336.	लघु—विशाल/गुरु/दीर्घ
337.	सन्न्यासी—गृहस्थ	338.	रुदन—हास्य
339.	संयुक्त—वियुक्त	340.	लिप्त—निर्लिप्त
341.	संध्या—प्रातः	342.	लिखित—अलिखित
343.	सदाशय—दुराशय	344.	लुप्त—व्यक्त
345.	सत्कार—तिरस्कार	346.	लुभावना—घिनौना
347.	समूल—निर्मूल	348.	लोभ—त्याग

क्र.सं.	शब्द—विलोम शब्द	क्र.स.	शब्द—विलोम शब्द
349.	आरूढ—अनारूढ	350.	लौकिक—अलौकिक
351.	सचेष्ट—निश्चेष्ट	352.	वक्र—सरल
353.	सघन—विरल	354.	सुराज—दुराज
355.	श्रुत—अश्रुत	356.	नराधम—नरपुंगव
357.	पुरातन—नवीन	358.	सात्त्विक—तामसिक
359.	दाता—भिखारी	360.	स्मरण—विस्मरण
361.	परार्थ—स्वार्थ	362.	हेय—प्रेय
363.	स्मृत—विस्मृत	363.	वक्ता—श्रोता
365.	साधर्म्य—वैधर्म्य	366.	व्यभिचारी—सदाचारी
367.	साहचर्य—पृथक्करण	368.	वफादार—बेवफा
369.	सार—निस्सार	370.	वरदान—अभिशाप
371.	सित—असित	372.	व्यक्तिगत—सामूहिक/समष्टिगत
373.	सुखांत—दु:खांत	374.	व्यष्टि—समष्टि
375.	सुरीला—बेसुरा	376.	वन्य—पालतु
377.	मुख—प्रतिमुख	378.	वादी—प्रतिवादी
379.	सृजन—संहार	380.	वाकिफ—नावाकिफ
381.	हरा—सूखा	382.	स्वार्थ—परमार्थ
383.	सुनीति—कुनीति	384.	कृश—स्थूल, पुष्ट
385.	संश्लिष्ट—विश्लिष्ट	386.	सवर्ण—अवर्ण
387.	ह्रास—वृद्धि	388.	सह—प्रति
389.	व्यर्थ—अव्यर्थ	390.	स्वल्पायु—चिरायु
391.	हित—अहित	392.	व्यवस्था—अव्यवस्था
393.	हेय—प्रेय	394.	विभव—पराभव
395.	क्षणिक—शाश्वत	396.	विश्लेषण—संश्लेषण
397.	रचना—विनाश	398.	विपदा—संपदा
399.	खगोल—भूगोल	400.	विधि—निषेध
401.	खीझना—रीझना	402.	विस्तार (तफ़्सील)—संक्षेप
403.	होनी—अनहोनी	404.	विकल—अविकल

क्र.सं.	शब्द—विलोम शब्द	क्र.स.	शब्द—विलोम शब्द
405.	खुशक़िस्मत—बदक़िस्मत	406.	विजयी—परास्त
407.	खेद—प्रसन्नता	408	विनीत—उद्धत
409.	गणतंत्र—राजतंत्र	410.	विपत्ति—संपत्ति
411.	गंभीर/एकाग्र—वाचाल/ चंचल, चपल	412.	विशेष/विशिष्ट—साधारण
413.	सुरति—निरति	414.	समष्टि—व्यष्टि
415.	गरिमा—लघिमा	416.	स्मरण—विस्मण
417.	गहरा—उथला	418.	सुधा—गरल
419.	गृहस्थ—सन्न्यासी	420.	स्थूल—सूक्ष्म
421.	प्रसारण—संकोचन	422.	सृष्टि—प्रलय
423.	विज्ञ—अविज्ञ	424.	विराट्—क्षुद्र
425.	विपन्न—संपन्न	426.	विस्तृत—संक्षिप्त
427.	कृश—पुष्ट/स्थूल	428.	विरह—मिलन
429.	क्रिया—प्रतिक्रिया	430.	विकल्प—संकल्प
431.	कीर्ति—अपकीर्ति	432.	विद्वान्—मूर्ख
433.	कुख्यात—विख्यात	434.	विवादित—निर्विवाद
435.	कृपण—उदार	436.	विजेता—विजित
437.	कृतज्ञ—कृतघ्न	438.	वियोग—संयोग
439.	कुटिल—सरल	440.	विदाई—स्वागत
441.	कोमल—कठोर	442.	विपुल—अल्प
443.	क्षुण्ण—अक्षुण्ण	444.	विलास—तपस्या
445.	सद्वृत्त—दुर्वृत्त (बुरी घटना)	446.	सुंदर—कुरूप
447.	खंडन—मंडन	448.	श्रव्य—दृश्य
449.	खरा—खोटा	450.	शुक्ल—कृष्ण
451.	चोर (चुर् धातु)—साधु (साध्+उण)	452.	शयन—जागरण
453.	कार्य—अकार्य	454.	आकुंचन—प्रसारण
455.	कीर्ति—अपकीर्ति	456.	वेदना—आनंद

क्र.सं.	शब्द—विलोम शब्द	क्र.स.	शब्द—विलोम शब्द
457.	आस्था—अनास्था	458.	कृपा—कोप
459.	अधम—उत्तम	460.	अवनि—अंबर
461.	कार्य—अकार्य	462.	अपेक्षा—उपेक्षा
463.	कुपथ—सुपथ	464.	अर्वाचीन—प्राचीन
465.	कुगति—सुगति	466.	आग्रह—अनाग्रह
467.	कुमार्ग—सुमार्ग	468.	आगम—लोप
469.	कुमति—सुमति	470.	कलुषित—निष्कलंक, निष्कलुष
471.	कुरूप—सुरूप	472.	कुसूरवार (मुल्ज़िम)—बेकुसूर
473.	कृत्रिम—नैसर्गिक	474.	कटुभाषी—मृदुभाषी
475.	कुलटा—पतिव्रता	476.	कुलदीप—कुलांगार
477.	कापुरुष—पुरुषार्थी	478.	कुमारी—विवाहिता
479.	कनिष्ठ—वरिष्ठ/ज्येष्ठ	480.	कर्मण्य—अकर्मण्य
481.	कल्याण—अकल्याण	482.	करणीय—अकरणीय
483.	कायर—वीर	484.	संस्कार—विकार
485.	कोलाहल—नीरवता	486.	अर्जन—वर्जन
487.	अमर—मर्त्य	488.	आगत—अनागत
489.	अकाम—सुकाम	490.	ऐहिक—पारलौकिक
491.	अवर—प्रवर	492.	कृत्रिम—प्राकृत
493.	अंतरंग—बहिरंग	494.	आश्रित—अनाश्रित
495.	उत्पादक—अनुत्पादक	496.	इहलोक—परलोक
497.	उपयोग—अनुपयोग/दुर्पयोग	498.	इष्ट—अनिष्ट
499.	उद्धत—विनीत	500.	इच्छा—अनिच्छा
501.	ऋत—अनृत	502.	ईश्वर—अनीश्वर
503.	ऋण—उऋण	504.	उत्कृष्ट—निकृष्ट
505.	ऋणी—धनी	506.	एकांत—अनेकांत
507.	ऋजु—वक्र	508.	कुकृति—सुकृति
509.	एकाकी—समग्र	510.	कलुष—निष्कलुष
511.	एकार्थक—अनेकार्थक	512.	आसक्त—अनासक्त

क्र.सं.	शब्द—विलोम शब्द	क्र.स.	शब्द—विलोम शब्द
513.	ऐहिक—पारलौकिक	514.	आशीर्वाद—अभिशाप
515.	ऐक्य—अनेक्य	516.	एकाधिकार—सर्वाधिकार
517.	ऐश्वर्य—अनैश्वर्य	518.	सुघड़—फूहड़
519.	औचित्य—अनौचित्य	520.	असीम—ससीम
521.	आहार—निराहार	522.	अनुनासिक—निरानुनासिक
523.	अवनि—अंबर	524.	अनिवार्य—ऐच्छिक/वैकल्पिक
525.	अधुनातन—पुरातन	526.	कपूत—सपूत
527.	अस्त्रीकरण—निरस्त्रीकरण	528.	कपटी—निष्कपट
529.	ओजस्वी—निस्तेज	530.	कमी—वृद्धि, बेशी
531.	आविर्भाव—तिरोभाव	532.	कर्कश—मधुर
533.	आगमन—निर्गमन	534.	कलंकित—निष्कलंक
535.	क्रूर—अक्रूर	536.	कल्पित—यथार्थ
537.	कार्य—अकार्य	538.	ऐक्य—अनैक्य
539.	अदेय—देय	540.	आत्मनिर्भर—परजीवी
541.	आधुनिक—प्राचीन	542.	आद्य—अंत्य
543.	आविर्भूत—तिरोभूत/तिरोहित	544.	आध्यात्मिक—सांसारिक
545.	आवर्तक—अनावर्तक	546.	आनंद—शोक
547.	आगामी—विगत	548.	आह्लाद—विषाद
549.	आज्ञा—अवज्ञा	550.	आभ्यंतर—बाह्य
551.	अक्षुण्ण—क्षुण्ण	552.	आकुंचन—प्रसारण
553.	आलस्य—उद्यम	554.	आह्वान—विसर्जन
555.	आमिषभोजी-निरामिषभोजी	556.	आधार—अनाधार
557.	दुराशय—सदाशय	558.	आमिष—निरामिष
559.	उन्मीलन (खिलना)—निमीलन	560.	उपत्यका (पहाड़ के नीचे की समतल भूमि)—अधित्यका (पहाड़ के ऊपर की समतल भूमि)
561.	उन्मूलन—स्थापन/रोपण	562.	कटु—मधुर

क्र.सं.	शब्द—विलोम शब्द	क्र.स.	शब्द—विलोम शब्द
563.	उन्मुख—विमुख	564.	कदाचार—सदाचार
565.	उपमान—उपमेय	566.	ताना—भरनी
567.	उर्वर—ऊसर/अनुर्वर	568.	गृही—त्यागी
569.	भूगोल—खगोल	570.	उत्तीर्ण—अनुत्तीर्ण
571.	औदार्य—अनौदार्य	572.	उल्लास—विषाद
573.	उत्पत्ति—विनाश	574.	ह्रासमान—विकासमान
575.	उत्तरायण—दक्षिणायण	576.	सांत (स+अंत)—अनंत
577.	उत्तरार्द्ध—पूर्वार्द्ध	578.	उद्भव—अवसान
579.	उदयाचल—अस्ताचल [अस्त+अचल (पहाड़)]	580.	उपजाऊ—अनुपजाऊ
581.	उपमेय—अनुपमेय	582.	ऊर्ध्व—अधर
583.	उपचार—अपचार	584.	उधार—नक़्द (इसे तद्भव में नकद भी लिख दिया जाता है।)
585.	उषा—संध्या	586.	उज्ज्वल—धूमिल
587.	उच्छ्वास—नि:श्वास	588.	आभ्यंतर—बाह्यंतर
589.	आबाल—वृद्ध	590.	उदीची—अवाची
591.	उत्पतन—निपतन	592.	उपजीव्य—उपजीवी
593.	कुलदीपक—कुलकलंक, कुलांगार	594.	उत्तमर्ण—अधमर्ण
595.	गरजमंद—लागरज	596.	ज्योत्स्ना—तमिस्रा
597.	ज्ञापित—अज्ञापित	598.	बेपरदा—परदानशीन
599.	सावलंब—निरवलंब	600.	दुर्विनीत—विनीत
601.	आविर्भूत—तिरोभूत, तिरोहित		

□

हिंदी के श्रुति-सम भिन्नार्थक शब्दों की विस्तृत-सूची

श्रुतिसमभिन्नार्थक शब्द

क्र.	शब्दार्थ	क्र.	शब्दार्थ
1.	प्रकर—समूह	2.	नग—पर्वत
3.	प्रकार—ढंग, तरीक़ा	4.	नाग—साँप
5.	कटक—सेना, कड़ा, मेखला, घर, वृत, पहिया	6.	प्रताप—वीरता
7.	कटुक—कड़वा	8.	परिताप—संताप
9.	अंबुज—कमल	10.	मराल—राजहंस
11.	अंबुद—बादल	12.	मलार—रागविशेष
13.	कान—श्रवणेंद्रिय	14.	द्रव—तरल पदार्थ
15.	काण—एक आँख वाला	16.	द्रव्य-धन
17.	अभिराम—सुदंर	18.	नीर—जल
19.	अविराम—लगातार	20.	नीड़-घोंसला
21.	अभिज्ञ—जानकार	22.	बली—वीर
23.	अविज्ञ—मूर्ख	24.	बलि—बलिदान
25.	कुल—वंश	26.	मंजरी—मुकुल
27.	कूल—किनारा	28.	मंजीर—नूपुर
29.	अनिल—वायु	30.	दूत—खबर देने वाला
31.	अनल—अग्नि	32.	द्यूत—जुआ
33.	अवलंब—सहारा	34.	पथ—रास्ता
35.	अविलंब—शीघ्र	36.	पथ्य—रोगी का आहार

क्र.	शब्दार्थ	क्र.	शब्दार्थ
37.	कृत—किया हुआ	38.	बहन—बहिन
39.	क्रीत—खरीदा हुआ	40.	वहन—ढोना
41.	अपेक्षा—आकांक्षा	42.	मूल—जड़
43.	उपेक्षा—तिरस्कार	44.	मूल्य—क़ीमत
45.	कलि—कलियुग	46.	द्विप—हाथी
47.	कली—अधखिला फूल	48.	द्वीप—टापू
49.	अणु—कण	50.	प्रसाद—कृपा
51.	अनु—पीछे	52.	प्रासाद—महल
53.	कृती—रचना	54.	प्रणीता—रचने वाली
55.	कृति—निपुण	56.	प्रणीत—रचा हुआ
57.	असक्त—विरक्त	58.	रजक—धोबी
59.	अशक्त—शक्तिहीन	60.	रजत—चाँदी
61.	कुच—स्तन	62.	दुरित—पाप
63.	कूच—प्रस्थान	64.	दुरत—छिपाना
65.	अलि—भौंरा	66.	परुष—कठोर
67.	अली—सखि	68.	पुरुष—आदमी
69.	कर्कट—केकड़ा	70.	बदन—शरीर
71.	करकट—गंदगी	72.	वदन—मुख
73.	अचर—स्थावर	74.	रजनी—रात
75.	अचिर-नवीन	76.	रमणी—स्त्री
77.	कृपण—कंजूस	78.	पायस—खीर
79.	कृपाण—तलवार	80.	पावस—वर्षाऋतु
81.	असित—काला, जो सफ़ेद न हो	82.	बार—दफा
83.	अशित—खाया हुआ, तृप्त, उपभुक्त	84.	वार—दिन
85.	किला—गढ़	86.	राज्य—प्रदेश
87.	कीला—खूँटा	88.	राज—रहस्य
89.	अक्ष—धुरी	90.	धरा—पृथ्वी
91.	अक्षि—आँख	92.	धारा—प्रवाह
93.	किरण—रश्मि	94.	पिक—कोयल
95.	करुण—दयनीय	96.	पीक—पान की पीक

क्र.	शब्दार्थ	क्र.	शब्दार्थ
97.	अमित—बहुत	98.	बधिर—बहरा
99.	अमीत—शत्रु	100.	बधिक—व्याध
101.	कुट—किला	102.	लक्ष्य—उद्देश्य
103.	कूट—पर्वत	104.	लक्ष—लाख
105.	अवलि—लिपा या पुता हुआ, किसी काम में लगा या डूबा हुआ (अव+लिप्+क्त) अवलिप्त होने की अवस्था अवलिप्ति है।	106.	धन—पैसा
107.	अवली—कतार या पंक्ति (दीपावली-दीपों की पंक्ति)	108.	धुन—विचार
109.	पुष्कर—जलाशय	110.	परिधि—सीमा
111.	पुष्कल—बहुत अच्छा	112.	परिध—भाला
113.	अंबर—आकाश	114.	भुवन—संसार
115.	अंबार—ढेर	116.	भवन—घर
117.	केसर—अयाल	118.	लपट—ज्वाला
119.	केशर—कुंकुम	120.	लिपट—गले मिलना
121.	अपथ—कुमार्ग	122.	धेनु—गाय
123.	अपति—बिना पति के	124.	धनु—धनुष
125.	खल—दुष्ट	126.	प्रबल—बलवान
127.	खलु—निश्चय	128.	प्रवाल—मूँगा
129.	अशन—भोजन	130.	भरण—पोषण करना
131.	अशनि—वज्र	132.	भ्रमण—घूमना
133.	खग—पक्षी	134.	लपट—ज्वाला
135.	खंग—तलवार	136.	लिपट—गले मिलना
137.	अभिनय—नाटक क्रिया	138.	नियत—निश्चय
139.	अभिनव—नवीन	140.	नीयत—मंशा
141.	ग्रह—नक्षत्रादि	142.	प्रणत—नम्र
143.	गृह—घर	144.	प्रणति—नम्रता
145.	अमल—स्वच्छ	146.	भव—संसार
147.	अमला—लक्ष्मी, आँवले का वृक्ष	148.	भाव—विचार
149.	कुनबा—घर-परिवार	150.	ललाट—माथा

क्र.	शब्दार्थ	क्र.	शब्दार्थ
151.	कुनवा—ख़रीदनेवाला	152.	ललाम—सुंदर
153.	अश्व—घोड़ा	154.	निशीथ—मध्य रात्रि
155.	अश्म—पत्थर	156.	निशित—तेज़
157.	चिर—दीर्घ	158.	परिणाम—फल
159.	चीर—वस्त्र	160.	परिमाण—मात्रा
161.	अवृत्ति—बेकारी	162.	मणि—रत्न
163.	आवृत्त—घिरा हुआ	164.	मणी—साँप
165.	चरि—पशु	166.	ललित—सुंदर
167.	चरी—हरी घास	168.	ललिता—गोपी विशेष
169.	अवसाद—विषाद	170.	नित—हमेशा
171.	अवसान—अंत	172.	नीत—लाया हुआ
173.	चित्त—मन	174.	निर्जर—देवता
175.	चिंत—चिंतित	176.	निर्झर—झरना, प्रपात या चश्मा
177.	अपर्ण—बिना पत्ते का	178.	प्रणाम—नमस्कार
179.	अपूर्ण—जो पूर्ण न हो	180.	प्रमाण—सबूत
181.	फिराक—चिंता	182.	मति—बुद्धि
183.	फ़िराक़-वियोग जुदाई	184.	मत—सलाह
185.	आविल—गंदला, मैला	186.	वक्ष—छाती
187.	अवलि—पंक्ति	188.	वृक्ष—पेड़
189.	जरठ—वृद्ध (जृ+अठच्), पुराना, जीर्ण	190.	मौर—मुकुट
191.	जठर—उदर	192.	मोर—मयूर
193.	प्रांजलि—जो हाथ जोड़े हो	194.	वसन—कपड़ा
195.	प्रांजल—सरल एवं सुबोध	196.	व्यसन—नशा
197.	रज—धूल	198.	वस्तु—चीज़
199.	रज्जू—रस्सी	200.	वास्तु—मकान
201.	अरि—शत्रु	202.	विपिन—वन
203.	आरी—एक प्रकार का उपकरण	204.	विपन्न—संकटग्रस्त
205.	जलद—बादल	206.	हंसी—मादा हंस
207.	जलज—कमल	208.	हँसी—हँसना
209.	अलिक—भाल	210.	व्यंग—विकलांग

क्र.	शब्दार्थ	क्र.	शब्दार्थ
211.	अलीक—अमर्यादा	212.	व्यंग्य—उपालंभ
213.	क्षत्र—मुकुट	214.	हरण—चोरी
215.	क्षेत्र—इलाक़ा	216.	हरिण—मृग
217.	विचक्षण—चतुर	218.	वपन—बोना
219.	विलक्षण—अद्‌भुत	220.	विपिन—वन
221.	ढिलाई—ढील	222.	हृद्य—हार्दिक, दिली
223.	ढुलाई—ढोना	224.	हृद्—हृदय
225.	पुष्कल—पर्याप्त	226.	विरद—यश
227.	पुष्कर—सरोवर, तालाब	228.	वारिद—बादल
229.	ढीठ—धृष्ट	230.	सुरति—स्मरण
231.	डीठ—दृष्टि	232.	सुरती—तंबाकू
233.	आरति—झलक	234.	विष—ज़ह्र (ज़हर)
235.	आरती—धूप-दीप	236.	बिस—कमलनाल
237.	तोषक—धैर्यदाता	238.	सप्त—सात
239.	तोशक—रुईदार गद्‌दा	240.	शप्त—शापित
241.	आराधना—पूजन	242.	कांत—सुंदर
243.	असाधना—अनिच्छा शक्ति	244.	कंत—पति
245.	तरणि—सूर्य	246.	सर्ग—अध्याय
247.	तरुणी—युवती	248.	स्वर्ग—एक लोक
249.	आसान—सरल	250.	शिति—श्याम
251.	अवसान—अंत	252.	सिति—सफ़ेद
253.	नाईं—तरह, समान	254.	सुर—देवता
255.	नाई—हजामत बनानेवाला	256.	सूर—अंधा
257.	उद्धत—उद्‌दंड	258.	शूर—वीर
259.	उद्यत—तैयार	260.	सूर—अंधा
261.	उपस्थित—हाज़िर	262.	स्वजन—अपना व्यक्ति
263.	उपस्थिति—हाज़िरी	264.	श्वजन—कुत्ता
265.	तुरंग—घोड़ा	266.	सर—तालाब
267.	तरंग—लहर	268.	शर—बाण
269.	उपकार—भलाई	270.	शुल्क—फ़ीस
271.	अपकार—बुराई	272.	शुक्ल—श्वेत

क्र.	शब्दार्थ	क्र.	शब्दार्थ
273.	ईति—दैव-बाधा	274.	समर्थ—शक्तिवान
275.	इति—समाप्त	276.	सामर्थ्य—शक्ति
277.	तोष—संतोष	278.	शशधर—चंद्रमा
279.	तोश—हिंसा	280.	शशिधर—शिव
281.	निशान—चिह्न	282.	संस्कृत—एक भाषा
283.	निसान—झंडा	284.	संस्कृति—संस्कार
285.	पवन—हवा	286.	शुचि—पवित्र
287.	पावन—पवित्र	288.	शची—इंद्राणी
289.	मंदिर—देवालय	290.	सुधि—स्मरण
291.	मंदर—पर्वत	292.	सुधी—विद्वान्
293.	तक्र—मट्ठा	294.	शकठ—मचान
295.	तर्क—बहस	296.	शकट—बैलगाड़ी
297.	नगर—शहर	298.	सतत—निरंतर
299.	नागर—नगर का	300.	संतति—संतान
301.	प्रकृत—यथार्थ	302.	अपट—वस्त्ररहित
303.	प्रकृति—स्वभाव	304.	अपटु—मूर्ख
305.	मलिन—मैला	306.	आदेय—लेने योग
307.	म्लान—मुरझाया हुआ	308.	आधेय—रखने योग्य
309.	दिन—दिवस	310.	प्रणय—प्रेम
311.	दीन—ग़रीब	312.	परिणय—विवाह
313.	नेक—अच्छा	314.	नेक—भला, थोड़ा
315.	नैक—(न+एक) जो अकेला न हो।	316.	नेग—दस्तूर
317.	फूट—बैर	318.	आतप—धूप, गर्मी
319.	फुट—नाप	320.	अतप—ठंडा
321.	प्रत्युपकार—उपकार के बदले में उपकार	322.	अशर—वाणरहित
323.	प्रत्यपकार—अपकार के बदले में अपकार	324.	असर—प्रभाव
325.	नियुक्त—सेवा में लगाया हुआ	326.	वासना—कामपिपासा, कामना
327.	नियुत—दस लाख	328.	बासना—दुर्गंध देना, महकना

क्र.	शब्दार्थ	क्र.	शब्दार्थ
329.	तम—अंधकार	330.	तरि—नाव, नौका
331.	तमा—रात्रि	332.	तरी—ठंडक, गीलापन
333.	दश—दस	334.	नारी—स्त्री
335.	दंश—चुभन, काटना, डंक मारना	336.	नाड़ी—रक्तवाहिनी नलियाँ
337.	धुंध—धुँधला, गर्द आदि चले जाने से	338.	निर्वाद—निंदा, भ्रांति, अफ़वाह, बुराई
339.	धुंधु—एक राक्षस का नाम	340.	निर्वात—बिना हवा के
341.	नंदि—आनंद	342.	निवृत्ति—अवकाश, छुटकारा
343.	नंदी—पुत्र, शिव का वाहन	344.	निर्वृत्ति—सिद्ध, पूर्ति, निष्पत्ति
345.	नवता—नवीनता, नयापन	346.	दर्भा—कुशा घास
347.	नवति—नब्बे की संख्या	348.	दूर्वा—दूब
349	प्रक्रम—विशेष क्रम	350.	पदत्राण—जूता
351.	पराक्रम—वीरता	352.	परित्राण—रक्षक
353.	नुक़त—नुक़्ता का बहुवचन, बिंदियाँ	354.	नहर—जलवाहिनी
355.	नुक़्ता—धब्बा, दाग़, बिंदु, छोटा छिद्र	356.	नाहर—सिंह
357.	परिजन—परिवार के लोग	358.	पट—वस्त्र
359.	परजन—शत्रु	360.	पट्ट—तख़्ती, पीठ
361.	प्रेषित—भेजा गया	362.	पर्यय—परिवर्तन (तब्दीली)
363.	प्रोषित—प्रवास करने वाला, प्रवासी	364.	पर्याय—समानार्थक शब्द
365.	फण—साँप का सिर	366.	पराशर—एक ऋषि का नाम
367.	फ़न—गुण, हुनर	368.	पाराशर—पाराशर ऋषि से संबंधित
369.	महदी—पथ-प्रदर्शक, रहनुमा	370.	मर्श—विचार, विमर्श
371.	मेहँदी—हाथ में रचाने वाली वस्तु, हिना	372.	मर्ष—सहन, शांति, धैर्य
373.	बन्ना—दूल्हा	374.	बाक़ी—बचा हुआ
375.	बनना—स्वाँग करना	376.	बाँकी—तिरछी
377.	प्रकोप—बाधा	378.	खैर—कत्था

क्र.	शब्दार्थ	क्र.	शब्दार्थ
379.	प्रकोट—सीमा	380.	ख़ैर—कुशल
381.	वंद्य—आदरणीय, पूजा	382.	वक—बगुला पक्षी
383.	वंध्य—अनुत्पादक, निष्फल, सदोष	384.	बक—1. बकासुर 2. ठग 3. कुबेर
385.	विकाश—प्रदर्शन, प्रकाश	386.	विद्ध—छेदा हुआ
387.	विकास—फैलाव, आनंद, खिलना	388.	विद्—जानकार
389.	विधन—दरिद्र	390.	विलंब—देर
391.	विधना—अपने ऊपर लेना/नियति	392.	विलंभ—भेंट, दान, औदार्य
393.	विवृत—व्यक्त, स्पष्ट, प्रत्यक्ष	394.	विप्रलंभ—वियोग, विरह
395.	विवृत्त—ऐंठा हुआ, चक्कर	396.	विप्रलब्ध—वंचित, महरूम
397.	विश्वंभर—परमेश्वर	398.	विश्रुत—प्रख्यात
399.	विश्वंभरा—पृथ्वी	400.	विश्री—श्रीहीन, कांतिहीन
401.	बोना—बुवाई के अर्थ में	402.	बहुमुखी—अनेक प्रकार की (उन्नति)
403.	बौना—ऊँचाई में अति छोटा व्यक्ति	404.	बहिर्मुखी—भावुक/सेंसिटिव
405.	मस्तक—माथा	406.	भवन—घर
407.	मस्तिष्क—दिमाग़	408.	भुवन—लोक का पर्याय है (त्रिभुवन)
409.	महिषी—भैंस, राजमहिषी (पटरानी)	410.	भागवत—एक पुराण का नाम
411.	महर्षि—ऋषि-वर्य, ऋषि-श्रेष्ठ	412.	भगवद्गीता—महाभारत का अंश
413.	मुद्रा—नाम की मुहर, सिक्के	414.	मिल—मिलना, मिलन, मिल जाना
415.	मुर्दा—शव	416.	मील—1600 मीटर की दूरी
417.	मूड—मनोदशा	418.	मंदर—पर्वत
419.	मूढ—मूर्ख	420.	मंदिर—देव-गृह
421.	राख—भस्म (बुझी हुई अग्नि का राख)	422.	प्रदीप—दीपक
423.	राग—संगीत की ध्वनि	424.	प्रतीप—उलटा
425.	राजसभा—राजा की सभा	426.	रिक्त—खाली

क्र.	शब्दार्थ	क्र.	शब्दार्थ
427.	राज्यसभा—अपर हाउस	428.	रिक्थ—उत्तराधिकार में प्राप्त संपत्ति
429.	भावी—भविष्य में होने वाला	430.	लोटा—एक पात्र
431.	भाभी—भाई की पत्नी	432.	लौटा—वापस
433.	भोग—तृप्ति, फल का भोग	434.	वध—हत्या
435.	भोज—दावत	436.	बंध—बंधन (नियंत्रण के अर्थ में)
437.	मज्जा—रक्त/बोन-मैरो	438.	वारांगना—वेश्या
439.	मंजा—पलंग, पतंग के धागे	440.	वीरांगना—वीर स्त्री
441.	भारती—वाणी, सरस्वती का नाम	442.	वीर—साहसी
443.	भारतीय—भारत का	444.	बीर—भाई
445.	वेद—शब्द-ज्ञान अर्थ वाले ग्रंथ	446.	विद्वान्—ज्ञानी, जानने वाला
447.	वैद्य—चिकित्सक	448.	विद्यमान—उपस्थित
449.	श्याम—काला	450.	विकार—बुराई, दोष
451.	शाम—सायंकाल	452.	बिगाड़—बिगड़ना
453.	सड़क—मार्ग, रास्ता, पथ	454.	विस्तर—फैला हुआ, बिछौना, बिस्तर
455.	सरक—सरकना, चसका	456.	विस्तार—फैलाव
457.	समक्ष—आँखों के सामने	458.	मंजी—खाट
459.	सक्षम—क्षमतावान्, सामर्थ्यवान्	460.	मंजी—माँजना

□□□